DER WEG DER TÖCHTER

W0381356

Das Buch

Sie ist pfiffig und temperamentvoll, die kleine Morayo, die mit ihrer geliebten Schwester in einer modernen nigerianischen Familie aufwächst. Eine herrliche Großfamilie, wo viel gekocht und gefeiert, aber auch hart gearbeitet wird.

So ist es das Normalste der Welt, dass Bros T, der charmante, etwas halbstarke Cousin der Mädchen hier aufgenommen wird. Anfänglich ist Morayo begeistert von diesem Familienzuwachs, aber dann überfordert, als Bros T sie nachts bedrängt …

Ein dichtes Netz des Schweigens legt sich plötzlich über das Haus, und Morayo erfährt von ihren Eltern keinen Trost, im Gegenteil, es ist, als sei sie selbst schuld. Bei Morenike, die seinerzeit ein ähnliches Schicksal erlitten hat, findet sie ein neues Zuhause und eine weibliche Verbundenheit, die sie zu einer starken und engagierten Persönlichkeit werden lässt. Das erkennt auch Kachi, Morayos erste Liebe aus der Schulzeit …

Die Autorin

Yejide Kilanko, geboren 1975 in Ibadan, Nigeria, wuchs als Tochter eines Universitätsprofessors und seiner Frau auf. Als Jugendliche entdeckte sie für sich Autoren wie Nadine Gordimer, Wole Soyinka und Chinua Achebe. Sie studierte Politikwissenschaften in Ibadan und zog 2000 mit ihrem Mann in die USA, später nach Kanada, wo sie heute als Kindertherapeutin arbeitet. Sie hat selbst drei Kinder.

Der Weg der Töchter ist ihr erster Roman.

YEJIDE
KILANKO

DER WEG
DER
TÖCHTER

Roman

Aus dem Englischen
von Uda Strätling

List Taschenbuch

Besuchen Sie uns im Internet:
www.list-taschenbuch.de

MIX
Papier aus verantwortungsvollen Quellen
FSC® C083411

Ungekürzte Ausgabe im List Taschenbuch
List ist ein Verlag der Ullstein Buchverlage GmbH, Berlin.
1. Auflage August 2014
© für die deutsche Ausgabe Ullstein Buchverlage GmbH,
Berlin / Graf Verlag, München 2013
© 2012 by Yejide Kilanko
Titel der Originalausgabe: *Daughters Who Walk This Path*
(Penguin Canada, Toronto)
Umschlaggestaltung: Rothfos & Gabler, Hamburg
Titelabbildung: © Ariadne Van Zandbergen / Getty images
Satz: Uwe Steffen, München
Gesetzt aus der Stempel Schneidler
Papier: Pamo Super von Arctic Paper Mochenwangen GmbH
Druck und Bindearbeiten: CPI books GmbH, Leck
Printed in Germany
ISBN 978-3-548-61214-0

Meiner Mutter Catherine Bamidele Alonge,
die meinen vielen Kindheitsträumen gelauscht und mir
stets versichert hat, ich könne sie alle verwirklichen.

PROLOG

Meine früheste Erinnerung ist die an Eniayo. Ich war fünf. Ich machte Luftsprünge vor Freude, als Mummy mir sagte, ihr dicker Bauch bedeute ein Schwesterchen oder Brüderchen zum Spielen. »Ach, bitte, lass es ein Mädchen sein!«

Mummy bekam Lachfältchen um die braunen Augen. »Das liegt bei Gott«, sagte sie und strickte weiter an ihrer großen Babydecke. Aufmerksam verfolgte ich, wie gekonnt ihre Silbernadeln die gelbe Wolle rein- und rauszogen. Ich schickte ein Stoßgebet zum Himmel und lief aus dem Zimmer.

Wenig später holte mich Mr Bello, Fahrer für Daddys Firma, an einem leuchtenden Nachmittag von der Schule ab. Ich sah seine lange Gestalt vom Klassenzimmerfenster aus die wenigen Stufen hochspringen. »Madam hat eben ihr Kind bekommen«, sagte er zu unserer Lehrerin Mrs Abe. »Sie möchte, dass man Morayo zu ihr bringt.«

Mrs Abe meinte, ich solle rasch zusammenpacken, und entließ mich. »Und grüße bitte deine Mutter von mir.«

»Ja, *Ma*.«

Ich saß hinten im roten Peugeot 505 und trat gegen den Vordersitz, bis Mr Bello sich umwandte. »Schluss jetzt, Morayo«, sagte er mit strenger Miene.

Ich hob zerknirscht den Blick. »Ja, aber es dauert so lange.«

Seine Gesichtszüge wurden weich. »Keine Sorge, wir sind gleich da.«

Unruhig rutschte ich auf der Rückbank hin und her, während mir von draußen in Wellen die Hitze durchs offene Fenster übers Gesicht strich. Am Bodijamarkt war Stau. Mehrere Kühe überquerten mit träge schlagenden Schwänzen hoheitsvoll die Straße. Als sich eine von ihnen mitten auf der Fahrbahn niederließ, ging ein Hupkonzert los. Erst als die Hirten sie minutenlang mit ihren langen Stäben gestupst hatten, hievte sie sich hoch und schritt gemessen an den Straßenrand, um dort lange Gräser zu rupfen.

Daddy sagte gern, Herr der Straße wären in Wahrheit die Kühe, denn gegen die hätte nicht mal ein Auto eine Chance.

Schließlich bog Mr Bello in die große Straße ein, die aufs Riesengelände des University College Hospital führte, und ganz weit hinten sah ich meine Großmutter stehen. Mama Ejiwunmi lebte in Oyo, war aber schon vor einer Woche gekommen, um zur Geburt bei Mummy zu sein – jetzt wartete sie am Eingang auf mich. Sie trug ein sehr blaues Gewand, *iro* und *buba,* im Knüpfbatikstil *adire*. Ihr rundes, tiefschwarzes Gesicht leuchtete auf, als sie mich sah, und ich warf mich ihr in die Arme.

Fest hielt ich Mama Ejiwunmis Hand umklammert, als wir den Korridor zu Mummy und meiner neuen Schwester hinabgingen, von dem strengen Geruch der Chlorbleiche wurde mir fast übel. Beißend stieg er mir in die Nase, setzte sich in den Härchen darin fest. Ich machte große Augen, als Schwestern in kurzen weißen Kleidern mit kleinen, festgesteckten weißen Hütchen vorbeigingen.

Wir waren auf halber Höhe des Korridors, als die spitzen Schreie einer Frau mich erstarren ließen. Ich blieb wie angewurzelt stehen und sah zu meiner Großmutter auf.

Sie drückte meine Hand, lächelte ermutigend und sagte in gedämpftem Ton: »Schon gut, Kind. Es ist bloß die Klage einer Frau, die gerade ihr Baby zur Welt bringt. Schon bald ist aller Schmerz vorbei, und dann kommt die Freude.« Ich nickte, war aber doch erleichtert, als wir die Säuglingsstation erreichten und die Schreie aufhörten.

Mama Ejiwunmi zeigte mir hinter der Scheibe meine neue Schwester. Ich drehte mich verwirrt zu ihr um. Das sollte meine Schwester sein? Ich sah wieder auf das Baby. Sie war mir kein bisschen ähnlich. Sie glich mehr der blonden, blauäugigen Puppe, die Daddy mir auf seiner letzten Reise nach Lagos bei Leventis gekauft hatte. Unser Baby war … weiß?

Großmutter zog an meinem Arm. »Morayo, möchtest du dein Schwesterchen halten?«

»Halten?«

Sie nickte. »Ja. Du sollst deine Schwester auf der Welt willkommen heißen.«

Ich folgte ihr widerstrebend in den Raum.

Eine Schwester hob die Brauen, als sie uns sah. »*Mama*, Kinder dürfen hier nicht rein.« In der hohen Stimme schwang Ärger mit.

»Die Kleine möchte doch bloß ihr Schwesterchen sehen«, bat Mama Ejiwunmi.

Ich klammerte mich an Mama Ejiwunmis Wickelrock, ihren *wrapper,* und hoffte, dass die Schwester Nein sagen würde. Doch sie spitzte die Lippen. »Aber nur kurz.«

»Gott segne Sie.«

Mama Ejiwunmi hob Eniayo aus ihrem kleinen Holzgitterbett und legte sie mir in die Arme. Als Eniayo die Augen aufmachte, gefror mir das Blut. Sie waren rosa, ganz und gar nicht vom warmen Braun der meinen oder aller anderen, die ich kannte. Eniayo glich niemandem in unserer Familie.

Das war der Tag, an dem das Wort *afin* in meine Welt hereinbrach.

Die Nachricht von Eniayos Geburt und ihrem Albinismus verbreitete sich in der Familie wie ein Lauffeuer, sobald Mummy aus der Klinik zurück war.

Der Yorubatradition gemäß wurde die Namensgebung für Eniayo acht Tage nach ihrer Geburt gefeiert. Nach der Zeremonie hörte ich zwei Nachbarinnen tuscheln. »Was glaubst du, wo das *afin*-Kind herkommt?«, sagte die eine.

»Was weiß ich«, meinte die andere und hustete, bis ihr Dreifachkinn wackelte. »Ich weiß nur, dass es nichts Gutes verheißt. Die jüngere Schwester einer Freundin hat im letzten Jahr ein *afin* geboren. Drei Monate später verlor ihr Mann seinen Job. Im Monat darauf fiel die Frau in voller Fahrt von einem *okada* und brach sich den Arm. Manche Kinder bringen Gunst und Wohlstand. Ein *afin* aber«, zischte die Frau und schnippte mit den Fingern, um Übel abzuwehren, »bringt nur Unglück.«

Ein paar Tage später kam die Urgroßtante meines Vaters, Iya Agba, zu uns, um Eniayo zu begrüßen. Sie war die Älteste der Familie meines Vaters.

Ich lungerte unbemerkt hinter dem Durchgang zum Wohnzimmer und beobachtete, wie meine Mutter Eniayo mit feierlichem Ernst in Iya Agbas gebrechliche Arme legte. Die greise Iya Agba konnte Eniayo nur mit Mühe halten. Ihre milchig trüben Augen erforschten das Gesicht meiner Schwester.

Mummy, Daddy und Mama Ejiwunmi saßen reglos daneben, als hielten sie den Atem an.

Iya Agba wiegte den Kopf, und ihr tiefer Seufzer hallte durchs Zimmer. »Es ist also wahr!«, murmelte sie wie zu sich selbst. »*Paga!* Wehe!«

»Bist du…« – sie keuchte, als sie sich Mummy zuwandte – »… während der Schwangerschaft draußen gewesen, wenn die Sonne hoch am Himmel stand?«

Mich juckte mein verschwitzter Rücken, also rieb ich mich vorsichtig an der grobkörnigen Wandfarbe. Ich schob mich näher an den Durchgang heran, um die Antwort nicht zu verpassen.

Mummy wechselte rasch einen Blick mit Daddy. Dann wandte sie sich Iya Agba zu und murmelte etwas.

»*Eh?*«, herrschte Iya Agba sie an.

»Ja, *Ma*«, sagte Mummy leise.

Iya Agba klappte der Kinnladen herunter. »*Ha!* Bisoye!« Sie drehte sich nach Daddy um. »Owolabi, hast du gehört, was deine Frau gerade gesagt hat? Hast du gehört?«

Daddy nickte, sagte aber klugerweise kein Wort. Mummy erhob sich von ihrem Stuhl und kniete vor Iya Agba auf dem zerschlissenen braunen Teppich. Sie verschränkte die Hände im Rücken und beugte den Nacken. Dann hob sie den Kopf, und ich sah, dass ihr Tränen übers Gesicht liefen. Mir brannten die Augen.

Iya Agba schlug die Knie unwillig zusammen und zeterte: »Bisoye! Bisoye!«

Eniayo, die inzwischen ganz schief in Iya Agbas Armen hing, begann zu weinen.

Mama Ejiwunmi stemmte sich mühsam hoch und beugte sich vor, um ihr Eniayo abzunehmen. Doch Iya Agba nahm keine Notiz, sie schimpfte weiter mit Mummy, als wäre die ein ungezogenes Kind. Die Falten auf ihrer Stirn wurden tiefer, ihre Krächzstimme bebte: »Bisoye! Habe ich dich nicht gewarnt? Habe ich dich nicht gewarnt, dass die tückischen bösen Geister ihr Unwesen um die Mittagszeit treiben, wenn sie einen Menschenkörper suchen, den sie besetzen können? Nun sieh, was du angerichtet hast!« Sie keuchte. »Dein Ungehorsam hat diesem armen Kind und der gesamten Familie Unglück gebracht.« Ihr gebeugter Körper schwankte. Das Baby kippte in ihren Armen vor. Ich hielt den Atem an und betete, dass sie meine kleine Schwester nicht fallen ließe. »War es ein Fehler, Yams zum Haus deines Vaters zu bringen und um deine Hand anzuhalten? Waren wir schlecht beraten?«

Mama Ejiwunmis tiefer Seufzer füllte den Raum. Sanft befreite sie Eniayo aus Iya Agbas Umklammerung, drückte sie an die eigenen schlaffen Brüste und sah hilflos zu, wie ihre Tochter weinte.

Das trübe Neonlicht in der Diele wurde plötzlich bedrohlich. Die Holzmasken, die die Wände zierten, erwachten zum Leben, ihre glühenden Augen fixierten mich. Mich schauderte, und Gänsehaut überlief mich.

Das neue Baby, die neue Schwester, das *afin* … war in Wahrheit ein böser Geist!

Am Abend wies Agba die Speisen zurück, die ihr vorgesetzt wurden, als Ausdruck der tiefen und bleibenden Enttäuschung, die Mummy ihr bereitet hatte. Für den Besuch hatte Mummy extra Iya Agbas Lieblingssuppe zubereitet: *amala-gbegiri* mit Buschfleisch, Trockenfisch und Rinderschwanzstücken.

Mummy mahnte sanft, dass das Essen kalte werde, aber Iya Agba wandte sich zischend ab. »Owolabi, bring mir meine Sachen. Ich werde bei Gbadebo übernachten. Deine Frau hat gezeigt, dass sie meinen Rat gering schätzt. Offenbar fehlen in ihrer Familie die Ältesten.«

Mummy zuckte zusammen. Mama Ejiwunmis Knie wippten heftig. Daddy, der bisher geschwiegen hatte, warf sich bäuchlings vor Iya Agba hin. »Bitte, geh nicht. Es tut uns sehr leid.«

Iya Agba wandte das Gesicht ab. Da alles Bitten nichts nützte, gab Daddy klein bei und brachte sie für die Nacht ins Haus seines Vetters.

Nachdem sie aufgebrochen waren, hörte ich Mummy in ihrem Schlafzimmer leise weinen. Gerade wollte ich die Tür öffnen, da erschien Mama Ejiwunmi im Flur. Sie scheuchte mich fuchtelnd weg.

Allein und mit Herzklopfen saß ich im leeren Wohnzimmer. Ehe das Baby kam, war unser Haus voll Lachen und Glück gewesen. Doch plötzlich gab es nur noch Tränen, Geschrei und Trauer.

In den ersten Wochen wollte ich nicht in Eniayos Nähe sein. Wenn Mummy mich bat, das Fläschchen zu halten, klagte ich über plötzliches Bauchweh und rannte auf die Toilette. Wenn sie mit Eniayo zur Besänftigung durchs Wohnzimmer tanzte, trollte ich mich zu Aunty Adunni in die Küche. Das ist eine Verwandte von Mummy, die zu uns gekommen war, als Mama Ejiwunmi zurück nach Hause musste. Und wann immer Mummy Eniayo in die Küche trug, um nachzusehen, was Aunty Adunni uns zu Abend kochte, floh ich die Stufen hinab in den Hof.

Ganz gleich aber, wie schnell ich mich davonmachte, die unheimlichen rosa Augen folgten mir überallhin. Und wenn Aunty Adunni sich Eniayo bei der Hausarbeit auf den Rücken band, gab es auf der Flucht von einem Zimmer ins nächste kein Entrinnen vor dem Blick meiner Schwester.

Schließlich packte mich Mummy eines Tages, als ich mich an ihr vorbeidrücken wollte, am Arm. »Morayo, was ist eigentlich los? Wovor läufst du davon?«

»Ich fürchte mich vor Eniayo«, gestand ich kleinlaut und trat von einem Fuß auf den anderen.

Sie schaute verdattert. »Warum das denn?«

Ich wiederholte, was ich Iya Agba bei ihrem Besuch hatte sagen hören.

Die Verwunderung auf Mummys Gesicht verwandelte sich in Zorn. Normalerweise wäre auf mein Geständnis eine Strafe gefolgt. Schließlich wusste ich genau, dass Kinder die Gespräche von Erwachsenen nicht belauschen durften. Doch an diesem Tag seufzte Mummy bloß. »Komm«, sagte sie und nahm mich mit in ihr Schlafzimmer, während Eniayo nebenan schlief. Sie zog mich an sich. »Meine liebe Morayo«, sagte sie sanft, »deine Schwester ist kein böser Geist. Sie ist ein *afin*, und das liegt an dem, was die Ärzte ein rezessives Gen nennen, weißt du.« Mehrere Minuten lang erklärte mir Mummy gestikulierend, was die Ärzte gesagt hatten. Das meiste davon verstand ich nicht, aber ich war überglücklich zu hören, dass ich nicht auch noch nachts im Schlaf die Augen offen halten müsste.

Ich sah in Mummys Gesicht auf. Sie tätschelte mir den Kopf. Aber eines brannte mir noch auf der Seele. »Müssen wir Eniayo im Haus verstecken?«

Sie runzelte die Stirn. »Verstecken?«

Ich senkte die Stimme. »So wie Bolude.«

Bolude war der taubstumme Sohn unserer Nachbarn, der kaum je die Wohnung verließ. Oft stand er morgens am Wohnzimmerfenster und sah seiner jüngeren Schwester und mir nach, wenn wir zur Schule aufbrachen. Einmal hatte er mein zaghaftes Winken erwidert. Da war seine Schwester mit schreckgeweiteten Augen herumgefahren und hatte meine Hand runtergerissen. »Hör auf!«, hatte sie gezischt. »Sonst sieht es noch jemand.«

»Bei Bolude liegt der Fall anders«, sagte Mummy mit einem Kopfschütteln. »Wir brauchen uns nicht zu schämen.«

Aber das befriedigte mich nicht ganz. Hatten denn Boludes Eltern etwas falsch gemacht? Was hatten sie denn getan?

Mummy schnalzte mit der Zunge. »Du stellst zu viele Fragen«, schalt sie und drückte mich an ihr Herz. »Denk dran, du bist meine Große. Und das heißt, dass du immer gut auf Eniayo aufpassen musst. Hörst du?«

»Ja, Mummy.«

Sie lächelte zufrieden. »Komm, lass uns nachsehen, ob wir Adunni mit dem Essen helfen können.«

Die Tage und Monate vergingen, und irgendwie fielen mir die hellrosa Augen gar nicht mehr auf. Ich sah nur noch Eniayo, die nervige kleine Schwester, die ständig nach mir rief und mir partout überallhin folgen musste. Mit den Jahren wurden mir Eniayos einst so befremdlichen Züge – das gelbliche Haar, die rosa Augen und die milchweiße Haut – so vertraut wie am Himmel die Sonne.

TEIL EINS

Morayo und Eniayo
1982–1988

1

Rain, rain, go away
Come again another day; little
Eniayo and Morayo want to play

Einander an den Händen haltend, tanzten Eniayo und ich im Hof Ringelreihen. Regentropfen klatschten lustige Refrains auf die bunten Baumwollkleider, die uns am Leib klebten. Die rosa Zungen ausgestreckt, um den Regen zu kosten, lachten wir über das Gewitterfeuerwerk, das oben den weiten, offenen Himmel über Ibadan erhellte.

Ich war zehn, Eniayo fast fünf. Wir wohnten in Ibadan unweit vom Polytechnikum in einem Mietshaus mit sechs Parteien an der viel befahrenen Poly-Sango Road. Unsere Fünfzimmerwohnung lag im ersten Stock des alten Gebäudes mit der verblichenen grünen Fassade und dem rostbraunen Dach. Fette rote Buchstaben über dem Eingang verrieten dem Besucher, dass er das »Remilekun House« betrat. Remilekun war die verstorbene Mutter von *Baba Landlord*.

Eniayo und ich teilten uns ein Zimmer. Mummy und Daddy hatten je eines. Aunty Adunni, die unser Bettgeschnatter störte, schlief im Wohnzimmer auf einer kleinen Schaumstoffmatratze, die sie jeden Morgen zusammenrollte.

Schon beim Aufwachen hörten wir das Geschrei der Minibusfahrer, die vor dem Fenster die nächsten Haltestellen ausriefen: »Sango, Mokola, Oke Padre!« Ihre immer gleichen Rufe waren unser Wecker. Lake Eleyele, wo unser Trinkwasser herkam, lag gleich gegenüber hinter der Straße. Das stille grüne Wasser des Sees blitzte zwischen den riesigen Baobabs vor, die wie Wachposten das Ufer säumten.

Am frühen Nachmittag war die Schule aus, und oft gingen wir mit der Schar anderer Kinder aus unserer Straße heim. Wenn wir dann unsere Hausaufgaben gemacht und eine Siesta gehalten hatten, konnten Eniayo und ich nach Herzenslust mit unseren Freunden herumstromern. Unsere Eltern waren nachmittags selten zu Hause – Daddy war als Pharmavertreter viel unterwegs, Mummy betrieb am Amunigunmarkt eine eigene Schneiderei. Sie kehrte erst spät am Abend zurück. Aunty Adunni blieb bei uns daheim, hatte aber meist im Haushalt zu tun. Sie war froh, wenn sie uns los war.

Eine unserer Lieblingsbeschäftigungen war es, den Zügen zu winken, die am Rande unseres Viertels vorbeifuhren. An den Gleisen verkauften hochgewachsene dunkle Haussahändler mit Schmucknarben, die an Katzenschnurrhaare erinnerten, auf kurze schwarze Stöcke gespießten getrockneten Wels. Sie erwiderten unseren Gruß, wenn wir an ihren Verkaufsständen vorbeiliefen. Jenseits der Gleise lag das staubige kleine Feld, das wir »das Niemandsland« nannten. Dort gingen die Jungen hin, wenn sie etwas miteinander zu klären hatten. Es gab nämlich in der Nähe keine Häuser und keine Erwachsenen, die die Kampfhähne hätten trennen können.

Auf dem Weg zu den Gleisen gingen Eniayo und ich oft bei meiner Freundin Tomi vorbei. Tomi lebte in einem kleinen Ziegelbungalow mit großem Hof. Im Garten gab es eine Schaukel. Sie war das einzige Mädchen unserer Nachbarschaft, die eine Schaukel hatte. Dafür hatte sie aber auch als Einzige keinen Vater; er war gestorben, als sie drei Jahre alt war. Sonst kannten wir nur noch ein Kind ohne Vater, einen Jungen namens Babarinsa. Der Name bedeutet »mein Vater sah mich und floh«. Sein Vater war wenige Wochen vor seiner Geburt gestorben.

»Morayo, stell dir vor, ich würde so heißen«, sagte Tomi einmal schaudernd, während ich ihre Schaukel anstieß. »Da würde doch jeder glauben, es sei meine Schuld.«

Meist wartete Tomi schon vorm Hoftor auf uns, wo sie sich mit dem ewig grinsenden *mai-guard* unterhielt, der ihrem Geplapper lauschte, aber kaum ein Wort sagte.

Bei klarem Wetter konnten wir von Tomis Hof aus den Rauch der Lokomotivzüge hochwirbeln sehen. Dann liefen wir schnell zum nächsten Hügelkamm, um die Züge vorbeifahren zu sehen.

Als Eniayo das erste Mal mit war, zerrte sie aufgeregt an meinem Arm, und in ihrem glühend roten Gesicht hüpften die kleinen Brillengläser. »Morayo! Morayo! Guck mal der Zug, guck mal der Zug!« Wir schauten und winkten, während der Zug langsam an unserer Graskuppe vorbeischnaufte. Er war berstend voll mit Menschen, selbst auf dem Dach hockten Passagiere neben ihrem festgezurrten Gepäck. Wir staunten über einen griesgrämigen Mann, der ein schreiendes Ziegenkitz fest in seinen Schoß drückte.

Kinder mit neugierigen Kulleraugen spähten aus den Zugfenstern. Eines winkte uns zurück. Was haben wir sie beneidet! Tomi blickte sehnsüchtig auf die vorbeirollenden Wagen. »Ich wünschte, *wir* könnten mit dem Zug fahren«, sagte sie.

Ich nickte. »Ich auch.« Wir fassten uns an den Händen und seufzten.

Die Züge fuhren in den Nordteil des Landes, und ich hatte immer schon wissen wollen, wie es im Norden aussah. Daddy, der oft dort war, meinte, es sei sehr heiß, und ich konnte mir kaum vorstellen, dass es irgendwo noch heißer sein könnte als bei uns in Ibadan.

Eniayo drehte sich nach uns um. »Warum fahren wir nicht einfach?«

Tomi und ich sahen uns an und platzten los. Schon der *koboko*-Hiebe wegen, die uns daheim drohen würden, verbot sich die Vorstellung.

Auf dem Heimweg gingen Eniayo und ich noch auf einen Sprung mit zu Tomi. Ihre Mutter, Mrs Adigun, belieferte andere mit Speisen und bot uns daher meist irgendeine Leckerei an. Und tatsächlich machte uns, kaum hatte Tomi die Tür aufgedrückt, der Duft frisch frittierter Fischtaschen schon den Mund wässrig. »Guten Abend, *Ma*«, riefen wir im Chor und sanken zur Begrüßung auf die Knie.

Mrs Adigun sah von der Pfanne brutzelnden Öls hoch. »Guten Abend, meine Lieben. Morayo, wie geht es euren Eltern? Ich habe deine Mutter länger nicht gesehen.«

»Danke gut, *Ma*«, sagte ich. »Mummy hat in der Schneiderei viel zu tun.« Mrs Adigun lächelte und wischte sich am Ärmel ihrer *buba* den Schweiß von der Stirn. Der schwarze Rauch des qualmenden Petroleumherds brannte in den Augen.

Tomi gab uns mit Handzeichen zu verstehen, dass wir uns ins Wohnzimmer zurückziehen sollten. Kurz darauf erschien Mrs Adigun mit einem angeschlagenen Porzellanteller, auf dem sich goldgelbe Teigtaschen türmten. »Morayo und Eniayo, ihr nehmt doch sicher gern eine Fischtasche?«

Rasch kam ich Eniayos möglicher Antwort zuvor, indem ich beteuerte: »O, vielen Dank, *Ma*. Wir haben gegessen, ehe wir aufbrachen.«

Doch noch während ich das Angebot ausschlug, stieg mir der Duft der Fischtaschen in die Nase und lief mir das Wasser im Mund zusammen. Ich betete, dass Mrs Adigun uns ein zweites Mal auffordern würde, damit ich dann nachgeben könnte. Gleich beim ersten Mal anzunehmen hätte nahegelegt, dass Mummy uns keine Manieren beigebracht hatte. Wenn Tomi zu uns kam, erwartete Mummy von ihr die gleiche höfliche Ablehnung. Ich strahlte Mrs Adigun an, als sie ihre Taschen ein zweites Mal anbot. Die warme blättrige Teighülle zerging auf der Zunge.

Obwohl ich ohnehin gern mit Tomi zusammen war, gab es einen weiteren Grund, sie möglichst oft zu besuchen: einen Jungen mit dem Namen Dotun. Er war ein Freund von Tomis älterem Bruder Gbayi.

Dotun! Ein so hübscher Junge mit seinen großen braunen Augen und den langen Wimpern, die zitterten, wenn er lachte. Es sprossen auch schon ein paar mickrige Härchen über seiner hellrosa Lippe. Gbayi jagte uns stets ins Haus, wenn er uns dabei ertappte, dass wir seinen Freund anschwärmten. Aber dann bewunderten wir Dotun eben abwechselnd von Tomis Zimmerfenster aus beim Spielen.

»Morayo, rat mal, was ich gehört habe«, sagte Tomi bei einem dieser Nachmittagsbesuche zu mir. Wir saßen auf ihrem Bett und sahen einen Stapel Romanhefte der Pacesetter-Reihe von Macmillan durch. Tomi rutschte näher heran und flüsterte: »Ich weiß jetzt, dass Gbayi und Dotun sich das Gesicht mit Brennspiritus einreiben, damit ihnen ein Schnurrbart wächst.«

Wir kugelten uns vor Lachen, und die dünnen Silberreife an meinem Arm klingelten wild.

Obwohl er nie etwas sagte, waren Tomi und ich felsenfest überzeugt, dass Dotun uns auch gut leiden mochte – er zwinkerte uns ständig zu. Tomi und ich führten sogar Buch darüber, wer von uns beiden am häufigsten angezwinkert wurde. Jahre später fielen wir aus allen Wolken, als wir erfuhren, dass Dotun überhaupt nicht gezwinkert hatte. Unser Schwarm hatte einen Augentick. Trotzdem bestand Tomi darauf, dass es für sie zwischen allen Blinzelticks auch echtes Zwinkern gegeben hatte.

Ich griff mir die Pacesetter-Hefte, die ich ausgesucht hatte, und stand auf. »Ich muss los. Ich habe versprochen, nicht zu lange wegzubleiben, Eniayo zuliebe.« Eniayo schmollte zu Hause, weil Aunty Adunni sie nicht im kurzen Kleid hatte aus dem Haus gehen lassen.

Tomi nickte. »Ich bring dich zur Tür.«

Mummy wollte Eniayos empfindliche Haut nicht der extremen Sonne aussetzen und bestand darauf, dass meine Schwester langärmelige und übers Knie reichende Kleider trug. Eniayo hasste sie, weil sie darin nur schwer in die drei Guavabäume im Hof klettern konnte. Sie wollte doch so gern die bunten Lichter des Premier Hotel auf dem fernen Mokola Hill blinken sehen. Nachts tauchten die Lichter die rostbraunen Dächer unseres Viertels in schimmernden Glanz. Selbst wenn es Eniayo mal gelang, auf die Betonwand dicht an den Bäumen zu steigen, rutschte sie an den glatten Baumstämmen ab. Dann lag sie wie ein Häuflein Elend unten und weinte bitterlich über die zerkratzte Nase, die sie sich eingehandelt hatte.

Als Eniayo älter wurde, fand sie andere Wege, gegen die Kleidervorschrift zu rebellieren. Sie versteckte sich hinter dem Haus und zerschnitt die langen Kleider heimlich mit der Schere, oder sie trug die kürzeren, aus denen sie eigentlich längst herausgewachsen war. Um ihr eine Lektion zu erteilen, sammelte Mummy die Stoffabfälle auf und nähte sie zu komischen Flickenkleidern zusammen. Zuerst weigerte Eniayo sich, sie zu tragen, aber Mummy nahm ihr alles andere weg, und da blieb ihr keine Wahl.

Die anderen Kinder in unserer Straße lachten, wenn sie sie sahen. »Da kommt Lady Eniayo im neuesten London-Modell!«, rief eines Tages jemand, als Eniayo und ich an einer Mädchenclique vorbeigingen, die *ten-ten* spielte.

»*Pussy cat, pussy cat where have you been? I've been to London to see the Queen.* Na, du europäisches Elend, hast das Kleid wohl bei deinem letzten Besuch bei der Queen gekauft?«

»Das? Das *London*-Kleid?«, warf eine andere ein. »Sogar blinde Bettler würden dir in London den Fetzen ins Gesicht zurückschleudern!«

»Europäisches Elend… Blindgängerin.« Das waren die Schmähworte, mit denen die anderen Kinder meine *afin*-Schwester bedachten, aber Eniayo schluckte tapfer ihre Tränen hinunter. Auf der Straße ging sie mit hoch erhobenem Haupt an allen vorbei und weinte erst bitterlich, wenn wir unseren Hof erreicht hatten. Es gab Tage, da hätte ich die Kinder am liebsten geboxt, aber wäre Daddy zu Ohren gekommen, dass ich mich prügelte, hätte er die *koboko* von ihrem Ehrenplatz auf dem Kühlschrank geholt. »Kinder aus gutem Hause prügeln sich nicht auf der Straße«, hatte er wiederholt mit erhobenem Finger gemahnt.

Schließlich erklärte Mummy sich bereit, Eniayo kürzere Kleider tragen zu lassen. An diesem Tag führte meine Schwester mit vor Glück gerötetem Gesicht einen Freudentanz durchs ganze Haus auf. »Morayo, guck mal, mein Kleid!«, rief sie lachend, klatschte in die Hände und wirbelte durchs Zimmer. Ich lachte mit. Selbst auf Mummy und Aunty Adunnis müden Gesichtern zeichnete sich ein Lächeln ab.

Bald waren Eniayos Gesicht, Hals und Arme mit großen schwarzen Sommersprossen und Leberflecken übersät, aber das war ihr egal. Sie wollte einfach nur all das tun können, was ich tat, und die warme Sonne im Gesicht spüren.

Ich warf Eniayo einen warnenden Blick zu und schob behutsam die Wohnungstür auf. Wir machten vor Schreck einen Satz, als wir Aunty Adunni dahinter lauern sahen. Sie stemmte die Arme in die Hüften. »Wo kommt ihr denn her?«

Wir schwiegen.

Regenwasser troff von unseren Kleidern und bildete um unsere Füße eine kleine Lache. Es war meine Idee gewesen, aus dem Haus zu schleichen, um im Regen zu tanzen. Ich war unlängst mit Windpocken aus der Schule gekommen und hatte Eniayo angesteckt. Nach fünf Tagen Quarantäne im Kinderzimmer war ein Ausbruch fällig gewesen.

Aunty Adunni schnalzte missbilligend mit der Zunge. »Was ist nur in euch gefahren? Wollt ihr euch auch noch eine Lungenentzündung holen?«

Sie knöpfte sich mich vor. »Morayo, du weißt doch, dass du zu alt bist für ein solches Betragen.«

Mein Blick folgte dem ihren hinab. Meine nasse Bluse klebte an den kleinen Schwellungen an meiner Brust. Rasch verschränkte ich die Arme.

Sie sah mich mitleidig an. »Marsch! Abtrocknen!«

Eniayo und ich flohen ins Kinderzimmer.

Nachdem wir uns abgetrocknet hatten, tauchten wir die Finger in die große Flasche Galmeilotion, die Daddy uns besorgt hatte, und bemalten gegenseitige unsere Pusteln.

Eniayo zuckte zusammen, als ich die auf ihrem Arm bestrich. »Morayo, das tut weh.« Ich betupfte vorsichtige eine, die fast wie eine Brandblase aussah. »Ich weiß. Aber du hättest nicht kratzen dürfen.«

Eniayo liefen die Tränen herunter. »Sie jucken so.«

»Meine auch, aber deine Haut ist dafür zu zart.« Ich schraubte den Deckel zu und drückte tröstend ihre Hand. »Versuch zu schlafen.«

Meist redeten Eniayo und ich im Bett noch über den Tag, bis eine von uns einschlief. Als an diesem Abend von Eniayo kein Pieps kam, wusste ich, dass irgendetwas nicht stimmte. Im Dunkeln konnte ich ihr Gesicht schlecht erkennen. »Eniayo, was hast du?«

Die Sprungfedern quietschten, und ich sah, wie sie sich aufsetzte. »Morayo«, sagte sie mit kläglicher Stimme. »Ist es wahr, dass ich als Baby adoptiert worden bin?«

Ich war wie vom Donner gerührt. »Wer sagt das?«, platzte ich heraus.

Eniayo schwieg. Wie sehr ich auch in sie drang, sie wollte keine Namen nennen. Infrage kamen aber eigentlich nur die gemeinen, großmäuligen Kinder in unserer Straße.

»Aber Morayo«, bohrte Eniayo weiter, »niemand sonst in der Familie sieht aus wie ich.«

Da hatte sie allerdings recht.

»Hör zu, wer immer das gesagt hat, erzählt faustdicke Lügen«, sagte ich entschieden. »Habe ich dich am Tag deiner Geburt nicht mit eigenen Augen gesehen? Überleg doch. Wo sollten Mummy und Daddy denn noch ein zweites Kind mit unseren spitzen Ohren auftreiben?«

Als ich Eniayos Zähne im Dunkeln aufblitzen sah, grinste ich.

Dann kuschelte sie sich auf der anderen Zimmerseite unter ihr Laken. Minuten später schlief sie tief und fest. Ich bettete den Kopf aufs Kissen, und bald hatte Eniayos vertrautes leises Schnarchen auch mich in den Schlaf gelullt.

2

Der sehr große Irokobaum entspringt einem sehr kleinen Samen.

Besonders mochten Eniayo und ich die gemütlichen Abende, wenn Daddy daheim war. Manchmal hatte Mummy zwar nichts Gutes über uns zu berichten, dann wurde er böse und bestrafte uns, aber meist brachte er uns zum Lachen. Wir hatten beide Spitznamen: Eniayo war *arewa*, die Schönheit. Ich war *sisi*, die junge Dame.

Wenn wir Bauchweh hatten, brachte Daddy seine Lippen ganz nah an unsere Bäuche und raunte ein paar Worte. Er nannte sie Zauberformeln. »Die habe ich von meinem Vater gelernt«, erklärte er – sein Vater, einst Heiler in seinem Heimatdorf Elewure, war lange vor unserer Geburt gestorben. Der Zauber unseres Großvaters wirkte immer. Innerhalb von Minuten war das Bauchweh weg. Manchmal simulierte ich sogar, nur damit Daddy seine warmen Lippen an meinen Bauch legte. Aber sosehr ich mich auch bemühte, die Worte, die er flüsterte, verstand ich nie.

Weil unser Daddy *eni ti o ti apata dide* war, steinig, einer, der aus Fels kam, arbeitete er viel und war viel auf Reisen. Doch an den gemütlichen Abenden daheim saßen Eniayo und ich bei ihm im Wohnzimmer und lauschten den Geschichten, die er erzählte. Meist saßen wir im grellblauen Schein unserer Aladinpetroleumlampen. Die Stromversorgung im Land war unzuverlässig. Die National Electric Power Authority (NEPA) war für ihre Stromausfälle berühmt. Wann immer das Licht flackerte und ausging, rüttelten Eniayo und ich erbost mit der Faust und riefen: »NEPA!« Draußen hörten wir dann auch die Nachbarn schimpfen.

Wenn Daddy uns Geschichten erzählte, saß Mummy leise summend mit ihrem Strickzeug dabei.

Aunty Adunni stieß oft noch dazu, sobald sie die Küche aufgeräumt hatte. Dann setzte sie sich Daddy gegenüber auf einen Stuhl, die kräftigen Beine züchtig mit ihrem langen *wrapper* bedeckt, und ihre weichen braunen Augen schimmerten im blauen Schein der Aladinlampen.

Meist erzählte Daddy von den vielen Abenteuern Ijapas, des listigen und gierigen Schildkrötenmannes, und seiner langmütigen Frau Yanibo. Manchmal sprach Daddy auch von seiner Kindheit in Elewure. Für uns, die wir unser ganzes Leben in der Stadt verbracht hatten, hörte sich das Dorfleben nach Volksmärchen an.

Eines Abends erzählte Daddy uns das Märchen von dem jungen Alao.

Daddys volle Stimme tönte im Zimmer, als er mit der üblichen Formel *»Alo o«* anhob.

»Alo!«, riefen Eniayo und ich in Erwiderung.

»Oruku tindi tindi, oruku tindi tindi: Meine Geschichte schwirrt los, sie fliegt gerade wie ein Pfeil auf das Haupt des Alao. Alao war ein hübscher, tüchtiger junger Mann. Wenn er durchs Dorf ging, kicherten die jungen Mädchen schüchtern hinter vorgehaltenen Fingern. An den Tagen, an denen Alao zum Fluss baden ging, legten die Dorfmädchen am Weg Lufahschwämme mit ihrem persönlichen Kennzeichen aus. Sie warteten gespannt in der Hoffnung, Alao werde gerade *ihren* Schwamm aufheben, um sein Interesse zu signalisie-

ren. Doch Alao ging zu ihrer Verzweiflung immer mit hoch erhobenem Haupt an den Schwämmen vorbei.«

Eniayo und ich warfen uns verschmitzt einen Blick zu und kicherten hinter vorgehaltener Hand. Daddy machte schmunzelnd eine Pause.

»Eines Morgens erlebte Alao ein böses Erwachen. Ein Bockshorn war ihm mitten aus dem Scheitel gesprossen! Entsetzt lief, lief, lief Alao zur Hütte des Heilers. Das schreckliche Horn verbarg er unter seiner *abetiaja*, der fest über den Kopf gezogenen langohrigen Dreiecksmütze. Baba Oloogun erklärte, es gebe nur ein Mittel gegen die Schändlichkeit, die aus seinem Kopf sprieße. Das sei ein Trank, der aus der frischen Ausscheidung eines Wurms und dem Blut eines neugeborenen Flohs gewonnen werde. Verzweifelt suchte Alao landauf, landab nach diesen Ingredienzien, aber vergebens.

Zur Bestürzung der Dorfmädchen ging Alao nun nicht mehr zum Baden an den Fluss. Freunde fragten, weshalb Alao nicht mehr an den Ringkämpfen teilnehme, bei denen er sich so ausgezeichnet habe.

Aber wie sollte er?, fragte sich Alao. Was, wenn ihm beim Ringkampf die *abetiaja* vom Kopf rutschte?

Schließlich, als er die schwere Bürde seines Geheimnisses allein nicht mehr tragen konnte, vertraute er es seinem besten Freund an. Monatelang hielt der Freund dicht. Doch mit der Zeit fiel es ihm immer schwerer, das Geheimnis zu wahren. Verzweifelt lief Alaos Freund vom Dorf in den Busch hinaus und flüsterte das Geheimnis in einem hohlen Odanbaumstamm. Erleichtert stopfte er das Loch mit trockenem Laub zu und kehrte ins Dorf zurück.«

Eniayo und ich rutschten hin und her. Das schwächer werdende blaue Licht der Petroleumlampen tauchte Daddys schmales Gesicht in Schatten.

»Es ging alles gut, bis eines Tages Sturmwinde durch das Dorf peitschten. Der Wind rüttelte an den Bäumen, bis sie die Kronen vor ihm neigten. Das Laub, das Alaos Freund in den hohlen Odanstamm gestopft hatte, flog heraus und verwehte im Wind. Alaos Geheimnis stieg in die Äste hoch und drang in die Poren der breiten Blätter. Die tanzenden Blätter begannen leise zu singen: *Alao wu iwo, Alao wu iwo* – Alao hat ein Horn, Alao hat ein Horn. Emsige Winde trugen die Worte bis zu den Hütten des Dorfs. Bald kannten alle Alaos schreckliches Geheimnis.

Aus den schmachtenden Blicken der Dorfmädchen wurde Abscheu. Wer wollte schon ein Ungeheuer zum Mann? Kleine Kinder flohen unter die *wrapper* ihrer Mütter, wenn Alao vorbeiging. Die Götter mussten Alao verflucht haben, tuschelten umstehende Dorfbewohner, sobald er erschien, und verdrückten sich rasch. Ein Freund nach dem anderen stellte die Besuche in seiner Hütte ein, kam nicht mehr, um Palmwein zu trinken und *ayo* zu spielen.

Eines Morgens stellten die Dorfbewohner fest, dass Alao mitten in der Nacht mit seiner gesamten Habe verschwunden war. Seine Spur führte direkt ans Flussufer. Sein Fischerboot war fort. Sie sahen ihn nie wieder.«

Nach Daddys Geschichte saßen wir stumm da. Selbst Mummys Stricknadeln schwiegen ein Weilchen.

Dann meldete sich eine verdutzte Eniayo: »Daddy?«

»Ja, Arewa?«

Ich blickte ins fahle Gesicht meiner Schwester, während sie nach Worten suchte. »*Warum* … was hat das zu bedeuten?«

Daddy hatte uns einmal erklärt, in die Volksmärchen hätten unsere Vorfahren ihre ganze Weisheit gepackt und lehrten uns damit etwas fürs Leben. Als er daher mit stolzem Lächeln auf Eniayo schaute, wünschte ich, ich hätte die Frage gestellt.

»Ganz einfach«, sagte er. »Wer nicht möchte, dass alle Welt sein Geheimnis kennt, darf es mit niemandem teilen.«

Trotz unseres Altersunterschieds überragte Eniayo, die Daddys langgliedrige, sehnige Figur geerbt hatte, mich bald. Ich hatte einen gedrungenen, rundlichen Körper abgekriegt. Und damit zum Schaden der Spott nicht fehlte, litt ich noch dazu an Rachitis. Meine Spindelbeine bildeten von der Hüfte abwärts ein fast vollkommenes O.

Die ganze Grundschule hindurch hänselten mich die Jungen in meiner Klasse. Sie gingen hinter mir her und ahmten meinen ungelenken Gang nach. Sie forderten sich sogar gegenseitig zu der Mutprobe heraus, sich durch das O zu zwängen. Eines Tages versuchte es einer auf dem Schulhof tatsächlich. Unsere Lehrerin Mrs Oni musste ihm zur Hilfe eilen, als ich mich mit Wucht auf seinen Kopf setzte. Die Genugtuung, ihn kreischen zu hören, wog den Schmerz der Schläge auf, die ich mit der hölzernen Rückseite des Tafelschwamms auf die Finger bekam. Am Abend erzählte ich Aunty Adunni bei den Vorbereitungen in der Küche im Flüsterton davon, und wir beide lachten, bis wir Mummy im Wohnzimmer hörten.

Zwar streckte sich eines meiner Beine noch bis zu meinem dreizehnten Lebensjahr, doch das andere blieb am Knie auswärts gebogen. Statt eines Os formten meine Beine jetzt den Buchstaben K.

Eines Nachmittages ertappte Mummy mich dabei, wie ich mich betrübt im Standspiegel in ihrem Zimmer betrachtete. Lächelnd legte sie mir einen Arm um die Schultern. »Morayo, *kilo de*? Was machst du für ein langes Gesicht?«

»Eniayo sagt, ich sehe aus wie eine Flasche Imperial Stout.«

Mummy runzelte die Stirn. »Beachte sie nicht. Hat dein Vater dir nicht gesagt, du glichest aufs Haar seiner Mutter? Und habe ich dir nicht gesagt, dass sie eine bildschöne Frau war?«

Daddy zog den Vergleich wirklich ständig, aber ich war mir da nicht so sicher. Wir hatten von ihr nur ein körniges Schwarz-Weiß-Foto. Die Aufnahme stammte von Daddys Studienabschlussfeier. Mutter und Sohn Seite an Seite mit steif durchgedrückten Armen. Daddy, lang und schmal, trägt sein Graduationsgewand, meine Großmutter, die ihm kaum an die Schulter reicht, hat auf dem Kopf ein gewaltiges *gele*, das ihr Gesicht halb verdeckt. Daddy war von dreizehn Geschwistern der Einzige, der studieren durfte. Ich betrachtete das körnige Bild oft und fragte mich, wie ihr Gesicht wirklich ausgesehen haben mochte.

Mummy wiegte den Kopf. »Eniayo wiederum ist genau wie die Schwester deines Vaters.«

Das fand ich auch. Daddys jüngere Schwester hatte wirklich eine scharfe Zunge. Das Gute war, dass sie im fernen Abidjan lebte und nicht oft nach Nigeria kam. Bei ihrem letzten Besuch hatte sie mich von oben bis unten gemustert und mit der Zunge geschnalzt. »Du mit deinen krummen Beinen wirst ja schwerlich einen Mann finden.« Sie sagte es so, als beklagte sie einen üblen Geruch, wandte sich ab und holte sich in der Küche etwas zu trinken. Ihrem Gesichtsausdruck nach konnte Schlimmeres gar nicht passieren.

Mummy schnalzte mit der Zunge. »Komm, Schatz, wir schnappen uns deine scharfzüngige Schwester. Ich habe sie immer gewarnt, dass sie sich mit ihrem großen Mund noch Ärger einhandeln wird.«

Es geschah selten, dass Mummy wütend wurde oder die Stimme erhob. Doch wenn Eniayo und ich sie laut nach uns rufen hörten, wussten wir, was die Stunde geschlagen hatte. Jetzt stellte sie sich oben an die Stufen zum Hof und rief: »Eniayo!«

Eniayo riss entsetzt die Augen auf, als sie im Wohnzimmer vernahm, worin ihre Strafe bestehen sollte. »Ich soll zehnmal wie ein Frosch durchs Zimmer hüpfen?«

Auch ich sah Mummy verwundert an. Meist brummte sie uns »neunzig Grad« auf. Dazu mussten wir uns mit dem Rücken in Hockstellung gegen die Wand stemmen, als säßen wir auf einem Stuhl. In dieser Position hatten wir dann die Arme im rechten Winkel auszustrecken. Ließen wir die Arme sinken, oder setzten wir uns auf die Fersen, wurde die Strafzeit verlängert.

Mummys Blick war wenig mitfühlend. »Genau. Dann wirst du dich das nächste Mal, wenn dein Mund schneller ist als dein Verstand, an die Schmerzen erinnern.«

Nach nur vier Runden durchs Zimmer begann Eniayo schon zu weinen. »Es tut mir so leid, Mummy«, bettelte sie.

»Wirst du deine Schwester also noch mal verspotten?«, fragte Mummy.

Inzwischen waren Eniayos Ohren vom vielen Ziehen ganz rot. Sie wischte sich den Rotz am Ärmel ihrer Bluse ab. »Nein, *Ma*.«

»Gut! Dann geh jetzt ins Bad und wasch dir das Gesicht.«

Mit hängendem Kopf wartete ich vor der Tür auf sie. Als sie aufmachte, lächelte ich sie zaghaft an. »Wie geht's den Ohren?«

Eniayo schnitt eine Fratze. »Lass mich bloß in Frieden!« Sie knallte die Tür zu. Ich konnte meine Zehen noch gerade rechtzeitig in Sicherheit bringen.

Als ich wenig später die Klingel des Eiscremeverkäufers vorm Haus hörte, lächelte ich in mich hinein. Ich lief hinunter.

»Warten Sie! Warten Sie!«

Das Fahrrad hielt an. Ich hatte noch die fünfundzwanzig Kobo in der Tasche, die Aunty Adunni mir für meine Hilfe beim Entflechten ihrer Haare gegeben hatte. Ich hielt ihm die Münze hin. Er schob seinen breitkrempigen Strohhut zurück, klappte seine ans Fahrrad geschweißte kleine Blechkühlbox auf und reichte mir einen Riegel Wall's French Vanilla.

»Bitte, Sir, könnten Sie den in zwei Stücke schneiden?«, bat ich.

Er nickte und zog aus seiner Tragetasche ein langes, verrostetes Rasiermesser hervor.

Im Haus machte ich mich auf die Suche nach Eniayo. Ich fand sie in unserem Schlafzimmer. Ich setzte mich neben sie und reichte ihr den halben Eisriegel. Einen Augenblick zögerte sie, dann nahm sie mein Geschenk an. Still saßen wir nebeneinander und schleckten Vanilletropfen von unseren Fingern.

»Christmas is coming, New Year will follow.
Mama buy shoe for me, Papa buy dress for me.
O ya ya, o ya ya.
O ya ya, o ya ya.«

Durchs Zimmer hüpfend sang Eniayo das Lied aus voller Kehle. Es war der Samstag vor Weihnachten.

Unser Vetter Brother Tayo – Bros T – und seine Mutter, Aunty Tope, waren zu den Feiertagen nach Ibadan gekommen. Meine Großmutter Mama Ejiwunmi war auch da; sie döste im Schlafzimmer. Aunty Tope und Mummy waren längst aus dem Haus gegangen. Mummy saß in der Schneiderei und legte letzte Hand an unsere Festtagskleider, Aunty Tope wollte eine alte Schulfreundin besuchen.

Ich hockte im Wohnzimmer und wartete darauf, dass Aunty Adunni mir mit dem Kamm, den sie gerade auf dem Herd erhitzte, das Haar entkrauste. Ich hörte es zischen, als die Vaseline schmolz, mit der sie den heißen Metallkamm bestrich. Ich schrie auf, als ein winziger Tropfen heißes Fett auf meinem Ohrläppchen landete.

»*Pele*, Morayo. Entschuldige. Nicht reiben«, sagte Aunty Adunni und zog behutsam den heißen Kamm durch mein krauses Haar. Ich sah Dampf aufsteigen.

Bros T schlenderte herein. Er blieb stehen, als er uns sah. »Morayo, brätst du dir schon *wieder* die Haare?«, meinte er grinsend. »Mir ist ein Rätsel, warum du sie dir nicht einfach dauerhaft entkrausen lässt, statt dir das anzutun.«

Der Gestank versengter Haare stieg mir in die Nase. Ich nieste. »Mummy sagt, ich bin zu jung für eine Haarglättung.«

»Verstehe.« Bros T wandte sich Eniayo zu. »Spielst du *ayo* mit mir?«

Eniayo, deren Haar schon gemacht war, lief los, um das Brett zu holen.

Bros T war erst drei gewesen, als sein Vater bei einem Autounfall ums Leben kam. Aunty Tope hatte nicht wieder geheiratet; mit ihrer ganzen Liebe überschüttete sie ihr einziges Kind. Bros T verbrachte die Hälfte der langen Schulferien bei uns in Ibadan und die andere Hälfte bei der Familie seines Vaters in Ilesha. Einmal hatte ich Aunty Adunni einer anderen Cousine zuraunen hören: »Diesem Tayo hätte es gutgetan, wenn seine Mutter sich ein bisschen mehr hätte zurückhalten können.« Das verstand ich nicht.

Eniayo und ich hatten Bros T gern zu Besuch. Aunty Tope machte mit dem Verkauf von Stoffen und Schuhen in Jos gute Geschäfte, und sie sorgte stets dafür, dass ihr Sohn reichlich Taschengeld hatte. Er verwöhnte uns, indem er uns alles Mögliche spendierte, und wenn er kam, stiegen vor unserem inneren Auge gleich endlose Becher Fan-Milk-Eiscreme auf.

Während seiner Besuche unterhielt Bros T uns mit aufregenden Geschichten aus seinem Leben in Jos. Einmal erzählte er uns, er sei mit einem der Söhne des Sultans von Sokoto befreundet. Der habe ihn zu einer Karawanentour durch die Sahara mit Tuaregs aus dem benachbarten Niger eingeladen. Er schilderte ihre beherzte Flucht vor Räubern, die die Karawane angegriffen hatten. Ich sah die drängelnden Kamele und die unverwechselbaren blauen Gewänder der Nomaden bildlich vor mir. Der Großteil seiner Geschichten war maßlos übertrieben – wenn nicht gar erfunden –, aber wir vergötterten Bros T. Sein hübsches Gesicht und sein ansteckendes Lachen erfreuten die Herzen der Frauen im Haus.

Selbst unser strikter Daddy war gegen seinen Charme nicht gefeit. Irgendwie schaffte es Bros T immer, sich aus einer Abreibung mit der *koboko* herauszureden, selbst wenn allen klar war, dass er sie verdiente.

Ich erinnere mich noch gut an den Tag, als Bros T mit Mummys Wagen fuhr. Nicht nur, dass er nicht um Erlaubnis gebeten hatte, nein, er hatte gar keinen Führerschein. Als er zurückkam und Daddy zu Hause antraf, warf er sich schnell vor ihm auf den Bauch. »Guten Tag, Sir. Es tut mir sehr leid mit dem Auto. Ich wollte doch Aunty Bisoye bloß damit überraschen, dass ich im Notfall fahren kann, wenn du nicht daheim bist.«

Daddys Wut verrauchte. »Das war sehr überlegt von dir, Tayo. Das wäre deiner Tante tatsächlich eine Hilfe. Aber dann sollten wir erst einmal dafür sorgen, dass du einen Führerschein machst, nicht wahr?«

»Ja, Sir.«

Eniayo und ich staunten, denn solch unverschämtes Glück hatten wir nie!

Später, als Aunty Adunni im Begriff war, zum Markt aufzubrechen, hörten wir sie in der Küche rumoren. Kurz darauf erschien sie im Wohnzimmer. »Wer hat das Geld genommen, das ich auf den Küchentisch gelegt habe?«

Geld? Eniayo und ich wechselten einen Blick und schüttelten den Kopf.

»Ich nicht«, sagte ich.

»Ich auch nicht«, sagte Eniayo.

Bros T schwieg, als Mama Ejiwunmi im Zimmer erschien und sich erkundigte: »Adunni, wie viel fehlt denn?«

»Zweihundert Naira, *Ma*«, antwortete Aunty Adunni und hielt ihr ein paar Scheine hin. »Vierhundert habe ich auf den Tisch gelegt; es sind nur noch zwei da.«

Mama Ejiwunmi wandte sich Bros T zu. »Tayo, habe ich dich nicht eben Geld aus der Küche holen sehen?«

Bros T riss empört den Mund auf. »Mich? *Mama*, mich hast du Geld nehmen sehen? Das habe ich aber nicht!«

Aunty Adunni schielte zu ihm hin. Ich hielt die Luft an, und Eniayo neben mir erstarrte. Wir wussten, dass Bros T gerade mit einer Flasche Fanta aus der Küche gekommen war.

»Tayo, leere bitte augenblicklich deine Taschen«, befahl Aunty Adunni.

Bros T sprang auf. »Warum sollte ich? Ich sage doch, ich habe das Geld nicht genommen.«

»Tayo«, wiederholte Aunty Adunni in drohendem Ton, »*eh*, ich warne dich. Wenn du nicht sofort deine Taschen ausleerst, dann tue ich es.«

Bros T funkelte sie an.

Aunty Adunni machte einen Schritt auf ihn zu.

Mama Ejiwunmi hob die Hand. »Adunni, warte.« Sie wandte sich Bros T zu. »Tayo, du weißt, dass man sich nicht einfach bei anderen bedient.« Sie winkte ihn zu sich. »Bitte, Kind, gib Adunni das Geld, damit sie auf den Markt gehen kann.«

Bros Ts Gesicht lief dunkel an. »Aber ich sage doch: Ich habe kein Geld genommen!«

In diesem Moment betrat Aunty Tope das Wohnzimmer, in dem reichlich dicke Luft herrschte. Sie sah sich verwundert um. »Was ist denn hier los?«, fragte sie.

Mama Ejiwunmi drehte sich ihrer Tochter zu. »Tope, gut, dass du da bist. Ich habe Tayo Geld vom Küchentisch nehmen sehen. Adunni muss zum Markt, und Tayo weigert sich, ihr das Geld zurückzugeben, das er genommen hat.«

»Du hast Tayo Geld nehmen sehen?«, wiederholte Aunty Tope und ließ ihre Handtasche auf die Couch fallen.

Mein Blick folgte der Tasche, als sie zu Boden glitt – es war ein Modell von Yves Saint Laurent. Mir gefiel das blanke schwarze Leder, und ich hätte sie gern berührt. Mummy besaß keine Markentaschen. »So viel Geld haben wir nicht, dass ich es auf Kinkerlitzchen verschwenden könnte«, hatte Mummy mit einem Seufzer gesagt, als ich sie fragte, warum sie nicht so hübsche Sachen habe wie Aunty Tope. »Es ist Monatsende. Bald kommen die Angehörigen deines Vaters und bitten um Geld für Schulgebühren oder für ein eigenes Geschäft.« Sie lachte bitter. »Sie vergessen, dass er selbst Kinder zu ernähren und durch die Schule zu bringen hat. Aber als er sie gedrängt hat, sie möchten doch selbst eine Ausbildung machen, damit sie weiterkommen, wer hat da auf ihn gehört? Jetzt zahlen wir für ihre Versäumnisse. Mein Kind, unter fünfzig Bedürftigen wird ein wohlhabender Mann ebenfalls zum Bedürftigen.«

Aunty Topes aufgemalte Augenbrauen berührten sich, wenn ihr, wie jetzt, eine senkrechte Falte auf der Stirn stand. »Warum sollte er so etwas tun? Er kann mich doch jederzeit um Geld bitten.« Sie wandte sich ihrem Sohn zu. »Tayo, hast du Geld aus der Küche genommen?«

Er zog eine Schnute. »Nein, Mummy. Das habe ich nicht.«

»Seht ihr.« Neben Mama Ejiwunmi Platz nehmend, lächelte Aunty Tope selbstgewiss. »Tayo hat nichts genommen. Adunni, hast du das Geld nicht vielleicht einfach verlegt?«

Aunty Adunni schüttelte den Kopf. »Da bin ich mir ganz sicher. Bitte, *Ma*, lass Tayo seine Taschen ausleeren.«

Stirnrunzelnd setzte Aunty Tope sich auf. »Adunni, bist du noch bei Sinnen? Was ist, wenn er eigenes Geld in der Tasche hat? Erkennst du etwa die Seriennummern deiner vermissten Scheine?«

Aunty Adunni schwieg, den Blick auf ihre Zehen gerichtet.

»Aber Tope«, sagte Mama Ejiwunmi leise, »ich habe Tayo mit eigenen Augen das Geld nehmen sehen.«

Aunty Tope lächelte gequält. »*Mama*, hast du mir nicht erst gestern gesagt, dass es mit deinen Augen nicht zum Besten steht?«

Mama Ejiwumni blieb der Mund offen stehen. »*Ha!* Tope! Jetzt sind also meine Augen zu alt, die Wahrheit zu sehen, *abi*? Sie wiegte bedenklich den Kopf. »Tope, du verziehst das Kind. Das wird böse enden.«

Aunty Topes Miene verfinsterte sich. »Das tue ich nicht, *Mama*. Ist Tayo etwa das einzige Kind hier im Haus?« Sie deutete auf mich und Eniayo – und meine Schwester duckte sich hinter meinen Rücken. »Wie kommt es, dass alle immer mit dem Finger auf ihn zeigen, wenn irgendetwas verschwindet oder nicht stimmt?«

Mama Ejiwunmis Stimme klang bekümmert. »Ist er nicht auch mein Kind?«

Aunty Tope schwieg mit zornblitzenden Augen.

Mit einem Seufzen löste Mama Ejiwunmi am Bund ihren *wrapper* und legte den Tuchbeutel mit dem Geld frei, den sie um die Taille trug. Sie zog den Reißverschluss auf und zählte Scheine ab. Sie winkte Aunty Adunni zu sich. »Komm, nimm das dazu, damit du auf den Markt gehen kannst.«

Aunty Adunni nahm die verkrumpelten Scheine aus Mama Ejiwunmis Hand. Sie brach wortlos auf und mied die bösen Blicke Aunty Topes und Bros Ts.

Zischelnd erhob Aunty Tope sich von ihrem Stuhl und verließ das Haus. Bros T folgte ihr.

Mama Ejiwunmi schüttelte den Kopf, als ihre Tochter und ihr Enkel mit finsteren Mienen hinausstapften. Sie seufzte. »Auf dieser Welt leben Gut und Böse Seite an Seite, Kinder«, sagte sie. Sie stand mühsam auf und ging Richtung Küche. »Nur ist es manchmal nicht leicht zu sagen, wo das eine endet und das andere beginnt.«

Als Kind hörte ich viel über das Böse, denn uns wurde immer wieder eingebläut, das Böse, das sei die zahnlose, verhutzelte Stiefgroßmutter, deren Speisen wir nicht anrühren durften. Das Böse sei der fremde Tunichtgut, der am Markt lungere und auf die Gelegenheit warte, kleine Kinder ihren abgelenkten Eltern unter der Nase wegzustehlen. »Lauft, wenn euch ein Fremder anspricht!«, schärfte Mummy uns ein. Aber niemand hat uns gesagt, dass das Böse manchmal unter dem eigenen Dach lauert und die, die uns ein Leid antun wollen, manchmal überaus angenehme und wohlvertraute Stimmen besitzen.

3

Schuld ist nicht der mit den vorstehenden Zähnen.
Schuld ist der Gott, der ihm nicht genug Haut
für den Mund gab.

Im Februar 1984 zogen wir aus unserer Fünfzimmerwohnung in ein neues Einfamilienhaus an der Eleyele Road nur wenige Minuten von unserem alten Viertel.

Das Haus war, wie das »Remilekun House«, hellgrün gestrichen, aber die Zimmer waren größer, und die Lamellen an den Fenstern ließen sich in ihren schwarzen, einbruchsicheren Metallrahmen ganz aufstellen.

Wochenlang tanzte Mummy breit lachend im Haus herum. »Endlich. Endlich zahlt sich die jahrelange harte Arbeit aus.«

Daddy hatte mit dem Bau des Hauses kurz nach Eniayos Geburt begonnen. Wann immer er Eniayo grinsend erzählte, sie habe der Familie Glück gebracht, musste ich daran denken, was die Frauen über meine Schwester als Baby gesagt hatten. Sie hatten also falsch gelegen.

Was mir an dem neuen Haus am besten gefiel, war, dass wir eigene Zimmer bekamen. Weil aber Eniayo ungern allein schlief, kam sie nachts immer noch zu mir. Dann schleppte sie Aunty Adunnis alte Matratze an und legte sie neben meinem Bett ab. »Kann ich nicht bei dir einziehen?«, bettelte sie eines Abends. »Mummy sagt, ich darf, wenn du einverstanden bist. Ich verspreche auch, dich nicht zu nerven.« Eniayo schob die rosa Lippen vor und klimperte hinter den Brillengläsern mit langen, blassen Wimpern.

Ich musste mir ein Grinsen verbeißen, als ich den Kopf schüttelte. »Nein.«

»Bitte …«

»Geh und schlaf in deinem eigenen Zimmer. Du solltest froh sein. Wann haben Kinder schon eigene Zimmer?«

»Aber irgendwas ruft nachts meinen Namen«, quengelte Eniayo.

Ich spitzte die Lippen. »Dann antworte nicht.«

Drei Monate nach unserem Einzug in das neue Haus feierte Eniayo ihren siebten Geburtstag. Wir waren noch nicht lange von der Schule zurück, da traf unsere Cousine zweiten Grades Aunty Morenike mit ihrem kleinen Sohn Damilare ein. Aufgeregt lief Eniayo zur Tür und machte ihnen auf. »Aunty Morenike! Damilare!«

Aunty Morenikes herzförmiges Gesicht strahlte. »Da ist ja unser Geburtstagskind.« Ihre zierliche Figur versank wie üblich in weiten Bluejeans. Ich sah, dass ihre sorgfältig manikürten Nägel passend zur Spitzenbluse blasslila lackiert waren.

Wir knieten zur Begrüßung vor ihr. »Guten Tag, Aunty.«

»Guten Tag«, erwiderte sie und trug einen großen Flechtkorb herein.

Der dreijährige Damilare stürzte ins Wohnzimmer und zupfte Eniayo am Ärmel. »Mummy hat dir einen Kuchen gebackt.«

Fielen unsere Geburtstage in die unterrichtsfreie Zeit an ihrer pädagogischen Hochschule, buk Aunty Morenike uns Geburtstagstorten. Zu meinem letzten Geburtstag hatte sie für mich eine Schmetterlingstorte in Rosa und Lila gemacht. »Weil du schön wie ein Schmetterling bist«, hatte sie mit einem schelmischen Zwinkern gesagt.

Aunty Adunni hatte die Augen verdreht. »Und genauso rastlos.«

Ich nahm Aunty Morenike den Korb ab und stellte ihn auf den Esstisch. Sie hob das blau-weiß karierte Spültuch weg und präsentierte uns eine runde Schokotorte mit lauter großen, bunten Smarties darauf.

Eniayos Gesicht lief bei dem Anblick rot an. Sie packte Aunty Morenike um die Taille. »Die ist ja sooo schön. Vielen Dank!«

Mummy, die zur Geburtstagsfeier früher aus der Schneiderei heimgekehrt war, schenkte Aunty Morenike ein beglücktes Lächeln. »Morenike, wie lieb von dir.«

Aunty Morenike winkte ab. »Keine Ursache, Aunty.«

Nachdem wir das Geburtstagslied gesungen hatten, wischte Damilare an der Außenseite der Torte entlang und stopfte sich dann den Mund voll Smarties.

Aunty Morenike drohte ihrem Sohn mit dem Finger und rief streng: »Damilare!«

Lachend rettete sich Damilare ans andere Ende des Zimmers. Aunty Morenike fing ihn ein und schwang ihn hoch. »*Oya*, sag deiner Cousine, dass es dir leidtut, den Kuchen ruiniert zu haben.«

Aber als wir uns umdrehten, hatte Eniayo die Backen selbst voll mit den Smarties, die sie inzwischen von ihrer Seite geklaubt hatte. Damilares Augen weiteten sich, und er schüttelte den Kopf. »Eniayo böse«, piepste er anklagend. Da mussten wir alle lachen.

Zu Abend gab es *Jollof*-Reis mit Huhn, und hinterher konnte Mummy Aunty Morenike überreden, die Nacht bei uns zu verbringen.

Am Morgen schälte ich hinten im Hof Kuhbohnen. Aunty Adunni stärkte Daddy und Mummys Kleider.

Damilare war bei uns draußen. Er jagte im Hof Mummys kostbare Küken. Alle paar Minuten, wenn die Glucke wieder flügelschlagend auf ihn losging, kreischte er auf und umklammerte meine Beine. Das Tier verfolgte ihn bis zu dem großen Fels in der Hofecke. Er kraxelte hinauf, und sie umkreiste ihn. Sein Zetern ließ Aunty Adunni schmunzelnd von ihrer Arbeit hochsehen.

Weil ich einen Wagen laut am Tor hupen hörte, spülte ich mir rasch die verspelzten Hände ab. Wer kam uns so früh am Tag wohl besuchen? Ich schloss auf und ließ verdattert Aunty Topes Fahrer auf den Hof. Aunty Tope hatte kaum den Wagenschlag offen, da kniete ich schon im warmen Sand, um sie zu grüßen.

»*Ekaaro*, Aunty Tope. Wie war die Fahrt von Jos?«

»Morayo, *kaaro*. Wir sind gut durchgekommen«, sagte Aunty Tope und blickte zum Haus hoch. Sie wirkte zerstreut, als sie mich musterte. »Du bist ja richtig groß geworden. Fast so groß wie ich. Wie alt bist du denn jetzt?«

Ich lächelte stolz. »Zwölf, *Ma*.«

Ich hatte Aunty Tope fast zwei Jahre nicht mehr gesehen. Ich nahm ihr die Handtasche ab, und wir gingen zum Haus. Sie sah sich auf dem Hof um und bemerkte wohl, dass dort kein Wagen stand. »Ist deine Mummy zu Hause?«

»Ja, *Ma*«, antwortete ich. »Daddy ist auf Geschäftsreise, er musste nach Gboko.«

Weil die Fenster offen standen, hatte Mummy Aunty Topes Stimme offenbar gehört, denn sie kam mit einem breiten Lächeln im vollen Gesicht aus dem Haus gelaufen. Eniayo hüpfte mit halb geflochtener Zopffrisur neben ihr her.

»Sister mi!«, rief Mummy freudig und drückte Aunty Tope fest. »Ich hoffe, bei dir ist alles in Ordnung? Als wir letzte Woche miteinander sprachen, hast du nichts davon gesagt, dass du kommen wolltest.«

»Ich weiß, ich weiß. Ich habe mich sehr kurzfristig zu der Reise entschieden, meine liebe *aburo*.« Aunty trat mit offenem Mund einen Schritt zurück. »Das gibt's nicht! Eniayo, bist du das wirklich?« Sie zog Eniayo auf die Füße. »Ich hätte dich auf der Straße nicht erkannt. *Ha*, Bisoye, das hast du gut gemacht mit meinen Mädchen.«

Mummy strahlte. »Man tut, was man kann, *sister mi*. Aber komm doch herein.«

Zum Glück hatte die NEPA uns nachts Strom gegönnt, sodass die Limonaden im Kühlschrank noch kalt waren. Aunty Adunni half mir, ein Sortiment Cola und Miranda zusammenzustellen, und bis ich mit sauberen Gläsern und einem Flaschenöffner zurückkehrte, saßen Mummy und Aunty Tope bereits im Wohnzimmer. Mummy belohnte mich mit einem anerkennenden Lächeln, als ich Aunty Tope Cola einschenkte. Aunty Tope tat einen langen Zug. Ich hörte die Limonade in ihrer Kehle gluckern.

Zu mir gewandt sagte sie: »Ich danke dir, liebe Morayo. Ich hatte gar nicht bemerkt, wie groß mein Durst war.«

Eniayo und ich trugen Aunty Topes Gepäck herein und packten die Geschenke aus, die sie mitgebracht hatte. Bald aber saß ich wieder bei den dicken Bohnen im Hof. Aunty Adunni hatte Yams aufgesetzt und war dabei, frischen Spinat für die *egusi*-Suppe zu hacken. Mummy und Aunty Tope verschwanden in Mummys Schlafzimmer, und dort wollte ich gerade anklopfen, als ich drinnen leises Weinen vernahm. Meine Hand verharrte auf der Klinke. Weil ich nicht auf einen Verweis wegen einer unwillkommenen Störung erpicht war, legte ich das Ohr an die Tür.

Da weinte wirklich jemand.

Ich hörte Mummys gedämpfte Stimme. »*Sister mi*, bitte. Wir finden schon eine Lösung. Wein doch nicht. Schließlich ist niemand gestorben.«

»Ach, Bisoye, ich bin so fertig. Tayo macht mich fertig.« Aunty Tope schluchzte auf. »Stell dir die Unverschämtheit vor! Den eigenen Schuldirektor zu ohrfeigen! *Kilo de*? Was ist nur mit ihm? Und in den großen Ferien haben er und sein Freund Abu dessen Vater einen Koffer voll Fremdwährung gestohlen. Der Junge wäre fast ins Gefängnis gewandert! Dieser störrische …« – sie überlegte – »was eigentlich: halb Mann, halb Kind?«

»*Sister mi*«, wiederholte meine Mutter sanft. Ich nahm an, dass sie ihrer Schwester beschwichtigend die Schulter tätschelte.

»Bisoye, ich weiß nicht mehr, an wen ich mich wenden soll. Ich kann ihn bei dem Betragen doch unmöglich zu den Verwandten seines Vaters schicken. Was sollen sie von mir denken? Ich weiß, dass Owolabi immer noch wütend ist, aber mir wäre sehr daran gelegen, dass Tayo hier die Schule abschließen kann. Er muss doch auf die Universität. Wofür arbeite ich denn sonst? Nur braucht er die lenkende Hand eines Mannes.«

Da sich Fußschritte näherten, lief ich rasch auf mein Zimmer.

Zwei Jahre zuvor hatte Bros T es sich doch noch mit Daddy verscherzt. Wir verfolgten gerade die Abendnachrichten des nationalen Senders NTA, als aus dem Badezimmer Schreie gellten. Mummy sprang von ihrem Stuhl auf. Einen Augenblick später kam Aunty Adunni ins Wohnzimmer gestürzt. Sie hatte um den eingeseiften Körper nur ein kurzes Badetuch geschlungen. »Tayo!«, platzte sie heraus. »Dieser unverschämte Junge hat mich beim Baden belauert!«

Mummy fuhr zusammen, ihre Hände flogen an ihren Scheitel. »Bist du sicher?«, fragte sie. Aunty Adunni nickte. Sie begann zu weinen.

Daddy hatte sich das Ganze von seinem Sessel aus angehört. »Tayo!«, brüllte er. Seine Augen glitzerten. »Hierher! Sofort!«

Bros T kam angetrabt. Als er Daddys Gesicht sah, blieb er wie angewurzelt stehen.

»Tayo, ist das wahr?«, fragte Daddy.

Bros Ts Ausdruck veränderte sich, sein Kinn mit dem Grübchen zitterte.

»Aunty Adunni, ich?« Er warf sich bäuchlings auf den Teppich. »Sir, so wahr mir Gott helfe, ich bin nicht ins Badezimmer gegangen, um Sister Adunni zu beobachten. Ich schlug gerade mein Wasser ab, als sie den Duschvorhang zurückschob, um *mich* zu beobachten.« Bros T zeigte auf ein paar Spritzer an seiner Hose. »Sieh nur. Ich weiß nicht, warum sie mich anschwärzen will, Sir.« Und ergänzte kopfschüttelnd: »Aber sie hat mich noch nie leiden können.«

Aunty Adunni stürzte zu ihm, gab ihm eine Ohrfeige und konnte ihm gerade noch das Gesicht zerkratzen, ehe Mummy sie von ihm wegzerrte. Mummy musste sie festhalten.

Am nächsten Tag rief Mummy Aunty Tope in Jos an. Drei Tage später stand sie vor der Tür. Als Mummy ihr sagte, was vorgefallen war, blieb Aunty Tope beharrlich dabei, dass es sich um ein Missverständnis handeln müsse. Eniayo und ich hörten sie in Mummys Zimmer kreischen.

»Bisoye, ich bitte dich: Warum sollte Tayo Adunni nackt sehen wollen? Sind sie nicht sozusagen blutsverwandt?«

»Sister *mi*«, sagte Mummy unaufgeregt, »in all den Jahren, die Adunni bei uns ist, habe ich sie noch nie lügen hören.«

»Du hast mich den weiten Weg von Jos herzitiert, um mich zu beleidigen?«, schrie Aunty Tope. »*Ich* habe also einen Lügner zum Sohn? Weil er einmal geflunkert hat? Ein einziges Mal?«

Eniayo und ich wechselten einen Blick. Wir hätten Bros Ts Lügen nicht mal an allen Fingern und Zehen zusammen abzählen können.

»Und nun reibst du mir die Schande auch noch unter die Nase? Na, vielen Dank, liebe Schwester. Ich nehme mein Kind noch heute mit.«

Mummy unternahm keinerlei Versuch, sie umzustimmen, und als Aunty Tope mit Bros T verschwand, seufzte das ganze Haus vor Erleichterung auf.

Im Lauf des Jahres hörten wir, dass Bros T nicht mehr seine bisherige Privatschule besuchte. Eine Mitschülerin aus seiner Klasse hatte es gemeldet, als er spätabends versuchte, in ihr Schlafzimmer einzudringen. Als Aunty Adunni das hörte, schüttelte sie bloß den Kopf und zischte abfällig: »Charakter ist wie Rauch, und wie sehr seine Mutter sich auch vor ihn stellt, der Charakter dieses Jungen wird immer wieder durchkommen.«

Jetzt, zwei Jahre später, war Aunty Tope wieder da und bat Mummy, das Geschehene zu vergessen und ihren Sohn wieder aufzunehmen.

Bis die Schwestern an diesem Morgen endlich aus Mummys Zimmer wieder auftauchten, waren Aunty Morenike und Damilare schon weg. Aunty Topes frisch gepudertem Gesicht waren die Tränen nicht anzusehen. Sie blieb zwei Tage, dann kehrte sie nach Jos zurück. Daddy wurde erst Ende der Woche aus Gboko zurückerwartet.

Nach Aunty Topes Aufbruch verriet ich Aunty Adunni, dass Bros T möglicherweise wieder zu uns ziehen werde. Entsetzt riss sie die Augen auf. »Wer sagt das?«, fragte sie mit finsterem Blick. Ich konnte ja aber nicht zugeben, dass ich gelauscht hatte. »Nur so ein Gefühl«, murmelte ich daher und schob mich rückwärts zur Küchentür. Ihre Augen wurden schmal, aber ich hielt dicht.

Wann immer Daddy Mummy einen Gefallen tun sollte, schickte sie Eniayo und mich ein Stück die Straße hinunter zu Mama Kachis Verkaufsbude nach zwei Flaschen Guinness. Diesmal achtete sie sorgfältig darauf, dass beide Flaschen schön kalt waren und für Daddy zum Essen bereitstanden. Sie bediente ihn selbst und wartete geduldig, bis er die erste Flasche zur Hälfte geleert hatte, ehe sie ihre Bitte vortrug.

Doch das Guinness schien seine sonstige Wirkung auf Daddy zu verfehlen. Als Mummy ohne das gewohnte zufriedene Lächeln in die Küche zurückkehrte, wussten wir, dass sie gescheitert war. Aunty Adunni, Eniayo und ich flohen auf unsere Zimmer. Niemand hatte Lust, Blitzableiter zu spielen.

Am nächsten Tag griff Mummy zu einer Zermürbungstaktik, die jeden General vor Neid hätte erblassen lassen.

Wochenlang bereitete sie Daddys Leibgerichte zu. Sie strafte ihn phasenweise mit Schweigen. Darauf ließ sie Weinkrämpfe folgen, bis Daddy sich schließlich geschlagen gab. Drei Monate brauchte sie, aber am Ende bekam sie ihren Willen.

Ja, Bros T dürfe wieder zu uns kommen.

Als Aunty Adunni es erfuhr, war sie alles andere als erfreut, das war mir klar. Hätte sie die Wahl gehabt, sie wäre wohl ins Haus ihrer Eltern zurückgekehrt. Stattdessen bat sie Mummy, ein Zimmer im Dienstbotenhaus beziehen zu dürfen.

Sie kniete mit Tränen in den Augen vor ihr. »Bitte, *Ma*«, flehte sie. »Wenn Tayo ins Haus zurückkehren soll, würde ich mich außer Haus wohler fühlen.«

Die Unterkunft war ein kleines Gebäude hinter dem Haupthaus. Dort gab es zwei Zimmer und eine kleine Küche. Als Mummy und Daddy das Haus bauten, hatten sie vorgehabt, die Zimmer zu vermieten, aber bisher standen sie leer.

Aunty Adunnis banger Gesichtsausdruck ließ Mummy seufzen. »Ich spreche mit Daddy Morayo, sobald er nächste Woche heimkommt.«

Drei Wochen später halfen Eniayo und ich Aunty Adunni, ihre Sachen ins Dienstbotenhaus zu tragen.

Eine Woche drauf stolzierte Bros T mit seinen eins achtzig, einem Brother-Johnson-Afro, zwei großen Koffern und unverändert dreist-charmantem Grinsen breitbeinig zur Tür herein. Aunty Trope war nicht mitgekommen. Sie hatte ihn mit ihrem Fahrer geschickt.

Daddy war bei seinem Eintreffen zu Hause. Der Anblick von Bros Ts windschiefer Afrofrisur reichte schon für eine erste Marschorder, nämlich einen Besuch beim Friseur. »Jetzt wundert mich deine Flegelei nicht mehr«, bemerkte Daddy. »Dein Hirn kriegt bei so viel Haar einfach keinen Sauerstoff.«

Daddy schob Bros T ins Auto und fuhr mit ihm zu seinem eigenen Friseur, Marindoti in Mokola. Eine Stunde später kehrte ein ernüchterter junger Mann zurück. Sein blanker *gorimapa*-Schädel hätte mir als Spiegel dienen können. Das kecke Grinsen war verschwunden, seine Augen glommen wie heiße Kohlen. Mummy rief Eniayo und mich beiseite. »Geht Tayo heute Abend lieber aus dem Weg«, warnte sie.

Aunty Adunni floh, kaum dass sie in der Küche fertig war und Mummy eine Gute Nacht gewünscht hatte, in ihr neues Zimmer.

»Tayo, das Essen steht auf dem Tisch.«

Missmutig sah Bros T hoch. »Danke, *Ma*. Ich habe keinen Hunger.«

Mummy war überrascht. »Keinen Hunger? Aber du hast seit deiner Abfahrt aus Jos nichts gegessen. *O ya dide*, steh auf. Das Essen wird kalt.«

Bros T lehnte erneut ab.

Daddy tat hinter seiner Zeitung so, als kriegte er nicht mit, wie Bros T sich von Mummy vergeblich bitten ließ.

Eniayo und ich wechselten einen Blick. Wir kannten die Folgen einer solch trotzigen Verweigerung. Ein paar ordentliche Hiebe mit der *koboko* trieben einem den »Hungerstreik« schnell aus. Und obendrein gäbe es noch die Predigt über die darbenden Straßenkinder, die nur zu gerne mit uns tauschen würden. Am Ende säße man mit notdürftig getrockneten Tränen am Tisch und leerte mit der gebührenden Dankbarkeit seinen Teller.

Vor einiger Zeit hatten wir wegen Nigerias Strukturanpassungsprogramm drei Wochen lang nachmittags nur Bohnen bekommen. Mummy wollte uns weismachen, davon würden wir wachsen, aber das zog nicht recht. Schließlich blickte Eniayo eines Abends von ihrem Teller wässrigen Bohneneintopfs in Aunty Adunnis Gesicht auf. »Aunty, da sind ja mehr Rüsselkäfer als Bohnen drin!«, klagte sie. Ein bohrender Blick von Daddy genügte. Beide löffelten wir rasch unsere Teller aus.

Hätte Bros T gewusst, dass Daddy gerade erst auf Touren kam, hätte er den nächsten Bus zurück nach Jos genommen. Am Montag brachte Daddy ihn zu der nur wenige Gehminuten entfernten staatlichen Oberschule und meldete ihn zum Unterricht an. Bros T musste das letzte Schuljahr wiederholen.

Mummy war über die Wahl der Schule nicht sehr glücklich, denn sie war heruntergekommen und hatte keine Fenster. In der Regenzeit mussten die Lehrer Eimer aufstellen, um die Schüler vor der Nässe zu schützen. Stühle und Pulte mussten diese selbst mitbringen.

Einen der dortigen Lehrer, Mr Bada, heuerte Daddy für zusätzliche Nachhilfestunden an. Täglich kam Mr Bada nach der Schule zu uns. Daddy wollte dafür sorgen, dass Bros T neben dem regulären Unterricht, der Nachhilfe und seinen Haushaltspflichten keine Zeit bliebe, Unfug zu treiben. Und so war es. Binnen einer Woche wurde aus einem verwöhnten Bengel, der täglich zu seiner teuren Privatschule chauffiert wurde, ein Schüler, der morgens zu Fuß in die Schule ging. Samstags stand er früh auf, wusch die Autos, mähte den Rasen und erledigte sonstige Aufgaben im Haus.

An Bros Ts erstem Schultag lachten Eniayo und ich uns beim Anblick seiner langen, behaarten Beine in den grauen

Kakischulshorts kaputt. Uns traf ein gehässiger Blick. »Was gibt's da zu lachen?«

Sofort wurden wir still. Einen Augenblick dachte ich, er würde uns ein paar Kopfnüsse verpassen. Aber offenbar dämmerte ihm, dass er in seiner Uniform wirklich komisch aussah, denn er musste sich selbst das Lachen verkneifen – und flüchtig erkannte ich den Bros T von früher wieder.

Im Laufe der Monate zeigte sich Daddy von Bros Ts Fleiß und Pflichttreue immer stärker beeindruckt. Und aus Mummys Gesicht verschwand langsam die Besorgnis. Daddy schien Bros Ts Verhalten beim letzten Besuch zu vergessen, und es entwickelte sich ein neues Verhältnis zwischen den beiden. Selbst Aunty Adunni verzichtete darauf, sich bei jeder Gelegenheit in ihr Zimmer im Dienstbotenhaus zurückzuziehen.

An einem Samstag begleitete uns Bros T in den Trans Amusement Park. Auf der halbstündigen Busfahrt von Eleyele zu dem Vergnügungspark unweit der University of Ibadan kriegte Eniayo sich vor Aufregung kaum ein. »Morayo«, flüsterte sie, »bist du sicher, dass sie noch auf haben werden, wenn wir ankommen?«

Als wir vor den Parktoren angelangt waren und unsere Karten gekauft hatten, schoss Eniayo sogleich auf die Autoscooter zu. Bros T rief sie lachend zurück: »Eniayo, warte!«

Ungeduldig blieb Eniayo stehen. »Aber ihr seid so lahm!«, beschwerte sie sich. »Beeilt euch doch!«

Zwei Stunden später fragte Bros T: »Na, habt ihr Mädchen genug? Wollen wir heimfahren?« Wir waren mehr als dreimal mit dem Karussell, mit der Drachenachterbahn und dem Autoscooter gefahren.

»Heimfahren?« Eniayo schüttelte energisch den Kopf. »Ich will noch nicht heim.«

Ich saß auf Bros Ts Schoß an einem Picknicktisch. Er spielte mit meinen Zöpfchen. »Müssen wir denn wirklich schon nach Hause?«, fragte Eniayo. »Es ist doch noch gar nicht dunkel.«

Ich drehte mich nach Bros T um. Ich wollte auch gern noch bleiben. Der Park würde erst in drei Stunden schließen. Und da Samstag war, liefen viele Kinder herum. Am Nebentisch blies ein kleiner Junge die Kerzen auf seiner Geburtstagstorte aus.

»Bitte, können wir nicht noch einmal auf die Autoscooter?«, bettelte ich.

Bros T zwinkerte mir zu. »Na gut, Mädels. Ein letztes Mal.«

Als Aunty Tope am Ende des ersten Trimesters nach ihrem Sohn schauen kam, hätte der Unterschied zu dem missmutigen jungen Mann, den ihr Fahrer vier Monate zuvor bei uns abgesetzt hatte, kaum größer sein können. Sie blieb die ganzen Ferien und wohnte auch Mr Badas Nachhilfeunterricht bei. Bros Ts Aufnahmeprüfung für die Universität rückte rasch näher, und Daddy ließ keine Gelegenheit aus, ihn daran zu erinnern, dass Durchfallen nicht infrage kam.

Aunty Tope war über Bros Ts Fortschritte entzückt. Sie packte Mummys Hände und tanzte mit ihr durchs Zimmer. Um uns ihre Dankbarkeit zu erweisen, ging sie mit

Eniayo und mir in den Adamasingba Shopping Complex. »Also, was für Kleider stellt ihr euch vor? Und in welchen Laden sollen wir gehen?«

Eniayo und ich waren mit Mummy schon ein paarmal in dem Einkaufszentrum gewesen. Meine Freundin Tomi besaß ein Maxikleid aus Chiffon mit Empiretaille, das mir sehr gefiel. Ich wusste auch, wo sie es im Complex gekauft hatte. »Können wir vielleicht zu International Clothing gehen?« Mummy fand die Kleider dort zu teuer, aber das sagte ich Aunty Tope nicht. Aunty Tope hatte ja Geld.

Sie lachte mich an. »Warum nicht? Eniayo, findest du den Laden auch gut?«

Eniayo nickte. »Ja, *Ma*. Sie haben da tolle Sachen.«

»Morayo, im Complex musst du dann führen«, erklären Aunty Tope.

Aunty Tope kaufte jeder von uns fünf Importkleider. Ich fand sogar das gleiche Kleid, das Tomi hatte, nur mit grünem statt gelbem Blümchenmuster.

»Vielen, vielen Dank, *Ma*!«, riefen wir einstimmig, als Aunty Tope die Rechnung beglich. Stolz drückten wir unsere Tüten an die Brust.

Im Wagen wunderten wir uns, als Aunty Tope den Fahrer anwies, uns zu Bata zu bringen. »Wir sind noch lange nicht fertig, Kinder. Ich finde, zu neuen Kleidern braucht man neue Schuhe.«

Eniayo und ich sahen uns aus großen Augen an. Neue Kleider und Schuhe an einem einzigen Tag? Als Aunty Tope mir erlaubte, die blanken Lackschuhe mit den seitlichen Schnallen zu wählen, kannte meine Freude keine Grenzen. Mir kam es vor, als hätte man Weihnachten, Ostern und unsere Geburtstage zu einem einzigen besonderen Festtag verpackt.

Mummy lächelte nachsichtig, als Eniayo und ich durchs Haus tanzten und unsere neuen Kleider und Schuhe vorführten. Und so kehrte Aunty Tope in der beruhigenden Vorstellung nach Jos zurück, dass ihr Sohn tatsächlich die Schule schaffen und auf die Universität gehen würde.

4

Der Feind lungert draußen,
der Übeltäter aber lebt im Haus.

»Guten Morgen, Kinder!«

»Guten Morgen, Sir«, riefen wir im Chor von unseren Plätzen.

Unser Biologielehrer in dritten Oberstufenjahr, Mr Ojo, stand mit gespreizten Beinen vor der Klasse, die Daumen in den engen Bund seiner Bongojeans gehakt. Schwarzes Brusthaar wucherte aus Mr Ojos rosa Hemdkragen. Es wuchs an seinem Hals hoch und vereinte sich dort mit dem buschigen Haar, das sein halbes Gesicht bedeckte. Selbst aus den Ohren und auf den Fingerknöcheln wuchsen ihm lange Haare. Hinter seinem Rücken nannten wir ihn »Missing Link«.

Mein Vordermann döste, und sein gegen die Wand gelehnter Kopf rollte sanft hin und her. Plötzlich schrak er auf und rieb sich schweigend den Kopf. Der Junge schlief ständig im Unterricht ein. Tomi und ich glaubten, ihn habe vielleicht eine Tsetsefliege gestochen und mit der Schlafkrankheit infiziert. Hinten an seinem blank rasierten Schädel sah ich deutlich die mit schwarzem Marker aufgetragenen Ziffern 666 – Bembes Werk – und musste mir das Lachen verbeißen.

Mr Ojo trat an das Lehrerpult. Er räusperte sich. »Schlagt bitte eure Bücher bei Kapitel elf auf. Heute wollen wir über die Zellkernteilung, Meiose, und die Fortpflanzung sprechen.« Er griff ein Stück Kreide und schrieb das Thema an die Tafel.

Emsig blätterten wir in unseren Biologiebüchern und folgten mit Pokergesicht Mr Ojos hastiger Abhandlung. Ständig räusperte er sich und zupfte an seinem Hemdkragen; die Sache war ihm eindeutig peinlich. Als er sich erkundigte, ob jemand noch Fragen habe, meldete sich niemand.

Zweimal hatte ich, wenn ich aufblickte, meinen Freund Kachi in der Bankreihe gegenüber dabei ertappt, wie er heimlich zu mir her schielte. Kachis Mutter gehörte die kleine Holzbude am Ende unserer Straße, dort verkaufte sie Lebensmittel, Getränke und Petroleum. Und dort holten Eniayo und ich bei Bedarf auch Daddys Guinness. Ich hielt krampfhaft meinen Kopf vor dem schimmernden Blick der mandelförmigen braunen Augen in dem länglichen hellbraunen Gesicht abgewandt.

Die Pause verbrachte ich mit anderen Mädchen auf den Baumstümpfen hinter dem Klassenzimmer. Tomi, der es egal war, ob ihre rotkarierte Schuluniform hinten schmutzig wurde, hockte im Schneidersitz auf der dichten Matte sandigen Kriechfarns. Ireti war bei uns die Expertin für das, was wir heute in der Biologiestunde durchgenommen hatten, denn sie war dreizehn und wiederholte die Klasse. Sie war auch die Erste von uns mit Brüsten.

Wispernd fragte Tomi sie jetzt: »Ireti, stimmt es, dass sie immer größer werden, wenn man sie von einem Jungen anfassen lässt?« Sie zeigte auf Iretis Busen.

Erwartungsvoll starrten wir alle sie an. Das hatten unsere Mütter uns erzählt – ob es wohl stimmte? Ireti verdrehte die Augen und grinste wissend. »Es stimmt *nicht*«, sagte sie in lautem Flüsterton. Sie sah sich rasch um und rückte etwas näher. »Das weiß ich, weil ich Bembe meine hab anfassen lassen und nichts passiert ist.«

Scharf sogen wir halb entsetzt, halb anerkennend die Luft ein. Ireti war so unerschrocken. Aber wie hatte Ireti sich von einem Jungen anfassen lassen können? Noch dazu *da*? Und als wäre das nicht schon schlimm genug, wieso auch noch ausgerechnet Bembe!

Tomi und ich sahen uns entgeistert an. Wir dachten beide an die Ankündigungen unserer Mütter. »Wenn du dich von einem Jungen anfassen lässt, egal wo«, hatte Mummy mir einmal beim Stricken versichert, »dann werde ich es merken. Ich werde es riechen, und dann weiß ich Bescheid.« Sie hatte innegehalten und drohend eine ihrer Silbernadeln gehoben. »Wenn ich dich je erwische, Morayo, dann bringe ich dich lieber um, als dass ich zulasse, dass du der Familie Schande bereitest!« Ihre Augen wurden schmal. »Glaub mir. Ich habe dir dieses Leben geschenkt, und ich würde es ohne mit der Wimper zu zucken auslöschen!«

Ich hätte Ireti gern gefragt, wie es gewesen war, als Bembe sie dort angefasst hatte. Aber wegen der Gesichter, die die anderen machten, ließ ich es. Stattdessen gickelte auch ich, als Ireti schilderte, wie kullerrund Bembes Augen geworden waren, als er seine Hand unter ihre Schulbluse geschoben hatte.

Am Abend nach der Schule sah ich Kachi an der Verkaufsbude seiner Mutter wieder. Ich musste eine Flasche Palmöl besorgen, und als er mir das Wechselgeld aushändigte, berührten seine warmen, langen Finger meine länger als nötig. Ich riss meine Hand zurück, und mir fielen die beunruhigenden Blicke wieder ein, die er mir in der Biologiestunde zugeworfen hatte. Mit einem gemurmelten Dankeschön wandte ich mich rasch zum Gehen.

»Morayo!«, rief er.

Ich blieb stehen.

»Kommst du morgen Abend zu unserem Match?«

Das hatte mich Kachi noch nie gefragt.

Die Nachbarschaftsjungen waren bei jedem Wetter auf dem Fußballplatz zu finden – und wir Mädchen bildeten den inoffiziellen Fanklub. Wir taten so, als lungerten wir nur am Sportplatz der Schule herum, um die saftigen wilden Mangos aufzulesen, mit denen der Boden übersät war, aber es war ziemlich offensichtlich, dass wir kamen, um sie spielen zu sehen. Hinterher stiegen die Jungen in die höheren Mangobäume und holten die frischen Früchte für uns herunter.

Doch bis zu diesem Tag hatte noch kein Junge mich persönlich aufgefordert, zum Zuschauen zu kommen.

Ehe ich antworten konnte, fuhr ein gelbbraunes Taxi vor und hielt direkt vor der Bude. Mama Kachi stieg aus, also grüßte ich hastig und lief dann heim, so schnell meine Beine mich tragen konnten.

Meine Finger prickelten noch immer von Kachis Berührung.

Am nächsten Abend fand das Match auf dem Sportplatz unserer Schule statt. Da Freitag war und wir am nächsten Tag keine Schule hatten, setzten wir uns hinterher alle auf den Rasen, redeten und aßen wilde Mangos von den nahe gelegenen Bäumen. Die Nachmittagshitze war abgeklungen, wir hatten es nicht eilig, nach Hause zu kommen. Kachi saß bei den Jungen. Ich saß bei den Mädchen. Mehrmals ertappte ich ihn dabei, wie er mich unverwandt ansah, während er gedankenverloren Löwenzahn rupfte.

Es war Bembe, der Torhüter der Mannschaft, der mit den *yabis* anfing. Eigentlich hieß er Bambo, aber wir riefen ihn seines dicken, kugelrunden Bauchs wegen nach der gleichnamigen Trommel. Was dem kleinen Dicken an Länge fehlte, machte er durch Scharfzüngigkeit wett. Seine *yabis* waren zum Brüllen komisch, aber oft auch gemein. Wir Mädchen wurden zum Glück selten zur Zielscheibe seines Spotts.

Bembe hob mit der Schilderung der jüngsten Eskapade von Biyis Vater an, der für die zielsichere Art berühmt war, in der er wittern konnte, welche Familie noch beim Nachtmahl saß. Stets schaffte er es, gerade dann zu klopfen, wenn die Speisen aufgetragen wurden. Wenn andere Männer morgens zur Arbeit gingen, führte er ein müßiges Leben, im Mund den Kaustock, um die Taille den locker geknoteten *wrapper*.

»Biyis Vater gebührt in unserer Nachbarschaft fraglos der erste Platz für Schamlosigkeit«, schloss Bembe lachend. Ich fühlte mit Biyi, dessen Blick sich vor Scham verschleierte, ehe er widerstrebend ins Gelächter der anderen Jungen einstimmte.

Auch Kachi muss Biyis Verlegenheit bemerkt haben, denn er ergriff rasch das Wort. »Ach übrigens, Bembe, deinen Vater habe ich letzte Woche am Beremarkt lose Schwämme verkaufen sehen, *kan kan*, die er aus seinem eigenen Bart macht. Stehen die Dinge daheim denn so schlecht?«

Die Jungen brüllten vor Lachen und kugelten sich im Gras. Am lautesten lachte Biyi. Bembes Vater ließ sich einen so langen und dichten Bart stehen, dass man seinen Mund nur mit Mühe ausmachen konnte, wenn er sprach. Bembe aber wollte sich nicht übertrumpfen lassen und meinte mit einem trockenen Lachen: »Tja, gut geht es uns nicht. Es können ja nicht alle so steinreich sein wie dein Tycoonvater als Bürobote. Das Gute aber daran, dass mein Vater seinen Bart verkauft, ist, dass es immer Verrückte – wie deine Mutter! – gibt, die am Markt auf der Jagd nach guten Schwämmen sind.«

Schlagartig riss das Gelächter ab. Die Luft stand.

Mütter hatten in *yabis* nichts zu suchen.

Und schon war Kachi auf den Füßen und ging auf Bembe los. Die anderen Jungen sprangen auf und schoben sich zwischen die beiden. Alle redeten gleichzeitig auf Bembe ein.

»Bembe, was sollte das jetzt?«

»Bembe, wie kannst du nur?«

»Bembe, schäm dich!«

Einen Augenblick lang dachte ich, Kachi würde Bembe verdreschen. Kachi überragte alle um Haupteslänge und würde Bembe leicht besiegen, wenn er wollte.

Sich hinter den anderen verschanzend, konnte Bembe es immer noch nicht lassen. »*Eyin*, Jungs, lasst ihn nur. Soll er doch kommen und seinen Meister finden. Wenn Kachi glaubt, dass er mich schlagen kann, nur weil er abends rohe Kassaven kaut, dann hat er sich aber geschnitten.«

Biyi legte Kachi eine Hand auf den Arm. »Kachi, vergiss es. Er hat eben eine große Klappe.« Kachi kehrte der Runde den Rücken und machte sich auf den Heimweg.

Seitdem erschien Kachi nicht mehr auf dem Fußballplatz. Ich sah ihn noch in der Schule und an der Bude seiner Mutter. Ohne seine über den Platz trabende lange, schlaksige Gestalt waren die Spiele für mich einfach nicht mehr dasselbe.

Einige Monate nach dem Vorfall am Sportplatz war ich auf dem Weg zu Tomi, als ich eine vertraute Stimme meinen Namen rufen hörte.

»Morayo, warte!«

Kachi holte mich ein. Etwas außer Atem blieb er bei mir stehen. »Wo gehst du hin?«

»Was geht dich das an?«, entgegnete ich mit gehobenen Brauen.

Kachi schmunzelte. »Was habt ihr Nigerianer nur immer? Warum müsst ihr auf eine Frage immer mit einer Frage antworten?«

Ich verdrehte die Augen. »Da schimpft wohl der Pott den Kessel schwarz. Hast du etwa nicht gerade eine Frage mit einer Frage beantwortet?«

Lachend kam er noch etwas näher heran.

An meinem Rock zupfend, riskierte ich ein Auge. Kachis durchdringender Blick machte mich plötzlich verlegen. »Wenn du es unbedingt wissen willst, ich bin auf dem Weg zu Tomi.«

Kachi rieb sich den Kopf und befeuchtete sich mit der Zunge die Lippen. »Bleibst du dort lange? Ich muss mit dir sprechen. Ich könnte vor Sesans Haus auf dich warten, wenn du nicht zu lange bleibst.«

Ich versuchte, meine Aufregung zu überspielen, und sagte kühl: »Nein, ich bleibe nicht lange. Wenn's sein muss, dann warte eben.«

Tomi und ich wollten für eine Geografiearbeit lernen, aber ich konnte mich überhaupt nicht konzentrieren.

»Morayo, wo hast du deinen Kopf gelassen?«, fragte Tomi säuerlich. Ich warf ständig alles durcheinander. »Also los, noch mal: Wann wurde Conakry Hauptstadt von Guinea?«

Mit einem entschuldigenden Grinsen schlug ich mein Schulbuch zu und schwang die Beine vom Bett. Ich konnte es schlicht und einfach kaum erwarten zu hören, was mir Kachi zu sagen hätte. »Tut mir leid. Hat wohl keinen Zweck; ich gehe mal lieber. Wir können die Fragen morgen noch mal in der ersten Pause durchgehen.« Ich erhob mich und griff meine Schultasche.

»Na gut. Ich sag Mummy nur eben, dass ich dich bringe.«

Tomi war ganz verdutzt, als ich versicherte, sie brauche mich heute nicht noch ein Stück zu begleiten. Denn das entsprach unserem sonstigen Ritual, nur wollte ich nicht, dass sie Kachi auf mich warten sah. Mit einem Achselzucken brachte mich Tomi bloß zum Tor und kehrte dann um.

Kachi und Sesan saßen bei Sesan vor der Tür.

Als die Jungen mich sahen, stand Sesan auf und verschwand in dem Bungalow.

»Das hat ja wirklich nicht lange gedauert«, sagte Kachi.

»Sagte ich doch.«

Kachi hielt mir einen Beutel *agbalumo* hin, Mombinpflaumen, die er vom Baum im Garten bei Sesan gepflückt hatte. Wir schlenderten in Richtung der Gleise, die an unsere Straße grenzten. Es wurde langsam dunkel, aber ich brannte darauf zu hören, was Kachi mir zu sagen hatte. Ich wusste eine Stelle, wo wir ungestört sitzen und reden konnten – die Graskuppe, zu der Tomi, Eniayo und ich gingen, um den Zügen zu winken.

Mit von meinem Rock bedeckten untergeschlagenen Beinen saß ich da und rollte eine *agbalùmo* zwischen den Handflächen hin und her, um sie mürbe zu machen. Als ich die reife Frucht dann aufdrückte, zog mir das süßsaure Fleisch den Mund zusammen.

Kachi rollte seine *agbalumo* noch immer. Er schien keine Worte zu finden. Dann endlich brach es aus ihm hervor: »Äh … ich … ich wollte dir nur sagen, ich mag dich.« Er sah mich erwartungsvoll an.

Insgeheim jubelte mein Herz: *Er mag mich! Er mag mich!*

Äußerlich ruhig löste ich die Kerne der *agbalumo* aus den Früchten, lutschte emsig und spuckte sie ins Gras. Nachdem ich Kachi ein paar Minuten hatte warten lassen, lächelte ich. »Ich mag dich auch.« Kachi strahlte.

Am nächsten Morgen erzählte ich Tomi, was am Abend zuvor auf dem Heimweg geschehen war. Sie lachte. »Habe ich's dir nicht gesagt? Ihr beide macht euch doch im Unterricht dauernd schöne Augen.«

Als Tomi anfing, laut unsere beiden Namen, meinen und Kachis, zu singen, presste ich ihr rasch die Hand auf den Mund. »Tomi!« Das Herz schlug mir bis zum Hals. Mummy war zu Hause, und ich wusste genau, wenn sie Tomi meinen Namen zusammen mit dem eines Jungen hörte, würde es Fragen geben. Mummy hatte gesagt, einen Freund dürfe ich erst haben, wenn ich auf die Universität ging. Bei Tomis Mutter war es genauso.

Lachend schnappte Tomi mit den Zähnen nach meiner Hand. Tomi konnte Kachi gut leiden, weil er zu den Mädchen in unserer Klasse immer nett war. Im Gegensatz zu den meisten anderen Jungen versuchte er nie, uns unter den Rock zu gucken, indem er einen Dosenspitzer mit Spiegelboden unter unsere Pulte schob.

Bald aber beschwerte sich Tomi, dass ich die Besuche bei ihr nur als Vorwand nutze, um Kachi an der Bude seiner Mutter zu treffen. Ich wies es von mir, musste aber zugeben, dass ich Tomi oft bat, mit mir hinzugehen, damit ich Kachi nach der Schule noch einmal sehen konnte.

Wenn ich Tomi nicht überreden konnte mitzugehen, begleitete mich Eniayo. Sie verlangte dafür meist eine Flasche Fanta und eine Packung *Okin*-Kekse. Dann saß sie zufrieden mit ihrem Sprudel an einem Ende der Bank, während Kachi und ich am anderen tuschelten und lachten.

Wenn Mummy oder Aunty Adunni mich zu Mama Kachis Verkaufsbude schickte, um etwas zu besorgen, bestrich ich mir die Lippen vorher mit Vaseline, damit sie glänzten. War Mama Kachi selbst nicht an der Theke, bat Kachi eine seiner kleinen Schwestern – entweder Adanna oder Ogadinma – zu übernehmen, damit er mich auf dem Heimweg ein Stück begleiten konnte. Wenn es schon dunkel wurde, hielt Kachi meine Hand. Sobald er aber ein Auto kommen sah, ließ er rasch los und ging voraus. Wir durften keinesfalls zusammen von den Scheinwerfern erfasst werden. Eines Abends waren es die Scheinwerfer von Daddys Auto. Ich dachte, mir bliebe das Herz stehen vor Schreck, aber zum Glück sah er mich nicht.

Als unsere Klassenkameraden mitkriegten, dass Kachi und ich miteinander *gingen*, zogen sie uns endlos auf. Ich lachte zwar mit, aber in Wirklichkeit geschah etwas in mir, was ich als Gefühl nicht benennen konnte. Außerdem sprossen an meinem Körper an ganz neuen Stellen Haare, und dauernd musste ich an Kachi denken. Keiner meiner Freundinnen mochte ich mich anvertrauen – nicht einmal Tomi. Was, wenn das Geheimnis aufflog? Wenn meine Mutter davon erfuhr?

Einmal nahm ich allen Mut zusammen und versuchte, mit Mummy darüber zu sprechen. Wir saßen allein in ihrem Schlafzimmer. Ich faltete ihre frisch gewaschene Wäsche, sie räumte sie in den Schrank.

»Mummy?«

»Ja, Morayo, was gibt's?«

»Äh … ich fühle mich in letzter Zeit … komisch.« Ich biss mir auf die Lippen und verstummte. Ich wusste einfach nicht recht, wie ich beschreiben sollte, was ich für Kachi empfand.

Mummy Gesicht zeigte einen Anflug von Sorge, als sie meine Stirn befühlte. »Wirst du krank?«

Ich schüttelte den Kopf. »Nein, *Ma*. Mir fehlt nichts.« Ich holte tief Luft. »Im Biologieunterricht hat der Lehrer uns erklärt, dass unsere Körper sich in der Pubertät verändern und wir anders für Jungen empfinden …«

Mummy knallte die Schranktür zu. Das Türblatt schepperte in den Angeln. Erschrocken sprang ich zurück.

»Morayo, was soll der Unsinn?« Sie hob tadelnd den Finger. »Hör mir mal zu. Du hast dich im Augenblick nur aufs Lernen zu konzentrieren und dich wie das wohlerzogene Kind zu betragen, das du bist. Haben wir uns verstanden?«

»Ja, Mummy.« Ich biss mir fest in die Wangen und packte den leeren Wäschekorb. Dann ging ich. Ich hätte wissen müssen, dass es zwecklos war, sie irgendetwas zu fragen.

Etwa um dieselbe Zeit kam es mir plötzlich komisch vor, wenn Bros T mich im Wohnzimmer auf seinen Schoß zog. Manchmal schlich er sich auch von hinten an, drückte mich fest und lachte, als spielten wir ein Spiel. Nur schien mir das langsam ein Spiel zu sein, dessen Regeln ich nicht kannte. Im Auto schob er manchmal den Arm um meine Schultern und streifte dabei mit der Hand meine Brust. Ich wusste, dass sich das irgendwie nicht richtig anfühlte, aber andererseits war Bros T immer verschmust gewesen. Wenn Mummy vom Friseursalon zurückkam, nahm er sie in den Arm und machte ihr Komplimente zu ihren frisch gelegten Jheri-Curls. Die Stirn noch vor Gelaktivator glänzend, schalt sie ihn einen Süßholzraspler, lächelte aber dennoch geschmeichelt.

Mummy sagte nie etwas, wenn Bros T mich oder Eniayo auf seinen Schoß zog, aber eines Abends spazierte Daddy herein und sah Bros T mit uns albern. Er blieb wie angewurzelt stehen und richtete einen seltsamen Blick auf mich. Dann herrschte er mich an: »Morayo, bist du nicht ein bisschen zu alt für ein solches Benehmen? Geh sofort von Tayos Schoß runter.«

Mummy war die ganze Zeit da gewesen. Sie sah bloß zu Bros T und mir auf und sagte lächelnd: »Dein Vater hat recht, Morayo. Du bist jetzt eine junge *sisi*. Du würdest doch nicht wollen, dass deine Freunde dich auf dem Schoß deines Bruders sitzen sehen?«

Aus Mummys Sicht war das Kind ihrer Schwester auch ihr Kind. Eniayo, die neben Mummy gesessen hatte, hüpfte hinüber und nahm meinen Platz ein. »*Shebi*, ich bin nicht zu alt, um auf Bros Ts Schoß zu sitzen, Mummy, oder?«, fragte sie mit einem kessen Grinsen.

Daddys Augen wurden schmal, aber er sagte nichts weiter. Mummy und Eniayo lachten. Ich setzte mich um, aber mir entging nicht, dass Bros Ts Augen mir folgten.

Aunty Morenike war anders als meine sonstigen Cousinen. Sie behandelte mich nicht wie ein lästiges Kind. Selbst wenn sie auf meine Fragen nicht direkt antwortete, wies sie mich nie als zu neugierig zurecht. Vielleicht lag es daran, dass sie »erfahren« war. Jahre zuvor hatte ich jedenfalls eine andere Cousine sagen hören, dass Aunty Morenikes Sohn Damilare das Ergebnis ihrer *Männererfahrungen* sei. Und wie schändlich es sei, dass Damilare praktisch keinen Vater habe.

Aunty Morenike erinnerte mich an eine *agbalumo*-Frucht. Beim ersten sauren Bissen zog sich mir alles zusammen, aber je länger ich auf dem Fruchtfleisch kaute, desto süßer wurde es, bis ich wieder wusste, weshalb ich überhaupt in den Baum gestiegen war. Aunty Morenike kennenzulernen war ähnlich. Am Anfang hatten Eniayo und ich wegen ihrer direkten und widerborstigen Art Angst vor ihr. Aber je mehr Zeit sie mit uns verbrachte, desto mehr lernten wir ihre Herzensgüte und Großzügigkeit schätzen.

Bei Familienzusammenkünften saß Aunty Morenike hinten im Hof und packte bei den Mietköchinnen mit an, die stets für jede Hilfe dankbar waren. Sie passte in keine der Frauenkategorien der Familie so recht. Die Verheirateten fanden, als Ledige dürfe sie an ihren Gesprächen nicht teilhaben. Aber auch mit den Frauen ihres Alters hatte sie wenig gemein, und um bei den jungen Cousinen zu sitzen, war sie zu alt.

Aunty Morenikes Augen blickten oft abwesend, als wäre ihr Geist woanders als dort, wo ihr Körper saß. An manchen Tagen wirkte sie ungeduldig, als hätte sie keine Zeit auf uns zu verschwenden. Dann antwortete sie einsilbig: »Nein.« »Ja.« »Warum?« Andere Male, wenn sie über Dinge sprach, die ihr leidenschaftlich wichtig waren, wie Damilare, ihren Unterricht oder die nigerianische Politik, kriegte man kaum ein Wort dazwischen.

Just zu der Zeit, als Kachi und ich uns näherkamen, war Aunty Morenike bei uns zu Besuch. Wir saßen allein im

Wohnzimmer, wo sie mir die Haare flocht. Eniayo spielte draußen mit Damilare.

»Aunty Morenike?«

»Ja, Morayo.« Ihre Aussprache veränderte den Klang meines Namens, auch wenn sie ihn meistens richtig sagte.

»Hattest du, als du so alt warst wie ich, einen Jungen besonders gern?«

Obwohl sie hinter mir stand, hörte ich das Lächeln in ihrer Stimme. »Ja, hatte ich.«

Überrascht sah ich mich nach ihr um. Sie gab sich Mühe, nicht zu schmunzeln. »Wirklich? Dann ist das nichts Schlimmes?«

Ihre Finger hörten mit dem Flechten auf. »Was soll daran schlimm sein?«, fragte sie.

»Jeder sagt das.«

Aunty Morenike legte mir sanft die Hand auf die Schulter. »Morayo, sag ehrlich. Gibt es einen Jungen, den du gern hast?«

Ich senkte den Blick und nickte.

»Was macht ihr, wenn ihr zusammen seid?«, fragte sie ruhig.

Ich spürte, wie mein Gesicht und Nacken heiß wurden. Kachi und ich hatten uns ein paarmal *beinahe* geküsst, und manchmal wollte ich seine Hand packen und mir unter die Bluse schieben. Ich wollte so sehr die warme Haut seiner Hand an der Haut spüren, dass sich bei dem elektrisierenden Gefühl, das mich durchrieselte, meine Zehen krümmten. Inzwischen wusste ich sehr wohl, warum die Frauen in den Filmen ein Bein anzogen, wenn sie geküsst wurden; sie konnten auf ihren eingerollten Zehen nicht stehen!

»Also, manchmal halten wir Händchen …« – ich zögerte –, »… aber manchmal ist mir …«

Aunty Morenike zog die Stirn kraus. »Komisch?«

»Ich weiß nicht«, sagte ich.

Aber ich wusste es sehr wohl. Mich ängstlich umsehend, flüsterte ich: »Manchmal möchte ich, dass er die Arme um mich legt.«

»Ah …« Aunty Morenikes Gesichtszüge wurden weich. »Morayo, hör mir zu. Solche Gefühle gehören zum Erwachsenwerden. Bloß verleiten sie einen manchmal, Dinge zu tun, für die man zu jung ist. Es ist noch zu früh, meine Liebe. Verstehst du, was ich meine?«

Ich nickte. Ich wusste genau, was sie meinte. Die Dinge, von denen Ireti uns Mädchen erzählte, die Dinge, von denen nie jemand erfahren würde.

Ich sah Aunty Morenike dankbar an. »Ist gut, Aunty.«

Der Tag, an dem ich Kachi schließlich doch küsste, war an Neujahr 1985.

In der Silvesternacht gingen die Kinder unserer Nachbarschaft immer zur nahe gelegenen Kirche zur Jahresschlussmette. Im kalten Harmattan drängten wir Mädchen uns dicht zusammen und versuchten, möglichst weit von den Jungen abzurücken, die jede Gelegenheit nutzten, Kracher in unser Grüppchen zu werfen. Die kräftigen kleinen Feuerwerkskörper barsten mit einem ohrenbetäubenden Krach, der an Schüsse erinnerte. Sobald wir die hell blitzenden Enden der Kracher erblickten, stoben wir in alle Himmelsrichtungen davon, die ungezogenen Jungen hart auf unseren Fersen. Der Pulverdampf der Kracher setzte sich in unseren Kleidern fest und begleitete uns in die Kirche.

In diesem Jahr begann die Jahresschlussmette um zehn Uhr abends und ging bis zwei Uhr morgens. Als es zwölf schlug, hallten die Neujahrswünsche durch die ganze Stadt. Die Messe endete mit Danksagungen. Die Menschen tanzten mit zerknitterten Opferscheinen in der Faust und Dankeshymnen auf den Lippen vor an den Altar.

Im Schutz der lauten Neujahrsfeierlichkeiten waren Kachi und ich unseren Familien entschlüpft. Wir trafen uns vor der Kirche und machten uns auf den Heimweg. Händchen haltend drückten wir uns in die Schatten, damit uns keiner sah. Vor seinem Haus blieben wir stehen. Kachi zog mich neben sich auf die kleine Holzbank an der Bude seiner Mutter nieder.

Nachdem er mir eine Weile ins Gesicht gesehen hatte, räusperte sich Kachi. »Morayo, darf ich dich küssen?«, fragte er und hielt meine Hand sehr fest. Als ich nickte, leuchtete sein Gesicht auf, und mit zittrigen Fingern wühlte er in seiner Hosentasche.

Ich war etwas verwundert, als Kachi ein TomTom-Minzbonbon hervorholte. Er wickelte es aus dem Papier und steckte es sich in den Mund. Einen Augenblick lutschte er kräftig, dann packte er es wieder in das orange-schwarz gestreifte Papierchen. Ich grinste.

Ich behielt die Augen auf. Ich wollte sehen, was passiert. Im Halbdämmer des Nachtlichts sah ich nur Kachis Augen glitzern.

Als Kachi sein Gesicht dem meinen näherte, roch ich die Minze des Bonbons an seinem beschleunigten Atem. Kachis spitze Nase stieß an meine breite, flache. Ich konnte nicht atmen. Kachi musste den Kopf seitlich drehen. Ich beschloss, die Lippen aneinandergedrückt zu lassen, weil Kachi das auch tat. Als unsere Lippen sich berührten, pressten wir sie ungefähr eine Minute lang aufeinander, dann rissen wir die Köpfe zurück. Wir sahen uns an und platzten los. Ich nahm mir vor, das nächste Mal, wenn Kachi mich küsste, die Augen zu schließen.

Als ich zu Hause ankam, war nur Bros T da. Ich muss mit einem eigenartigen Ausdruck eingetreten sein, weil er immer wieder zu mir hinsah, als ich mich an den Esstisch setzte, um die Möhren und grünen Paprika für den gebratenen Reis zu Neujahr zu schnipseln. Bald trafen auch die anderen von der Kirche ein. In der Aufregung um den Beginn des neuen Jahres fragte mich Mummy gar nicht, wo ich nach der Messe abgeblieben war. Eniayo schon.

»Morayo, wo warst du?«, wollte Eniayo wissen, als sie neben mir Platz nahm. »Tomi und ich haben dich vor der Kirche vermisst.«

Mich rasch umsehend, legte ich einen Finger auf die Lippen und sah sie mahnend an. Eniayo neigte fragend den Kopf zur Seite.

Ich lächelte still. Es würde ein gutes Jahr werden.

5

Wer gelernt hat, dass Vögel Augen auspicken,
ergreift vor Vögelchen schon die Flucht.

Bald schon brachte Bros T, wenn Mummy und Daddy nicht daheim waren, von der Schule Mädchen mit ins Haus. Manchmal zogen sie sich mit Bier und etwas zu essen auf sein Zimmer zurück. Eniayo und ich wechselten Blicke, wenn wir die Mädchen kichern hörten. Aunty Adunni und Bros T schienen inzwischen eine stillschweigende Übereinkunft getroffen zu haben, sich aus dem Weg zu gehen. Im Haus schlichen sie umeinander herum, und wenn Bros T seine Mädchen mitbrachte, zischte Aunty Adunni sie an und überging ihre Begrüßungen.

Gelegentlich packte sie auch ihre Handtasche und bat Eniayo und mich, sie auf den Markt zu begleiten. »Zieht eure Schuhe an«, befahl sie uns eines Nachmittags, »ich muss noch ein paar Dinge für das Nachtmahl besorgen.«

Als Eniayo darauf hinwies, dass das Essen doch fertig sei, fauchte Aunty Adunni sie an: »Ich sagte, geht und zieht euch die Schuhe an!« Eniayo ließ sich nicht zweimal bitten.

Eines Tages begleiteten Kachi und Sesan mich und Eniayo von der Schule nach Hause. Eniayo merkte, dass ich zurückblieb, und rief über die Schulter zurück: »Morayo, ich geh schon mal rein und mache uns was zu essen.« Damit lief sie ins Haus.

»Ich komme gleich.« Ich blieb noch draußen und unterhielt mich mit den Jungen.

Wir saßen auf einem Haufen Zementblöcke von der angrenzenden Baustelle und versuchten, die Anpreisungen des *ejika ni shop* zu übertönen, des Wanderschneiders, der mit der Singer-Nähmaschine auf der Schulter die Straße auf und ab ging und »Schneider- und Maßarbeit! Schneider- und Maßarbeit!« rief.

Mummy sagte, die Wanderschneider würden deshalb herumziehen, weil sie kein Geld für die Ladenmiete hätten. Nach wenigen Rufen schon fand der Mann einen Kunden in einem der zweigeschossigen Terrassenhäuser gegenüber, den sogenannten *face me, I face you*.

Wir unterhielten uns nett, bis Bros T aufkreuzte. Sein Gesicht verfinsterte sich. Er grüßte kaum zurück, sondern marschierte schnurstracks weiter auf unseren Hof. Kachi und Sesan verabschiedeten sich hastig.

Als ich hineinging, wartete Bros T im Wohnzimmer. »Wer sind die Kerle?«

Überrascht über seinen wütenden Ton, sagte ich: »Das sind Freunde von mir. Du kennst sie doch. Sie wohnen in unserer Straße.«

Ein gehässiger Blick traf mich. »Freunde? Was soll der Quatsch? Wer hat dir gesagt, dass Jungen und Mädchen Freunde sein können?«

Ich schwieg, nicht sicher, was ich darauf sagen sollte.

»Mit Freund meinst du wohl, dass du mit denen gehst.«

Mir stockte das Herz. Was wusste Bros T von Kachi und mir? Doch so plötzlich mich die Angst befallen hatte, so rasch tat ich sie mit einem Kopfschütteln ab. »Gehen?«, lachte ich unsicher. »Ich habe keinen solchen Freund.«

»Brav«, sagte Bros T. Er holte Luft und schien sich abzuregen. »Ich hoffe, du weißt, dass du für den Quatsch zu jung bist. Wehe, ich erwische dich mit einem Jungen.« Er wandte sich ab und verschwand in der Küche.

Später am Abend hörte ich Bros T zu meinem Staunen Mummy erzählen, er hätte mich auf dem Heimweg von der Schule mitten in einer Jungenclique gesehen. »Aunty, Morayo hat sogar gelacht, als einer der Jungen ihr den Arm um die Schulter legte.«

Mir fiel fast das Buch aus der Hand. »Ich …«

Mummys vernichtender Blick schnitt mir das Wort ab. »Sei still. Still, hörst du! Kennst du keine Scham?«, fauchte sie. Mummy hatte Eniayo und mir stets eingeschärft, dass keine Scham zu kennen eine schlimme Verfehlung sei. Ihren *wrapper* zurechtrückend, drohte sie mir mit erhobenem Finger. »Morayo, wie oft habe ich dir das schon gesagt: Eine Frau, die keine Scham kennt, wird lügen und stehlen. Eine Diebin und Lügnerin wird mit jedem ins Bett gehen. Sag mir, wer soll eine solche Frau zur Frau nehmen?«

»Aber Mummy …« Ich wartete einen Moment, abgelenkt von Bros T, der hinter ihr stand. Er grinste seltsam zufrieden, während er zusah, wie Mummy mich ausschimpfte. »Ich bin nicht mit einer Jungenclique herumgezogen. Ich habe einfach mit zwei Klassenkameraden vorm Haus gesessen.«

Mummy zischte. »Was spielt es für eine Rolle, ob Tayo dich mit fünf oder mit zwei Jungen gesehen hat. Ein braves Mädchen spaziert nicht vor allen Nachbarn plappernd mit Jungen herum, wenn sie daheim sein und ihrer Mutter im Haushalt helfen sollte. Mit was für einem Beispiel gehst du da Eniayo voran? Ich will so einen Bericht von deinem Bruder nie wieder hören müssen. Haben wir uns verstanden?«

Ich senkte den Blick. »Ja, *Ma*.«

An dem Abend spuckte ich, als ich seinen Teller füllte, mehrfach in Bros Ts Soße. Dann rührte ich sorgfältig mit dem Finger um, ehe ich den Teller aus der Küche trug. Ich spitzte die Lippen.

»Bros T, hier bitte, dein Essen«, verkündete ich mit sittsam zu Boden geschlagenen Augen.

Am Tisch beobachtete ich von meinem Platz gegenüber aus hämisch, wie er sich die Soße von den Fingern leckte.

Später lag ich tränenerstickt und klein zusammengerollt im Bett. Ich wusste, dass Mummy mich jetzt scharf im Auge behalten würde. Es würde viel schwieriger werden, Kachi nach der Schule zu treffen.

Die Schlafzimmertür knarrte, und Eniayo erschien; sie machte sich nie die Mühe anzuklopfen. Sie hockte sich mit besorgter Miene zu mir aufs Bett. »Morayo?«

»Ja.«

»Warum ist Bros T denn sauer auf dich?« Eniayo konnte es nicht haben, wenn Streit in der Luft lag.

Ich sah meine Schwester überrascht an. »Warum glaubst du, er wäre sauer auf mich?«

Eniayo zuckte mit den Schultern. »Ich weiß nicht.« Sie blinzelte hinter ihrer Brille. »Bloß macht er solche Augen…« – Eniayos Augen verengten sich zu Schlitzen –, »… wenn er dich ansieht.«

Auch ich wunderte mich über Bros Ts Verhalten in der jüngsten Zeit. Aber ich war an diesem Abend zu müde, um nachzudenken. Ich hob die Achseln. »Seine Sache. Es ist längst Schlafenszeit. Du solltest lieber ins Bett gehen.«

Wochenlang sprach ich mit Bros T nur, wenn es nötig war. Oft begegnete ich, wenn ich hochsah, seinem eigentümlich sinnenden Blick. Bald gewöhnte ich mir an, Aunty Adunni im Haus zu folgen, ihr in der Küche zu helfen, mit ihr hinten im Hof Wäsche zu waschen. Wir schwatzten und lachten gemeinsam. Und gemeinsam mieden wir Bros T.

Eines Abends kam Bros T zu mir ins Schlafzimmer. Ich hatte soeben mit Aunty Adunni die Küche aufgeräumt und machte mich bettfertig. Nackt stand ich mit hoch über den Kopf erhobenem Nachthemd da, als Bros T hereinspazierte, ohne anzuklopfen. Rasch zerrte ich mir das Nachthemd über, aber ich wusste genau, dass er meinen Körper längst gesehen hatte.

Bros T tat, als wäre nichts weiter gewesen. Er ging seelenruhig zu dem kleinen Holzschreibtisch hinüber und setzte sich. Auf der Bettkante hockend, mied ich seinen Blick.

»Morayo, willst du noch immer mit mir streiten?«, fragte er.

Ich schwieg. Was erwartete er denn?

Mit seinen langen Fingern auf den Tisch trommelnd, beugte er sich so weit vor, dass ich seinem Blick schlecht ausweichen konnte, und grinste mich an. »Morayo, ist es denn so schlimm? Also gut, es tut mir leid. Ich hätte Aunty Bisoye von den Jungen nichts sagen dürfen.«

Ich war überrascht, dass er sich entschuldigte. Das tat er eigentlich nie.

Jetzt, wo er meine Aufmerksamkeit hatte, schenkte er mir ein weiteres charmantes Grinsen. »Entschuldigung angenommen?«

Vorübergehend geblendet von seinen blitzweißen Zähnen, ließ ich mich erweichen. Meine Mundwinkel hoben sich. »Ja.«

Er schien erfreut. »Dann komm und drück mich mal.«

Noch immer verlegen, weil er mich nackt gesehen hatte, löste ich mich nur widerstrebend von der Bettkante. Ich beugte mich hinab, um ihn kurz zu drücken.

Doch Bros T zog mich auf seinen Schoß. »Also kein Strafschweigen mehr, ja?«, meinte er und zwinkerte bedeutsam. Das sah so komisch aus, dass ich lachen musste – bis ich seine rauen Hände in den kurzen Ärmeln meines Nachthemds seitlich an meinen Brüsten spürte.

Ich sprang mit einem Satz hoch.

Ehe ich etwas sagen konnte, platzte Eniayo herein. Ohne von der Spannung im Raum etwas mitzukriegen, rief sie: »Bros T! Ich hab dich überall gesucht. Daddy ruft nach dir.«

Bros T ging, ohne mich anzusehen. Eniayo hüpfte ihm hinterher.

Einen Augenblick stand ich wie versteinert da. Ich war mir nicht sicher, was vorgefallen war. Hatte Bros T mich absichtlich berührt? War es ein Versehen gewesen? Mit hämmerndem Herzen berührte ich die Stelle, die seine Finger gestreift hatten.

Ich dachte an Mummys Gesicht, als sie gehört hatte, dass ich mit Jungen von der Schule heimgegangen war. Was sollte ich denn jetzt sagen? Sie würde doch nur glauben, dass ich Bros T bei ihr anzuschwärzen versuchte.

Lange saß ich auf meinem Bett und horchte in die Nacht.

Im Laufe der Wochen kam ich zu dem Schluss, dass das Ganze ein Versehen gewesen sein musste. Bros T hielt Abstand, und zwar, wie ich glaubte, weil es ihm leid tat. Und weil er wahrscheinlich ebenso wenig wie ich wusste, wie er es hätte ansprechen sollen.

Schließlich war Bros T wie ein großer Bruder.

Kachi und ich trafen uns weiterhin auch außerhalb der Schule. Wenn ich mit ihm zusammen war, musste ich nicht darüber nachdenken, was zu Hause vorging. Ich hatte zunächst erwogen, ihm zu erzählen, was mit Bros T gewesen war. Aber dann sagte ich mir, er würde vielleicht nicht einsehen, dass es keine Absicht gewesen war. Sooft Kachi und ich uns nun sahen, so gegenwärtig blieben mir Aunty Morenikes Warnung und Mummys Drohungen. Meist saßen Kachi und ich nur beisammen und redeten. Ich würde ihn nicht seine Hand unter meine Bluse schieben lassen.

Zwei Wochen vor Ende des Schuljahrs eröffnete ein bedrückter Kachi mir, dass seine Familie zurück in den Osten ziehen werde. Sein Vater sollte einen Beamtenjob in der Landesbehörde des Verkehrsministeriums des Bundesstaats Anambra in Awka antreten. Kachi, der aus Anambra stammte, sagte, seine Eltern freuten sich, wieder näher bei ihren Familien sein zu können.

Mit geröteten Augen sahen wir uns an. Was sollte aus *uns* werden?

Am Vorabend ihrer Abreise nach Awka suchte Kachi mich auf, um Lebwohl zu sagen. Da er nicht einfach an die Tür klopfen und nach mir verlangen konnte, schickte er seine kleine Schwester zu Eniayo.

Adanna sagte Mummy, sie käme, um sich von Eniayo zu verabschieden, weil die Familie doch am Morgen nach

Awka aufbrechen werde. Da Eniayo wusste, dass Kachi draußen auf mich wartete, und weil Adanna wieder aufbrechen musste, bat meine Schwester unsere Mummy, mich als Eskorte mitzuschicken, denn es wurde schon dunkel. Damit Mummy ja keinen Verdacht schöpfte, folgte ich den beiden Mädchen mit betont missmutigem Gesicht.

Kachi erwartete uns hinter dem Hauszaun. Der Vollmond beschien sein langes, trauriges Gesicht. Er warf Steinchen in eine Pfütze am Straßenrand.

Eniayo und Adanna gingen ein Stück voraus, ich und Kachi folgten stumm. Schließlich brach ich das verlegene Schweigen. »Wann wollt ihr denn morgen los?«

»*Nne* sagt, der Fahrer käme gegen acht; sie möchte gern vor Anbruch der Dunkelheit in Awka sein.«

»Aha.«

Kachi blieb stehen. »Mehr hast du dazu nicht zu sagen?« Er ergriff meine Hand. »Morayo, werde ich dir denn gar nicht fehlen?«

Ich blickte ihm ins Gesicht. Und wie er mir fehlen würde. Ich hatte ihn inzwischen furchtbar gern. Aber beide wussten wir doch, wie verschwindend klein die Chance war, dass wir uns je wiedersehen würden. Ich packte seine Hand fester. »Kachi, natürlich wirst du mir fehlen. Willst du mir nicht schreiben, wenn ihr in Awka seid?«

Sein Gesicht hellte sich auf. »Das mach ich! Aber wie soll ich dir die Briefe zukommen lassen?«

Er konnte sie schlecht an unser Postfach schicken. Daddy würde sie lesen, ehe er sie mit nach Hause brachte.

»Vielleicht kannst du sie Sesan schicken, und der gibt sie dann mir?«

Kachi strahlte. »Ja, ist gut.«

Adanna und Eniayo war nicht entgangen, dass Kachi und ich zurückblieben. Sie warteten auf einen Holzstamm am Wegrand auf uns. Es wurde spät. Ich sagte Kachi, Eniayo und ich müssten zurück.

Kachi und ich drehten uns einander zu. Mir stiegen die Tränen in die Augen. Überraschend packte Kachi meine Hand und zog mich fest an sich. »Ich liebe dich, Morayo«, flüsterte er mir ins Ohr. Dann lief er seiner Schwester nach. Den ganzen Heimweg lächelte ich unter Tränen.

Ich erhielt von Kachi nur zwei Briefe. Zwei Monate nach seinem Wegzug drückte Sesan mir einen zerknautschten Luftpostumschlag in die Hand, als wir nach der Morgenansprache in unser Klassenzimmer zurückkehrten. Ich schob den Umschlag rasch in die Tasche meines Schulrocks. Den ganzen Vormittag konnte ich im Unterricht an nichts anderes denken. In der ersten Pause schloss ich mich auf der Mädchentoilette in eine der Kabinen ein und riss den Umschlag auf. Kachi hatte den vierseitigen Brief auf liniertem Papier geschrieben, das er offenbar aus der Mitte seines Schulhefts gelöst hatte. Ich lächelte beglückt, als ich die schiefen kleinen Herzchen sah, die die Seiten umrandeten, und las den ersten Absatz:

Du Muster des Liebreizes, meine liebste Morayo,

Du bist hoffentlich, wenn Du diese Zeilen liest, wohlauf und zufrieden. Ich schreibe vor allem, um Dir zu sagen, wie sehr Du mir fehlst, seit wir hier nach Awka gezogen sind. Schon von den Worten auf dem Papier bekomme ich Fieber und meine, Dein Gesicht vor mir zu haben.

Kachi berichtete, dass Awka im Gegensatz zu dem auf sieben Hügeln errichteten Ibadan in einem Kessel liege. Sein

Vater habe ihn in das berühmte Viertel der Grobschmiede, *uzu-ike*, geführt, wo ein Schmied ihm vor seinen Augen ein kleines Flugzeug fertigte. Er habe sich auch mit zwei Jungen in seiner Straße befreundet, mit denen er Fußball spiele. Ich schmunzelte, als ich las, dass er beim ersten Match seiner Mannschaft das entscheidende Tor erzielt hatte. Kachi erkundigte sich nach Eniayo und schrieb, wie sehr er Ibadan schon meinetwegen nachtrauere.

In den nächsten Tagen mühte ich mich, wenn ich auf meinem Zimmer allein war, mit dem Antwortbrief ab. Darin berichtete ich Kachi, dass ich unentwegt an seinem alten Haus vorbeiginge und glaubte, ihn jeden Augenblick sehen zu müssen. Ich schrieb, dass mich freute zu hören, dass er neue Freunde habe und wieder Fußball spiele. Ich erkundigte mich nach seinen Schwestern und richtete Grüße aus. Fast hätte ich ihm geschrieben, was mit Bros T gewesen war, überlegte es mir aber im letzten Moment anders. Ich verzierte sämtliche Seiten am Rand mit ordentlichen Herzchen und schloss mit einem Kuss.

Ein paar Monate später bekam ich noch mal einen Brief von Kachi. Spät abends, als alle schliefen, las ich den letzten Absatz beim Licht einer Taschenlampe wieder und wieder.

Morayo, Du fehlst mir so. Obwohl die Entfernung von Awka nach Ibadan nur 375 Kilometer beträgt, erscheint es mir so weit wie zum nächsten Planeten. Ich weiß, dass Planeten unendlich weit voneinander entfernt sind, aber so fühlt es sich an. Ich wünschte, ich hätte ein Foto von Dir, damit ich die Augen nicht immer so fest zukneifen müsste, um Dein Gesicht zu sehen. Meine Freunde sagen, ich wäre blöd zu glauben, dass Du auf mich warten wirst. Sie sagen, wir sind zu jung. Aber was soll ich mich mit ihnen streiten – sie kennen Dich eben nicht.

Ich antwortete prompt, hörte aber von Kachi nichts mehr. Schließlich gab ich es auf, Sesan erwartungsvoll anzustarren, wenn ich ihm in der Schule begegnete. Kachis Name fiel zwischen uns nie. Mit jedem Monat verblassten die Erinnerungen mehr und mehr, wie die Tinte seiner Briefe, die immer noch – vor Mummy verborgen – in der Ritze meiner Matratze lagen.

6

Der Böse vergisst alle verwandtschaftlichen Bande,
der Peiniger vergisst das Morgen.

Als die Ergebnisse der Prüfungen des West African Examinations Council veröffentlicht wurden, hatte Bros T fünfmal die Bestnote A und dreimal C geschafft und sich damit in Daddys Augen offiziell rehabilitiert. Zur Feier des Tages führte Daddy uns alle ins Koko Dome aus. Eniayo und ich saßen am überfüllten Schwimmbad und schlürften unsere Chapman-Fruchtcocktails. Wir waren obenauf, und Mummy strahlte vor Glück.

Die Wochen vergingen, Daddy und Bros T lachten gemeinsam über ulkige Fernsehnachrichten und fachsimpelten über die britischen Premier-League-Spiele. Im Nu war das Schuljahr um. Bis zum Ende der Schulferien hatte Bros T alle Prüfungen hinter sich.

Da er nun viel freie Zeit hatte, traf Bros T sich häufiger mit zwei Freunden, die er im Havana kennengelernt hatte, einem Bierlokal in der nächsten Parallelstraße. Die jungen Männer gingen schon tagsüber ins Havana, tranken Heineken und aßen frittierte Schnecken. Eniayo und mir kamen Gerüchte zu Ohren, dass dort auch anderes vorging – aber wir betraten das Lokal ja selbst nie. Wenn wir nach Bros T geschickt wurden, stellten wir uns vor den Perlvorhang, bis uns jemand bemerkte und fragte, wen wir suchten. Das Einzige, was Eniayo davon abhielt, hineinzugehen, war der Zigarettenqualm. Davon wurde ihr immer übel. Das Einzige, was mich abhielt, war die Vorstellung vom Donnerwetter daheim.

Ich weiß nicht, ob Mummy und Daddy Bros Ts Treiben bemerkten. Wenn ja, hörte ich sie nie darüber reden. Vielleicht fanden sie, er habe nach der vielen Büffelei eine Belohnung verdient.

Es gab meiner Erinnerung nach keine deutlichen Warnsignale. Ich stieß mir in der Woche nicht den linken großen Zeh. Noch hörte ich nachts in den Bäumen die Eule. Wohl aber wachte ich eines Morgens schweißgebadet auf. Um zehn hatte ich bereits hohes Fieber und Schüttelfrost. Der Gelenkschmerzen und des bitteren Geschmacks im Mund wegen wusste ich, dass es Malaria war. Weil ich zum Genotyp AA gehörte, war ich anfällig für Malariaschübe. Eniayo war vom selben Genotyp wie Daddy, AS, hatte also Glück. Sie wurde höchstens einmal im Jahr krank. Der Zeitpunkt hätte kaum schlechter sein können. Aunty Adunnis ältere Schwester würde am Wochenende in Ilorin heiraten. Aunty Adunni war schon vorige Woche aus Ibadan aufgebrochen, um ihrer Mutter mit den Hochzeitsvorbereitungen zu helfen. Mummy, Eniayo und ich sollten am Nachmittag nach Ilorin fahren – Daddy war auf Geschäftsreise. Bros T hatte Mummy gesagt, er wolle nicht mit, also würde er zu Hause bleiben.

Mummy verabreichte sofort Chloroquintabletten. Ich wusste nie recht, was schlimmer war: die bitteren Pillen oder die Gelenkschmerzen. Als Mummy mich fröstelnd im Bett fand, schien sie unschlüssig. Eniayo sollte im Brautzug Blumen streuen. Sie musste Eniayo also zur Hochzeit bringen; wie aber sollte sie ein krankes Kind zurücklassen?

Als Bros T versprach, sich um mich zu kümmern, sah ich das Widerstreben in Mummys Augen. Aber ich wusste genau, wie sehr sich Eniayo auf ihren Auftritt als Blumenmädchen freute, und ich erinnerte Mummy daran, dass unsere Nachbarin Mama Comfort ja auch da sei, wenn ich Hilfe brauchte. Da schien Mummy beruhigt. Sie sagte, sie werde Mama Comfort bitten, ein paarmal vorbeizuschauen, und versprach, nach dem Hochzeitsempfang umgehend nach Ibadan zurückzukehren. »Wir sind also nur eine Nacht weg«, sagte sie beschwichtigend, ehe sie losfuhren.

Bros T kam am späten Nachmittag mit seinen Bierlokalkumpeln Bros Niran und Bros Jimi nach Hause. Außerdem schleppte er eine Tragetüte voll scharfer *suya*-Spieße und eine Kiste Guinness an. Ich hockte im Wohnzimmer und schaute im menschenleeren Haus Fernsehen. Als ich den Trupp hereinspazieren sah, begriff ich, dass Bros T die Sache schon geplant haben musste, als er hörte, dass wir alle zur Hochzeit nach Ilorin fahren würden. Ich mochte seine Freunde nicht – und vom Duft der Spieße wurde mir noch übler –, also beschloss ich, ins Bett zu gehen.

»Gute Nacht, Bros T.« Der hatte mit seinen Freunden die Kiste Bier fast schon geleert. Neben ihnen war der Boden mit leeren Flaschen übersät. Bros T winkte mir träge zum Abschied. Beim Hinausgehen spürte ich Bros Nirans Augen im Rücken.

Als ich mein Nachthemd überstreifte, hörte ich aus dem Wohnzimmer erhobene Stimmen. Ich wickelte mich in mein Bettlaken und stahl mich näher ans Wohnzimmer heran. In der Diele lauschend, hörte ich Bros Ts laute und zornige Stimme.

»Niran, was redest du für einen Blödsinn! Widme dich deinem Bier, mein Freund, und halt gefälligst die Klappe. Morayo ist noch ein kleines Mädchen. Glaubst du, sie ist eine der Havana-Nutten, mit denen du prahlst?«

Ich rieb mir den schmerzenden Kopf. Warum stritten sie meinetwegen?

Bros Jimis trunkenes Lachen schallte zu mir heraus. »Kleines Mädchen? Vielleicht, weil wir dir nicht erzählt haben, dass wir Morayo mit diesem Igbo-Jungen haben herumschleichen sehen, der früher hier in der Straße gewohnt hat?«

Ich erstarrte. Sie hatten mich und Kachi gesehen?

»Tayo, hast du etwa nicht mit meiner kleinen Schwester geschlafen? *Abeg,* lass Niran in Frieden.«

»Das zieht nicht, Jimi. Wir wissen doch beide, dass halb Eleyele mit der geschlafen hat.« Bros T lachte höhnisch.

Ich hörte ein weiteres trunkenes Lachen. »Gut, mit meiner Schwester hast du ja recht, aber ich wette was, dass Morayo nicht mehr Jungfrau ist, also was soll das?«

»Danke, Bruder!«, rief Bros Niran. »Ich weiß auch nicht, weshalb er plötzlich so geizig wird.« Sein Ton wurde anzüglich. »Oder willst du sie etwa für dich, Tayo?«

Ich schrak zusammen, als etwas laut auf den Tisch knallte und eine Flasche scheppernd zu Boden fiel. Bros T fluchte laut. »Gott strafe euch beide! Ist dieser Blödsinn der Dank dafür, dass ich euch Idioten Bier gekauft habe? Bis ich zurück bin, solltet ihr lieber eure Hintern hier rausgeschwungen haben.«

Weil ich hörte, wie ein Stuhl zurückgeschoben wurde, sauste ich in mein Zimmer und verkroch mich im Bett. Kein Wunder, dass Bros T mich davor gewarnt hatte, zu seinen Freunden allzu nett zu sein. Mich schauderte, und ich schwor mir, nie mit den beiden allein zu bleiben.

Kurz bevor ich wegdöste, musste ich noch an die helle Aufregung Eniayos am Nachmittag vor der Abfahrt nach Ilorin denken. Es war ihr erstes Mal im Brautzug. Und mir wurde klar, wie sehr mir ihr Geplapper fehlte. Es war nämlich auch das erste Mal, dass wir die Nacht nicht unter demselben Dach verbrachten. Ich tröstete mich mit dem Gedanken, dass Mummy und Eniayo ja morgen zurück wären.

Ich schlief ein …

… und erwachte vom Druck einer großen, rauen Hand auf meinem Mund.

Das Bettlaken wurde weggerissen und zu Boden geschleudert. Mein Herz schlug wild, ich hörte das Blut in meinem Kopf brausen. Es war so weit. Mein größter Albtraum – bewaffnete Einbrecher!

Den ganzen Monat schon hatte immer wieder eine Bande bewaffneter Räuber ein Apartmenthaus in unserer Siedlung gestürmt. Zuvor hatten sie an die Einfahrtstore ein Schreiben gepinnt, in dem sie ihr Kommen ankündigten und vor Benachrichtigung der Polizei warnten. Nachts hielten uns die Schüsse der Bürgerwehr wach, die über das Gelände patrouillierte. Die Räuber griffen trotzdem an, sie töteten zwei Mitglieder der Bürgerwehr und knüpften ihre Leichen an Straßenlaternen auf. Sauer, weil einige Mieter keine größere Mengen Bargeld daheim aufbewahrten, bestraften die Räuber sie, indem sie die Männer zwangen, die Frauen ihrer Nachbarn zu vergewaltigen, während diese zusahen. Am Morgen war das ganze Gebäude verwaist. Sämtliche Mieter waren im Schutz der Dunkelheit geflohen. Nach dem Vorfall hatte Mummy Daddy angefleht, gewisse Geldvorräte zu Hause zu horten. Nur für alle Fälle.

Wo war Bros T? Schlief er, oder lag er irgendwo erschlagen in seinem Blut? Ich schmeckte Galle. Mich schwindelte. Aber ich überging die Warnungen, die in meinem

Kopf schwirrten und die besagten, ich dürfe auf keinen Fall einem bewaffneten Räuber ins Gesicht sehen. Ich *musste* das Gesicht meines Angreifers sehen. Ich wandte den Kopf.

Es war Bros T.

Zunächst war ich wie gelähmt. Dann grub ich vor Zorn und Empörung meine Zähne in seinen Handballen mit dem festen Vorsatz, ihm einen Fetzen Fleisch herauszureißen. Sofort drückte mir Bros T mit der freien Hand die Luft ab. Keuchend rang ich nach Atem. Er beugte sich über mich und zischte mir mit nach Fleischspießen und Bier stinkendem Atem ins Ohr: »Lass den Quatsch, sonst breche ich dir den Hals, du Gans. Zeit, dass ein echter Mann dich zur Frau macht, ehe einer deiner kleinen Verehrer dich endgültig versaut.«

In meinem Kopf gellte eine Stimme: *Was denn für Verehrer?!*

Bros T presste mir seine Zunge in den Mund, ich musste würgen. Ich schmeckte Alkohol und Zigaretten. Doch der eiserne Griff um meinen Hals erstickte den Würgereiz. Verzweifelt wand ich mich unter seinem Gewicht.

Leise raunte er mir zu: »Lass den Quatsch, sonst rufe ich Jimi und Niran. Die machen bestimmt nur zu gern mit. Willst du das?«

Ich warf den Kopf hin und her. *Bitte.*

Ich ließ das Strampeln und hielt still. Ich hörte die eisernen Sprungfedern knarren, als Bros T seinen langen, schweren Körper auf mich senkte. Unsanft riss er mit der freien Hand mein Nachthemd hoch. Er bewegte sich auf mir, und der Druck in meinem Brustkorb wurde unerträglich. Ich glaubte zu ersticken. Er rammte mir die Hand zwischen die Schenkel. Als er mein Höschen zerriss, zitterte ich am ganzen Leib. Ich wollte schreien, aber ich kriegte kaum Luft. Als er den Mund von meinem nahm, kam nur ein Quieken. Sein heißer Atem strich mir übers Gesicht, seine glasigen Augen schienen im Dunkeln.

Er spreizte mit einem Ruck meine Beine. Ein stechender Schmerz drang bis in mein tiefstes Inneres. Als Bros T sich in meinen widerstrebenden Körper zwängte, schwebte meine Seele hoch unter die Decke. Ich blickte hinab, ich sah ein Kind auf dem Bett liegen, dessen Gesicht mir bekannt vorkam. Die schreckgeweiteten Augen starrten ins Nichts, der Mund war zu einem stummen Schrei aufgerissen.

Dann, so plötzlich, wie ich den schlotternden Körper verlassen hatte, kehrte ich wieder zurück. Rasender Schmerz fuhr tief, tief in mich hinein. Endlos keuchte und grunzte Bros T, dann zuckte er plötzlich und lag still. Wortlos stemmte er sich vom Bett hoch, fummelte an seiner Hose und torkelte hinaus.

Schlotternd lag ich da, die Augen voll Tränen, die nicht kommen wollten. Meine Kehle brannte. Meine wunden Lippen bebten. Ich wimmerte.

»Mummy …«

Ich rief erneut. Aber sie war nicht da. Ich lag allein in der Dunkelheit. Dann stahl sich eine Träne seitlich über meine Schläfe. Weitere folgten. Ich hatte panische Angst, dass Bros T es sich anders überlegen und mit seinen Freunden wiederkommen könnte. Ich wollte mich aus dem Bett schleppen und die Tür verriegeln, aber meine Beine gehorchten mir nicht.

Ich konnte mich nicht bewegen.

Aus dem rechten Augenwinkel sah ich einen hellen Fleck über die Decke huschen. Es war ein Gekko. Er verharrte reglos, als wäre er festgewachsen, starrte und nickte träge mit dem Kopf, als wollte er mir sagen, alles würde gut. Ich weiß nicht, wie lange ich seinen starren Blick erwiderte, doch irgendwann holte mich gnädigerweise der Schlaf. Er kam und trug mich an einen sicheren, glücklichen Ort. Einen Ort mit Eniayo.

»Bisi, ich hab sie! Ich hab sie!« Eniayo kreischte und lachte vor Begeisterung. Es war ein herrlich sonniger Tag, und wir spielten auf dem Hof unseres Großvaters in Oyo Fangen. Lachend entwand ich mich ihrem Griff und lief in ein großes Maisfeld neben dem Haus. Erst als ich über die Schulter zurücksah, merkte ich, dass Eniayo mich gar nicht verfolgte. Sie wartete noch auf unsere Spielkameradin Bisi.

Vor Aufregung gickelnd lief ich zwischen die hohen Maispflanzen und versteckte mich mittendrin. Ich spürte die heißen Strahlen der Sonne direkt am Scheitel, wo die schwere Pomade zerfloss, die man für meine Zopfsträhnen verwendet hatte. Eniayo und Bisi würden sicher eine ganze Weile nach mir suchen müssen. Dann hörte ich hinter mir etwas zischen.

Mir gefror das Blut. Ich wandte mich in Zeitlupe um; es war eine Schwarzhalskobra. Mit offenem Mund starrte ich die Schlange an, und dann fiel mir an ihr etwas Seltsames auf. Die Kobra besaß zwar einen Schlangenkörper, doch das Gesicht war mir vertraut. Bros T. Ich schrie.

Aus der Ferne hörte ich Eniayo rufen: »Morayo, wo bist du? Was hast du? Morayo, bitte, wo bist du?«

Die Schlange richtete sich auf, stieß zu und schlug mir ihre Giftzähne in die Wade. Ich fiel, fiel in ein tiefes, bodenloses Loch.

7

Der Milan lebt noch, das Rebhuhn bangt;
der Adler belauert aus dem Augenwinkel die Schnecke.

Ich schrak im Bett hoch. Das Herz schlug mir gegen die Rippen. Ich musterte die vertrauten gelben Wände meines Zimmers und begriff, dass ich geträumt hatte. Die frühe Morgensonne schien durch die dünnen Vorhänge.

Mir tat unten herum alles weh. Einen Augenblick lang war mein Kopf vollkommen leer. Dann schaute ich hoch und sah den Gekko. Er glotzte immer noch von exakt derselben Stelle an der Decke herab. Die Erinnerungen an letzte Nacht kehrten in einer Flut zurück. Plötzlich war mir speiübel. Ich schloss ganz fest die Augen, und als ich sie wieder aufschlug, war der Gekko fort.

Ich schleppte mich an die Tür und horchte. Es war nichts zu hören als die Standuhr im Wohnzimmer. Ich zog mich langsam aus, band mir ein Handtuch um und sammelte mein zerfetztes Höschen, mein Nachthemd und das blutbefleckte Laken ein. Leise drückte ich die Schlafzimmertür auf. Die Tür zu Bros Ts Zimmer stand sperrangelweit offen, aber er war nirgends zu sehen. Ich war allein im Haus.

Steif ins Bad wankend, warf ich meine Sachen in einen Zinkeimer. Ich würde sie waschen müssen, doch zuerst wollte ich baden. Ich musste seinen Geschmack und Geruch abspülen.

Nach einem ausgiebigen kalten Bad schleppte ich mich auf den Hof, um meine Sachen zu waschen. Ich setzte mich auf einen kleinen Holzschemel unter den Papayabaum dicht am Haus. Mir schnürte es die Kehle zu, als ich die Blutflecke betrachtete. Je mehr ich schrubbte, desto auffälliger wurden sie. Ich schrubbte wie besessen an den roten Stellen, bis meine Finger von der Sodaseife schon wund wurden.

»Sisi Morayo.«

Erschrocken fuhr ich herum. Fast fiel ich von meinem niedrigen Schemel.

Unsere Nachbarin Mama Comfort stand hinter mir. Ich hatte sie nicht durch das Seitentor kommen hören. »Wie geht es dir heute Morgen?« Sie hatte sich ihr Töchterchen Comfort fest auf den Rücken gebunden. Comfort zog den Daumen aus dem Mund und schenkte mir ein zahnloses Lächeln.

Ich erhob mich und erwiderte etwas gezwungen Comforts Lächeln. »Mama Comfort, guten Morgen«, grüßte ich. »Besser. Ich glaube, das Fieber ist endlich weg.«

Zu meinem Entsetzen sah ich, dass Mama Comfort die rötliche Seifenlauge betrachtete. Sie lächelte mir wohlwollend zu. »Es freut mich zu hören, dass es dir besser geht, Morayo. Dann schaue ich später noch einmal nach dir.«

Ich sah ihr nach und fragte mich, warum sie gelächelt hatte. Lag es an mir, oder stand die Welt plötzlich kopf? Während ich die Wäsche an die Leine hängte, drehte sich mir auf einmal der Magen um, ich krümmte mich und erbrach mich ins lange Gras.

Gott sei Dank war Bros T noch nicht zurück, als ich wieder ins Haus ging. Ich rollte mich auf der Couch im Wohnzimmer zusammen und war bald schon eingeschlafen.

Lautes Klopfen an der Tür weckte mich. Gleich raste mein Puls wieder – beruhigte sich aber, als ich eine vertraute Stimme vernahm: »Morayo, ich bin's. Mama Comfort.«

Ich machte die Tür auf. Sie hatte einen Flechtkorb und eine schwarz-weiß gestreifte Tragetüte dabei. Den Korb setzte sie auf dem Esstisch ab und entnahm ihm zwei zur Hälfte gefüllte Plastikbehälter. In dem einen war gegarter *ofada*-Reis, in dem anderen Palmölsoße mit frittierter Makrele. Die ganze Zeit über redete Mama Comfort besänftigend auf mich ein: »Dir ist sicher etwas unwohl. Das ist ganz normal. Ich entsinne mich noch, wie es das erste Mal bei mir war. Du solltest vielleicht etwas Panadol nehmen. Es wird mit jedem Mal leichter, und jede Frau macht das durch.«

Ich starrte sie entgeistert an.

Mama Comfort reichte mir die Tragetüte. Als ich einen Blick hinein warf, verstand ich endlich. Sie enthielt eine Packung Binden.

»*Ma* … Mama Comfort …«, stammelte ich, unsicher, was ich sagen sollte. »Danke, *Ma*.«

»Keine Ursache, meine Liebe.« Sie tätschelte mir begütigend die Schulter. »Als ich dich heute Morgen sah, ahnte ich, dass es für dich das erste Mal ist. Und weil ich nicht wusste, ob deine Mutter Binden im Haus hat, habe ich welche mitgebracht. Hast du schon gegessen? Hast du heute Morgen deine Medizin genommen?«

»Nein, *Ma*.«

Ehrlich gesagt, wusste ich nicht, ob ich auch nur einen Bissen herunterbringen könnte.

Mama Comfort runzelte die Stirn. »Das ist aber schlecht. Wie willst du gesund werden, wenn du nicht isst?« Sie zog einen Esszimmerstuhl zurück. »*Oya*, setz dich und iss etwas Reis.«

Ihr zuliebe setzte ich mich hin und würgte zwei Löffel Reis hinunter. Sie tätschelte mir die Schulter. »Iss möglichst alles auf, ja? Ich schaue später noch einmal nach dir.«

Sobald Mama Comfort weg war, legte ich den Löffel beiseite. Ich hatte keinen Hunger, doch Mama Comforts Herzensgüte rührte mich. Sie und ihr Mann arbeiteten hart und hatten trotzdem oft gerade genug, um Comfort zu ernähren.

Mit einem Seufzer stand ich auf und trug den kaum angerührten Teller Reis in die Küche.

Am Spätnachmittag hörte ich am Tor ein Auto hupen. Daddy war zurück!

Trotz meiner Schmerzen sprang ich auf und lief hinaus. Als ich das Tor öffnete, sah ich, dass es Mummy, Eniayo und Aunty Adunni waren, in einem gelbbraunen Taxi. Sie kehrten aus Ilorin zurück. Eine kreischende Eniayo flog aus dem Wagen und stürzte auf mich zu. »Morayo! Da sind wir!«, rief sie und umschlang mich. »Mummy hat dir *dankwa* mitgebracht. Krieg ich was davon ab?« Aunty Adunni schüttelte lachend den Kopf.

Schon ein Blick in ihr strahlendes Gesicht verriet mir, dass Eniayo die Zeit in Ilorin in vollen Zügen genossen hatte. Wir waren noch dabei, die Reisetaschen aus dem Kofferraum des Taxis zu laden, als Daddys Wagen auf den Hof bog.

Wenig später traf Bros T auf einem *okada* vor dem Haus ein, und seinem Gesichtsausdruck nach zu urteilen, fragte er sich offenbar, was für ein Empfang ihm bereitet werden würde. Als er durchs Tor trat und sah, dass Mummy lächelte, warf er sich zum Gruß bäuchlings hin.

Ich nahm Mummys Reisetasche hoch und eilte Richtung Haus. Bros T griff sich Daddys Koffer und folgte. Rasch holte er mich ein und legte mir beiläufig einen Arm um die Schultern. Ich erstarrte. Während wir den anderen noch den Rücken zukehrten, beugte er sich zu mir herunter und zischte: »Hör zu, wenn du Aunty Bisoye auch nur ein Wort sagst, trägst du die Verantwortung dafür, was Eniayo geschieht.«

Ich riss den Kopf herum und sah ihm prüfend ins Gesicht. Seine Miene blieb ausdruckslos, als er vorausging. An diesem Nachmittag schien Bros T immer ein paar Schritte zwischen mir und Mummy zu lauern. Als ich Mummy in die Küche folgte, kam er hinterher, um sich eine Limonade zu holen. Als Mummy mich bat, ihr Wasser zu bringen, blieb Bros T dicht bei ihr im Wohnzimmer sitzen, bis ich zurückkehrte. Als Aunty Adunni und ich hinterm Haus Melonenkerne schälten, erschien Bros T, um Mummys Gemüsebeet zu jäten.

Später saßen wir alle im Wohnzimmer und lauschten Eniayo und Mummys Bericht von der Hochzeit. Ich dachte über Bros Ts Worte nach. Würde er auch in *ihr* Zimmer gehen? Auf keinen Fall durfte ich zulassen, dass Eniayo so etwas geschah. Das Grauen – es würde sie umbringen.

Von da an behielt ich Eniayo und Bros T im Auge wie ein Habicht. Wenn Daddy nicht zu Hause war, zog Bros T Eniayo auf seinen Schoß – »Komm her, Herzensdame! – und sah dabei mit einem seltsamen Grinsen *mich* an. An manchen Tagen hörte ich sie zusammen auf seinem Zimmer gackern, während ich im Flur stand und mir das Herz bis zum Hals schlug.

Zwei Monate lang bleib Bros T meinem Zimmer fern. Dann, gerade als ich mir sagte, der Schrecken hätte nun ein Ende, tauchte er eines Nachts wieder auf. Daddy und Mummy waren oben in ihrem Zimmer, Aunty Adunni war ins Dienstbotenhaus hinübergegangen. Er machte es wieder und wieder mit mir. Er fing sogar an, mich tagsüber auf sein Zimmer zu bestellen, wenn Eniayo direkt vor dem Fenster spielte.

In diesen Monaten wartete ich nur darauf, dass Mummy an mir eine Veränderung bemerkte. Einen anderen Gang. Einen anderen Geruch. Hatte sie nicht behauptet, sie würde es riechen, wenn mich ein Junge berührte?

Eines Tages traf Mummy mich im Flur vor Bros Ts Zimmer an. Er rief nach mir. »Morayo, Morayo, bitte komm und hilf mir; ich suche etwas unter meinem Bett.«

Ich blieb, wo ich war. »Such doch selber!«, murmelte ich.

Mummy hörte es. »Morayo! Was ist das für ein Benehmen? Geh sofort zu Tayo und schau, was er will.« Kopfschüttelnd sah sie mir nach, als ich widerstrebend an Bros Ts Tür ging, dann stieg sie die Treppe zu ihrem eigenen Schlafzimmer hoch.

Als ich eintrat, stieß mich Bros T unsanft auf sein Bett. »Du glaubst wohl, du kannst mir entkommen?«

An diesem Tag begann in mir eine heillose Wut auf Mummy zu schwelen.

Drei Monate später bekam ich meine erste Monatsblutung. Mummy sagte ich nichts davon. Ich hatte ja noch Mama Comforts Binden – und Mummy würde sowieso nichts mitkriegen, beschloss ich. Aber ich irrte. Diesmal kriegte sie es mit. Noch am selben Nachmittag erschien Mummy in der Küche. »Morayo, wenn du mit dem Spülen fertig bist, komm doch bitte mal zu mir aufs Zimmer; ich möchte etwas mit dir besprechen.«

Als ich in ihr Zimmer trat, saß sie auf dem Bett. »Morayo, ich habe an deinem Nachthemd heute Morgen einen Blutfleck bemerkt. Hast du deine Periode bekommen?«, fragte sie.

»Ja, *Ma*«, sagte ich leise.

»Wann?« Sie schien überrascht. »Warum hast du mir denn nichts gesagt? Was nimmst du denn?«

Ich schwieg.

Mummy seufzte und zog mich zu sich aufs Bett. Sie wiederholte Mama Comforts Anleitung zum Wechseln der Binden. Dann rückte Mummy noch etwas näher und fügte mit ernstem Gesicht noch eine weitere Instruktion hinzu: »Morayo, jetzt hör mir gut zu. Es ist von entscheidender Bedeutung. Du darfst keinen der Jungen an der Schule dich anfassen lassen. Wenn sie es nämlich tun, wirst du schwanger. Verstehst du?«

Ich nickte. »Ja, *Ma*.«

»Tochter, bring bitte keine Schande über unseren Namen.«

Fast hätte ich laut und höhnisch gelacht. Wie gern hätte ich ihr gesagt, dass es nicht die Jungen an der Schule seien, die ihr Sorge bereiten mussten.

An diesem Tag bat Mummy Bros T, zur Feier meiner Geschlechtsreife für das Nachtmahl eines ihrer kostbaren Hühner zu schlachten. Früher hätte ich an einem solchen Abend vielleicht bei einem kleines Freudentanz eine Hühnerkeule geschwenkt und mich in Mummys Zuneigung – und Eniayos Neid! – gesonnt, aber an diesem Abend verspeiste ich meine Keule wortlos. Mir war, als kaute ich auf modrigem Sägemehl.

In der Nacht darauf zuckte Bros T zurück, als er in mein Zimmer kam und mich befingerte. Er schnaubte angewidert und verzog sich. Ich lächelte ungesehen im Dunkeln, als die Tür sich hinter ihm schloss. Ich hatte entdeckt, dass das Frauwerden doch Vorteile hat.

Die Gnadenfrist währte nur kurz. Bros T kehrte in vielen Nächten wieder. Nur benutzte er nun ein Kondom. Ansonsten änderte sich nichts.

Acht Monate, nachdem alles angefangen hatte, fühlten sich meine Brüste eines Morgens beim Aufwachen empfindlich und geschwollen an. Noch in derselben Woche wurde mir nach dem Frühstück schlecht, und ich musste mich übergeben. Bros T fand mich auf den Fliesen vor der Toilette kauernd vor, als er auf Klo wollte.

»Morayo, was hast du?«

»Ich glaube, ich werde krank«, antwortete ich mit letzter Kraft, um mich dann erneut über die Kloschüssel zu beugen. Bros T rieb sich den Kopf, schloss die Badezimmertür und sah eine Zeit lang zu. Dann trat er näher und fragte im Flüsterton: »Wann hast du zuletzt deine Periode gehabt?«

Es hatte im Monat zuvor keine Blutung gegeben. Ich fand, das gehe ihn überhaupt nichts an, aber er packte mich unsanft am Arm und wiederholte die Frage: »Morayo! Wann?«

»Es sind fast zwei Monate«, murmelte ich und mied seinen Blick. Mit ihm über dergleichen zu reden war mir unangenehm.

Nackte Angst flackerte in Bros Ts Augen. Ich aber machte mir keine Sorgen; ich wusste von meinen Klassenkameradinnen, dass es dauern konnte, bis sich ein Regelzyklus einpendelte.

Am Nachmittag holte ich im Hof gerade die Wäsche von der Leine, als Bros T mich aufsuchte. Er sah sich ängstlich um. Hinter der Fliegengittertür werkelte Aunty Adunni in der Küche.

»Morayo, ich habe hier etwas für dich.« Er hielt mir die offene Hand hin. Auf dem Handteller lagen zwei kleine weiße Pillen. »Hier, nimm die.«

Bei mir schrillten alle Alarmglocken. Still schüttelte ich den Kopf. »Nein, ich will keine Tabletten.«

Bros T fuhr sich mit der Hand über den Kopf. Schweiß trat ihm auf die Stirn. »Du dumme Gans!«, brüllte er. Dann senkte er die Stimme und fauchte: »Hör mal. Willst du etwa ein Baby?«

»Ein *Baby*?«, murmelte ich.

»Ja!« Er starrte mich ungläubig an. »Ein Baby! Weißt du denn nicht, dass du schwanger werden kannst?«

Der Boden unter meinen Füßen wankte. Ich hielt mich am Eisenpfosten der Wäscheleine fest.

Schwanger.

Das schwere Wort hing in der Luft, während sich mir der Kopf drehte.

Schwanger.

Ich war womöglich von meinem eigenen Vetter schwanger. Mich überrieselte es kalt. Die Folgen einer Schwangerschaft waren nicht auszudenken. Ohne ein Wort nahm ich mit zitternden Fingern die weißen Pillen von seiner verschwitzten Hand und warf sie mir in den Rachen.

Bros T folgte der Bewegung mit den Augen, dann wandte er sich ab und ging unverkennbar erleichtert zum Haus zurück. Ich schluckte die Pillen aber nicht. Ich spuckte sie ins Gras und grinste hämisch. Wenn er sich einbildete, mich so leicht loswerden zu können, dann hatte er sich aber gründlich vertan. Ich hatte nicht die Absicht zu sterben. Und ich konnte unmöglich schwanger sein. Das sagte er bloß, um mir Angst zu machen. Und außerdem, was sollte schließlich eine Pille schon gegen eine Schwangerschaft bewirken?

Während der nächsten Tage folgten mir Bros Ts dunkle Augen bange. Mir war klar, dass er nur darauf wartete, dass ich tot umfiele, aber den Gefallen würde ich ihm nicht tun. Doch meine Regel blieb weiter aus. Ich sagte mir, das mache nichts. Sie komme bald wieder. Musste sie ja.

Etwa drei Wochen nach der Tablettensache ging ich allein von der Schule heim. Trotz Mummys wiederholten Warnungen vor Abkürzungen und der Anweisung, auf der Hauptstraße zu bleiben, wo mehr Menschen unterwegs waren, nahm ich den kürzeren Weg über eine Baustelle. Ich war müde und wollte so schnell wie möglich nach Hause.

Die Baustelle war verlassen. Die Bauarbeiter hatten schon Feierabend. Als ich langsam über das Gelände ging, hörte ich hinter mir einen Zweig knacken. Erschrocken blickte ich zurück und entdeckte zwei junge Männer, die verdächtig nach Bros Jimi und Bros Niran aussahen. Sie trugen beide Hüte und schienen ihren Schritt ebenso zu beschleunigen wie ich den meinen.

Mein Herz schlug so heftig, dass ich dachte, es zerspringt. Bros T war es wohl leid geworden, darauf zu warten, dass ich starb; er hatte seine Freunde geschickt, um die Sache zu Ende zu bringen!

Ich lief los. Sie setzten mir nach. Ich lief noch schneller und hielt dabei verzweifelt Ausschau nach Hilfe. Hätte ich doch bloß auf Mummy gehört!, dachte ich in heller Panik.

Weil ich ständig über die Schulter zurücksah und nicht aufpasste, schoss ich über die Kante eines Abwasserschachts. Meine Beine traten ins Leere, ich stürzte, und mein Kopf schlug gegen schleimig-grünen Beton. Der Gestank stehenden Wassers stieg mir in die Nase. Irgendetwas kroch über mein Bein. Ich schrie.

Ich hörte hastige Schritte sich nähern. Ich brüllte aus Leibeskräften. »Hilfe! So hilf mir doch jemand!«

Zwei entsetzte Augenpaare tauchten über mir auf. Sie gehörten meinen Verfolgern, aber plötzlich begriff ich, dass es Wildfremde waren – jedenfalls nicht Bros Niran und Jimi. Die jungen Männer langten herab und zogen mich, die Nasen über den Gestank rümpfend, aus dem Schacht. »Warum bist du so gerannt?«, fragte der eine. »Wir haben uns beeilt, weil es aussah, als würdest du vor jemand davonlaufen. Wen hast du denn hinter uns gesehen?«

»Niemanden«, sagte ich schwach. Ich rang noch nach Luft. »Ich bin gerannt, weil ich es eilig hatte, nach Hause zu kommen.« Das stimmte zum Teil, aber es war klar, dass sie mir nicht glaubten. Kopfschüttelnd zogen sie ab.

Als ich mich schließlich nach Hause geschleppt hatte, betupfte ich meine Schrammen mit Jod und nahm etwas Panadol Extra. Alles tat mir weh. Aber jetzt war doch sicher alles gut. Ich hatte dem Tod wieder ein Schnippchen geschlagen.

Später, am Abend, kriegte ich im Bauch Krämpfe. Sie wurden stärker, folgten in kurzen Abständen wellenartig aufeinander. Ich lag zusammengekrümmt auf meinem Bett und hielt mir den Bauch. Irgendwann wurde mir die Lage unerträglich, und ich wand mich auf den Bodenfliesen. Es sickerte zwischen meinen Beinen. Verwundert fasste ich hin. Meine Finger waren voll Blut.

Ich schleppte mich ins Bad. Auf den Badewannenrand gestützt, spürte ich einen neuerlichen Krampf, dann schoss mir das Blut in einem Schwall über die Schenkel. Ich stieg in die Wanne und mühte mich, mein Stöhnen zu unterdrücken. Mit jedem Krampf blutete ich stärker und wurde das Blut klumpiger. Bald saß ich in einer dunkelroten Lache.

Vom Badezimmer aus hörte ich die Uhr schlagen. Morgens gegen fünf ließ die Blutung langsam nach, dann, schließlich, hörte sie sie ganz auf. Ich biss mir auf die Lippen, als ich den Hahn aufdrehte und nichts kam. Im Dachtank war kein Wasser mehr. Ich hob den Deckel der Reservetonne. Zum Glück war gerade noch genug drin, um das Blut fortzuspülen und kalt zu duschen.

Wieder im Schlafzimmer, fiel ich, kaum dass mein Kopf das Kissen berührte, in tiefen Schlaf.

Eniayo weckte mich zwei Stunden später. Es war Zeit für unsere morgendliche Hausarbeit.

Ich machte mich daran, draußen den Hof zu fegen, doch da kippte mir die Erde entgegen. Ich kam offenbar wenige Augenblicke später wieder zu mir, denn alle waren noch drinnen. Ich hörte Eniayo mit Aunty Adunni in der Küche schwatzen. Es hatte niemand etwas bemerkt.

Der Tag schien endlos, und am Abend sehnte ich mich nur noch nach meinem Bett. Noch immer war mir die Vorstellung unerträglich, Mummy und Daddy einzuweihen. Aber das änderte sich schlagartig. Vielleicht ertrug ich die stummen Schreie in meinem Kopf einfach nicht mehr. Vielleicht war es aber auch der Anblick, der sich mir an diesem Nachmittag plötzlich bot.

Mummy hatte soeben ihren üblichen Imbiss eingenommen. Sie bat mich, Eniayo Teller und Glas zum Spülen in die Küche zu bringen. Als ich sie betrat, stand Bros T dicht hinter Eniayo und rieb sich von hinten an ihr. Eniayo, die Hände in der Spüllauge im Becken, versuchte ihn lachend mit dem Ellbogen wegzuschieben. »Bros T! Bitte, ja?«

Ich kannte diesen Gesichtsausdruck.

Mir fiel der Porzellanteller aus der Hand. Er schlug auf den Estrich und zerschellte, die Splitter flogen in alle Richtungen. Bros T sprang von Eniayo zurück. Er sah mich erschrocken an. Dann verschwand er durch die Hintertür.

Mummy stürzte herbei. Ich stand reglos da und starrte auf die Scherben hinunter. »Morayo, was ist passiert?«, verlangte sie ärgerlich. Als ich schwieg, seufzte sie bloß und hieß mich, den Besen holen. »Deine Verträumtheit wird von Tag zu Tag schlimmer. Was geht nur in deinem Kopf vor?«

Am Abend saßen wir still am Esstisch beim Nachtmahl. Aunty Adunni war in der Küche. Mir hatte sie mal gesagt: »Ich esse lieber für mich, weißt du. Ich mag es nicht, wenn mir jemand beim Kauen auf den Mund schaut.« Im Esszimmer war nur das Schrappen unserer Löffel auf den Tellern zu hören. »Mahlzeiten sind zum Essen da, nicht zum Reden«, sagte Daddy gern. Ich wollte gerade einen Löffel Reis und Bohnen an den Mund führen, da legte ich den Löffel mit einem Mal hin.

Ich blickte in die Runde, dann durchschnitt meine Stimme laut und deutlich die Stille. »Bros T kommt seit einiger Zeit nachts zu mir ins Zimmer.«

Klirrend fiel ein Löffel auf die Tischplatte.

Daddys Gesicht wurde hart, Mummy sog geräuschvoll die Luft ein. Eniayo guckte verwirrt. Gegenüber von mir fing die Ader an Bros Ts Schläfe so zu flattern an, dass ich fürchtete, sie könnte platzen und uns alle mit Blut besprühen.

Tief ausatmend lehnte ich mich auf meinem Stuhl zurück.

Mummys Augen füllten sich mit Tränen. Sie legte sich die zitternden Hände auf den Kopf. Daddys Löffel voll Reis und Bohnen war auf halbem Wege zum Mund stehen geblieben, als wüsste er plötzlich nicht, wo er damit hin sollte. Wir alle sahen zu, wie Daddy ihn sinken ließ und nach seinem Wasserglas griff.

Bros T zuckte zusammen, als rechnete er damit, dass Daddy ihm das Glas entgegenschleuderte. Er duckte sich nach hinten weg und hob die Arme vors Gesicht. Daddy tat einen langen Zug und setzte das Glas sehr behutsam ab. Seine Miene verriet keine Regung, aber seine bebenden Hände sprachen eine deutliche Sprache. Vor uns saß ein Mann, der um Fassung rang.

Am Rand seines Glases waren rote Spuren. Daddys Blutdruck war in die Höhe geschossen, und nun blutete sein Zahnfleisch. Mummy riss erschrocken die Augen auf, als sie den Blutrand sah. Sie erhob sich von ihrem Platz am Ende der Tafel und ging an seine Seite. Sie legte Daddy in stummer Bitte eine Hand auf den Arm.

Der bräunlich-weiße Deckenventilator über dem Esstisch drehte sich müde wie ein altes Weib, das in einem Topf rührt. Das vertraute Knarzen war in dem stickigen Raum das einzige Geräusch. »Morayo. Eniayo. Auf eure Zimmer«, befahl Daddy leise.

Die arme Eniayo schoss – mit verständnislosem Gesicht – vom ihrem Stuhl hoch und steuerte auf den Eingang zu. Sie blickte kurz zurück, immer noch im Unklaren darüber, was eigentlich passiert war. Ich folgte ihr nur ungern. Als wir das Zimmer verließen, warf auch ich einen Blick über die Schulter zurück.

Daddy war aufgestanden. Er hielt die Tischkante umklammert und sah auf Bros T hinab, der jetzt mit dem Gesicht zuunterst bäuchlings vor ihm auf dem Boden lag. Mummy kniete zu Daddys Füßen und zupfte in stummer Fürbitte für ihren Neffen an seiner Hose.

Da wallte mein Zorn auf Mummy wieder auf. Um *mich* müsste sie sich sorgen! An *meine* Seite müsste sie eilen!

Ich folgte einer blassen Eniayo auf ihr Zimmer. Inzwischen dämmerte ihr, dass etwas Schlimmes vorging. »Morayo, warum ist Daddy auf Bros T böse?«, fragte sie in einer Tour.

Doch ich gab keine Antwort. Schließlich fing sie zu weinen an. Am liebsten hätte ich geschrien: »Sei still!«, aber angesichts ihres Kummer hatte ich Mitleid. Ich kuschelte mich zu ihr unter das Laken, und wir verschränkten die Finger ineinander. »Sei mir nicht böse. Soll ich dir eine Geschichte erzählen?« Eniayo nickte.

»Alo o«, hob ich an.

»Alo«, wisperte Eniayos kläglich. Ich würgte den Kloß in meinem Hals hinunter.

»Eines Tages erwachte der Schildkrötenmann Ijapa und verkündete, er werde das weiseste Geschöpf der ganzen Welt sein. Er beschloss, alle Weisheit der Welt für sich ganz alleine zu ernten. Also hängte sich Ijapa eine große Kalebasse um, ging auf Wanderschaft und sammelte im ganzen Land Weisheit. Als das Werk getan war, beschloss er, die Kalebasse ganz oben in einer sehr hohen Palme zu verstecken, doch jedes Mal, wenn Ijapa versuchte, hochzusteigen, geriet die Kalebasse zwischen ihn und den Stamm, und dann fiel er wieder herunter. Da kam eine Ameise des Weges, hielt an und beobachtete seine Anstrengungen. ›Warum hängst du dir die Kalebasse nicht auf den Rücken, damit du besser klettern kannst?‹, fragte die Ameise Ijapa. Als Ijapa einsehen musste, dass die Ameise recht hatte, packte ihn heilloser Zorn. Er besaß also doch nicht alle Weisheit der Welt! Er schleuderte die Kalebasse zu Boden, und alle Weisheit, die er geerntet hatte, flog wieder in die Welt hinaus.«

Eniayo war eingeschlafen. Doch selbst im Schlaf fand sie keine Ruhe. Sie murmelte, wälzte sich hin und her, trat und schlug nach mir.

Angestrengt lauschte ich nach möglichem Aufruhr im Esszimmer, aber es blieb beängstigend still. Ich hätte mich gern aus dem Zimmer geschlichen und erkundet, was vorging, aber ich hatte Daddys Befehl ja gehört. Ich stieg aus Eniayos Bett, stellte mich ans Fenster und starrte in die sternlose Nacht hinaus. Ich hörte das Hoftor, dann Motorengeräusche – Daddys Wagen? Wo wollte er so spät abends noch hin?

Mein Blick flog immer wieder zur Schlafzimmertür hin.

Ich wartete auf Mummy. Ich war überzeugt, dass sie nach mir schauen käme. Am Ende schlief ich kurz vor Morgengrauen neben Eniayos Bett auf dem Fußboden ein. Als ich aufwachte, war ich im Zimmer allein. Wenig später erfuhr ich, dass Mummy und Daddy das Haus noch in der Nacht mit Bros T verlassen hatten.

8

Ein Kind stirbt nicht daran,
dass die Brüste seiner Mutter ohne Milch sind.

Während ich an diesem Morgen auf Eniayos Bett hockte, fiel mir eine Geschichte ein, die Daddy uns einige Jahre zuvor erzählt hatte.

Sie begann mit einem reichen Mann, der einen armen vor den König zerrte, damit dieser über ihn richte. Ehrerbietig das perlbestickte Samtkäppi ablegend, streckte sich der Reiche bäuchlings vor dem König hin. Er erklärte, seine Diener hätten den Armen dabei ertappt, wie er hinter der Küchenmauer lungerte.

»Großer König, heute Nachmittag schmorte auf dem Herd der Hühnereintopf meines geliebten Weibes. Der Duft zog durchs Küchenfenster hinaus.«

Mit bebendem Finger auf den Armen zeigend, der vor dem König auf dem Bauch kroch, fuhr der Reiche hasserfüllt fort: »Dieser Elende, dieser erbärmliche Dieb, kauerte hinter meiner Mauer. Er hat nicht nur die Frechheit besessen, ungebeten an meinem Küchenfenster zu stehen, sondern zu seinen spärlichen Bissen Kassaven-*fufu* auch noch den Duft des Eintopfs meines Weibes zu genießen!«

Ein Raunen ging durch die Reihen der Höflinge. Der Arme verbarg beschämt das Gesicht im Ärmel seiner *buba*.

»Gewiss, großer König, werdet Ihr mir darin zustimmen, dass dieser Mann ein Schurke und Dieb ist. Taugenichtse wie er sind die Geißel unserer erhabenen Gesellschaft. Wer weiß, wo er das *fufu* herhatte, das er in Händen hielt? Er sollte ausgepeitscht werden. Besser noch würfe man ihn eine Woche in den Kerker. Weil ich weiß, dass Ihr ein gerechter Herrscher seid, suche ich bei Euch Gerechtigkeit. Großer König, mögt Ihr die Krone lange auf dem Haupte tragen und an den Füßen die hochherrschaftlichen Schuhe.«

Damit raffte der Reiche sein wunderschön gemustertes *agbada* um sich und kehrte mit selbstgerechter Miene auf seinen Platz zurück. Seine Nachbarn klopften ihm bekräftigend auf die Schulter.

Der Arme rief nach dieser Anklage mit schwacher Stimme: »Gnade! Gnade, großer König! Habt Gnade mit Eurem elenden Diener! Es stimmt, dass ich den Duft des Eintopfs seines Weibes entwendet habe, aber glaubt mir, das *fufu* in meinen Händen stahl ich nicht. Ich erhielt es zum Lohn für meine Arbeit auf Baba Ojikutus Feldern. Bitte schickt mich nicht ins geistmordende Dunkel des Kerkers. Morgen habe ich als Tagelöhner zu tun. Wenn ich nicht arbeite, werden meine Kinder nicht essen. Ich bin alles, was sie haben. Ihre Mutter starb vor acht Wochen mit unserem Jüngsten im Bauch. Die verdienten Peitschenhiebe nehme ich gern hin, aber gebt Eurer gerechten Strafe die Milde bei, großer König.«

Einige Anwesende zischten. Typisch für schamlose Burschen wie den, auch noch mit Ausflüchten zu kommen. War er etwa der Erste, der den Tod eines Weibes beklagte?

Doch der König musterte beide Männer nachdenklich. Der Reiche auf seinem Stuhl bebte vor gerechtem Zorn, der Arme wand sich am Boden, den erbärmlichen Klumpen *fufu* noch in der Faust.

Nach längerem Schweigen nickte der König und sprach das Urteil. »In unserer erhabenen Gesellschaft ist kein Platz für Diebe. Ein Mann muss die Kordel seiner Hose straffer ziehen und vom Schweiße seines Angesichts zehren können. Da der arme Mann zugibt, den Duft der Suppe des Reichen gestohlen zu haben, möge man seinem Schatten vierzig Peitschenhiebe versetzen.«

Der Arme schluchzte vor Dankbarkeit. Sein Ankläger blickte finster. Doch er beugte sich der Entscheidung des Königs und verließ den Hof.

Die Strafe sollte dem Vergehen angemessen sein, oder nicht?

Ich schlüpfte aus Eniayos Zimmer und spähte den Flur hinab. Aunty Adunni kehrte Bros Ts Zimmer aus. Ich hörte die Uhr zehn schlagen. Eniayo musste zur Schule gegangen sein. Als sie meine Schritte hörte, sah Aunty Adunni von ihrer Arbeit hoch. Reglos blickte sie mir entgegen. Sie verzog keine Miene. Sie sagte kein Wort. Ebenso stumm blieb ich in der Tür zu Bros Ts Zimmer stehen und sah mich um. Alle seine Sachen waren fort. Selbst das Bett war abgezogen. Es war, als hätte er dort nie gewohnt. Ich machte kehrt und ging auf mein Zimmer. Im Rücken spürte ich den bohrenden Blick aus Aunty Adunnis rot geweinten Augen.

»Morayo!«, rief sie mir nach.

Ich drehte mich um.

»Es tut mir so leid«, sagte sie.

Ich nickte. Ich verstand.

Sie schluckte schwer. »Tayo taugt nichts. Man hätte ihm nie erlauben dürfen, wieder herzukommen.«

Von meinem Schlafzimmerfenster aus sah ich Aunty Adunni mit dem Besen bis in den Hof weiterfegen. Sie hielt inne, starrte auf den zusammengekehrten Dreck und wischte sich mit dem Handrücken über die feuchten Augen. Dann holte sie einmal tief Luft und kehrte in gerade Linie zum Tor. Das öffnete sie und beförderte den Müll und Dreck aus Bros Ts Zimmer, jedes bisschen seiner Gegenwart, aus dem Haus und auf die Straße.

Daddy und Mummy brachten Bros T zu seiner Mutter in Jos zurück. Die Fahrt dauerte hin und zurück achtzehn Stunden. Eniayo und ich saßen im Wohnzimmer, als sie am nächsten Tag spät zurückkehrten. Als Daddy die Tür öffnete und mich sah, blieb er wie angewurzelt stehen. Seine Schultern sackten vor, er wandte das müde Gesicht ab. Mummy, die hinter ihm erschien, fixierte mich aus blutunterlaufenen Augen.

Eniayo lief zu ihnen hin. *»Ekaabo!«*, rief sie strahlend. Ich rührte mich nicht und blieb stumm. Mummy drückte Eniayo flüchtig. »*Oya*, geh und sage Adunni, dass wir zurück sind«, sagte sie. Eniayo lief in die Küche.

Daddy ging zur Treppe, die ins Schlafzimmer führte, und ließ mich mit Mummy im Wohnzimmer allein. Mummys gerötete Augen füllten sich erneut mit Tränen. Sie sah mich an und seufzte. Dann wandte auch sie sich ab und ging.

Ich starrte ihnen mit wild hämmerndem Herzen hinterher. Mir war, als müsste es jeden Moment brechen.

In den nachfolgenden Monaten führte ich ein Doppelleben. In der Schule setzte ich ein Lächeln auf und tat, als wäre alles in Ordnung. Tomi war die Einzige, die merkte, dass mit mir irgendetwas nicht stimmte. »Morayo, du sprichst kaum noch«, sagte sie eines Tages nach der Schule zu mir. »Und du hast immer zu tun, wenn ich dich bitte, mich zu besuchen. Liegt es daran, dass dir Kachi fehlt?«

Ich rang mir ein Lächeln ab. »Es tut mir leid, dass ich so lange nicht mehr bei dir war. Es geht mir in letzter Zeit nicht so gut. Vielleicht fehlt mir Kachi tatsächlich.«

Tomi tätschelte mir verständnisvoll den Arm. Ein Teil von mir war froh, dass Kachi nicht da war. Wie hätte ich ihm etwas verheimlichen können?

An manchen Tagen wollte ich Tomi sagen, was mit Bros T gewesen war. Dann öffnete und schloss sich mein Mund ein paarmal. Und doch wusste ich, dass ich ihr nichts sagen konnte.

Wer nicht möchte, dass alle Welt sein Geheimnis kennt, darf es mit niemandem teilen.

Zu Hause konnte ich den unausgesprochenen Fragen in den Augen meiner Eltern nicht entrinnen, wenn ihr Blick auf meinem Gesicht ruhte. Ich schlief schlecht, wieder und wieder gingen mir die Fragen durch den Kopf, die sich in ihren Augen spiegelten.

Warum hast du es uns nicht gleich gesagt?

Warum hast du so lange mitgemacht?

Warum hast du das zugelassen?

Selbst wenn ich ihren Blicken auswich, gab es vor der Schande, die mir wie ein Pesthauch folgte, kein Entrinnen. Es fiel mir schon schwer, mir selbst die Wahrheit einzugestehen: dass Bros Ts Übergriffe mir mit der Zeit nicht mehr seltsam erschienen waren. Sie wurden … normal. Mit jedem Monat, der verging, war sein Griff um meinen Hals lockerer und schließlich unnötig geworden. »Du willst es doch«, hatte er mir so viele Nächte ins Ohr geraunt.

Weinend hatte ich den Kopf hin und her geworfen. »Nein! Bitte.«

Worauf Bros T mich bloß am Innenschenkel gestreichelt hatte, bis ich scharf die Luft einsog und zu stöhnen begann. »Siehst du?«, hatte er dann selbstgewiss gesagt. »Du willst es. Du weißt bloß noch nichts davon.«

Mein Körper hatte auf das Streicheln und die Liebkosungen seiner rauen Hände auf eine Weise reagiert, von der ich wünschte, ich könnte sie vergessen. Mit der Zeit hatte ich geglaubt, was er sagte. Denn welches Mädchen empfand schon so? War ich also mit schuld – war das die Erklärung für Mummys und Daddys anhaltendes Schweigen? Es gab endlose Tage, an denen meine Glieder schwer waren wie Blei, an denen es morgens eine Qual war, überhaupt einen Arm oder ein Bein zu heben.

In die Couchpolster zurückgelehnt, öffnete Mummy den Umschlag und zog den Brief heraus. Eniayo und ich saßen ihr gegenüber und fragten uns, weshalb sie uns zu sich gerufen hatte. Nachdem sie die Zeilen überflogen hatte, lächelte sie freudig. »Eniayo, er ist vom Federal Government Girls' College in Oyo. Du bist angenommen! Du fängst im September an.«

Mein Herz krampfte sich zusammen. *Eniayo sollte fort?*

»Ich soll ins Internat?«, fragte Eniayo. Wir hörten zum ersten Mal davon. Ich wusste zwar, dass Eniayo die Aufnahmeprüfung für die Federal Government Colleges abgelegt hatte, aber das hatte ich auch. Ich hatte gehofft, sie werde zu mir an meine Sekundarschule kommen.

»Ja. Dein Vater hält es für eine gute Idee«, sagte Mummy. »Oyo ist ja nicht weit, und deine Großmutter lebt dort.« Eniayo machte ein betrübtes Gesicht. »Keine Sorge. Wir werden immer zu den Besuchstagen kommen …«

Die Worte entschlüpften mir einfach: »Warum denn, Mummy?«

Sie wandte den Kopf. »Bitte? Was sagtest du, Morayo?«

Erst hielt ich den Mund. Noch nie hatte ich eine Entscheidung von Mummy angezweifelt. Jedenfalls ihr gegenüber nicht. Aber mich packte eine seltsame Kühnheit. »Schickst du Eniayo meinetwegen weg? Wegen der Sache …«

»Schweig, Morayo!«, herrschte Mummy mich an. Ihr Blick streifte Eniayos fragendes Gesicht und kehrte dann zu meinem zurück. »Was ist bloß mit dir?« Sie hantierte nervös mit dem Bestätigungsschreiben. »Du müsstest dich doch für deine Schwester freuen. Im Internat wird sie Selbstständigkeit lernen. Sie muss für sich selbst sorgen können.«

Was sie nicht sagte, hörte ich sehr wohl: Ich hatte als große Schwester versagt. Ich blickte Mummy fest in die Augen.

Sie wandte den Blick ab. »Die Lage hat sich verändert …« Sie fand keine Worte. »So ist es am besten.«

Am Vorabend ihrer Abreise kam Eniayo, als Mummy und Daddy bereits nach oben gegangen waren, zu mir ins Zimmer. »Morayo, Morayo. Bist du noch wach?«

Ich trocknete mir rasch die Augen am Laken, ehe ich mich ihr zuwandte, aber meine geschwollenen Lider müssen mich dennoch verraten haben. »Morayo, warum weinst du schon wieder?«, fragte sie.

Ich blickte in ihr besorgtes rosa Gesicht und versuchte, unter neuerlichen Tränen zu lächeln. Sie würde mir so fehlen. Der Kloß in meinem Hals wurde noch großer. »Ich weine doch gar nicht. Es regnet bloß in meinen Augen.«

Eniayo musterte mich erstaunt, dann kuschelte sie sich zu mir ins Bett und schmiegte ihre Hand in meine. »Vielleicht wachsen deine langen Wimpern davon noch schneller?«, meinte sie mit verrutschtem Lächeln.

Ich schüttelte den Kopf und drückte sie an mein Herz. Nur Eniayo konnte so etwas sagen.

Die halbe Nacht sprachen wir wispernd davon, wie das Leben im Internat wohl werden würde. Aunty Morenike hatte Eniayo gewarnt, dass die Essensportionen sehr mager sein würden. Nun aß Eniayo zwar gern, aber größere Sorgen machten ihr die Schikanen der älteren Schülerinnen. Die Jüngeren mussten für Ältere Botengänge und Arbeiten übernehmen, und das nutzten diese weidlich aus.

Bei einem ihrer Besuche hatte uns Aunty Morenike eines Abends erzählt, dass sie ihre ganzen Oberstufenjahre damit zugebracht habe, im Unterricht Mücken zu jagen. Denn wenn eine der Älteren einen Mückenstich spürte, gab es für sie selbst eine Kopfnuss.

»Morayo, was ist, wenn sie mich nicht leiden können?«

Ich wusste genau, was sie meinte – wie würden ihre Schulkameradinnen ein *afin* behandeln?

Ich drückte ihre Hand. »Sie werden dich gut leiden können, Eniayo. Und vergiss nicht, Aunty Morenikes Freundin ist dort Lehrerin. Wenn du Hilfe brauchst, musst du es ihr sagen, ja?«

Eniayo nickte. »Ist gut.«

Am nächsten Tag konnte ich während der ganzen Heimfahrt nach Ibadan das Bild einer tränenüberströmten Eniayo kaum abschütteln. Die dunkle Wolke um mich wurde schwärzer.

Daheim empfing mich ein leeres, totenstilles Haus.

Im Monat darauf beendete Aunty Adunni ihren Lehrgang an der Cateringschule und verkündete, dass auch sie uns verließe. Mummy versuchte, sie zum Bleiben zu bewegen. Daddy versprach sogar, ihr ein eigenes Geschäft einzurichten. Doch Aunty Adunni bestand darauf, nach Ilorin zurückzukehren. Ihre alte Mutter brauche sie. Es sei Zeit zu gehen.

Daddy kaufte ihr brandneue Geräte – Ofen, Kühlschrank und ein paar andere Kleinigkeiten, mit denen sie ihren eigenen Cateringbetrieb gründen könnte. Überwältigt kniete Aunty Adunni vor Mummy und Daddy und weinte vor Glück.

Ehe der Minibus eintraf, der für ihre Heimkehr gemietet worden war, rief mich Aunty Adunni zu sich auf ihr altes Zimmer. Sie machte ihre Handtasche auf und holte Geld hervor. »Hier, nimm, Morayo, kauf dir was Schönes.«

Sie griff abermals in ihre Tasche und zog einen braunen Umschlag heraus. »Und das hier ist das Geld für Eniayo. Vielleicht kannst du davon etwas kaufen und es ihr am nächsten Besuchstag mitbringen.«

Tränen traten mir in die Augen. »Danke, Aunty.«

Aunty Adunni drückte mich fest. »Sei schön brav, ja? Lass mir nicht zu Ohren kommen, dass du dich nicht benimmst. Und du musst versprechen, mich in Ilorin zu besuchen.«

Unfähig zu sprechen, nickte ich bloß. Minuten später war auch Aunty Adunni nach zehn langen Jahren bei uns fort.

Nach vierzehn Tagen erreichte uns Eniayos erster Brief aus dem Internat. Sie schrieb, sie habe allen Proviant aufgegessen und wolle nach Hause. Man habe ihr den Kopf scheren müssen, weil sie von einem anderen Mädchen im Schlafsaal Läuse gekriegt habe.

Daddy schickte den Firmenfahrer Mr Bello mit einer Schachtel Cornflakes, einer Dose Trockenmilch, *gari* und Würfelzucker nach Oyo. Er gab ihm außerdem einen langen Brief an Eniayo mit, der ihr erklärte, dass sie dableiben müsse.

Meist war ich nach der Schule allein zu Hause. Mummy fand, da ich ja nun alt genug sei, die Hausarbeit zu übernehmen, brauchten wir keine Hilfe mehr. Was sie nicht sagte, mir aber klar war, war, dass keine weiteren Verwandten zu uns ziehen würden. Daddy und Mummy verbrachten immer mehr Zeit außer Haus. Über Bros T verloren sie weiterhin kein Wort.

An Eniayos erstem Besuchstag fuhr Daddy mit uns zu Besuch nach Oyo. Ich hatte sie fast drei Monate nicht gesehen. So lange waren wir noch nie getrennt gewesen. Wir warteten im Schatten eines Baums am Verwaltungsgebäude. Ein Karton Lebensmittel und ein Korb frisch zubereiteter Speisen standen auf dem Holztisch bereit. Mummy konnte eine Schülerin auftreiben, die Eniayo kannte; das etwas ältere Mädchen meinte, sie wohnten im selben Haus und sie werde ihr Bescheid sagen, dass sie Besuch habe.

Dann sah ich Eniayo endlich auf uns zulaufen. Doch sie kam nicht allein. Ein zweites Mädchen in der gleichen rotkarierten Uniform versuchte, mit ihr Schritt zu halten. Als Eniayo bei mir angelangt war, flog sie mit dem Schrei »Morayo!« in meine weit geöffneten Arme.

Ich herzte sie und rang mit den Tränen. »Eniayo, du bist gewachsen!«

Sie lachte. »Weil wir nur Bohnen und Rüsselkäfer zu essen kriegen.«

Nachdem sie sich hingekniet und Mummy und Daddy begrüßt hatte, winkte Eniayo ihre Freundin herbei. Das Mädchen hatte etwas abseits gestanden und uns beobachtet. »Mummy, das ist meine Freundin Hauwa. Weil ihre Eltern zum Besuchstag nicht kommen konnten, habe ich sie aufgefordert, mich zu begleiten.«

»Guten Tag, *Ma*«, sagte Hauwa scheu.

Mummy lächelte das Mädchen an. »Schön, dich kennenzulernen, Hauwa. Komm, setz dich zu uns. Es ist für alle mehr als genug da.«

Eniayos Strahlen verriet mir, wie viel diese neue Freundin ihr bedeutete. Denn auch Hauwa war *afin*. Während des ganzen Besuchs hielten sich die beiden an den Händen.

Während der Rückfahrt nach Ibadan musste ich mir immer wieder sagen, wie gut es sei, dass Eniayo eine Freundin gefunden habe. Und doch – wer würde mich jetzt noch brauchen? Der eiskalte Knoten, der sich nach Bros Ts erstem nächtlichen Besuch in meinem Innersten gebildet hatte, zurrte sich so fest, dass ich vor Schmerz kaum noch Luft kriegte.

»Morayo, bist du so weit?«, fragte Mummy; sie streckte den Kopf zur Tür herein. »Wir müssen los.« Ein Verwandter hielt eine Zwanzigjahrfeier für seine verstorbene Mutter ab. Ich wusste nicht, wie ich Mummy sagen sollte, dass ich nichts weiter wollte als meine Ruhe.

Sie machte bei meinem Anblick große Augen. »Du hast dich noch nicht umgezogen?«

»Nein, *Ma*. Ich habe Kopfschmerzen.« Die Migräneanfälle hatten kurz nach Bros Ts Rauswurf begonnen. Im Augenblick hatte ich zwar keinen, aber das wusste Mummy ja nicht.

Seufzend verschwand sie und kehrte kurz darauf mit einem Fläschchen Panadol Extra und einem Becher Wasser wieder. »Hier, nimm davon eine. Das hilft.«

»Danke, *Ma*.«

Mummy sah zu, wie ich die Tablette schluckte.

Ehe sie mit Daddy aufbrach, schaute Mummy noch einmal bei mir rein. »Morayọ̀?« Ich tat so, als schliefe ich.

Kurz darauf hörte ich Daddys Wagen vom Hof fahren. Sobald ich Gewissheit hatte, dass sie fort waren, setzte ich mich auf. Langsam bekam ich tatsächlich Kopfschmerzen.

Mein Blick fiel auf das Tablettenfläschchen auf dem Tisch, und plötzlich fragte ich mich, wie es wäre, gleich alle Tabletten auf einmal zu schlucken. Bei der Vorstellung gefror mir das Blut in den Adern. Solche Gedanken hatten sich bald nach Aunty Adunnis Abreise meiner bemächtigt. Wenn ich nachts in meinem Zimmer wachlag, fragte ich mich, was für ein Gefühl es wäre, nicht in meinem bleischweren Körper gefangen zu sein, sondern frei schweben zu können.

Erst vorigen Monat hatte ich bei der Schule in unserem wilden Mangobaum einen Nackten hängen sehen. Keiner kannte den jungen Toten. Im Unterricht fiel es mir schwer, mich auf das Thema Mischkultur zu konzentrieren, während der Erhängte sich vor dem Klassenzimmerfenster sanft im Wind drehte. An dem unschuldigen Mangobaum entlud sich in der Folge alle Wut der Gemeinde. Die reifen Früchte verfaulten an den Zweigen. Selbst hungrige Vögel mieden sie. Dann, eines Morgens, war kein Baum mehr da. Er war über Nacht zerhackt worden. Doch an windigen Tagen sah ich noch immer den jungen Mann sanft am Ast schaukeln. Gewiss hatte auch er frei sein wollen.

Ich legte den Kopf in den Nacken und schüttete mir die Hälfte der Panadol Extra in den Rachen.

Da hämmerte plötzlich jemand gegen das Tor. Vor Schreck verschluckte ich mich.

Mummy! Das konnte nur Mummy sein. Sie hatte bestimmt etwas vergessen.

In Panik lief ich ins Bad und spie die zerkauten Tabletten in die Kloschüssel. Es blieb keine Zeit, von draußen Wasser zu holen, um sie fortzuspülen. Ich wischte mir den Mund und hetzte ans Tor.

»Morayo!«

Es war Aunty Morenike.

Als ich das Tor aufzog, wirkte ihr verschwitztes Gesicht ärgerlich. Rasch kniete ich mich zur Begrüßung hin, dann nahm ich ihr die Reisetasche ab.

»Guten Tag, Aunty Morenike. Ich wusste nicht, dass du es bist.«

»So, so, Morayo, du wusstest nicht, dass ich es bin, *nko*?« Aunty Morenike spitzte die Lippen und bedachte mich mit einem prüfenden Blick. »Was hast du getrieben?«

Ich schwieg.

Aunty Morenike holte tief Luft. »Steh auf, lass uns reingehen. Die Nachmittagssonne kennt heute kein Erbarmen. Mir steht der Sinn nach einem kühlen Getränk. Ich hoffe doch sehr, dass die NEPA euch Strom spendiert hat. Bei uns lebt die ganze Wohnanlage seit zwei Wochen in Finsternis.« Vor sich hin schimpfend, schritt sie energisch aufs Haus zu. Ich sprang auf und schleppte die pralle Kunststofftasche, eine »Ghana must go«, hinter ihr her.

Als ich wenig später ein Tablett mit Cola und gerösteten Erdnüssen auf einem Schemel neben ihr abgesetzt hatte, erkundigte ich mich nach ihrem Sohn. »Wie geht es Damilare, Aunty Morenike?«

Sofort hellte sich ihre Miene auf. »Der kleine Racker. Ihm geht es prächtig. Du müsstest mal die Größe der *amala* sehen, die er inzwischen verdrückt. Ich könnte schwören, dass sein Magen bis in seine kleinen Beine reicht.« Aunty Morenike erhob sich von ihrem Stuhl. Sie ging Richtung Badezimmer.

»Morayo!«

Als Aunty Morenike entsetzt meinen Namen rief, fiel mir ein, dass ich die Tabletten nicht fortgespült hatte.

Mir stockte das Herz.

Ich hörte Aunty Morenikes hastige Schritte, dann stand sie wieder im Wohnzimmer. »Was sollen die Tabletten in der Toilettenschüssel?«, fragte sie.

Ich sah auf meine Füße und schwieg.

Dann spürte ich eine sanfte Hand an meinem Arm. »Morayo. Bitte, sieh mich an.« Ihre Stimme klang tief und weich. »Wie kommen die Tabletten in die Toilettenschüssel?«

»Ich habe sie dort hingespuckt.«

»Du?« Aunty Morenike holte tief Luft. »Morayo, *kilo de?* Was ist los?«

»Aunty Morenike, Bros T … er hat mich vergewaltigt.« Als ich es endlich laut aussprach, empfand ich eine ungeheure Erleichterung. Nein, er war nicht einfach nur nachts zu mir ins Zimmer gekommen. Er hatte mich nicht einfach »berührt«. Er hatte mir nicht nur einfach den Rock hochgeschoben. Ich sagte es noch einmal. »Er hat mich vergewaltigt.«

Aunty Morenike wurde stocksteif, dann zog sie mich in die Arme und bettete meinen Kopf an ihre Brust. Das Stechen in meiner schnürte mir die Luft ab. »Aunty, niemand versteht, wie weh es tut.«

Sie flüsterte mir die Worte ins Haar: »Ich schon, Morayo.«

Als Tränen auf meine Stirn fielen, begriff ich, dass Aunty Morenike weinte. Die Tränen sickerten mir bis an die Haarwurzeln, und da weinte ich auch. Eine halbe Ewigkeit, so schien es mir, hielten wir uns umschlungen und weinten leise. Als die Tränen endlich versiegt waren, setzten wir uns auf die Couch und sprachen über das, was geschehen war.

Ich hielt die ganze Zeit ihre Hand. »Bitte sag Mummy nichts von den Tabletten. Ich verspreche, es nie wieder zu tun, ehrlich!«

Ihr Blick war unschlüssig. »Morayo, du hättest sterben können.« Ich nickte.

Am Abend ging Aunty Morenike erst, als alle von der Feier zurück waren. Ich wusste, dass sie mich trotz meines Versprechens nicht im Haus allein zu lassen wagte. Und als Aunty Morenike und Mummy sich später auf Mummys Schlafzimmer zurückzogen, war mir klar, dass sie Mummy erzählte, was sie am Nachmittag beobachtet hatte. Mit mir sprach Mummy nicht darüber, aber von da an hatte sie nie etwas einzuwenden, wenn ich darum bat, Zeit bei Aunty Morenike verbringen zu dürfen. Und wann immer mich Traurigkeit befiel, nahm ich einen Bus und fuhr die zweiundzwanzig Minuten zu Aunty Morenikes Wohnung.

Bei einem meiner Besuche lagen wir Seite an Seite auf dem Teppichboden in ihrem Wohnzimmer. Es brannte kein Licht, und es half, dass sie mein Gesicht nicht sehen konnte. Wir hatten über Bros T gesprochen. »Obwohl ich nicht wollte, dass er zu mir ins Zimmer kommt, hat sich das, was er mit mir gemacht hat, gut angefühlt.« Mir wurde der Brustkorb ganz eng, und ich konnte vor Scham nur flüstern. »Es hat mir gefallen.«

Aunty Morenike seufzte. »Trotzdem war es nicht deine Schuld.«

»Aber …«

»Du kennst das doch, wenn man beim Zwiebelschneiden weinen muss, oder?«

Ich nickte. »Ja.«

»Der Zwiebeldunst treibt dir die Tränen in die Augen, obwohl du nicht traurig bist. Was dein Körper empfunden hat, ist so ähnlich, einfach eine physische Reaktion. Das heißt nicht, dass du wolltest, was er mit dir macht.«

Ich blinzelte die Tränen fort. »Aber warum hat er es getan?«

»Weil er wollte«, sagte Aunty Morenike behutsam. »*Er* wollte es.«

Sie ergriff meine Hand. »Es ist vollkommen in Ordnung, wenn dich noch immer Trauer befällt, Morayo«, sagte sie. »Eines Tages wird es besser.« Der Tag schien sehr fern, aber ich fuhr nie so traurig heim, wie ich gekommen war.

Aunty Morenike sagte gern mit dem ihr eigenen rätselhaften Lächeln, man müsse immer für seine Nächsten und Liebsten sorgen. Selbst ein starkes Sieb könne allein kein Yamsmehl sieben. Es bedürfe immer einer Hand, die es halte.

TEIL ZWEI

Morenike
1988

9

Ein Mann zürnt seinem Kopf nie so,
dass er sich deswegen die Mütze
auf den Hintern setzt.

Morenike Balogun starrte blicklos zum Wagenfenster hinaus. Sie wurde von Mr Bello, dem Firmenfahrer Onkel Owolabis, nach Hause chauffiert. Auf dem Weg zu ihrer Wohnung in Orogun kamen sie am geschäftigen Sangomarkt vorbei. Noch um sieben Uhr abends herrschte großes Gedränge, denn viele kamen um diese Zeit noch zur Jagd auf günstige Angebote. Zu Geschäftsschluss nämlich wurde frische Ware zu Schleuderpreisen verkauft. Marktfrauen mit auf den Rücken gebundenen schläfrigen Kindern machten dicht und deckten ihre Stände mit verschossenen blauen Plastikplanen ab. Manche eilten bereits zum Busbahnhof, um noch einen der privaten Minibusse zu erwischen. Daheim warteten ungeduldige Ehemänner und Kinder auf sie.

Mr Bello fuhr am Campus der University of Ibadan vorbei. In der Ferne sah Morenike den silbrigen Umriss der Uhr am »Elfenbeinturm«. Sie war froh, als der Wagen die hell strahlenden Lichtmasten hinter sich ließ. Sie fand die pechschwarze Nacht der sich anschließenden Wegstrecke tröstlich.

Mr Bello meldete sich von vorn zu Wort. »Verzeihung, aber ich muss an der nächsten Tankstelle halten.«

Morenike wandte sich vom Fenster ab und rieb sich die verweinten Augen. »Ich habe es nicht eilig. Damilare verbringt das Wochenende bei Mummy Ibeji.« Sie sank in die Sitzpolster zurück und versuchte, sich mit den bunten

Blinklichtern auf dem Armaturenbrett abzulenken. Doch ihre Gedanken kehrten immer wieder zu dem Ausdruck auf Aunty Bisoyes Gesicht zurück.

Als Morenike Aunty Bisoye von Morayos Selbstmordversuch erzählt hatte, waren der älteren Frau die Luft weggeblieben und die Knie eingeknickt. Während Morenike sie stützte, spürte sie, wie Aunty Bisoye unter dem *iro* und der *buba* aus Baumwolle am ganzen Leib zitterte.

Auf ihrem Bett hatte Morayos Mutter dann vor und zurück, vor und zurück geschaukelt. Murmelnd hatte sie die Hände gerungen. »Wie konnte ich nur essen und trinken, während bei uns daheim das Haus lichterloh brannte?«

»Aunty, es ist nicht deine Schuld.«

»Morenike …« – Aunty Bisoye hatte entsetzt hochgeblickt. »Ich danke dir, dass du es mir gesagt hast. Aber du musst mir beistehen. Morayos Vater darf es nicht erfahren. Niemals.« Sie hatte erneut die Hände gerungen und auf den Bettüberwurf hinabgestarrt, als gehe sie mit sich ins Gericht. »Er wirft mir doch ohnehin vor, Unglück über unser Haus gebracht zu haben. Aber, mein Gott, was habe ich denn getan?«

Auf dem Rücksitz krampfte sich Morenikes Hand um den Türgriff, als der Wagen aufs Areal einer hell erleuchteten Tankstelle bog und nur knapp einen kleinen Jungen verfehlte, der Blätterteigwürstchen von Gala feilbot. Mr Bello stieg aus und schloss hinter sich ab. Der Kleine klopfte an die Fensterscheibe. Er trug die lange *buba* eines Erwachsenen. Er grinste gewinnend und deutete auf seine Gala. Als Morenike den Kopf schüttelte, sah sie den Jungen barfuß zum nächsten Wagen laufen. Beinahe wurde er von einem Bus erfasst, doch der Kleine rettete sich lachend zwischen zwei Zapfsäulen. »Aus dem Weg, du, *commot for road*!«, brüllte der Busfahrer wütend.

Der Knirps war ungefähr so groß wie Damilare. Beim Gedanken an ihren Sohn blinzelte Morenike die Tränen weg. Damilare.

»Ich weiß nicht, was ich Morayo sagen soll.« Flehentlich hatte Aunty Bisoye beim Abschied Morenikes Hände umklammert. »Immer, wenn ich mit ihr sprechen will, über …« Bisoye hatte hilflos mit der Hand gewedelt.

»Tayo«, ergänzte Morenike.

Bisoye hatte die Augen geschlossen. »Ja«, hatte sie halblaut bestätigt. »Mir bleiben einfach die Worte im Hals stecken. *Du* wüsstest, was du sagen musst.«

Morenike hatte genickt. Ja. Sie wusste es. Denn 1981 – da war sie gerade fünfzehn gewesen – hatte Chief Komolafe, ein Freund ihres Vaters, sie vergewaltigt.

Jahrelang hatten Chief Komolafe und Morenikes Vater zusammen den Vorsitz beim Grundbesitzerverband in Oremeji geführt. Sie und ihre jüngeren Zwillingsbrüder Taiwo und Kehinde waren Spielkameraden der Kinder des Chief gewesen. Chief Komolafe besaß Büroflächen in Abeokuta und fuhr regelmäßig dorthin. Morenikes Vater bat ihn daher oft, Morenike in ihrem dortigen Internat abzusetzen.

An jenem unseligen Morgen vor vielen Jahren hatte Mummy Ibeji Morenike zeitig geweckt. »Guten Morgen, Morenike. *Oya*, hoch mit dir. Chief Komolafe kommt schon bald. Wenn du fertig gepackt hast, dann bring die Kartons bitte ins Wohnzimmer.«

Als Chief Komolafe in seinem silbernen Mercedes 280 S eintraf, wartete Morenike in ihrer Schuluniform: weiße Baumwollbluse, blauer Kakirock, blaues Beret.

Während Chief Komolafes Fahrer Mr Adeoti die Kartons im Kofferraum verstaute, hatte Mummy Ibeji hatte ihre Tochter fest umarmt. »Vergiss nicht, wessen Kind du bist, Morenike, wenn du erst wieder in Abeokuta bist.« Sie hatte die Tochter ein letztes Mal geherzt und ihr tief in die Augen gesehen. »Beuge dich über die Bücher und hör auf deine Lehrer, verstanden?«

Sich die Tränen trocknend, hatte Morenike genickt. Mummy Ibeji hatte sie zum Wagen begleitet. »Weine nicht, Liebes. Ich komme dich besuchen, das verspreche ich dir. Und vergiss nicht, deiner Hausmutter die Cabin Biscuits zu überreichen, die ich für sie besorgt habe.« Morenike hatte die Beifahrertür aufgezogen und sich neben Mr Adeoti gesetzt.

Sie erinnerte sich noch gut, wie die Mutter am Haustor gestanden und gewinkt hatte, als der Wagen sich den Hügel hinabwand. Es war noch dunkel gewesen. Das Frühgebet aus der Moschee von Oremeji hatte aus den am Gebäude angebrachten gewaltigen Lautsprechern drei Straßen weiter herübergeschallt. Weiches gelbes Licht schien hier und da auf dem Hügel in den Häusern einer erwachenden Nachbarschaft auf.

Morenike hatte verhalten mit dem Fuß zur Musik King Sunny Ades aus der Stereoanlage des Wagens gewippt. Hinten sichtete Chief Komolafe einen Berg Zeitungen. Genauso wie die vielen Male zuvor. Bald hatten sie den dichten Verkehr der Stadt hinter sich gelassen und glitten an kleinen Dörfern und endlosen Kassavenpflanzungen vorbei. Auf der Höhe von Aiyetoro hatte Morenike der Magen zu flattern begonnen; bis zur Schule waren es keine vierzig Kilometer mehr.

An den Wiegeplattformen sah Morenike schwitzende junge Männer braune Säcke voll Kakao- und Kuhbohnen auf Lastwagen laden, welche die Ernte zum Verschiffen nach Lagos bringen sollten. Da war ihr plötzlich aufgefallen, dass die Wagen vor ihnen umkehrten.

Mr Adeoti hatte die Stirn gerunzelt. *»Shief«*, sagte er mit stark lokal gefärbtem Ibadan-Akzent. »Wir sollten mal hören, was ist, *o*. Ich könnte die Fahrer am Busbahnhof fragen, Sir.«

»Ist gut«, brummte Chief Komolafe. Er zeigte mit dem Finger. »Stell den Wagen dort unter dem Baum ab.«

Mr Adeoti hatte den Motor laufen lassen, die Straße überquert und mit einigen der Minibusfahrer gesprochen. Sie hatten ihn darüber aufgeklärt, dass in Polizeiuniform verkleidete Wegelagerer Blockaden an der Straße nach Abeokuta errichtet hätten. Als er es hörte, beschloss Chief Komolafe, lieber in Aiyetoro zu übernachten. Am Morgen würden sie dann nach Abeokuta weiterfahren.

Sie hatten in einem der kleinen Gästehäuser an der Straße Zimmer genommen.

Nach einem köstlichen gemeinsamen Mahl aus Yams und Buschfleisch, heruntergespült mit einem eiskalten Maltina-Malzgetränk, war Mr Adeoti hinausgegangen, um sich die Beine zu vertreten. Chief Komolafe und Morenike waren zu ihren Gastzimmern zurückgekehrt. Vor seinem war Chief Komolafe stehen geblieben. »Morenike, komm doch gleich noch mal zu mir.« Er hatte auf die Uhr geblickt. »So in dreißig Minuten, ja? Ich würde gern etwas mit dir besprechen.«

»Ja, Sir.«

Zur entsprechenden Zeit hatte Morenike an Chief Komolafes Tür geklopft.

»Herein!«

Chief Komolafe saß auf seinem Bett. Das kleine weiße Handtuch, das er sich um den gedrungenen Körper geschlungen hatte, bedeckte kaum seine Scham.

Verlegen war Morenike einen Schritt zurückgetreten. »Tut mir leid, Sir. Ich wusste nicht, dass Sie sich entkleidet hatten. Ich komme später wieder, Sir.«

Breit lachend hatte Chief Komolafe sie mit einer Patschhand nähergewinkt. »Aber nein, Morenike, komm doch rein. Komm, setzt dich zu mir«, sagte er und klopfte neben sich auf die Matratze.

Morenike hatte sich mit züchtig im Schoß gefalteten Händen aufs Bett gesetzt. Zwar hatte ihre Mutter sie davor gewarnt, sich allein mit einem Mann in einem Zimmer aufzuhalten, aber sie glaubte sich nicht in Gefahr. War der Chief nicht wie ein Vater? Und doch schauderte sie, als Chief Komolafe die Hand hob und ihren Nacken kraulte. Sie rückte ab.

»Du bist jetzt ein so großes Mädchen«, sagte er und schob sich wieder näher heran. »Wann bist du eigentlich so hübsch geworden?«

Morenike sah ihn ratlos an.

Plötzlich hatte Chief Komolafe sie auf das Bett niedergerungen und sich auf sie gewälzt.

Sein kugeliger, behaarter Bauch war schwer wie eine Ladung Backsteine.

Als Morenike den Mund aufriss, um zu schreien, drückte ihr Chief Komolafe die fleischige Hand darauf. In heller Panik knuffte Morenike ihn heftig mit einem spitzen Ellbogen. Grunzend verschob sich Chief Komolafe ein Stück. Morenike versuchte, sich schnell unter ihm herauszuwinden, doch da schlug er ihr ins Gesicht. Ihr Kopf flog zurück und knallte gegen den Bettpfosten. Benommen hörte sie das Klatschen seines Wanstes an ihrem Körper.

Als Morenike wieder zu sich kam, lag Chief Komolafe schnarchend neben ihr. Sie war nackt, ihr Kleid zerfetzt auf dem Boden. Sie glitt vorsichtig vom Bett, presste sich das Kleid an die Brust und schlich auf Zehenspitzen zur Tür.

Fast hätte sie das Kleid logelassen, als sie draußen im Flur auf Mr Adeoti stieß. Der Stapel Zeitungen fiel ihm aus der Hand. »Morenike?«

Aufstöhnend war Morenike barfuß auf ihr Zimmer geflohen.

Am Morgen hatte sich Mr Adeotis Miene verfinstert, als er Morenike am Wagen stehen sah. Ihr Lächeln war gequält, als sie ihn grüßte: »*Ekaaro*, Sir.«

Mr Adeoti hatte ihren Gruß überhört. *Das junge Ding läuft des Geldes wegen einem alten Baba nach. Was sind das nur für Zeiten?*, dachte er und knallte den Kofferraum zu.

Nach dem Frühstück, noch mit fettigen Lippen schmatzend, war Chief Komolafe selbstgefällig aus dem Gasthaus geschlendert. Morenike hatte vorn neben Mr Adeoti Platz genommen und sich fest mit den Armen umschlungen. Die Feindseligkeit des Fahrers, der stur geradeaus sah, war fast mit Händen zu greifen; Chief Komolafe war in den Wagen gestiegen, ohne Morenike eines Blickes zu würdigen. Als er es sich hinten bequem machte, sträubten sich Morenike die Nackenhaare. Sie war sich seiner kleinsten Regung bewusst. Sie erstarrte, wann immer er nach ihrer Kopfstütze griff, um sich umzusetzen.

Bald hatten sie Abeokuta erreicht und passierten die uralte verwitterte Lehmmauer, die immer noch Teile der Stadt umgab. Die weitläufige Stadt breitete sich direkt unter dem berühmten Olumofels aus. Von Morenikes Schule im Zentrum aus konnten die Schüler den Olumo und auch die Touristenscharen sehen, die die Höhlen und Schreine darunter besuchten.

»Adeoti, halten Sie doch bitte an dem Supermarkt neben der Schule.«

»Ja, *Sah.*«

Bei früheren Fahrten war Morenike fröhlich aus dem Wagen gehüpft und mit Mr Adeoti in den Laden gelaufen, um noch mehr Cornflakes, Trockenmilch und Ribena-Limonade zu besorgen. Der Extraproviant war während der mageren Zeiten Mitte des Trimesters sehr willkommen. Diesmal aber hatte sie wie versteinert dagesessen, als Chief Komolafe ihr einen Bündel Scheine hinhielt.

Chief Komolafe hatte das Geld stattdessen seinem Fahrer übergeben. »Adeoti, gehen Sie doch bitte hinein und besorgen Sie einige Vorräte, die Morenike in die Schule mitnehmen kann.«

Mr Adeoti hatte das Geld entgegengenommen und war im Supermarkt verschwunden. Chief Komolafe hatte seinen mit weißer Spitze besetzten *agbada* geordnet, war wieder in die dicken Lederpolster zurückgesunken und hatte sich erneut in seine Zeitung vertieft.

Morenike hatte ins Leere gestarrt. Als sie an der Schule ankamen, hatte sie still den Wagenschlag geöffnet und war ausgestiegen.

Wortlos hatte Mr Adeoti den schweren Vorratskarton aus dem Kofferraum gehoben und Morenike direkt auf die Füße fallen lassen. Er hatte das dicke Bündel Nairascheine, das Chief Komolafe ihm reichte, oben in den Karton geworfen. Morenike hatte dem Wagen mit seinen in der Sonne blitzenden wirbelnden Alufelgen nachgesehen.

»Morenike!«

Morenike wandte sich um und sah ihre Freundin Remi auf sich zu laufen. Remi trug schon die blaukarierte Hausuniform. Im vergangenen Jahr waren sie beide im selben Schlafsaal gewesen.

»Stell dir vor!«, rief Remi glucksend, als sie bei ihr stand. »Du bist dieses Jahr wieder mit mir in einem Saal! Und Aisha auch.« Die Mädchen umarmten sich.

»Ach, wie schön«, beteuerte Morenike der Freundin, während sie je einen Koffer hochnahmen. Morenike balancierte den Proviantkarton auf dem Kopf, und so machten sie beide sich auf den Weg zum Wohnheim.

Die aus Ziegeln gemauerten Schulgebäude verteilten sich über das ganze Gelände. Der zweigeschossige Verwaltungstrakt und die Klassenzimmer lagen vorn in der Nähe der Schultore. Die Schlafsäle, Mitarbeiterwohnungen, der Esssaal und die Küche befanden sich weiter hinten an der rückwärtigen Mauer. Der Versammlungsplatz lag genau in der Mitte des Hofs. Bis die beiden Mädchen endlich das Queen-Amina-Haus erreicht hatten, waren sie von dem weiten Weg ganz aus der Puste.

Als die Glocke zum abendlichen Mahl aus Bohnen und frittierten Bananen läutete, hatte Morenike bereits ihr Bett bezogen. Ihre Vorräte waren ordentlich in dem kleinen Stahlspind verstaut, den sie sich mit ihrer Stockbettgenossin teilte. Zum ersten Mal hatte man Morenike das untere Bett zugewiesen. Das obere war einem Mädchen aus der untersten Klasse zugeteilt worden, das noch nicht eingetroffen war. Als Morenike ihr neues blankes Aluminiumgeschirr mit Besteck aus dem Spind holte und sich auf den Weg zum Speisesaal machte, betete sie, dass die Kleine keine Bettnässerin sei.

Bald stand Morenike an ihrem Platz im Esssaal und sang aus vollem Hals mit den anderen Mädchen das Tischgebet.

»Viele haben Nahrung, können aber nicht essen.
Andere können essen, haben aber keine Nahrung.
Wir haben Nahrung und können essen.
Gelobet seiest Du, o Herr.«

Erst nachts, allein unter ihrem Moskitonetz, konnte Morenike endlich über Aiyetoro nachdenken. Sie redete sich ein, die Sache mit Chief Komolafe sei nie geschehen. Das sagte sie sich immer wieder, Nacht für Nacht, bis sie es zu glauben begann. Und als sie immer häufiger frühmorgens zur Toilette stürzen und sich übergeben musste, sagte sie sich, sie müsse sich den Magen verdorben haben.

Doch eines Morgens war Morenike bei der Morgenansprache in Ohnmacht gefallen. Die Schülerinnen, nach Klassen aufgereiht, lauschten gerade der Schuldirektorin Mrs Durotoye, die die Namen derer verkündete, die nachsitzen müssten und wofür.

»Folusho Ogundoyin. Für das Verlassen des Schulgeländes ohne Erlaubnis.«

Morenike hatte tief durchgeatmet und angestrengt geblinzelt. Remis blaues Beret verschwamm vor ihren Augen. Sie blinzelte noch einmal. Vielleicht lag es an der ungewöhnlich stechenden Morgensonne.

Mrs Durotoye räusperte sich. »Mudina Abass. Für die Entwendung dreier Schalen ungekochten Reises aus der Speisekammer.«

Ein paar Mädchen in den hinteren Reihen prusteten. Mudina lief an der Schule unter dem Spitznamen »periodischer Dezimalbruch«. Unfehlbar tauchte sie des einen oder anderen Vergehens wegen auf der Liste der Nachsitzer auf. Vermutlich hatte sie vorgehabt, den gestohlenen Reis auf einer in den Schlafsaal geschmuggelten und streng verbotenen Kochplatte zu garen.

Plötzlich waren aus Mrs Durotoyes Kopf zwei geworden, und Morenikes Augen rollten sich unter die Lider hoch. Sie griff nach Remis Schulter, wollte sich stützen, aber schon fiel und fiel sie.

Das Nächste, woran sie sich erinnern konnte, war das kühle Wasser, das ihr aufs Gesicht troff.

Schwester Ibidun beugte sich über sie. »Morenike, wie fühlst du dich?«

Als Morenike sich aufsetzen wollte, spuckte sie die Krankenschwester voll.

»Wie lange hast du das schon?«, fragte die Schwester.

Morenike überlegte. »Zwei Wochen?«, murmelte sie kraftlos.

Die Frauen im Raum wechselten besorgte Blicke. Sie tuschelten miteinander, und an diesem Morgen fehlte Morenike im Unterricht. Schwester Ibidun begleitete Morenike im verrosteten Kombi der Schule ins nahe gelegene Krankenhaus. Im überfüllten Wartezimmer hoffte Morenike, als ihr wieder Galle hochstieg, inbrünstig, dass sie nicht die Fliesen vollspucken müsste. Schwester Ibiduns banger Blick flog zwischen Morenikes schweißgebadetem Gesicht und dem Schwesternzimmer hin und her.

Dann endlich wurde Morenike von einer der Hospitalschwestern aufgerufen: »Morenike Balogun!«

Schwester Ibidun stand auf und zog Morenike auf die Füße. »Hier!«

Die Stationsschwester schlug die dünne Akte zu. »Du kannst jetzt zum Doktor.«

Morenike und Schwester Ibidun folgten der Frau hinaus und einen Korridor entlang. Dort öffnete sie die Tür mit dem Aufschrift »Untersuchungsraum« und deutete auf eine Stahlpritsche mit dünner Schaumstoffauflage. »Leg dich bitte hin. Der Doktor kommt gleich.«

Auf dem müden Gesicht des Arztes war ein strahlendes Lächeln erschienen, als er Schwester Ibidun erblickte. »*Ha*, kommen Sie uns auch mal wieder besuchen!«

»Ja, Doktor. Ich bringe Ihnen eine unserer Schülerinnen. Sie muss sich seit zwei Wochen übergeben.«

Das Lächeln des Doktors erstarb. »Verstehe.« Er winkte Schwester Ibidun zu sich heran. »Bitte, kann ich Sie einen Moment draußen sprechen?« Morenike hörte sie flüstern, dann betraten sie wieder den Raum, und der Doktor drückte an ihr herum. Als die Ergebnisse der Blutuntersuchung da waren, erfuhr Morenike, was die gesamte Schule bald wissen würde – doch zuvor setzte sich die Schuldirektorin Mrs Durotoye telefonisch mit Mummy Ibeji in Verbindung und bat sie, umgehend nach Abeokuta zu kommen.

Etliche Stunden später saß eine besorgte Mummy Ibeji neben Morenike im Büro der Direktorin. Mrs Durotoye thronte mit strenger Miene hinter ihrem Schreibtisch. »Mrs Balogun, ich muss Ihnen leider sagen, dass wir Morenike von der Schule verweisen müssen, weil sie schwanger geworden ist. Sosehr ich das bedaure, schreiben die Bestimmungen der Schulbehörde eindeutig die sofortige Relegation von Schwangeren vor.«

Mummy Ibeji fuhr auf ihrem Stuhl herum. Dann irrte ihr Blick umher, als wachte sie gerade aus einem Traum auf. »Schwanger? Wer ist schwanger?«

Mrs Durotoyes Gesichtszüge wurden weicher. Doch Morenike kauerte sich auf ihrem Stuhl zusammen, als Mummy Ibejis brennender Blick sie traf. Später sollte Morenike häufiger an diese Begegnung zurückdenken und sich fragen, wie viele andere Mütter im selben Büro der Olumo Girls Grammar School gesessen und die gleiche traurige Botschaft vernommen hatten. Wie oft hatte Mrs Durotoye diese Worte aussprechen müssen?

Mummy Ibeji stammelte verwirrt: »... von der Schule verwiesen?«

Seufzend erhob Mrs Durotoye sich. »Es ist ein Jammer, aber mir sind die Hände gebunden. Die Haltung der Schulbehörden ist in der Frage schwangerer Schülerinnen eindeutig. Ich muss sagen, dass uns dieser Fall sehr überrascht, weil Morenike eine solch vorbildliche Schülerin war. Sie war sogar unsere Wunschkandidatin für die Position der Schulsprecherin im nächsten Jahr. Es wäre eine Schande, wenn ihre Schulbildung mit dieser Sache ...«

Sie beendete den Satz nicht. Morenike hörte im Direktorium nur lastendes Schweigen.

Über eine weggeworfene Dose stolpernd, hastete Morenike ihrer Mutter durch den wimmelnden Busbahnhof von Asero hinterher. Mummy Ibeji marschierte stramm voraus. Morenike trug auf dem Kopf ihre Kartons. Ihre Mutter hatte noch kein einziges Wort an sie gerichtet, seit sie das Schulgelände verlassen hatten.

Im grüngelben Minibus schaukelte Mummy Ibeji vor und zurück, vor und zurück. Morenike an ihrer Seite schniefte.

Mehrere Passagiere beäugten sie besorgt – irgendetwas lag offensichtlich furchtbar im Argen. Eine ältere Frau neben Mummy Ibeji tätschelte ihr den Arm, als ihr stumme Tränen übers Gesicht kullerten. »Madam, was immer es ist, beruhigen Sie sich doch. Alles findet sich doch irgendwie.«

Mummy Ibeji öffnete und schloss den Mund wie eine Makrele an Land. Was sollte sie sagen? Finden würde sich nach dieser Schwangerschaft nur ein schreiendes Baby.

Als sie zwei Stunden später zu Hause ankamen, kniete sich Morenike vor ihre Mutter. Ihre knochigen Knie schmerzten auf dem harten Estrich.

Endlich schien Mummy Ibeji bereit zu reden. »Morenike, sag mir die Wahrheit. Wer war es?«

Morenike wischte sich mit dem Handrücken den Rotz von der Nase. »Es war Chief Komolafe, Ma.«

»*Chief Komolafe?* Aber wie …«

Morenikes Stimme brach. »Er hat sich mir aufgezwungen.«

Mummy Ibeji schoss von ihrem Stuhl hoch. Der bunt gemusterte Ankarastoff ihres *wrapper* löste sich in der Taille und sank raschelnd herab. »Aber wann soll das denn gewesen sein?«

Morenike erklärte es ihr.

»Weißt du auch wirklich, was du sagst?«

Morenike nickte. »Ja, *Ma*.«

»Bitte, Kind, sag mir die Wahrheit.«

»Das ist die Wahrheit, *Ma*.«

Mummy Ibeji sah ihrer Tochter prüfend in die Augen. Dann band sie sich ihren *wrapper* achtlos wieder um und vollführte auf dem vielfarbigen Linoleum stampfend einen kleinen Kriegstanz.

»Chief Komolafe hat einen schlafenden Tiger am Schwanz gepackt! Steh auf!«, befahl Mummy Ibeji und rückte das *gele* auf ihrem Kopf zurecht. »Wir gehen auf der Stelle zu ihm ins Büro. Er wird mir erklären müssen, welcher Teufel in ihn gefahren ist.«

Chief Komolafes Büro lag nur ein Stück weiter die Straße hinunter. Mummy Ibeji marschierte voraus, und Morenike hatte Mühe, mit ihr Schritt zu halten. Die Nachmittagssonne brannte nieder, und mit jedem Schritt wurde ihr flauer. Sie hatte den ganzen Vormittag nichts gegessen. Außerdem machte ihr Angst, was ihre Mutter anrichten könnte. Der gehässige Blick einer Zuckerrohrverkäuferin am Straßenrand traf sie, als sie um ein Haar deren Stand umrannte. »Verzeihen Sie!«, murmelte sie; die Frau fauchte: »Gott hat dir Augen gegeben, benutz sie!«

Die jüngste der Frauen Chief Komolafes, Mama Atinuke, handelte im Erdgeschoss seines dreigeschossigen Bürohauses mit Großpackungen Gefrierfisch und -truthahn. Ihre Ko-Frau Mama Kike führte im Obergeschoss einen Frisiersalon. Das Büro des gemeinsamen Ehemanns lag im Dachgeschoss. Als sie sich dem Gebäude näherte, sah Morenike Mama Atinuke vor dem Eingang stehen. Eine Kundin belud gerade ihren Wagen mit Gefrierfischpackungen. Morenike sank der Mut. Sie betete, dass ihre Mutter die Frau nicht ansprechen würde. Das gäbe nur einen Riesenspektakel.

»Guten Tag, Mummy Ibeji«, grüßte Mama Atinuke respektvoll. »Kommst du, um den Truthahn zu holen?«

»Truthahn?«, empörte sich Mummy Ibeji mit wildem Blick und zischte.

Auf Mama Atinukes Gesicht zeichnete sich Verwunderung ab, sie wich einen Schritt zurück. »Mummy Ibeji, was ist nur? Habe ich dich gekränkt?«

»Frag das lieber deinen Mann!«, erwiderte Mummy Ibeji barsch, packte Morenike und schob sie die Wendeltreppe an der Außenmauer hinauf.

Chief Komolafes Sekretärin sagte ihnen, er habe zu tun und dürfe nicht gestört werden. »Wenn Sie wollen, Madam, können Sie gern im Wartezimmer Platz nehmen.« Sie wies auf einen Raum auf der anderen Flurseite.

Der Raum war menschenleer; sie nahmen in der Reihe Ledersessel Platz. Die Sessel waren im Zustrom der Klimaanlage im Fenster kalt. Morenikes Sandalen versanken im dicken Teppichboden.

Sie war zum ersten Mal hier. Sie ließ den Blick schweifen und sah an sämtlichen grün getünchten Wänden große gerahmte Fotos von Chief Komolafe. Es gab Aufnahmen von dem Tag, an dem er seinen Titel erworben hatte, es gab sogar eine von ihm mit Morenikes Vater bei der Entgegennahme einer gemeinsamen Auszeichnung des Grundbesitzerverbands Oremeji.

Nach einer geschlagenen Stunde im Wartezimmer verlor Mummy Ibeji die Geduld. Sie erhob sich, marschierte schnurstracks an der Sekretärin – »Madam, Sie können doch da nicht einfach reingehen!« – vorbei und riss die Tür zum Büro auf. Morenike folgte hinterdrein.

Chief Komolafe saß hinter einem gewaltigen Bürotisch. An den blassgelben Wänden des weitläufigen Raums hingen noch mehr Fotos des Chief. In einer Ecke stand ein riesiger Fernseher. Mummy marschierte bis vor seinen Tisch und verschränkte die Arme vor der Brust.

Die Sekretärin drückte sich an der Tür herum.

»Biliki«, befahl Chief Komolafe mit Reibeisenstimme, »du kannst an deinen Platz zurückkehren.«

Rasch zog die Sekretärin die Tür hinter sich zu.

Mit den Fingern an die Tischkante trommelnd, bedachte Chief Komolafe Mummy mit einem angedeuteten Lächeln. »Mummy Ibeji, ich hoffe, du hast einen guten Grund, hier einfach so hereinzuplatzen. Ist alles in Ordnung? Wie geht es meinem Freund?«

»Wie geht es deinem Freund?«, brüllte diese. »Du willst also so tun, als wüsstest du nicht, weshalb ich hier bin?«

Chief Komolafe hob die Brauen. »Bin ich Gedankenleser?«

»Gut, ich will es dir sagen.« Mummy Ibeji stützte sich schwer auf den Schreibtisch, lehnte sich zähnefletschend über einen Berg Unterlagen und durchbohrte Chief Komolafe mit Blicken. »Meine Morenike ist schwanger. Sie sagt, du seist der Vater des Kindes in ihrem Bauch.«

In Morenike krampfte sich alles zusammen, als Chief Komolafe sie aus schmalen Augen musterte. Dann wandte er sich der Mutter zu. »*Und?* Da meinst du, das verleiht dir das Reicht, ungebeten in mein Büro zu platzen? Weil *du* deiner missratenen Tochter beizubringen versäumt hast, dass sie die Beine nicht breitmachen soll?« Chief Komolafe drohte ihr mit dem wurstdicken Zeigefinger. »Der einzige Grund, weshalb ich meine Wachleute noch nicht habe rufen und dich hinauswerfen lassen, ist der, dass ich deinen Mann hoch achte. Für Frauen, die ihren Platz nicht kennen, habe ich keine Zeit. Verlass sofort mein Büro.«

Mummy Ibejis Hände flogen an ihren Kopf. »*Mo gbe!* Wehe mir! Was! Du glaubst also, ich bin wie eine dieser Schafsfrauen, die du in dein Haus sperrst?« Sie lachte bitter. »Wenn ich erst mit dir fertig bin, wird ganz Ibadan wissen, dass du ein schamloser alter Mann ist, den man nicht einmal mit einer Ziege allein lassen darf. Du wirst den Tag noch bitter bereuen, an dem du meine Tochter angefasst hast!«

Mummy Ibeji packte Morenike am Arm. »Komm, wir gehen.«

Mama Atinuke stand inzwischen mit ihrer älteren Kofrau Mama Kike vor dem Gebäude. Morenike entging der bange Blick keineswegs, den die beiden wechselten, als sie Mummy Ibeji wildäugig die Treppe hinabstampfen sahen.

Mama Kike fasste sich ein Herz und trat mit bittenden Augen vor. »Mummy Ibeji. Sag doch was, ich flehe dich an. Was ist los?«

»Euer schamloser Mann hat meine Tochter geschwängert«, verkündete Mummy Ibeji weithin hörbar.

Mama Kike sog hörbar die Luft ein. Mama Atinuke fiel der Kinnladen herunter. Morenike fühlte eine Ohnmacht nahen. Mummy Ibeji marschierte stracks weiter.

Als ihr Vater am Abend das Haus betrat, fing Morenike wieder zu weinen an. Sie sah ihre Mutter an: »Mummy …«

Ihr Vater musterte sie besorgt. »Morenike, was machst du denn hier? Bist du krank?«

»Daddy Morenike, diese Angelegenheit sollten wir nicht vor den Zwillingen besprechen«, sagte Mummy Ibeji in gedämpftem Ton. »Lass uns bitte in dein Schlafzimmer gehen.«

Sie hätten sich die Mühe sparen können, dachte Morenike im Nachhinein, denn zweifelsohne kriegten Taiwo und Kehinde im Wohnzimmer die ganze erregte Debatte auch so mit.

Die Augen ihres Vaters traten bedenklich hervor, als er die Neuigkeit hörte. »Morenike ist schwanger?!«, brüllte Daddy Morenike. Er schüttelte in einem fort ungläubig den Kopf. »Komolafe? Komolafe? Das kann nicht sein! Gbanjubola, überleg doch: Was sollte ein Mann mit zwei reifen Frauen in seinem Haushalt mit einem Schulmädchen wollen? Bringt Komolafe Morenike nicht seit vielen Jahren ins Internat? Gbanjubola, verlange von deiner Tochter die Wahrheit!«

»Daddy, es *ist* die Wahrheit«, versicherte Morenike.

Daddy Morenike drehte sich nach ihr um und drohte ihr mit erhobenem Finger. »Du! Schweig. Seit wann bist du eine solch schamlose Lügnerin?« Er wandte sich wieder seiner Frau zu. »Gbanjubola, habe ich dich nicht gewarnt? Habe ich dir nicht eingeschärft, du sollst besser auf deine Tochter achtgeben?« Er ahmte Mummy Ibejis hohe Stimme nach: »Morenike ist so vernünftig. Morenike kann man vertrauen. Daddy Morenike, du bist zu streng mit ihr. Heutzutage brauchen Kinder die Freiheit, sich selbst zu finden.« Er warf die Arme auseinander. »Und, bist du zufrieden? *Gefunden* hat sie eine wirklich gute Verwendung für den Mutterleib, den sie besitzt!«

»Aber Sir, ich sage doch die Wahrheit«, beharrte Morenike.

Ihr Vater fuhr herum und hob seine Hand. Mummy Ibeji warf sich dazwischen. Morenike zuckte zusammen, als die Hand ihres Vaters Mummy Ibejis Schläfe traf. Fast hätte sie aufgeschrien – hielt sich aber noch rechtzeitig den Mund zu.

Die erzürnte Frau spie die Worte förmlich aus. »Gbadebo! Was fällt dir ein? Du vergisst, dass sie unser Enkelkind unterm Herzen trägt!«

»Enkelkind?« Daddy Morenike trat einen Schritt zurück und lachte schrill. »Jetzt sperrt mal beide gut die Ohren auf. Unter meinem Dach wird kein Bastard aufwachsen.« Er zeigte mit dem Finger auf seine schluchzende Tochter. »Morenike, wo immer du sie *gefunden* hast, diese schändliche Schwangerschaft – genau dorthin bringst du sie am besten zurück.« Die Tür zum Schlafzimmer fiel krachend ins Schloss, als er sie hinter sich zuwarf.

Zwei Wochen lange mühte sich Mummy Ibeji, ihren Mann umzustimmen. Eines Morgens stürmte er unter Verkündung eines Ultimatums aus dem Haus. »Höre, Weib. Halt endlich den Mund und lass mich in Frieden, oder verlasse mit deiner Tochter das Haus. Du hast die Wahl.«

Mummy Ibeji hielt den Mund. Wie sollte sie das Haus verlassen können, wo doch ihre Söhne sie auch brauchten?

Zwei Tage darauf rief Mummy Ibeji Morenike zu sich in ihr Schlafzimmer. »Kind, du hast gehört, was dein Vater gesagt hat.« Mummy Ibeji wusste, dass sie bei ihrem Mann so weit gegangen war wie möglich. Er würde kein Stück nachgeben. »Du wirst zu deiner Großmutter in Omu gehen müssen, bis der Zorn deines Vaters sich gelegt hat. Ehe du dichs versiehst, bist du wieder zurück.«

In ihrem verhärmten Gesicht wurden Morenikes Augen noch größer. Trotz aller Bemühungen ihrer Mutter hatte sie seit ihrer Rückkehr nichts bei sich behalten können.

Sie starrte ihre Mutter fassungslos an. »Aber …« Ihre Stimme war vom vielen Weinen ganz heiser. »Ich kann doch nichts dafür.«

Mummy Ibeji wischte ihrer Tochter die Tränen ab und schloss sie in die Arme. Sie sanft wiegend, flüsterte sie ihr ins Ohr: »Das weiß ich, mein Kind. Du kannst nichts dafür. Deine Mutter weiß, dass du nichts dafür kannst. Und das Ganze tut mir unendlich leid.«

Morenike warf sich in die ausgestreckten Arme ihrer Großmutter. »Kindchen!«, rief Mama Omu freudig und drückte ihre Enkelin fest an sich. Dann hielt sie Morenike ein Stück von sich weg. »Wie kommt es, dass du jedes Mal, wenn wir uns sehen, noch hübscher bist als zuvor?«, fragte sie lächelnd.

Morenike erwiderte das Lächeln. »Aber ich habe mich doch seit dem letzten Mal kaum verändert.«

Mama Omu wiegte den Kopf. »Was drehen sie euch in Ibadan denn für Spiegel an? Selbst hier im Dorf haben wir bessere. Morgen kaufe ich dir auf dem Markt einen neuen Spiegel.«

Morenike vergrub das Gesicht in Mama Omus *buba* und atmete den vertrauten Geruch ein.

In Mama Omus Augen waren Morenike und ihre Brüder ohne Fehl und Tadel. Manchmal konnte Morenike kaum glauben, dass diese kleine, sonnige Frau ihre feurige Mutter zur Welt gebracht haben sollte. Schon nach wenigen Minuten spürte Morenike, wie die Traurigkeit der letzten Wochen von ihr wich.

Mummy Ibeji kniete zum Gruß vor ihrer Mutter. *»Ekaasan Mama.«*

Mama Omu wandte sich ihrer Tochter zu. »Willkommen, Kind. Kommt. Wir wollen hineingehen.« Mama Omu hielt ihre kleine Geldbörse umklammert. Sie hatte gerade aufbrechen wollen, als sie kamen.

Am nächsten Tag brachten Morenike und Mama Omu Mummy Ibeji zum Busbahnhof, von dem aus sie nach Ibadan zurückfahren würde.

Anfangs fehlten Morenike die betriebsamen Klänge der Stadt. Tagelang konnte sie nicht schlafen. Nachts hörte sie nur die Grillen und das Quaken der Frösche. Wach im Bett liegend, fragte sie sich, wann sie ihre Brüder wohl wiedersehen würde. Auch die Schule fehlte ihr.

Das kleine Dorf Omu konnte sich einer Kirche, einer Moschee und einer kleinen Krankenstation und Ambulanz rühmen. Zwei teils asphaltierte Straßen führten durch den Ort und stießen vor dem Königspalast aufeinander. Von Mama Omus kleinem Haus in der Ortsmitte aus konnte Morenike die umherziehenden Rinderhirten beobachten, die ihr Vieh am Dorffluss tränkten.

Morenike war im zweiten Monat, als sie in Omu eintraf. Als ihr Leib schwoll, folgten ihr auf ihren Wegen durchs Dorf neugierige Blicke und Getuschel. Im Kopf hörte sie die Dorffrauen ihre halbwüchsigen Töchter warnen:

Kommst du wohl her! Diese alberne Gekicher, bloß weil dieser nichtsnutze Junge zu dir hinschielt! Hast du nicht Mama Omus Enkelin gesehen?

Na, wie viele Enkelinnen hat sie schon? Natürlich die aus der Stadt!

Na also. Sag ich doch. Das kommt nämlich davon, wenn man die Jungen ranlässt. Dabei soll sie im Lernen so gut gewesen sein. Sie hätte es im Leben zu etwas bringen können. Es ist eine Schande.

Einmal im Monat besuchte Mummy Ibeji ihre Tochter in Omu. Sie brachte stets Proviant und allerlei Babysachen mit. Bei einem dieser Besuche zog Mummy Ibeji eine lila Babydecke mit passender Mütze und Schühchen aus ihrer

Tasche. »Morenike, komm und sieh, was dir Aunty Bisoye für das Kind gestrickt hat.«

Morenike nahm die Sachen von Mummy Ibeji entgegen. Sie strich mit den Fingern über die flauschige Wolle. »Sie sind hübsch. Richte ihr bitte meinen Dank aus«, sagte Morenike.

»Keine Sorge, bald bist du wieder daheim und kannst ihr selbst danken.«

In den ersten Monaten versicherte Mummy Ibeji ihrer Tochter immerzu, dass ihr Vater bald einlenken und sie nach Hause zurückkehren lassen werde. Bei jedem Besuch sah Morenike ihre Mutter erwartungsvoll an. »Mummy, wann darf ich nach Hause?«

»Dein Vater ist immer noch wütend, Morenike. Ich versuche es ja …«

Mama Omu trat mit einem Lächeln dazwischen. »Bald, Schatz. Lass deinem Vater noch etwas Zeit.« Als Mummy Ibejis Ausreden jedoch kein Ende nahmen, fand sich Morenike schließlich damit ab, dass sie wohl in Omu bleiben würde.

Der Tag dort begann früh. Mama Omu besaß in Oja Oba eine kleine Verkaufsbude, wo sie zubereiteten und in Bananenblätter gewickelten *ofada*, den Reis aus der gleichnamigen Region mit Kuhbohnen, verkaufte. Außerdem bewirtete sie hier morgens die Busfahrer und Markthändler mit Tee und Brot. Ihre Kunden nahmen an Holztischen vor der Bude Platz. Die Geschäfte liefen gut, denn Mama Omu genoss auf dem ganzen Markt den Ruf, sehr großzügig zu sein. Ihre Stammkunden ließ sie zudem anschreiben. Obwohl sie nie eine Schule besucht hatte, führte sie sehr genau Buch darüber, wer ihr Geld schuldete und wer bezahlt hatte. Schon bald bestand eine von Morenikes Pflichten darin, säumige Schuldner aufzusuchen und an ihre Verbindlichkeiten zu erinnern. Die Schmach, von einem Kind zur Zahlung aufgefordert zu werden, ließ manchen Schuldner williger seine Geldbörse zücken.

Eine entfernte Verwandte Mama Omus namens Bolanle half ihr auf dem Markt beim Kochen. Bolanle war zwar älter als Morenike, aber noch kleiner als diese. Am Abend packte sie immer die Reste ein und nahm sie für ihre Familie mit nach Hause. In der ersten Zeit folgte ihr dunkel sinnender Blick Morenike überallhin. Doch Morenike erkannte bald, dass Bolanle fürchtete, verdrängt zu werden, und achtete ab da sorgsam darauf, nichts anzurühren, ohne zuerst Bolanle zu fragen.

Meist saßen Mama Omu und Morenike abends unter dem Schibutterbaum hinter dem Haus und genossen die Kühle. Es gab bei Mama Omu keinen Fernseher, doch ihr uraltes Kofferradio tat sporadisch seinen Dienst. Freitagabends verfolgten sie regelmäßig Akolawole Olawuyis Reportagesendung *Nkan Mbe*. Dort wurde von seltsamen und rätselhaften wahren Begebenheiten berichtet. Nie sollte Morenike die Geschichte der Frau vergessen, die einen blonden Jungen mit grünen Augen gebar. Denn komisch war, dass es in der ganzen Familie weder väter- noch mütterlicherseits weiße Verwandte gab.

Da aber die junge Mutter mit weißen Männern, Einwanderern, arbeitete, schimpften ihre Schwiegereltern sie eine Hure und warfen sie und das Neugeborene aus dem Haus ihres Sohnes. Selbst ihre eigene Familie kehrte sich trotz ihrer Unschuldsbeteuerungen von ihr ab. Verzweifelt wandte die Frau sich an die Macher von *Nkan Mbe*.

Mama Omu hielt das Kofferradio auf dem Schoß, während sie und Morenike der Frau lauschten, die schwor, dass sie sich vor keinem anderen Mann entblößt habe, seit sie in den Haushalt ihres Mannes eingetreten sei. Alles war die Frau zu tun bereit, um ihre Unschuld zu beweisen; selbst vor dem gefürchteten Schrein der Göttin Ayelalas einen Eid abzulegen.

Der bebenden Stimme der Frau lauschend, wechselten Mama Omu und Morenike einen ungläubigen Blick. »Will das dumme Weib anschwellen und sterben?«, knurrte Mama Omu leise. Morenike machte große Augen. Jedermann wusste, dass dieser Tod allen drohte, die der Flussgöttin etwas vorlogen.

Morenike bekam Herzklopfen, als Olawuyi seelenruhig erzählte, wie die Frau in Begleitung ihres Mannes und etlicher Familienangehöriger den Schrein aufgesucht habe. Wort haltend, hatte die junge Mutter ihre Unschuld beteuert – und überlebt. Als die Priesterin gellend ausrief, jemand anderes hüte ein großes Geheimnis, sahen alle mit Schrecken die Mutter des Ehemanns vor dem Schrein auf die Knie sinken und um Gnade flehen. Die Frau offenbarte, dass sie sich einst, wann immer sie geschäftlich nach London gereist sei, prostituiert habe, um Geld zu verdienen. Nach einer dieser Reisen war ihre Regel ausgeblieben; neun Monate später gebar sie einen sehr dunkelhäutigen Sohn. Sie habe doch nicht ahnen können, dass dreißig Jahre später die Geburt ihres Enkels ans Licht bringen würde, dass der Stolz und Augapfel ihres Mannes in Wahrheit ein Bastard sei!

Olawuyis markante Stimme meldete sich zum Abschluss der Sendung wieder. »Hm … es geschehen in der Tat wunderliche Dinge.«

An einem dieser stillen Abende sprach Mama Omu mit Morenike über das Baby.

»Morenike, ich beobachte dich nun schon seit einiger Zeit. Jedes Mal, wenn deine Mutter und ich über das Kind sprechen, verändert sich dein Gesicht. Es wird lang und bekümmert. Sag mir, Kind, was bedrückt dich?«

Morenike wusste nicht recht, wie sie ihrer Großmutter gestehen sollte, dass sie manchmal betete, das Kind in ihrem Bauch möge sterben, damit sie frei wäre. Wann immer das Kind sich regte, musste sie an den Vater denken, und dann erhielt der Hass in ihrem Herzen neue Nahrung. Ihr war die Vorstellung unerträglich, so ein Kind aufziehen zu sollen. Nur, was blieb ihr anderes übrig?

Es war, als hätte Mama Omu ihre Gedanken gelesen. Sie ergriff die Hand ihrer Enkelin. »Ich weiß: Dieses Kind ist durch eine schmerzliche Erfahrung in dein Leben getreten«, sagte sie. »Aber ich weiß auch, dass aus Übel Gutes erwachsen kann. Denn bedenke: Dieses Kind ist zu einem Teil von dir. Beginne damit, *diesen* Teil zu lieben. Dann wird vielleicht eines Tages die Liebe zu deinem Kind stärker werden als dein Hass auf den Vater.«

Mama Omu war schon eingeschlafen, als Morenike noch wach lag und den Schreien der Eule lauschte. Ihr Bauch bebte, weil das Baby trat und sich drehte. Zum ersten Mal legte Morenike eine Hand auf ihren Bauch und sang dem Kind darin leise vor.

Mittwochabends begleitete Morenike Mama Omu ins Mission House. Mama Omu gehörte einer Gruppe Korbflechterinnen an. Das Geld aus dem Verkauf der bunten Raffiabastkörbe kam der Betreuung von jungen Waisen in der Gemeinde zugute.

Die Frauen ließen sich im Hof des Mission House auf großen Matten im Kreis nieder. Während ihre emsigen

Finger die langen Raffiafasern bogen, erzählten sie sich gegenseitig Geschichten. Morenike lauschte.

Bei einem solchen Treffen sprach eine der jüngeren Frauen von ihrem sehnlichen Wunsch nach einem Kind. Sie sprach von der Leere, die sie empfinde, den bitteren Tränen, die im Schutze der Nacht fielen, wenn ihr Mann friedlich neben ihr schlafe. Ihre Finger bogen die Raffiafasern, und die junge Frau weihte die anderen in die tiefe Enttäuschung ein, die jeden Monat das klebrige Blut an den Schenkeln begleitete. »Man hat mich gelehrt, mich für die Hochzeitsnacht aufzusparen, und das habe ich getan. Mütter, was habe ich falsch gemacht?«, fragte sie.

Morenike ertappte die junge Frau bei einem sehnsüchtigen Seitenblick auf ihren dicken Bauch. Beschämt beugte sie den Nacken, damit die junge Frau nicht das Mitleid in ihren Augen sähe.

»Nichts hast du falsch gemacht«, sagte Mama Omu sanft. »Denk lieber daran, wie viele diesen Weg gehen mussten, die heute Babys auf dem Rücken tragen. Bei dir, meine Tochter, wird es nicht anders sein.« Die anderen Frauen nickten und äußerten sich ähnlich.

»Der Doktor sagt, auch mein Mann solle zu Untersuchungen in die Klinik kommen«, ergänzte die junge Frau und griff nach einer weiteren Raffiafaser. »Aber ich weiß genau, dass er nicht hingehen wird. Er besteht darauf, dass bei *ihm* alles in Ordnung ist. Wie auch nicht, wo doch sein Vater zehn Kinder gezeugt hat. Mütter, was soll ich tun?«

»Deine Schwiegermutter Ayoka ist eine gute Freundin von mir«, sagte eine der älteren Frauen nachdenklich. »Ich kenne sie als sehr vernünftige Frau. Neulich meinte sie zu mir, sie brauche neue Hühnerkörbe. Ich werde ihr nächste Woche beste Ware flechten. Und dann gehst du sie besuchen. Nachdem du ihr die Körbe überreicht hast, wirst du mit ihr darüber sprechen, dass der weise *dokita* aus der Stadt ihren schönen, kräftigen Sohn sehen möchte. Erzähl ihr aber nur, dass alles in Ordnung ist, dass der *dokita* nur meint, dein Mann solle zu seinem Wohlergehen ein paar Untersuchungen vornehmen lassen. Sie wird dir bestimmt sagen, wie du es anstellen musst.«

Die junge Frau strahlte vor Dankbarkeit. »Mütter, mögt ihr lange leben.«

Wann immer Mummy Ibeji zu Besuch kam und mit Mama Omu Vorbereitungen für die Niederkunft besprach, hielt Morenike still. Die baldige Geburt ihres Kindes konnte ihr Herz nicht erfreuen. Und es entging ihr nicht, dass ihre Großmutter sie bei diesen Gelegenheiten mit Sorge beobachtete.

Während eines weiteren Besuchs von Mummy Ibeji nahm sie Morenike beiseite. »Ich sehe an der tiefen Lage deines Babys, dass deine Zeit fast gekommen ist. Du darfst keine Angst vor den Wehen haben. Sie sind für jede anders, aber du bist jung, und das Kind wird schnell da sein.«

Zwei Tage vor der Niederkunft kam Bolanle ins Haus, um Morenike das Haar zu flechten. Mama Omu saß bei ihnen und schälte Melonenkerne für das Nachtmahl.

Bolanle hatte nie ein Hehl aus ihrer Neugier über die Schwangerschaft gemacht. Wie üblich löcherte sie Morenike auch jetzt mit Fragen nach dem Vater. Wer er sei? Warum er sie nie im Dorf besuche? Müde und der lästigen Fragen überdrüssig, sagte Morenike ihr, der Vater des Kindes leugne, dass es von ihm sei.

Sich rasch mit einem Blick über die Schulter vergewissernd, dass Mama Omu nicht mithörte, senkte Bolanle die Stimme. »Ich habe gehört, dass der Vater, wenn man eine Hand in das Blut taucht, das mit dem Kind austritt, und ihn verflucht, keine Ruhe mehr haben wird, bis er die Vaterschaft anerkennt«, raunte sie Morenike mit wissendem Blick zu.

Morenike schüttelte vorsichtig den Kopf. »Verfluchen? Ich könnte nie jemanden verfluchen.«

Bolanle zischte und musterte sie verächtlich. »Du willst also lieber, dass alle Welt denkt, du wüsstest nicht, wer der Vater ist?«

Morenike schwieg. Sie hatte ohnehin mehr gesagt, als sie je wollte.

Die Wehen setzten am nächsten Nachmittag ein, als sie noch auf dem Markt waren. Morenike gab einem Kunden gerade sein Wechselgeld heraus, als sie ein scharfer Schmerz von ihrem Steiß bis zur Scham durchfuhr. Nach Luft ringend umklammerte sie den Pfosten am Eingang der Bude. »Alles in Ordnung?«, fragte der Mann, als ihr die Dose mit dem Geld aus der Hand fiel und über den Boden rollte. Ehe Morenike antworten konnte, wurde sie von der nächsten Welle erfasst und starrte den Kunden sprachlos an.

Der Mann stürzte hinaus und rief lauthals: »Mama Omu! Mama Omu!«

Mama Omu fand ihre Enkelin tränenüberströmt und immer noch den Pfosten umklammernd. Sie eilte ihr zu Hilfe. »Morenike, was ist?«

»*Mama*, mein Bauch... der Rücken...« Morenike ächzte, während der scharfe Schmerz ihr erneut in die Seiten fuhr.

Mama Omu rückte ihr *gele* zurecht und rief nach Bolanle, die seitlich von der Bude das schmutzige Geschirr spülte. »Bolanle!«

Die streckte den Kopf durch die Fensterluke herein. Sich kurz umsehend, sagte Mama Omu in gedämpftem Ton: »*Oya*, lass jetzt das Geschirr. Lauf bitte zum Mission House und sage den Hebammen, dass es bei Morenike so weit ist. Ich bringe sie nach Hause.« Mama Omu schlang Morenike den Arm um die Taille. »Und, Bolanle, sieh zu, dass du hier absperrst, wenn du zurück bist.«

Die ganze Nacht folgte eine Wehe der anderen. Morenike blieb zwischendurch kaum Zeit, Atem zu holen. Stöhnend auf den Knien vor ihrem Bett kauernd, staunte Morenike, dass ihr nie jemand gesagt hatte, wie schmerzhaft Gebären sei.

»Bitte, Morenike, du musst umhergehen, du musst dich lockern«, flehte Mama Omu, die Morenike sanft den Rücken rieb. Mit Mama Omus Hilfe hievte Morenike sich hoch und ging vorsichtig im Zimmer herum. Bald fühlte sie tief im Unterleib einen großen Druck.

Als Morenikes Fruchtwasser mitten in der Nacht abging, dachte sie, ihre Blase hätte sie im Stich gelassen. Sie riss die Augen auf und versuchte, sich vom Bett zu wälzen, ohne Mama Omu zu wecken, die sich zu ihr gelegt hatte. Doch Mama Omu war wach, kaum dass Morenike sich rührte. Beschämt eröffnete Morenike ihr, was passiert war. Mama stand vom Bett auf und tupfte Morenike die feuchte Stirn ab. »Nein, Kind, das war der Blasensprung. Jetzt wird es höchste Zeit, ins Mission House zu kommen.«

Langsam schleppten sie sich im Schein von Mama Omus großer Petroleumlampe ans andere Ende des Dorfs hinüber. Der zweigeschossige Neubau war der Stolz der Gemeinde. Er beherbergte außer dem Reverend und seiner Familie die Entbindungsstation und ein Bildungszentrum für Missionare. Der weitläufige Park wurde oft für Hochzeitsfeiern genutzt.

Während sie langsam über die menschenleeren Dorfpfade zogen, hörten sie eine Eule schreien und das heisere Quaken der Weißrückenreiher. Im fahlen Licht des Neumonds waren die Schatten auf ihren Gesichtern lang. Morenike kamen die zehn Minuten Weg vom Haus ihrer Großmutter zum Mission House endlos vor. Jeder Schritt verstärkte die Schmerzen. Um ein Haar wäre sie gestürzt, als sie über eine mitten im Pfad aufragende Baumwurzel stolperte. *»Mama«*, keuchte sie, »ich kann nicht mehr.«

»Ich weiß, Kind, aber wir sind gleich da«, beschwor Mama Omu sie. »Versprochen – nur wenige Schritte noch.«

Morenike hörte nun von ferne das Tuckern des Dieselgenerators am Mission House. Sie heftete den Blick auf das erleuchtete Geviert und zwang sich zu noch einem und noch einem Schritt, während ihre gebrechliche Großmutter sie zu stützen suchte.

Als sie das Mission House erreicht hatten, sperrte der Nachtwächter auf Mama Omus dringlichen Ruf hin das Tor auf. Zwei Hebammen eilten herbei, um ihnen in den Kreißsaal zu helfen. Minuten später lag Morenike auf dem Rücken und verspürte den unwiderstehlichen Drang zu pressen. Sie gab sich alle Mühe, doch es geschah nichts. »Noch mal«, drängte die Hebamme und drückte ihre Hand, und Morenike presste. »Noch mal.« Sie presste. Immer noch nichts. Der Schweiß brach ihr aus, wehklagend warf sie den Kopf hin und her. »Mama, ich kann nicht. Ich kann nicht. Bitte, lasst mich ...«

Mama Omu beugte sich über sie und tupfte ihr die Stirn. »Doch, du kannst, Kind. *Du kannst.*«

Benebelt vor Schmerz, ahnte Morenike bei den beiden am Bett hantierenden Hebammen besorgte Mienen. Beide beteten sie stumm, aber inbrünstig. Als Mama Omu ihr einen Schluck Wasser einflößte, glaubte sie, die gleiche Sorge im Blick ihrer Großmutter zu sehen.

Die Zeit schleppte sich. An der hinteren Wand hing eine Uhr, doch Morenike konnte nicht mehr klar denken. Sie wusste nicht, ob Minuten oder Stunden – oder Tage – vergingen. »Sie verliert zu viel Blut«, hörte sie Mama Omu zu den Hebammen sagen. Noch nie hatte Morenike in der Stimme der Großmutter Angst vernommen. Und dann – wer war das? – hüpfte ihre Internatsfreundin Remi vergnügt durchs Zimmer.

Remi blickte vorwurfsvoll. »Morenike, warum hast du mir nicht gesagt, dass du nicht an die Schule zurückkommst?« Im nächsten Augenblick strahlte sie schon wieder. »Aber stell dir vor! Der ›periodische Dezimalbruch‹ war heute wieder unter den Nachsitzern.«

»Es ist zu spät, um ins Lehrkrankenhaus zu fahren«, raunte die verantwortliche Hebamme ihrer Kollegin am Fußende des Bettes zu. »Ich fürchte, sie schafft es nicht. Nur Gott kann noch helfen.«

In der Ecke sah Morenike das strenge Gesicht ihres Vaters. Er lehnte mit verschränkten Armen an der Wand. »An alledem ist deine Mutter schuld«, erklärte er grimmig. »Sie hätte dich lehren müssen, die Beine nicht breitzumachen.«

Morenike sank zurück und schloss die Augen. Unten spürte sie die Hebammen; offenbar wussten sie nun, was nicht stimmte – das Kind lag mit den Füßen voran.

Mama Omu erklärte ihr im Flüsterton: »Kind, sie werden das Baby jetzt drehen. Horche du einfach auf seinen Schrei, ja?«

Morenike spürte ein Rütteln am Bett. Als sie den Kopf wandte, saß ihre Mutter bei ihr. Mummy Ibeji lächelte milde. »Morenike, dein Vater sagt mir soeben, dass du heimkehren darfst. Tut mir leid, dass es so lange gedauert hat. Aber sobald das Baby da ist, werden wir zu Mama Omu gehen und deine Sachen packen.«

Während Bilder und Stimmen kamen und gingen, strich Mama Omus Hand ihr sanft über den Kopf und wischte ihr den Schweiß von der Stirn. Wieder und wieder raunte sie ihr dieselben Worte ins Ohr: »Kind, du wirst leben, nicht sterben. Du wirst den Morgen anbrechen sehen.«

Als die Hebammen das Kind drehten, schrie Morenike auf. Im Kopf hörte sie Bolanles Worte: *»Ich habe gehört, dass der Vater, wenn man eine Hand in das Blut taucht, das mit dem Kind austritt, und ihn verflucht, keine Ruhe mehr haben wird, bis er die Vaterschaft anerkennt.«*

Morenike war es vollkommen egal, ob Chief Komolafe jemals die Vaterschaft anerkannte. Ihr Körper wurde entzweigerissen! Sie verfluchte ihn schlicht mit jeder Faser ihres Wesens. Mit unsteten Fingern tastete sie nach der Blutlache, in der sie lag. Doch ehe ihre Fingerkuppen das Blut erreicht hatten, packte jemand ihre Hand. Sie wandte den Kopf und sah Mama Omu. Sie versuchte, ihr die Finger zu entwinden, doch Mama Omu ließ nicht los.

»Mama, lass. *Lass mich. Bitte.* Lass mich …«, klagte Morenike entkräftet. Aber ihre Großmutter ließ nicht los.

Dann endlich, mit dem ersten weichen, frühmorgendlichen Licht, verkündete laut schreiend ein kleiner Junge seine Ankunft. Als eine der Hebammen Morenike schließlich ihren hungrigen Sohn in den Arm legte, genügte ein einziger Blick, um sie in schallendes Gelächter ausbrechen zu lassen. Die Frauen wechselten beklommen einen Blick. Hatten die Schmerzen die junge Mutter vielleicht um den Verstand gebracht? Doch Morenike gab nichts auf ihre Bestürzung. Sie musste lauthals lachen, denn der Junge hatte eine große Nase und eine hohe Stirn – außerdem ein Muttermal, exakt das gleiche Muttermal, auf der linken Wange.

Der Junge war seinem Vater wie aus dem Gesicht geschnitten.

Mama Omu zeigte Morenike, wie sie ihren neuen Sohn anlegen musste. Morenike verzog schmerzlich das Gesicht, als das hungrige Baby die Brust fand und kräftig sog. Ihr Unterleib krampfte sich bei jedem Zug zusammen, den ihr Sohn von ihr nahm – und auf einmal spürte sie, wie die harte Schale um ihr Herz sich löste. Das Antlitz ihres Sohnes studierend, fragte sie sich, ob ihre Großmutter nicht vielleicht recht behielte. Ob nicht die Liebe, die sie in sich für das Kind in ihrem Arm aufwallen spürte, eines Tages tatsächlich größer sein würde als der Hass auf den Vater.

Am nächsten Tag kam Mummy Ibeji nach Omu, um ihren Enkelsohn zu besichtigen. Als sie das Baby sah, platzte auch sie los. Hatte sie nicht immer gesagt, dass ihre Tochter keine Lügnerin sei? Jetzt bliebe ihren Widersachern gar nichts anderes übrig, als kleinlaut jedes Wort zurückzunehmen. »Und die Ironie dabei«, raunte Mummy Ibeji schmunzelnd ihrer Mutter zu, »ist, dass keine der Frauen dieses Viehs ihm je einen Sohn geschenkt hat. Und jetzt das …!«

Acht Tage nach der Geburt des Kindes taten sich Mummy Ibeji, Mama Omu und Alagba Fakoya – einer der Ältesten aus Mama Omus Kirchengemeinde – zur Namengebungszeremonie zusammen. Den Jungen in den Armen haltend, fragte Alagba Fakoya seine Mutter, wie der Knabe heißen solle. »Sein Name ist Oluwadamilare, *der Herr setzt mich wieder ins Recht*, sagte Morenike leise, und Mama Omu nickte dazu und strahlte. »Ja, das tut er.«

10

Der Nachgeschmack des Bitterspinats ist süß.

Sie riefen den Jungen Damilare, und Morenike blieb noch ein halbes Jahr im Dorf. Als Morenikes Vater sich weiterhin ihrer Rückkehr nach Ibadan widersetzen zu wollen schien, schickte Mama Omu nach ihm. Sie wusste, dass er sich ihrem Ruf nicht verweigern konnte. Morenike aber verriet sie nichts vom bevorstehenden Besuch ihres Vaters.

Als Morenike daher den elterlichen Wagen vor dem Haus stehen sah, beschleunigte sich ihr Puls. Ihre Mutter war doch vorige Woche erst da gewesen. Weshalb kehrte sie so bald schon wieder? Sie eilte ins Haus und blieb wie angewurzelt stehen, als sie ihren Vater entzückt mit einem auf seinem Knie hopsenden Damilare sah. Über ein Jahr lang hatte sie weder ihn noch ihre Brüder gesehen.

»*Kaabo*, Morenike«, grüßte er sie herzlich. »Deine Mutter und deine Brüder schicken Grüße.«

Morenike musterte ihn schweigend. Mama Omu, die sich etwas im Hintergrund hielt, schalt sie. »Morenike. Hast du deinen Vater nicht gehört?«

Sich mit ernster Miene vor ihn hinkniend, grüßte sie ihn. »*Ekule*, Sir.«

»Damilare hat mir Gesellschaft geleistet«, sprach ihr Vater mit einem Lächeln. »Er erinnert mich an Kehinde.«

Morenike erwiderte sein Lächeln nicht.

Nicht lange nach seinem Eintreffen wollte ihr Vater schon wieder los. Vor seinem Aufbruch nahm er Morenike beiseite. »Deine Mutter wird Ende des Monats kommen, um dich und Damilare abzuholen«, sagte er.

»Danke, Sir«, sagte Morenike tonlos. Enttäuschung huschte über das Gesicht ihres Vaters. Ihr war klar, dass er mit einer anderen Reaktion gerechnet hatte – freudiger Dankbarkeit vielleicht –, doch im Augenblick peinigte Morenike noch die tiefe Kränkung.

Am Vorabend ihrer Abreise aus Omu machte sich Morenike auf die Suche nach Damilare und Mama Omu; sie hatte die letzte Tasche gepackt. Sie fand die beiden hinter dem Haus unter dem großen Schibutterbaum. Von der Türschwelle aus betrachtete Morenike die beiden einen Augenblick. Der rotdämmrige Schein der sinkenden Sonne umspielte ihre Gesichter und verlieh ihnen einen herrlichen Mahagoniton. Damilare wurde von Mama Omu sachte hochgeworfen und wieder gefangen, und seine Patschhändchen griffen nach ihrem Gesicht. Sein vergnügtes Krähen tönte laut in den stillen Abend hinaus. Damilare hatte fast sein gesamtes kurzes Leben auf Mama Omus Rücken verbracht und aufmerksam alles verfolgt, was ihnen täglich auf dem Markt begegnete. Morenike wusste, dass die beiden einander sehr fehlen würden.

Sie setzte sich zu ihnen und sah dem Spiel zu. Damilare, der nach einem langen, geschäftigen Markttag müde war, schlief bald schon im Schoß seiner Urgroßmutter ein. Sein leises Kinderschnarchen ließ sie beide schmunzeln. Morenike wandte sich ihrer Großmutter zu. »Mama Omu, ich habe Angst«, sagte sie gedämpft, um Damilare nicht zu wecken.

»Angst? Wovor hast du Angst, Kind?«, fragte Mama Omu. »Wie kann die Tochter der furchtlosen Kriegerin Gbanjubola Angst haben? Lass das bloß keinen hören«, meinte sie in gespieltem Entsetzen, doch über ihr Gesicht huschte ein schelmisches Lächeln.

Morenike gluckste. Sie wusste genau, dass Mama Omu insgeheim stolz war auf ihre freimütige Tochter. Auch wenn sie sie nicht verstand. Mama Omu hatte Morenike einmal anvertraut, dass Mummy Ibeji als Kind Hosen unter ihrem Rock getragen hatte. Sie hatte nämlich beschlossen, dass sie, falls sie sich mal mit einem Jungen prügeln müsste, nicht im Nachteil sein wollte. Schon in jungen Jahren hatte Morenike begriffen, dass ihre Mutter ganz anders war als andere Mütter. Mummy Ibeji begehrte bei Ungerechtigkeiten unweigerlich auf. Und es war ihr ganz gleich, ob sie als einzige Frau vor einem Dutzend Männern den Mund auftat.

»Mama, sagen nicht die Ältesten, dass stets das Kind einer Mutigen sich als Feigling entpuppt?«

»Du, liebes Kind, bist kein Feigling«, widersprach Mama Omu und schüttelte den Kopf. »Was du in diesem vergangenen Jahr überstanden hast, verlangt großen Mut. Du bist wie ich«, sagte sie der Enkelin lächelnd. »Wir sind die stillen, starken Frauen von Omu.«

»Morenike«, fuhr sie fort. »Du kannst dich nicht ewig hier verstecken. Höre, Kind, man verzichtet nicht darauf, sein Leben zu leben, nur weil die Leute über einen reden. Reden die Leute nicht sogar von den Toten?« Mama Omu tätschelte Morenike den Arm. »Es wird Zeit, dass du mit deinem Sohn heimkehrst. Beende die Schule. Werde die Lehrerin, die du stets sein wolltest. Mich wirst du hier immer finden, wenn du mich brauchst.«

Mama Omu ergriff die Hand ihrer Enkelin. »Versprich mir nur, dass du es eines Tages übers Herz bringst, Damilares Vater zu vergeben. Vergiss nicht, dass auch sein Vater ein Teil von ihm ist. Lehre deinen Sohn bitte nicht, diesen Teil von sich zu hassen.«

Als Morenike das Haus ihres Vaters in Ibadan betrat, kam sie sich so fremd vor, als wäre sie ein Leben lang weg gewesen. Obwohl sie als Mutter heimkehrte, bewohnte sie nach wie vor einen ängstlichen Mädchenkörper. Und trotz des Rückhalts ihrer Mutter fragte sie sich, was aus ihr – und ihrem Sohn – werden sollte. Zwar hatte ihr Umfeld bei Damilares Anblick mühelos zwei und zwei zusammenzählen können, doch die meisten Leute hielten dennoch Abstand. Wie konnte Chief Komolafe ein Vergewaltiger sein? War er in der Gemeinde nicht ein bedeutender Mann?

Nein. Es musste eine andere Erklärung geben. Es war ja weithin bekannt, dass, wenn einer über die Beine einer Schwangeren stieg, ihr Kind ihm ähneln würde. Morenike musste den unbescholtenen Mann hereingelegt haben.

Damilare wurde bald schon zum Mittelpunkt des Balogun-Haushalts. Schmunzelnd beobachtete Morenike, wie ihre Eltern nur noch um den lebhaften Enkel kreisten. Drei Monate nach ihrer Rückkehr beschloss Morenike, dass es Zeit sei, wieder auf die Schule zu gehen. Sie sprach ihren Vater an, und er nickte. Wenige Tage später verkündete Daddy beim Nachtmahl: »Ich habe gestern deine Schuldirektorin aufgesucht.«

Morenike und Mummy Ibeji wechselten überrascht einen Blick. Sie hatten von einer Reise nach Abeokuta zu Mrs Durotoye nichts mitbekommen. »Sie hat mir ein sehr gutes Empfehlungsschreiben mitgegeben. Ich habe bereits mit der Leiterin der St. Louis Grammar School gesprochen. Du kannst nächste Woche mit dem Unterricht beginnen.«

Morenike konnte nicht anders: Sie warf sich ihrem verdatterten Vater an den Hals, während ihre Mutter vor Freude lachte und vor ihm auf die Knie sank. »Daddy Ibeji, ich danke dir. Mögest du leben und die Früchte deiner Bemühungen um diese Kinder ernten.«

Um den Enkel kümmerte sich Mummy Ibeji, als Morenike Tagesschülerin an der Sekundarschule wurde. Nach dem dortigen Abschluss erwarb sie ein Lehrdiplom am St. Andrews College.

Doch bald schon erkannte Morenike, dass ein Diplom allein sie nicht befriedigte. Sie wollte an die Universität. Vier Wochen haderte sie mit sich, ehe sie es ihrer Mutter sagte, die doch schon so viel für sie getan hatte. Mummy Ibeji wischte Morenikes Skrupel beiseite. »Wenn du das möchtest, geh hin und bewirb dich. Damilare und ich kommen bestens zurecht.«

Als Morenike eine Zulassung für die University of Ife erhielt, kannte Mummy Ibejis Freude keine Grenzen. »Du wiegst tausend Söhne auf!«, lobte sie mit Tränen in den Augen.

Morenike stürzte sich mit großem Eifer und Interesse in ihr Studium der Anglistik und Soziologie, und die drei Jahre vergingen im Fluge. Sie gab sich Mühe, eine Balance zwischen ihrem Studium und den Besuchen bei ihrem Sohn zu finden. Immer, wenn sie nach Ibadan zurückkehrte und sah, wie viel weiter Damilare seit dem letzten Mal war, fragte Morenike sich, ob sie richtig entschieden hatte. Noch härter kam es sie an, wenn Damilare sich heulend an ihren Rock klammerte. »Mummy, geh nicht weg!«, flehte er. Es brach ihr schier das Herz, ihn dann wieder Mummy Ibeji überlassen zu müssen. Doch sie tröstete sich damit, dass sie das alles ja auch für ihn tat.

Im dritten Studienjahr lief Morenike eines Tages auf dem Weg zum Vorlesungssaal ihrer Soziologiedozentin Dr. Lot in die Arme. Die um einiges ältere Frau schenkte Morenike ein Lächeln. »Ich würde Sie nach der Vorlesung gern in meinem Büro sprechen.«

Morenikes Herz machte einen Satz. »Ja, *Ma*.«

Im Anschluss an die Vorlesung hastete sie zu Dr. Lots Büro hinüber. Zaghaft klopfte sie an die Tür. Sie hörte eine fröhliche Stimme »Herein!« rufen.

Morenike betrat das Büro zum ersten Mal. Im Gegensatz zu den Zimmern anderer Lehrkräfte war dieses aufgeräumt und in einem milden Gelb gestrichen. Es wirkte luftig und einladend. Urkunden und Bilder schmückten die Wände. Morenike bemühte sich, nicht auf die Privatfotos zu starren.

»Bitte, setzen Sie sich«, sagte Dr. Lot.

Morenike nahm Platz und verschränkte die Hände fest im Schoß.

Dr. Lot lächelte begütigend. »Haben Sie schon mal von BAOBAB für die Menschenrechte von Frauen gehört?«

»Nein, *Ma*.«

Dr. Lot stand auf und ging an den einzigen Aktenschrank im Raum. Sie zog ein Fach auf und nahm einige farbenfrohe Broschüren heraus. »Es handelt sich um eine landesweit operierende NGO, die sich um die Rechte der Frauen kümmert.« Sie reichte Morenike das Material. »Mir wurden gerade Fördermittel der Women's Learning Partnership für eine Kooperation mit der BAOBAB im Bereich Kompetenzbildungsmaßnahmen bewilligt.« Sie setzte sich wieder hinter den Schreibtisch. »Ich bin von Ihren Leistungen und Ihrer Haltung in meinen Seminaren sehr beeindruckt. Ihr Referat zur sozialen, ökonomischen und politischen Lage der Frauen in der gegenwärtigen nigerianischen Gesellschaft war überragend. Ich möchte Ihnen daher bis Jahresende eine Stelle als Forschungsassistentin anbieten.«

Morenike konnte es kaum fassen, als Dr. Lot von der Besoldung sprach. Sie würde zum Unterhalt Damilares beitragen können. Sie rang mit den Tränen. »Ich danke Ihnen vielmals, *Ma*, und ich übernehme die Aufgabe sehr gern.«

In Ibadan lauschte Mummy Ibeji Morenikes Berichten ihrer Projekterfahrungen voller Stolz. »Die Außenstelle Ife allein finanziert fünfzig Witwen mit Kindern eine Ausbildung. Du solltest die Gesichter der Frauen sehen, wenn sie dann eine Arbeit finden oder ihr eigenes Geschäft gründen!« Sie lachte ihre Mutter an. »Eines Tages werde auch ich einen Beitrag leisten.«

»Selbstverständlich wirst du das«, versicherte Mummy Ibeji. »Du warst immer schon für Großes bestimmt, mein Kind.«

In ihrem Abschlussjahr drängte Dr. Lot Morenike, sich um einen Platz im Masterprogramm zu bewerben.

»Das geht derzeit nicht«, stammelte Morenike. »Ich habe einen Sohn zu versorgen.« Etwas umständlich öffnete sie ihren Rucksack und holte ein Foto von Damilare hervor. Er lachte in dem korrekten Dreiteiler aus Cordsamt in die Kamera, den Mummy Ibeji ihm zu Weihnachten gekauft hatte.

Dr. Lot studierte das Bild und reicht es dann zurück. Sie musterte Morenike verständnisvoll. »Sie haben einen prächtigen Sohn. Wenn er etwas älter ist, erwägen Sie doch bitte ein Aufbaustudium. Wir brauchen dringend Frauen in Lehre und Forschung.«

Nach Ableistung ihres Pflichtjahrs beim National Youth Service Corps in Kaduna kehrte Morenike nach Ibadan zurück. Weil ihre Mutter darauf bestand, dass sie und Damilare besser im Elternhaus aufgehoben wären, blieben sie. Morenike unterrichtete Englisch an ihrer ehemaligen Schule St. Louis und trat der örtlichen Sektion der BAOBAB bei.

Eines Sonntagnachmittags erschien Chief Komolafe. Morenikes Bruder Kehinde wusch draußen gerade den Wagen seines Vaters. Er eilte ins Haus und verkündete nervös: »Verzeihung, Sir, Chief Komolafe steht mit ein paar Leuten am Tor.«

Mummy Ibeji fixierte ihren Mann, der Kehinde wortlos bedeutete, der Besuch möge eintreten. Mummy Ibeji sprang auf und stürmte hinaus. Daddy Ibeji eilte ihr nach. »Damilare«, sagte Morenike ihrem Sohn, »bleib bitte bei deinem Onkel Taiwo«, und hastete ihren Eltern hinterher. Kehinde schloss soeben das Tor hinter Chief Komolafe und seinem Geleit. Der Mann war seit ihrer letzten Begegnung merklich gealtert. Des ähnlichen Zuschnitts der Gesichter wegen nahm Morenike an, dass die ihn begleitenden Männer und Frauen Familienangehörige waren. Allen voraus ging der Älteste. Der sich offenbar unbehaglich fühlende Chief Komolafe kam als Letzter.

Der Zug blieb etwa zwei Meter vor Mummy Ibeji stehen. Der alte Mann, der große Ähnlichkeit mit Chief Komolafe besaß, trat vor. Er nahm das Käppi von seinem ergrauten Haupt. Mit der Kopfbedeckung in den Händen richtete er das Wort höflich an Morenikes Vater.

»Daddy Ibeji, du weißt, weshalb wir hier sind. Wir hätten vor langer Zeit kommen müssen. Unser Bruder hat euch zutiefst gekränkt. Heute kommen wir mit ihm, um euch um Vergebung zu bitten. Wir bitten darum, eintreten zu dürfen.«

Morenike sah ihren Vater schwer schlucken und dabei Mummy Ibejis Arm noch fester packen. Sie wusste, wie sehr ihr Vater von Chief Komolafe die Anerkennung Damilares als Sohn wünschte. »Jungen brauchen einen Vater, der sie lehrt, was es heißt, ein Mann zu sein, Gbanjubola«, hatte ihr Vater eines Morgens gesagt, als er und Mummy Ibeji sich darüber stritten.

»Ich weiß, dass Jungen einen Vater brauchen, aber vielleicht verrätst du mir mal, was dieser schamlose Mann einem Kind beibringen kann?«, hatte Mummy Ibeji gezischt.

Jetzt, draußen im Hof, entfuhr dem Alten ein Seufzer. »Bitte, Daddy Ibeji, wir wollen es um des Jungen willen wiedergutmachen.«

Ihren Mann böse anfunkelnd, versuchte Mummy Ibeji sich aus seinem Griff zu befreien. »Ach, um des Jungen willen, ja?«, wiederholte sie ungläubig. Sie riss sich nun endgültig von ihrem Mann los und klatschte in die Hände. »*Ha*, jetzt, wo ihm seine neue Frau gerade die zwölfte Tochter geboren hat, glaubt er, er kann hier einfach eines Nachmittags hereinplatzen und Anspruch auf einen Sohn erheben?«

Eine der weiblichen Verwandten Chief Komolafes unternahm einen Beschwichtigungsversuch. »Mummy Ibeji, wir wissen, dass unser Bruder euch tief gekränkt hat. Aus diesem Grund geben wir ihm das Geleit. Wir sind gekommen, um zu besprechen, was getan werden muss, damit dieses Kind seinen Vater kennenlernen kann. Wenn wir die Yams auch nicht um des Palmöls willen essen, so essen wir doch das Palmöl um der Yams willen.«

Mummy Ibeji staunte die Frau an, als wären ihr plötzlich Hörner und ein Schwanz gewachsen.

»Was soll das Gefasel von Yams und Palmöl? Seid ihr mit leerem Magen gekommen? Weiß dieser schamlose Mann nicht mehr, dass wir ihm unser Kind anvertraut haben und er ihm Gewalt angetan hat? Nein?«

»Gbanjubola, Damilare muss seinen Vater kennen«, sagte Daddy ruhig. »Bitte lass sie eintreten.«

Die Bitte ihres Mannes übergehend, wandte sich Mummy Ibeji direkt an Chief Komolafe, der sich immer noch hinter seinen Verwandten verschanzte.

»*Agbaya!* So so, heute kennst du den Weg zu meinem Haus wieder, was? Dann hör mir gut zu. Ich werde jetzt die Augen schließen. Solltest du noch hier sein, wenn ich sie wieder aufschlage, hast du dir das, was dann passiert, selbst zuzuschreiben.«

Morenike sah Chief Komolafes dicken Adamsapfel in seinem Hals auf und ab wandern.

»Genug, Gbanjubola!«, sprach Morenikes Vater leise.

Mummy Ibeji fuhr zu ihm herum. »*Genug?* Ich fange gerade erst an. Genug wird es sein, wenn ich ihn in den Dreck gezogen habe, wie er den Namen meiner Tochter in den Dreck gezogen hat.«

Weil sie hinter sich ein Schniefen hörte, wandte Morenike sich um und sah Damilare auf der Türschwelle stehen. Wie lange wohl schon?, fragte sie sich. Mit offenem

Mund starrte Damilare Chief Komolafe an. Damilare sah seinen Vater zum ersten Mal. Er war inzwischen sechs Jahre alt.

Morenike tippte Mummy Ibeji kurz auf den Arm. »Mummy … bitte … Damilare sieht zu.«

Die leise Bitte riss den Schleier der Wut von Mummy Ibejis Augen. Sie drehte sich um und bemerkte den bangen Ausdruck auf dem Gesicht ihres Enkels. Damilare lief zur geliebten Großmutter hin und umschlang ihre Taille. Morenike wischte sich verstohlen die Tränen weg, als sie sah, wie ihr Sohn Mummy Ibeji zu trösten suchte. »*E ma sunkun.* Nicht weinen, Grandma.«

Mit ruhiger Stimme bat Daddy Ibeji die Abordnung, am nächsten Tag wiederzukommen.

An diesem Abend setzte Morenike ihren Sohn hin und erklärte ihm, dass sein Vater ihn besuchen komme. »Damilare, du erinnerst dich doch an den Mann, der heute Morgen hier war?«

Damilare legte den Kopf auf die Seite. »Der alte Mann, der aussieht wie ich?«

Morenike nickte. Damilare war seinem Vater immer noch wie aus dem Gesicht geschnitten. »Ja, der alte Mann.« Morenikes Puls beschleunigte sich. Viele Male hatte ihr Sohn nach seinem Vater gefragt, aber stets war sie der Frage sanft ausgewichen. Schließlich hatte er es aufgegeben. »Damilare, dieser alte Mann … ist dein Vater.«

Damilare sah seine Mutter unverwandt an. »Okay, Mummy«, sagte er dann schlicht. »Kann ich jetzt wieder rausgehen und spielen?«

Morenike blickte einem vergnügt aus dem Zimmer hüpfenden Damilare nach. Ihre Sorge, wie er wohl reagieren würde, war unnötig gewesen. Doch in der Nacht weckte sie der Kleine. »Damilare, was ist los?« Morenike rieb sich den Schlaf aus den Augen.

»Mummy, muss ich jetzt bei dem alten Mann leben?«

Morenike setzte sich auf. »Was für einem alten Mann?«

Damilare rieb sich den Kopf und sagte dann im Flüsterton: »Meinem Vater.«

Weil sie sah, dass sein Kinn zitterte, schloss Morenike ihren Sohn in die Arme. »Nein, du musst nicht bei ihm leben ... es sei denn, du möchtest das«, fügte sie mit Herzklopfen hinzu.

Damilare schien erleichtert. »Nein, möchte ich nicht. Ich gehe nie von dir weg, Mummy«, sagte er sehr bestimmt.

Morenike rang mit den Tränen, als sie ihn fest an sich drückte.

Eine Woche später zerrte Morenike einen schüchternen Damilare ins Wohnzimmer ihrer Eltern. Mit gebeugtem Kopf saß Chief Komolafe dort ganz allein. Als er Morenikes Räuspern hörte, blickte er auf.

Damilare klammerte sich an die Röcke seiner Mutter. »Damilare, geh bitte und begrüße deinen Vater«, sagte Morenike leise.

Der Junge durchquerte den Raum und streckte sich bäuchlings auf dem Boden hin. »Guten Tag, Sir.«

Chief Komolafe legte Damilare eine beringte Hand auf den Kopf. »Guten Tag ... mein Sohn.« Seine Hand verharrte dort lange.

Morenike setzte sich in die Ecke und beobachtete, wie Damilare allmählich mit seinem Vater warm wurde. Ein paarmal, wenn Damilare unsicher zu ihr herübersah, lächelte sie aufmunternd. Und doch wäre sie, als sie Damilare schließlich Chief Komolafes Lächeln erwidern sah, am liebsten dazwischengegangen. Damilare gehörte ihr!

Aber sie beherrschte sich – eingedenk des Versprechens, das sie Jahre zuvor ihrer Großmutter gegeben hatte. Sie würde ihren Sohn nicht lehren, jemanden zu hassen, der Teil von ihm war.

Von da an verbrachte Damilare also Zeit mit seinem Vater, und allzu bald begann dieser, Forderungen zu stellen. Er wollte seinen Sohn unter seinem Dach aufwachsen sehen: bei seinen Frauen und Töchtern. Er sagte, Damilare sei sein einziger Erbe und müsse seinen rechtmäßigen Platz einnehmen. Doch Morenike stellte sich gegen alle Bitten taub, selbst dann, als aus Chief Komolafes Bitten verhüllte Drohungen wurden.

»Ein Kind gehört zum Vater, also gehört Damilare rechtmäßig mir. Selbst die Gesetze unseres Landes erkennen das an«, beharrte Chief Komolafe gegenüber Morenike im Wohnzimmer ihres Vaters.

Morenike hielt Damilare fest an der Hand. »Das ist mir gleich. Ich schicke meinen Sohn nicht in ein Schlangennest. Nur über meine Leiche.«

Diesmal stellte sich Morenikes Vater hundertprozentig hinter sie. Und Damilare blieb.

TEIL DREI

Morayo und Morenike
1989–1991

11

Die Wahrheit kommt auf den Markt, findet jedoch keine Käufer. Bei Lügen dagegen sitzt den Leuten das Geld stets locker.

Letzten Monat bin ich mit Aunty Morenike und Damilare nach Omu gefahren. Mama Omu ging es schlecht – sie war eines Morgens im Bad auf dem Estrich ausgerutscht und hatte sich den linken Oberschenkelhals gebrochen. Das junge Mädchen, das seit einiger Zeit bei ihr im Haus wohnte, hatte sie bei ihrer Heimkehr von der Schule gefunden. Mama Omu hatte ihren einzigen Urenkel noch einmal sehen wollen und ausrichten lassen, Morenike und Damilare möchten doch zu ihr kommen.

Damilare und ich saßen still im Zimmer, während Aunty Morenike unsere Geschenke überreichte. Überwältigt begann Mama Omu leise zu weinen. Aunty Morenike, die neben dem Bett auf dem Boden kauerte, trocknete ihr sanft das Gesicht. »*Mama*, warum weinst du? Hast du Schmerzen?«

»Nein, Kind, keine Schmerzen. Es ist das Glück«, sagte sie und lächelte unter Tränen. Mama Omu legte Aunty Morenike eine zittrige Hand auf den Kopf und betete für sie.

»Morenike, du hast so gut für mich gesorgt; dein Kind wird ebenso gut für dich sorgen.«

»Amin, Ma.«

»Möge *Olodumare* dich vor aller Schande schützen und dir Gnade gewähren.«

»Amin, Ma.«

»Mögest du noch inmitten von Feinden Gunst erfahren.«

»Amin, Ma.«

Als Mama Omu schließlich mit Damilare im Arm einschlief, verließen Aunty Morenike und ich das Haus und setzten uns im Schatten des großen Schibutterbaums hinter dem Haus auf eine Matte. Dort saßen wir still, während die goldene Sonne langsam am dramatisch rot und orange geflammten Horizont versank. Lange hielt Aunty Morenike den Nacken gebeugt. Der Anblick ihrer hinfälligen Großmutter hatte sie sichtlich getroffen.

Als sie schließlich den Kopf hob, war ihr Lächeln bemüht. »Diesen Ort wieder aufzusuchen ruft stets Erinnerungen wach. Ich war nur zwei Jahre jünger, als du es bist, als ich zu Mama Omu zog.«

Ich würde in drei Monaten siebzehn werden.

»Morayo, eines habe ich dir nie erzählt«, flüsterte Aunty Morenike. »Du hast dich gewiss über Damilare gewundert, nicht?«

Ich nickte zögernd. Ich entsann mich der Geschichten über Aunty Morenikes »Männererfahrungen«. Als sie nun von Chief Komolafe und der Zeit sprach, die sie bei Mama Omu verbracht hatte, musste ich schwer schlucken. Das erklärte so vieles. Ich hatte mich immer gefragt, wieso sie mich so gut hatte verstehen können. Mir stiegen die Tränen in die Augen, und ich fragte mich, wie viele meiner Cousinen ähnlich lastende Geheimnisse mit sich herumtrugen.

Aunty Morenike sah mit einem bitteren Lächeln starr vor sich hin. »Ich fürchte den Tag, an dem Damilare mich fragt, wie ich seinen Vater kennengelernt habe. Kinder wollen wissen, dass sie erwünscht waren. Nur, wo nehme ich die Liebesgeschichte für meinen Sohn her?«

Mir war klar, dass Aunty Morenike keine Antwort erwartete. Was sollte *ich* schon dazu sagen?

»Aber mir ist ein Wort Mama Omus in Erinnerung geblieben. Sie sagte, man verzichte nicht darauf, sein Leben zu leben, nur weil die Leute über einen reden.«

Aunty Morenike wandte sich nun ganz zu mir und ergriff meine Hand. »Aber weißt du, Morayo, man verzichtet ebenso wenig darauf, sein Leben zu leben, nur weil die Leute einem etwas *tun*. Erinnerst du dich, was wir auf der Fahrt hierher hinten auf dem Lastwagen gelesen haben?«

Ich nickte. Die Pidginbotschaft der auf den verwitterten Aufbau des *mammy wagon* aufgesprühten leuchtend blauen Buchstaben lautete: *Man no die, Man no rotten* – die Hoffnung stirbt zuletzt.

Am darauffolgenden Wochenende hielt ich mich erneut in Aunty Morenikes Wohnung auf. Als ich den Blick durch das mit ihren Bücherregalen und Damilares Spielzeug gestopft volle Zimmer schweifen ließ, blieb er an der Holzplakette bei den überquellenden Regalbrettern hängen. Mir hatte Aunty Morenike erklärt, dass der eingeschnittene Satz ein Zitat von Nadine Gordimer sei. Ich sprach ihn mir halblaut vor: »Die Wahrheit ist nicht immer schön. Aber der Hunger nach ihr ist es.« Gordimers Roman *Burgers Tochter* war eines ihrer Lieblingsbücher. Wenn sie von dem Buch sprach, leuchteten ihre Augen. »Mich hat er noch einmal darin bestärkt, dass Frauen sich in allen Fragen politisch engagieren müssen, die sie betreffen – oder die Konsequenzen tragen.«

Ich trat ans Regal, ließ meinen Finger über die Buchrücken gleiten und nahm Zulu Sofolas Theaterstück *Wedlock of the Gods* heraus. Ich schüttelte den Kopf, als ich die

Strichmännchen sah, mit denen Damilare die erste Seite verziert hatte. Ich schob den Band rasch zurück. Besser, die Mutter entdeckte selbst die Malkunst des Jungen. »Nicht aus meinem Mund sollen sie hören, dass der Mutter Lehrerin tot ist«, murmelte ich.

»Führst du jetzt schon Selbstgespräche?«, rief Aunty Morenike mir vergnügt vom anderen Ende des Zimmers zu.

Ich drehte mich um; ihre müden Augen ruhten auf mir. »Daddy behauptet, das sei ein Zeichen von Intelligenz.«

»Na, solange du es nicht an der Bushaltestelle tust«, meinte sie mit einem kleinen Lächeln. »Sonst trägst du, ehe du dich versiehst, eine Zwangsjacke.«

Ich erwiderte ihr Lächeln.

Sie kam zu mir ans Regal und zog ein Buch vom mittleren Brett. »Ich habe mir neulich gedacht, dass du jetzt eigentlich alt genug bist, das hier zu lesen.«

Ich nahm das Buch entgegen und sah es mir an: *Die Geschichte der Adah* von Buchi Emecheta.

»Für uns Frauen hat sich das Leben seit Erscheinen dieses Buchs 1974 doch um einiges verändert. Da warst du drei Jahre alt.« Sie kehrte zur Couch zurück und setzte sich. Ich nahm auf dem Stuhl gegenüber Platz. »Eine Schülerin hat mich einmal gefragt, warum wir uns mit alten Büchern abgeben sollten, und meine Antwort lautet: aus dem gleichen Grund, aus dem wir die Geschichte studieren. Um die Vergangenheit zu kennen und aus ihr zu lernen.«

Ich blickte auf den Roman in meiner Hand. Dazu schien er zu dünn.

Ein paar Wochen später machte Aunty Morenike einen Besuch bei uns.

»Aunty Bisoye«, bat sie meine Mutter, »darf ich Morayo zu einer politischen Kundgebung am Old-Dugbe-Markt mitnehmen?«

Gleich hob sich meine Stimmung. Aunty Morenike war die einzige Frau meiner Bekanntschaft, der die Politik wirklich am Herzen lag. Bei politischen Diskussionen leuchtete ihr ganzes Gesicht auf.

»Politische Kundgebung?«, wiederholte Mummy. »Lehrmadam, du hast noch gar nicht erwähnt, dass du jetzt auch noch Aktivistin bist! *Abi*, arbeitest du nun für Chief Gani Fawehinmi?« Mummy wusste genau, wie sehr Aunty Morenike den gewieften Anwalt und Menschenrechtsaktivisten bewunderte.

Aunty Morenike lachte schallend. »Aunty, es wäre eine hohe Ehre, für Chief Fawehinmi tätig sein zu dürfen. Nein, ich helfe lediglich meinem guten Freund Mr Tiamiyu.« Sie holte einen kleinen Flyer aus der Tasche und reichte ihn Mummy. »Er kandidiert für den Posten des Amtsleiters der Kommunalverwaltung Ibadan North West. Du müsstest die Wahlplakate rings um deine Schneiderei am Amunigunmarkt eigentlich gesehen haben.«

Mummy studierte den Handzettel und schüttelte dann den Kopf. »Meine Liebe, ich kann mich beim besten Willen nicht erinnern.« Sie reichte den Zettel zurück. »Aber ich habe nicht sonderlich auf die Plakate geachtet, muss ich gestehen. Was macht es schon für einen Unterschied, ob ich wähle oder nicht? Jeder weiß doch, dass die Wahlen manipuliert werden. Hat nicht Chief Omoniyi bei der letzten Wahl mit über siebenhunderttausend Stimmen gewonnen? Die Einwohnerzahl des gesamten Wahlbezirks

Ibadan North West, einschließlich Ziegen und Hühner, liegt bei unter zweihunderttausend!« Mummy zischte abfällig.

»Aber Aunty, wenn wir schweigen, haben wir alle in vieler Hinsicht weiter zu leiden.«

»Schon gut, Madam Aktivistin. Es soll mir ja keiner nachsagen, ich stellte mich dem Fortschritt in den Weg.« Mummy wandte sich mir zu. »Morayo, du darfst deine Aunty begleiten. Helft meinetwegen diesem Mr Tiamiyu. Vielleicht bewirkt ja eure Generation in diesem Land Gutes. Aber ich persönlich habe einfach schon zu viel gesehen.« Ich war begeistert, weil aber ihre Miene ernst wurde, hielt ich an mich. »Bitte, Morenike, pass gut auf. Du weißt, wozu Chief Omoniyis Schläger fähig sind. Wenn es Ärger gibt, brecht ihr bitte sofort auf.«

Aunty Morenike nickte. »Morayo wird uns bloß helfen, Handzettel an die Leute zu verteilen, die zur Kundgebung kommen.«

Eniayo, die zu den langen Ferien aus dem Internat da war, meldete sich zu Wort. »Mummy, darf ich auch mit?«

»Deine Aunty wird zu viel zu tun haben, um auf euch beide aufzupassen.«

»Aber ich will auch …«, hob Eniayo grummelnd an.

»Eniayo, ich unternehme ein andermal etwas mit dir«, versprach Aunty Morenike.

Als Eniayo weiter schmollte, wies sie Mummy scharf zurecht: »Eniayo!« Meine dickköpfige Schwester fügte sich.

»Hast du ein Glück«, klagte Eniayo später, als wir in meinem Zimmer beisammen saßen. »Dich lässt Mummy machen, was du willst.«

Ich sah sie nur an und schüttelte den Kopf. Wenn sie wüsste.

Ich kannte Mr Tiamiyu gut. Er schaute während meiner Besuche bei Aunty Morenike oft vorbei. Dann diskutierten die beiden stundenlang die eine oder andere politische Frage und wurden richtig laut, wenn sie sich gegenseitig zu überzeugen versuchten. Mir gefiel, dass Mr Tiamiyu mit mir redete wie mit einer Erwachsenen und mich freundlich »Miss Morayo« nannte.

Während ich lauschte, wie Mr Tiamiyu und Aunty Morenike die Strategie für seinen Wahlkampf besprachen, staunte ich, dass der kleine, schmächtige Mann sich getraute, gegen Chief Omoniyi anzutreten. Chief Omoniyi war quasi der Halbgott unserer Kommunalverwaltung. Seine Angehörigen und Freunde bekleideten alle wichtigen Ämter. Als Privatvollstrecker dienten ihm politische Schergen, die berüchtigt waren für ihre Brutalität.

Vor zwei Jahren hatten Männer am helllichten Tag von *okadas* herab Chief Omoniyis Hauptkontrahenten, den Ingenieur Oluwalambe, und seine schwangere Frau erschossen. Auf einem der *okadas* hatte man Chief Omoniyis wichtigsten Handlanger gesehen, einen Mann, der unter dem Beinamen »Avenger« bekannt war. Im Jahr zuvor war ein Mann, der Chief Omoniyi bei einer Sitzung der Kommunalverwaltung öffentlich herausgefordert hatte, einfach verschwunden. Er tauchte nie wieder auf.

»Daddy Morayo«, sagte Mummy oft und wiegte bedenklich den Kopf, »Chief Omoniyi ist zähes Fleisch, das kräftigen Zähnen vorbehalten bleibt. Wer käme in der Gemeinde gegen ihn an?«

Mr Tiamiyu sah ich das nächste Mal an Aunty Morenikes Geburtstag wieder. Sie wurde dreiundzwanzig. Sie hatte ihn zu einem feierlichen Essen zu sich eingeladen. Während ich noch mit meinem zweiten Stück Geburtstagstorte am Esstisch sitzen blieb, wechselten Mr Tiamiyu und Aunty Morenike in die Sitzecke hinüber. Ich sah ihn ein Blatt aus der Tasche ziehen. Er räusperte sich. »Miss Balogun«, sagte er förmlich und achtungsvoll, »ich habe gestern ein kleines Gedicht verfasst. Ich nenne es ›Der Tango‹.« Er lachte unsicher. »Das wollte ich heute vortragen.«

»Ich freue mich darauf, es zu hören«, sagte Aunty Morenike mit einem freundlichen Lächeln.

Nach einem flüchtigen Blick in meine Richtung begann Mr Tiamiyu in dem kleinen Raum auf und ab zu gehen. Mit eifriger Miene trug er vor:

»Zwei Paar Augen begegnen sich in einem Raum, und der zeitlose Tanz der Liebe beginnt.

Das blitzartige Erkennen. Das sinnliche Zerfließen des Blicks. Ein Flattern langer Wimpern. Das eine Paar wird, in wiedergewonnener Sittsamkeit, zu Boden geschlagen. Das andere aber scheut den Blick nicht, leugnet nicht unverfrorene Absichten.

Ein Paar dunkle Augen nähert sich einem, das sich kurz in schwindelnder Erregung schließt. Doch Moment, der eine brennende Blick wandert weiter und lässt den seine Fassungslosigkeit mühsam verschleiernden anderen zurück.

Dann, eine leise Berührung an der Schulter, eine

langsame Drehung, und da sind sie, die Augen vom anderen Ende des Raums. Der Tango geht weiter.«

Ich war nicht überrascht, Aunty Morenike den Blick abwenden zu sehen. Sie schien wild entschlossen, die innig leuchtende Ergebenheit ausgerechnet in den Augen Mr Tiamiyus zu übersehen. Den ganzen Abend verschlang Mr Tiamiyu sie mit Blicken, doch sie schaute durch ihn hindurch.

Am Sonntag darauf stellten Aunty Morenike und ich, als wir den Fußballplatz der Schule erreichten, fest, dass Mr Tiamiyu vor den Torpfosten bereits ein hölzernes Podest und Lautsprecher aufgebaut hatte. Doch wuchs auf dem Platz nur spärlicher Rasen, und es gab keine Bänke. »Aunty Morenike, wo sollen die Leute denn bloß sitzen?«

Besorgt studierte Aunty Morenike den bedeckten Himmel. »Mr Tiamiyu konnte sich eine Bestuhlung nicht leisten. Aber das Hauptproblem ist der drohende Regen. Den können wir bei der Dürre zwar weiß Gott brauchen, aber ich hoffe, er lässt sich noch ein bisschen Zeit.«

Mr Tiamiyu empfing uns mit dem breiten Lächeln, das so gut zu den schräg nach oben verlaufenden Oyo-Stammesnarben auf seinen Wangen passte. Er schüttelte mir enthusiastisch die Hand. »Miss Morayo, Sie haben es also geschafft. Ausgezeichnet. Ich sehe, dass Ihre Aunty die Absicht hat, Ihnen etwas von ihrer Liebe zur Politik einzupflanzen. Habe ich nicht recht, Miss Balogun?«

Aunty Morenike verdrehte bloß die Augen.

Ich fand den sehr förmlichen Umgang der beiden zum Lachen, zweier Menschen, die sich immerhin fast täglich sahen. Hätte ich mich getraut, hätte ich Aunty Morenike gern gefragt, was sie für Mr Tiamiyu empfand.

Wir packten sogleich bei den Platzvorbereitungen mit an. Ein kleiner Trupp Freunde und Familienangehörige des Kandidaten war bereits emsig am Werk.

In der Hitze lief mir bald schon der Schweiß in Strömen vom Rücken. Immer mehr Leute stießen zu uns, und ich machte mich mit Mr Tiamiyus jüngeren Schwestern daran, kaltes, klares Wasser aus den drei mit Eisblöcken gekühlten großen Plastikwannen in Beutel zu füllen und zu verteilen.

Aunty Morenike beschloss, mit einer dieser Schwestern zum nahe gelegenen Amunigunmarkt zu gehen und die Marktfrauen für die Teilnahme an der Kundgebung zu gewinnen. Ehe sie loszogen, überließ mir Aunty Morenike einen Stoß kleiner Handzettel mit Mr Tiamiyus Foto und seinem Programm, die ich unter die Leute bringen sollte. Während ich durch die Menge wanderte, schnappte ich Fetzen verschiedenster Gespräche auf.

»Ich bitte euch, Leute«, meinte ein verhärmter Mann, nachdem er Tiamiyus Foto auf einem Flyer betrachtet hatte, »wer ist dieser Schwächling?«

Die Frau neben ihm zuckte mit den Schultern. »Ich bin bloß hier, weil mich die Menschenansammlung neugierig gemacht hat. Ist er von hier?«

Ein anderer spähte auf den Handzettel und rief: »Zeichen und Wunder! Ist das nicht Mufutau?«

»Mufutau?«, fragte der Verhärmte.

»Ja! Mufutau, Baba Mufus einziger Sohn. Komm schon, Baba Mufu wirst du doch kennen? Der Vulkanisateur mit dem kleinen Laden am Knick in der Queen Elizabeth Road. Gleich gegenüber vom Friedhof.«

Der Verhärmte warf mit zusammengekniffenen Augen noch mal einen prüfenden Blick auf den Handzettel. »Nicht möglich! Du hast recht, Bruder. Das also ist der kleine Mufu, der früher halbnackt herumgerannt ist?«

»*Beeni.* Ja. Genau der.«

»Was schießen die Jungen schnell hoch! Ich habe ihn als kleinen Knirps in Erinnerung.« Er lachte in sich hinein. »Dem hatten sie das Geburtsdatum auf den Bauch tätowiert, gleich über dem besonders großen Nabel.«

Sein Gegenüber johlte und zeigte dabei die schiefen, von Kolanüssen rot gefärbten Zähne. »Atadna! Auf dein Elefantengedächtnis ist Verlass! Ob Mufu wohl den Bauch vorstreckt, wenn er nach seinem Geburtsdatum gefragt wird?«

Die Frau lachte auch und wischte sich mit einem fleckigen weißen Taschentuch den Schweiß von der Stirn. Der Flyer, den ich ihr aufgedrängt hatte, flatterte zu Boden. Sie merkte es gar nicht.

»Mufutau! Der hält sich also jetzt für schlauer als die Alten. Die heutige Jugend! Ein bisschen Buchwissen, ein Blick vom Rand des Rollfelds, und schon glauben sie, sie würden sich in der Welt auskennen.«

»Ich danke dir, Bruder, so ist es. Der Junge traut sich was! Gegen einen Mann vom Schlage eines Chief Omoniyi anzutreten! War nicht grad Chief Omoniyi der, der das Stipendium eingerichtet hat, mit dem Mufutau und drei andere Schüler aus dem Bezirk an die University of Ibadan gehen konnten?«

Die Umstehenden nickten – ja, ja, so war es.

Die Frau schnalzte missbilligend mit der Zunge. »Meinen Kindern habe ich gesagt, Universität kommt gar nicht infrage. Zu viele Bücher verdrehen einem bloß den Kopf.«

Damit war das Thema erledigt, und am liebsten wäre ich zu Mr Tiamiyu hingestürzt, um ihm zu sagen, dass wir gleich einpacken könnten. Es hatte doch keinen Zweck, vor Leuten zu sprechen, die ganz offensichtlich nur des Trubels wegen da waren. Doch als ich hinüberspähte und Mr Tiamiyu mit ernstem, verschwitztem Gesicht seine getupfte Fliege zurechtrücken sah, sagte ich mir, dass er seine Erfolgsaussichten ja wohl kannte.

Aunty Morenike kehrte mit Mr Tiamiyus Schwester von ihrem Kreuzzug zurück, ein paar widerstrebende Marktfrauen im Schlepptau. Es war lustig, meine zierliche Aunty in ihren Bluejeans vor den anderen Frauen her marschieren zu sehen. Als abzusehen war, dass keine weiteren Zuhörer kommen würden, bestieg Mr Tiamiyu sein hölzernes Podest. Er sprach die Versammelten sowohl auf Yoruba wie auf Englisch an. Er stellte sich als Mufutau Tiamiyu vor, stolzer Sohn des Landes mit großen Träumen für sein Volk.

Mr Tiamiyu sprach, und ich versuchte mir die leuchtende Zukunft vorzustellen, die er uns ausmalte. Die Menge ringsum raunte zustimmend, doch je länger er sprach, desto weniger konnte unsere unterernährte Vorstellungskraft seine Vision stetig sprudelnden Leitungswassers, verkehrssicherer Straßen und gut ausgestatteter Entbindungsheime verkraften. Waren denn diese Dinge zu unseren Lebzeiten denkbar? Während aber Mr Tiamiyu der Schweiß vom Gesicht troff und seine Augen vor Begeisterung glühten, erfuhr der schmächtige, sanfte Mann, den ich kennengelernt hatte, vor meinen Augen eine Verwandlung. Mit Händen und Worten griff er nach seinen Zuhörern. Er schritt auf seinem kleinen Holzpodest auf und ab, und obwohl das Publikum überschaubar war, sprach er, als appelliere er an ein volles Stadion.

»Seit über einem Vierteljahrhundert höre und sehe ich die Leute über die Ungerechtigkeit in unserem Land reden, klagen und weinen. Wir schleudern dem Himmel unseren Zorn über die gemeine Niedertracht des einen Volkes wie die nicht enden wollende Knechtschaft des anderen entgegen. Doch zu unseren eigenen Untaten schweigen wir. Ihr Marktfrauen, ihr zieht gegen das Unrecht korrupter Transportunternehmer auf die Straße. Doch ihr verkauft kalt lächelnd verwässertes Palmöl an nichts ahnende, hungrige Kunden.«

Ein Blick in die Runde zeigte mir unter den Marktfrauen betretene Gesichter. Einige machten sich im Gedränge möglichst klein.

»Ihr Kunden, erhebt bloß über den Betrug kein Geschrei. Erinnert euch an die vielen Gelegenheiten, bei denen ihr bedenkenlos ein Schmiergeld verlangt habt, ehe ihr bereit wart, die Arbeit zu tun, für die ihr bezahlt wurdet. Wir müssen vor der eigenen Haustür kehren und selbst die Integrität leben, die wir von unserer Führung verlangen.«

Mr Tiamiyus Stimme überschlug sich.

»Mitbürger, wir müssen aufhören, denjenigen zu applaudieren und die zu stützen, die uns um unser gemeinsames Erbe bringen und uns nur Knochen vorwerfen. Tun wir es nicht, dann, fürchte ich, werden wir in einem Vierteljahrhundert immer noch reden und klagen, während unsere Jugend, die Zukunft unseres Landes, auf der Suche nach Perspektiven in der Welt umherirrt. Unsere Kinder werden sich in dieser Wüstenei umsehen und sich damit abfinden, ja, abfinden, dass ihre Lebensrealität Katastrophe heißt. Sie werden sich damit abfinden, dass es für unser Land, unsere Völker keine Besserung gibt.«

Als Mr Tiamiyu zum Schluss kam, klatschte ich, bis meine Handteller brannten.

In den bis zur Wahl verbleibenden Wochen zog Mr Tiamiyu jeden Nachmittag nach der Schule durch den Bezirk und suchte die Menschen auf. Stets nahm er ein Megafon und ein kleines Treppchen mit. Dann bezog er Stellung und sprach mit jedem, der bereit war, zuzuhören, über sein Programm. Oft bestand sein Publikum einzig und allein aus kleinen Kindern, die ihn an ihren endlos langen Nachmittagen als spannende Abwechslung empfanden.

Zu dem Angriff, den Mummy vonseiten der Schergen Chief Omoniyis fürchtete, kam es nie. Wahrscheinlich fand man, dass Mr Tiamiyu keine Bedrohung für den Chief darstelle, wenn seine Gefolgschaft bloß aus Kindern bestand, die nichts Besseres zu tun hatten. Ich wusste, dass Aunty Morenike sich sorgte, er könne sich noch vor der Wahl vollkommen verausgaben, aber Mr Tiamiyu war wild entschlossen, für die Kampagne alles zu geben.

12

Wer mit Anstand sterben will,
möge anständig leben.

Kurz nach Mr Tiamiyus Wahlkundgebung kam es zu zwei einschneidenden Ereignissen. Das erste überraschte uns am 31. August 1990, dem Jahrestag der großen *omiyale* zehn Jahre zuvor, als der Ogunpa River über die Ufer getreten war und eine Flutkatastrophe ausgelöst hatte. Eniayo war wegen der großen Ferien zu Hause. Wir saßen am Esstisch und spielten Monopoly, als die gellenden Schreie einer Frau durchs offene Fenster drangen. Es war unsere Nachbarin Mama Afeez. Im Regen rief sie aus Leibeskräften: »*Odo Ogunpa ti ya o!* Der Ogunpa River tritt über die Ufer!«

Der Ogunpa trat über die Ufer⸮! Ich schlug die Hände vor den Mund. Eniayo schoss hoch und stieß das Spielbrett um. Wie gelähmt sah ich zu, wie sich Karten und Spielsteine über den Boden verteilten. Der Ogunpa River fließt durch den dicht besiedelten Osten der Stadt, und Mummys Schneiderei auf dem Amunigunmarkt lag direkt am Ufer.

An die letzte Flut im Jahr 1980 konnte ich mich gut erinnern. Es war die schlimmste Überschwemmung in der Geschichte Ibadans gewesen. Am Abend hatten wir im Wohnzimmer gesessen und stumm die Nachrichten im Fernsehen verfolgt. Hunderte Menschen hatten in dem den ganzen Tag wütenden Regensturm ihr Leben verloren. Etliche, in den Bussen der privaten Fuhrunternehmen gefangen, waren in den Fluten ertrunken, andere von mitgerissenen Trümmern oder einstürzenden Häusern erschlagen worden. Als der Regen endlich nachließ, waren Tausende obdachlos.

»Morayo, wie sollen wir da bloß hinkommen, um Mummy zu finden?«, rief Eniayo.

Ich nagte an meiner Unterlippe. Ich wusste es, ehrlich gesagt, auch nicht. Daddy war auf Geschäftsreise, es gab keine Möglichkeit, ihn zu erreichen. Als Eniayos Augen sich mit Tränen füllten, blinzelte ich die eigenen weg und versicherte ihr: »Mummy wird schon nichts passieren. Du wirst sehen, sie kommt bestimmt bald heim.«

Stunden später hörten wir jemanden gegen das Tor hämmern. Wir verständigten uns mit einem Blick und stürzten barfuß zur Toreinfahrt. Als ich das Tor aufzog, stand Aunty Morenike mit Damilare an der Hand davor. Sie lächelte tapfer. »Morayo, Eniayo, bei euch alles in Ordnung?«

Als Eniayo sah, dass es nicht Mummy war, begann ihr Kinn zu beben. »Aunty Morenike, Mummy ist noch nicht vom Amunigunmarkt zurück.«

Aunty Morenike trat durchs Tor und legte ihr einen Arm um die Schulter. »Eniayo, keine Sorge. Eure Mummy kommt sicher gleich. *Oya*, gehen wir lieber hinein.«

Aunty Morenike machte sich in der Küche ans Kochen. Mein Angebot, ihr zu helfen, schlug sie aus, bat uns aber, ihr in der Küche Gesellschaft zu leisten. Als wir dann die heißen Yams und Eier hinunterwürgten, lauschte ich mit einem Ohr immer auf ein Scheppern am Tor.

Um neun Uhr abends konnte auch Aunty Morenike den Anschein der Zuversicht nicht mehr recht wahren. *Wo blieb Mummy bloß?* Als Eniayo sagte, sie wolle sich nach draußen setzen, machte Aunty Morenike keinen Versuch, sie aufzuhalten.

Als Mummy dann endlich auftauchte, warteten wir alle drei, das Kinn in die Hand gestützt, draußen vorm Tor. Ihre Kleider waren schlammverkrustet, ihre Schuhe weg. Sie blutete aus Schnittwunden im Gesicht und am Bein.

Eniayo und ich hielten Mummy umschlungen, Aunty Morenike lief rasch ins Haus, um Wasser zu erhitzen, damit Mummy baden könnte. Hinterher setzte sie sich zu uns ins Wohnzimmer.

»Warum bist du nicht gleich nach Hause gekommen?«, fragte Eniayo sie.

Mummy strich ihr sanft über die Wange. »Ich musste zu Fuß gehen. Es fuhren keine Busse.«

»Was ist mit Mama Bintu und … äh … Mrs Sokoya?«, fragte Aunty Morenike. Diese beiden Frauen hatten auf dem Markt Geschäfte in derselben Zeile wie Mummy. Wenn Eniayo und ich Mummy besuchten, spendierten sie uns immer Sprudel und Erdnüsse.

Ich begriff zunächst nicht, als Mummy den Kopf wiegte. »Das Wasser ist so schnell gestiegen.«

»Ha!«, entsetzte sich Aunty Morenike. »Alle beide?«

Mummy wandte den Blick ab. »Innerhalb von Minuten hat es alles mit sich fortgerissen. Menschen, Autos, Geschäfte. Alles. Ich war eben ans andere Ende des Marktes hinübergegangen, um Kleider abzuliefern, nur deshalb entkam ich der Flut. Wir haben alle im Schlamm nach Verschütteten gegraben …« Sie fuhr sich mit den Händen über das Gesicht. Unter ihren Fingernägeln sah ich Schmutzränder. *Alles weg?*

Mitten in der Nacht kehrte Daddy in heller Panik heim. Wir warteten im Wohnzimmer. Eniayo schlief, den Kopf in Mummys Schoß gebettet. Aunty Morenike war aufgebrochen, damit Damilare in seinem eigenen Bett schlafen könnte.

Bei Mummys Anblick verharrte Daddy minutenlang auf der Schwelle, dann stürzte er zu ihr hin. »Bisoye, ist alles in Ordnung?« Er ließ sich neben sie fallen und schloss sie in die Arme. »Der Geschäftsführer hat die Zweigstelle in Benin angerufen und gebeten, mich zu benachrichtigen.«

Tränenüberströmt sah Mummy ihn wortlos an. »Ist ja gut. Ich bin ja da«, sagte er.

In der Woche darauf statteten Mrs Adigun und Tomi Mummy einen Beileidsbesuch ab. Am Esstisch, wo Tomi und ich saßen, hörten wir die Erwachsenen über die Flut reden. Über hundert Menschen waren gestorben.

»Mummy Morayo, dem Herrn sei Dank, dass er dich verschont hat. Mögen wir dergleichen niemals wieder erleben. Gestern, als ich in Bodija meine Cupcakes abgeliefert habe, meinte einer meiner Kunden, die Traditionalisten sagten, die Flussgöttin sei erzürnt, weil die Markthändler seit der Flut 1980 die gebotenen Opferriten vernachlässigten.«

Ich war überrascht, Daddy sardonisch lachen zu hören. Normalerweise blieb er, wenn Mummy Freundinnen zu Besuch hatte, zwar einen Augenblick bei ihnen sitzen, zog sich dann aber auf sein Zimmer zurück. Seit der Flutkatastrophe aber wich er kaum mehr von Mummys Seite.

»Blödsinn!«, raunzte er. »Das ist doch nur eine weitere Finte dieser Blutsauger, um notleidenden Händlern Geld abzupressen, das sie nicht haben. Unsere Leute bringen es fertig, Lepra zu ignorieren, aber alles gegen Ringelflechte zu unternehmen. Sie werfen weiter ihre Abfälle in den Fluss, obwohl sie genau wissen, dass es den Lauf blockiert.

Wenn der Fluss dann in der Regenzeit steigt, was glauben sie denn, wo das Wasser hin soll?« Er lachte höhnisch. »Seit acht Jahren geht es mit der Flussregulierung weder vor noch zurück. Die Baufirmen kassieren das Geld und machen sich aus dem Staub. Da können die Traditionalisten dem Fluss ihre sämtlichen Hühner und Ziegen opfern, es wird sich nichts ändern. Wir werden weitere Fluten erleben und weitere Menschenleben verlieren.« Er zischte verbittert.

Mummy warf ihrer Freundin einen verlegenen Blick zu. Mrs Adigun und Tomi verabschiedeten sich bald.

Das zweite Ereignis trat genau wie das erste vollkommen unerwartet ein. Vier Wochen nach der Flut starb meine geliebte Großmutter Mama Ejiwunmi im Schlaf. Ich kam von der Schule und fand Mummy laut klagend und sich auf dem Boden wälzend vor. Mama Ejiwunmi war gerade erst eine Woche zuvor nach Oyo zurückgekehrt. Als die Nachricht von der Flut sie erreicht hatte, war sie nämlich zu uns nach Ibadan geeilt, um etwas Zeit mit uns zu verbringen. Sie war bei ihrer Abreise keineswegs kränklich gewesen.

Die Zeit bis zur Bestattung war turbulent. Die Gedenkfeier und die Aufbahrung sollten an einem Freitag im Haus von Mama Ejiwunmi stattfinden. Für den Samstag waren der Trauergottesdienst mit Homilie, Fürbitten und Schlusssegen vorgesehen. Am Tag darauf sollte in Mama Ejiwunmis Kirche eine Andacht folgen.

Ich hatte Mama Ejiwunmi einmal sagen hören, sie wolle nach ihrem Tod nicht ins Kühlfach. »Bisoye«, hatte sie Mummy beschworen, »ich will keine große Beerdigung. Wozu noch große Umstände machen. Du hast als gute Tochter alle deine Pflichten gegen mich erfüllt.« Doch aufgrund der Entfremdung zwischen Mummy und Aunty Tope zog sich die Totenfeier schließlich über drei Monate hin. Mama Ejiwunmis Leichnam wurde letzten Endes *doch* einbalsamiert, als ihre Erstgeborene, Aunty Tope, verkündete, sie sei finanziell zu einer Bestattung noch nicht in der Lage.

Mummy, die seit der Flut immer weiter an Gewicht verlor, war mit ihren Nerven am Ende. »Daddy Morayo, was soll ich nur tun?«, sagte sie eines Abends, als wir im Wohnzimmer beieinander saßen. »*Sister mi* ist so stur. Ich weiß, dass sie und Mama sich wegen Tayo entzweit haben, aber wie kann sie ihrer eigenen Mutter das antun?«

Daddy tätschelte ihr beschwichtigend den Arm. »Ist schon gut, Bisoye. Wenn Tope sich mit uns bis nächste Woche nicht auf einen Termin einigen kann, schlage ich vor, dass du mit dem *olori ebi,* dem Familienoberhaupt Baba Muti, sprichst. Man soll den Familienrat einberufen. Wir sind zwar nicht reich, aber eine anständige Beerdigung können wir uns schon leisten. Mama Ejiwunmi war doch keine Mutter, derer man sich hätte schämen müssen!«

Eine Woche später legten die beiden Schwestern endlich einen Termin fest, doch der Hickhack war damit längst nicht beendet. Zunächst konnten sie sich nicht einigen, was sie zur Beerdigung anziehen sollten. Dann ging es um die Köche und die Speisen, die beim Empfang gereicht werden sollten, dann, ob es abends eine Feier geben sollte … und, und, und.

Still saß ich hinten im Wagen, als Daddy uns zum Sasamarkt fuhr. Wir wollten dort von den Hausa aus dem

Norden günstig große Mengen Tomaten und Paprika besorgen.

»Daddy Morayo, die ganze Woche telefoniere ich mit *Sister mi* wegen der Einzelheiten bei der Bestattung, aber es ist ein zähes Ringen. Ich bin müde. Sie will mir nicht einmal sagen, wann sie nach Oyo kommt oder wie viele Personen sie mitbringt. Wie soll ich dann Essen und Unterkunft planen? Als hätten wir nicht von derselben Brust getrunken.«

Als endlich das Wochenende der Bestattung anbrach, war ich froh, nach Oyo fahren zu können. Eniayo würden wir unterwegs im Internat abholen.

Aunty Tope traf mit Verspätung bei der Gedenkfeier ein und wurde dafür von den Ältesten mit bösen Blicken gestraft. Steif saßen die Schwestern nebeneinander, die Augen geradeaus auf den Diakon gerichtet. Als Aunty Tope mit ihrer Lesung dran war, reichte Mummy ihr wortlos den Text.

Bros T hatte seine Mutter nicht nach Oyo begleitet. Ich hatte mir schon den Kopf zerbrochen, wie ich ihm begegnen sollte. Mehrere Verwandte kommentierten sein Fehlen. Immerhin war er der einzige Enkel. Aunty Tope hörte ich einer der Auntys erklären, dass Bros T außer Landes sei und nicht rechtzeitig zur Bestattung habe zurück sein können.

Bros T war außer Landes?

Am Abend fragte mich Eniayo, als wir uns in einem der Schlafzimmer in Mama Ejiwunmis Haus zusammen auf eine Raffiamatte kuschelten, ebenfalls nach Bros T. »Morayo, weißt du, weshalb Bros T nicht gekommen ist?«

Ich schluckte. »Ich glaube, ich habe Aunty Tope sagen hören, dass Bros T im Ausland sei.«

Eniayo bekam leuchtende Augen. »Im Ausland? Hat sie gesagt, wo?«

Ich schüttelte den Kopf. »Nein.«

»Dieser Bros T, der versteht es zu leben«, meinte Eniayo mit einem neidischen Unterton. »Glaubst du, dass *wir* je ins Ausland kommen? Ich würde gern nach Australien.«

Ich entspannte mich etwas, froh, dass sie das Thema wechselte. »Wieso gerade Australien?«

»Damit ich die Kängurus sehen kann natürlich.«

Ich überlegte. »Wir könnten zumindest mal nach Ghana fahren«, schlug ich vor, »die Busse …«

Eniayo sah mich an, als wäre ich nicht ganz bei Trost. »Das ist doch nicht Ausland! *Ich* will *richtig* ins Ausland. Wo Weiße wohnen.« Sie warf bockig den Kopf, und ich musste laut lachen – verkniff es mir aber, als mir einfiel, dass Mama Ejiwunmis Sarg keine zwei Türen weiter im Wohnzimmer stand.

Am Tag hatten Eniayo und ich vor der Tür zum Wohnzimmer gezögert. Das hier war anders, als die Toten zu sehen, die verlassen am Straßenrand lagen. Die gehörten für uns zum Alltag. Mit steifen Fingern drückte ich die Tür auf.

Eniayo, die zu weinen begann, weigerte sich, den Raum zu betreten. Sie lief davon und ließ mich allein an der Tür zurück.

Aber ich wollte Mama Ejiwunmi noch einmal sehen.

Ich trat ein und näherte mich zögernd dem offenen weißen Sarg. Gebannt blickte ich auf den starren Körper hinab, der in dem mit rotem Samt und weißer Spitze ausgeschlagenen Kasten lag. Sie wirkte in *ior* und *buba* aus weißer Spitze dunkler und kleiner. Ich war dabei gewesen, als Mummy auf dem Markt den kostbarsten Stoff ausgewählt hatte, über den dann ihre Finger noch im Wagen auf der Heimfahrt sanft strichen. Man hatte Mama Ejiwunmi die Hände feierlich auf der Brust gefaltet. Neben ihrem Kopf lag eine kleine weiße Bibel. Aus ihrem Mund und der Nase lugte Watte. Einmal tief Luft holend, berührte ich mit den Fingerkuppen ihre Hand. Die Haut fühlte sich sehr fest und kühl an. Ihr Körper war immer so warm und weich gewesen, wenn sie mich im Arm hielt.

Wieder im Schlafzimmer, fand ich Eniayo auf der Raffiamatte vor. »Bist du reingegangen?«, fragte sie.

Ich nickte und hockte mich zu ihr.

»Wie sah sie aus?«, fragte Eniayo kleinlaut.

»Sie war kleiner und dunkler«, sagte ich. Ich hütete mich aber, Eniayo zu erzählen, dass ich Mama Ejiwunmis Hand berührt hatte; sie wäre schreiend aus dem Zimmer gelaufen.

»Ich konnte nicht«, gestand Eniayo und studierte ihre Hände.

Ich nahm sie in den Arm. »Mama Ejiwunmi hätte das verstanden.«

Später, als ich aufs Klo ging, musste ich am Wohnzimmer vorbei, in dem der Sarg stand. Ich spähte hinein, blieb aber vor der Tür, denn drinnen saßen Mummy und Aunty Tope. Sie würden die ganze Nacht bei ihrer Mutter wachen. Doch selbst zu beiden Seiten ihrer toten Mutter hielten die Schwestern die Augen voneinander abgewandt.

Mummys stoischer Blick ging zwar in meine Richtung, aber ich wusste, dass sie mich nicht sah. Aunty Tope rang im Schoß die Hände, ihr Atem ging stoßweise. Sie schielte immer wieder zu dem offenen Sarg hin.

Als ich ins Schlafzimmer zurückschlich, herrschte im Wohnzimmer Totenstille.

❧

Am nächsten Tag waren wir früh auf, um uns für die Kirche fertig zu machen. Am Spätvormittag trafen auch Aunty Morenike, Damilare und Mr Tiamiyu aus Ibadan zum Trauergottesdienst ein.

Ich lief Mr Tiamiyus Wagen entgegen. Eniayo tanzte mir hinterher. »Aunty Morenike!«

Diese stieg aus und herzte uns beide. »Morayo, Eniayo, wie geht es euch?«

»Gut, Aunty«, sagte Eniayo und nahm Damilare an die Hand. »Wir haben schon auf dich gewartet!«

Während Aunty Morenike hineinging, um Mummy zu helfen, blieben Eniayo und ich bei Mr Tiamiyu vor dem Haus sitzen und beobachteten, wie nach und nach Familienmitglieder und Freunde zur Bestattung erschienen. Unsere Mienen hellten sich etwas auf, als Aunty Adunni mit ihrer Mutter aus Ilorin eintraf.

Nach dem Trauergottesdienst standen auf dem Friedhof schon die Totengräber bereit und warteten auf ihren Einsatz.

Aunty Topes harte Gesichtszüge zerflossen schließlich, als es an ihr war, die Handvoll Erde auf den Sarg ihrer Mutter zu werfen. An Mummys Seite hörte ich Aunty Tope vor sich hinbeten: »Mama, *e jo e da ri ji mi*, Mama, vergib mir.«

Mummy rückte näher an ihre Schwester heran und legte ihr den Arm um die Schulter. Einen Augenblick ließ Aunty Tope sich gegen Mummy sinken, löste sich aber gleich wieder mit einem Ruck. Verwandte wechselte verwunderte Blicke. Auch Mummy warf ihre Erde auf den Sarg. Dann folgten wir der Reihe nach ihrem Beispiel.

Im Anschluss an die Andacht am Sonntag berief Baba Muti den Familienrat ein. Er verlangte zu wissen, warum die beiden Schwestern im Streit lägen. Sich einander anblickend, schwiegen die beiden.

Aunty Tope reiste noch am selben Tag ab.

Mummy und ich dagegen blieben noch eine Woche in Oyo, um alles zu ordnen. Eniayos Schule erlaubte ihr so lange, als Tagesschülerin morgens den Unterricht zu besuchen und nachmittags in Mama Ejiwunmis Haus zurückzukehren.

»Wir müssen heute mit dem Sichten der Sachen deiner Großmutter fertig werden«, verkündete Mummy am Tag vor unserer Abreise. Sie hielt mir ein Holzkästchen hin, in dessen Seiten Elefanten geschnitzt waren. »Schau das mal durch und such dir aus, was du magst.«

Ich öffnete das Kästchen und sah, dass es einen Teil von Mama Ejiwunmis Schmuck enthielt. Die beiden Kupferreife, die sie immer getragen hatte, lagen ganz oben. Ich nahm sie hoch. »Mein Vater war Kupferschmied, und der hat sie für mich gemacht«, hatte Mama Ejiwunmi mir an dem Tag erzählt, als ich sie fragte, woher sie stammten. »Dann tun die Finger weniger weh.«

Ich strich selbst mit dem Finger an den Rundungen entlang. Die Gravierung war an vielen Stellen abgewetzt. Ich streifte die Reife über. Mit einem leisen Lächeln bewegte ich meine Handgelenke. Mir tat das Herz nicht mehr so weh.

Daheim in Ibadan sperrte Mummy sich oft stundenlang in ihr Zimmer ein. Und da Daddy meist auf Geschäftsreise war, saß ich dann ganz allein im Wohnzimmer und fragte mich, wann Mummy wohl wieder lächeln würde.

Unterdessen kam Aunty Morenike uns häufig besuchen, und sie hielt mich über Mr Tiamiyus Kampagne auf dem Laufenden. Die Wahl im Dezember rückte rasch näher, und Mr Tiamiyu zog immer noch täglich los und warb unermüdlich. Aunty Morenike erzählte mir, dass sie ihn so oft wie möglich begleite. »Morayo, ich wünschte, die Wahl wäre endlich vorbei«, gestand sie mir eines Abends. »Die Kampagne geht allmählich auch bei mir ans Eingemachte. Manchmal weiß ich kaum noch, wo mir der Kopf steht. Und Mr Tiamiyu solltest du erst sehen; der ist nur noch ein Strich in der Landschaft. Neulich ist er in der Schule im Stehen eingeschlafen. Na ja … drei Tage noch.«

Am Wahlmorgen war ich ganz hibbelig. Aunty Morenike kam schon sehr früh zu uns.

»Aunty, kommst du nachher ins Wahllokal?«

Mummy schüttelte den Kopf. »*Ich? Wählen?* Ich werde nicht wählen. Mir ist noch kein einziger vertrauenswürdiger Politiker untergekommen. Sieht man einmal von dem ganzen Stammes- und Glaubenskram ab, mit dem unsere Führer alles verbrämen, ist doch einer wie der andere – korrupt, manipulativ, einzig auf die Förderung seiner ganz persönlichen Interessen aus.«

Seufzend legte Mummy Aunty Morenike eine Hand auf den Arm. »Grüße aber Mr Tiamiyu von mir und sag ihm, dass ich und Daddy Morayo ihm viel Glück wünschen. Und bitte: Wenn es am Wahllokal Ärger gibt, kommt ihr schnurstracks wieder nach Hause.«

Aunty Morenike nickte: »Ich höre dich, Aunty.«

Als Wahllokal diente die Grundschule nicht weit von uns. Mr Tiamiyu stand bereits mit einigen Verwandten und Freunden auf dem Hof. Unser kleines Lager hielt sich auf der rechten Hofseite auf, die Leute von Chief Omoniyi auf der linken. Es waren schon einige der Schergen Chief Omoniyis zugegen; mit blutunterlaufenen Augen und mit Amuletten behangen patrouillierten sie über den Hof und schwenkten dabei wichtig ihre AK 47. Die Amulette machten ihre Körper kugel- und stichsicher.

Aunty Morenike beäugte die Männer argwöhnisch. »Man sieht, dass sie wieder ihr Kokain geschnupft haben.« Sie zupfte mich an der Hand. »Morayo, bleib bitte in meiner Nähe.«

Ich sah mich um. Zu meiner Überraschung trafen zwei Frauen auf dem Hof Vorbereitungen zur Fertigung von *akara*-Küchlein. Mit über der Brust geknoteten *wrapper* zogen sie ihre langen Holzspatel durch den Bohnenteig in zwei großen Trögen.

Als die schwitzenden Frauen bald darauf begannen, in ihren großen Kesseln die goldbraunen Kugeln im brodelnden Öl zu wenden, erfüllte der köstliche Duft der *akara* den Hof. Wenig später sahen wir zwei junge Mädchen große Bretter aufs Gelände tragen, auf denen sich Berge frisch gebackenen Brots türmten. Obwohl ich gefrühstückt hatte, machte mir der Duft der *akara* den Mund wässrig. Schmunzelnd stellte ich mir Aunty Morenikes Gesicht vor, wenn ich jetzt einfach ins feindliche Lager wechselte und mir eine Portion besorgte.

Die Kunde von der Gratisverköstigung muss sehr schnell die Runde gemacht haben, denn es strömten immer mehr Menschen auf den Schulhof, um Chief

Omoniyi ihre Stimme zu geben. Aunty Morenikes Gesicht verfinsterte sich zusehends, während sie vergeblich auf ein paar Frauen einredete, die den Schulhof betraten. Mr Tiamiyu suchte sie zu beruhigen. Er lächelte sanft. »Miss Balogun, ist schon gut. Das ist ja das Schöne an der Demokratie. Wir haben die Möglichkeit zu wählen. Und wir dürfen dann mit den Folgen unserer Wahl leben.«

»Aber genau an dem Punkt wird es ungerecht«, begehrte Aunty Morenike auf. »Die Folgen einer falschen Wahl müssen *alle* ausbaden.«

Mr Tiamiyu seufzte, hielt sich aber zurück.

Zwei Stunden nach der angekündigten Öffnung des Wahllokals erschienen vier Wahlkommissionsmitglieder mit den Urnen und sonstigem Zubehör.

Kurz darauf hielt Chief Omoniyi höchstpersönlich in Begleitung von Preissängern Einzug.

Ich sah, wie sich sämtliche Wahlkommissionsmitglieder bäuchlings vor Chief Omoniyi hinwarfen. Dann räumten sie für ihn ihren Tisch und die Stühle und hockten sich mit den Urnen unter den nächsten Baum. Die Preissänger aus Chief Omoniyis Gefolge schlugen ihre Sprechtrommeln mit solcher Inbrunst, dass die Adern an ihren Schläfen schwollen.

»Omoniyi!«, verkündeten die Sprechtrommeln. »Derjenige, der sagt, wenn du hinausgehst, wirst du nicht wiederkehren, ist der, den du bei deiner Rückkehr nicht antreffen wirst.«

Chief Omoniyi nahm Platz, und ein endloser Strom von Menschen erwies ihm die Ehre. Selbst Mr Tiamiyus betagter Vater ging hin und legte sich Chief Omoniyi zu Füßen. »*Shief*, ich danke für die vielen Kunden, die du mir in diesem Monat gesandt hast. Möge Gott dich weiter begünstigen.«

Als Chief Omoniyi den alten Vater seines Kontrahenten im Sand vor sich liegen sah, wandte er den Kopf und bedachte Mr Tiamiyu mit einem triumphierenden Blick. Er lehnte sich auf seinem Stuhl zurück, und sein breiter Mund dehnte sich zu einem Lachen, an dem seine wachsamen Augen keinen Anteil hatten. »*Ha!* Baba Vulcanizer, bitte, steht auf. Ich bin ein grüner Junge. Ich sollte vor Euch liegen, *ke*«, sprach Chief Omoniyi. Aber er machte keine Anstalten, sich von seinem Stuhl zu erheben.

Baba Mufu richtete sich mühsam auf und klopfte sich den Sand aus den Kleidern. Er setzte sein Käppi wieder auf und hinkte ins Lager seines Sohnes zurück.

Seine Frau zischte ihn zornig an: »Baba Mufu! Warum legst du dich diesem Mann zu Füßen? Ausgerechnet heute! Du erniedrigst vor allen Leuten deinen einzigen Sohn.«

»Muss ich wie dein Sohn den Ast absägen, auf dem ich sitze?«, fuhr Baba Mufu sie an. »Wenn sich dieser Irrsinn bei ihm gelegt hat, müssen wir da nicht trotzdem essen?«

Wütend kehrte die Frau ihrem Mann den Rücken.

Mr Tiamiyu betrachtete seine Eltern und rieb sich den Kopf. Aunty Morenike legte ihm eine Hand auf den Arm. Ich hörte, wie sie ihm zuraunte: »Ihr Vater meint es nicht böse. Er ist eben ein Kind seiner Zeit.«

Der eindringliche Blick, den Mr Tiamiyu auf sie richtete, war dennoch gekränkt.

Nicht lange nach Chief Omoniyis Einzug schleppte einer seiner politischen Schergen aus dem Schulgebäude einen Tisch an und richtete direkt neben den Wahlkommissionsmitgliedern die Essensausgabe ein. Alle, die Schlange standen, um Chief Omoniyi ihre Stimme zu geben, erhielten einen kleinen Laib Brot, zwei *akara*-Bällchen und einen Trinkbeutel Mineralwasser. Nach der Stimmabgabe händigten Chief Omoyinis Leute ihnen nummerierte Pappen aus. Diese berechtigten später am Abend vor Chief Omoniyis Haus zu einer warmen Mahlzeit, bestehend aus *amala* mit *ewedu*. Den Schergen gingen die Pappen bald aus, und sie verwendeten stattdessen einfach Wahlzettel, die ihnen die Wahlkommission willig überließ.

Beim Anblick der Schlange stehenden Männer und Frauen, die alt genug waren, meine Eltern zu sein, fragte ich mich, ob diese Verköstigung wirklich marode Schulen, unsichere Straßen und fehlende Wasserleitungen aufwog. Selbst wir Kinder wussten, dass die Gelder, die für solche Programme und Dienste vorgesehen waren, in den Unterhalt von Chief Omoniyis ausgedehntem Harem und die Ausbildung seiner Kinder an den besten Schulen Großbritanniens und der USA flossen.

Trotz der zunehmenden Hitze ließ Mr Tiamiyu es sich nicht nehmen, weiter zu lächeln, seine Runden zu drehen und den wenigen Menschen zu danken, die gekommen waren, ihm ihre Stimme zu geben. Doch der Tag gehörte unverkennbar Chief Omoniyi.

Auch Aunty Morenike gab nicht auf. Sie tuschelte weiter mit allen Frauen, die das Schulgelände betraten. »Meine Schwestern, meine Mütter, lasst uns zeigen, dass wir nicht Kinder sind, die man mit ein bisschen Essen ködern kann. Was wir heute essen, scheiden wir morgen aus. Unsere Probleme aber bleiben. Heute haben wir die Chance, für die Zukunft unserer Kinder zu kämpfen.« Sie legte jeder der Frauen den Arm um die Schultern. »Komm, lasst uns für den Neuanfang stimmen.«

Gegen Mittag wurde ich langsam müde und hungrig.

Aunty Morenike hatte zwar Proviant mitgebracht, aber sie sprach noch immer mit den Frauen. Und dann geschah etwas Unerwartetes. Ein von einem Kind geführter alter Blinder betrat den Hof.

Der kleine Blindenführer hielt vor Chief Omoniyis Tisch an. »Sperrt die Ohren auf und hört!«, rief er. Augenblicklich senkte sich Schweigen wie ein Zauberbann über das Schulgelände.

Der Blinde wandte das Gesicht in Chief Omoniyis Richtung und sprach: »Omoniyi ist der Name, den dein Vater dir gab. Weshalb lebst du ein Leben, als hießest du Schande? Wenn dein Name wahrhaftig Omoniyi ist, dann musst du doch wissen, dass mit deinem Leben großer Wert und Träume einhergehen. Warum lebst du, als wäre dem nicht so? Lautete der Name, der dir verliehen wurde, Zwist, könntest du weiter im Streit leben und den Einflüsterungen deines Namens die Schuld geben. Doch dein Name ist Omoniyi. Deine Mutter hat dich sanft auf den Rücken gewiegt, hat getanzt und deinen Namen mit Stolz gesungen. Warum lebst du, als wäre dein Name Gier? Lebst rücksichtslos, als gehörte dir die Zukunft, und raubst unschuldigen Kindern die Nahrung? Mehrst fieberhaft Reichtum, der keine Ehre bringt, sondern Entehrung heraufbeschwört? Lebst wie der Jagdhund, der den Ruf seines Herrn vergaß? Lebst ohne Bestimmung, als lautete dein Name Nichts? Wann willst du endlich bedenken, dass dein Name Omoniyi ist? Kind großer Ehre und Hoffnung? An das Versprechen des eigenen Namens ist man gebunden.«

Der Blinde wandte sich dem Kleinen zu. »Kind, führe mich zum Tisch Mufutaus.« Jedermann auf dem Hof sah mit Erschütterung, wie der Blinde einen zittrigen Daumen in die violette Tinte tauchte, um Mr Tiamiyu seine Stimme zu geben. Als dies getan war, nahm der kleine Junge den Alten still bei der Hand und führte ihn wieder vom Hof.

Die Menge glotzte mit offenen Mündern zu Chief Omoniyi hin. Was würde er tun? Wer war für diese ungeheuerliche Schmähung ihres Wohltäters verantwortlich?

Chief Omoniyi blickte wild um sich, wie eine in die Enge getriebene, vom blitzenden Buschmesser bedrohte Ratte. Dann richtete er den brennenden Blick auf Mr Tiamiyu. Alle Augen folgten. Natürlich! Das konnte nur das Werk dieses aufmüpfigen Burschen Mufutau sein.

Zornesraunen ging durch die Menge. Einige von Chief Omoniyis Leuten rückten langsam gegen Mr Tiamiyu vor. Verschreckt drängte unser kleines Häuflein sich zusammen. Die Menge grummelte: War dieser Lump nicht umhergezogen und hatte vollmundig jedem Haushalt fließendes Wasser versprochen? Wie aber wollte man Straßen ohne Wasserleitungen fließendes Wasser bringen?

Und Chief Omoniyi konnte man immerhin zugutehalten, dass er es versucht hatte. Hatte nicht alle Welt die blanken neuen Rohre gesehen, die am Sitz der Kommunalverwaltung abgeladen worden waren? Wer hatte denn absehen können, dass bewaffnete Räuber den Lagerraum keine zwei Wochen später überfallen würden? Der arme Nachtwächter – beide Beine gebrochen.

Jedes Kind wusste doch, dass das nur das Werk der politischen Feinde Chief Omoniyis sein konnte. Und reiner Zufall war schließlich auch, dass Chief Omoniyis Schwager Agbabiaka zwei Monate später am Ekotedomarkt einen Verkaufsstand übernahm, wo er brandneue Wasserrohre verkaufte.

Dass der Mann ein Heiliger war, behauptete ja keiner. Wer war das schon?

Und wer brächte es übers Herz, diesen jungen Mann, Tiamiyu, mit den schmächtigen Gliedern zu dem Rudel Schakale in die Verwaltung zu schicken? Sie würden kurzen Prozess mit Tiamiyu machen, ihn binnen Monaten in Stücke reißen. Da war eher Chief Omoniyi – bei allen Fehlern – der rechte Mann: Er besaß die nötige Weisheit und das Stehvermögen für das schwere Amt des Regierens.

Das Grummeln der Menge im Ohr, sah ich mich voll Sorge um. Am einzigen Ausgang standen die Schergen Chief Omoniyis, die alle Männer vor Betreten des Hofs durchsuchten.

Chief Omoniyi lehnte sich auf seinem Stuhl zurück. Seine selbstgefällige Miene verriet mir, dass er genau wusste, die Menschen, deren Bäuche mit *akara* und Mineralwasser gefüllt waren, würden die Schlacht schon für ihn schlagen.

Die Männer des Chief rückten weiter vor, und die unserer eigenen kleinen Schar schoben Frauen und Kinder nach hinten. Das Herz schlug mir bis zum Hals. Der Unmut der Menge wuchs, man forderte Mr Tiamiyus Kopf.

Da erhob sich Chief Omoniyi. »*Meine* Freunde. Hört mir zu. Das ist nicht der Augenblick für Gewalt. Ihr wisst, ich bin ein friedliebender Mann.«

Die Menge hielt inne.

»Wohl will die Hausmaus, die die Scheide verschmäht und das Messer frisst, einen provozieren.« Er lachte kalt. »Aber es kann niemand den Wind tragen: Mufutau ist wie alle meine Gegner – er kann nicht gewinnen.«

Mit den Ärmeln seines *agbada* aus steifem Damast schlagend, als wollte er losfliegen, erhob Chief Omoniyi bebend die Stimme und besprühte die Umstehenden mit seiner Spucke. Den verzückten Mienen nach zu urteilen, hätte man meinen können, es handelte sich um Weihwasser.

»Meine Getreuen! Statt mit Fäusten und Keulen zu kämpfen, werden wir unsere Feinde mit dem Stimmzettel vernichten.« Er stieß die erhobene Faust in die Luft. »Wir werden vor dem Blick unserer Feinde nicht weichen, und wir werden *gewinnen*.«

Die Menschen begannen, rhythmisch zu klatschen und mit den Füßen zu stampfen, dass der Staub nur so wölkte.

Chief Omoniyis Stimme wurde noch schriller. »Wir, die Besten dieser Kommunalverwaltung, werden anderen ein leuchtendes Beispiel sein! Hier, in unserem einzigartigen Bezirk, werden wir allen zeigen, dass der Traum der Demokratie, den so viele nie haben greifen können, bei uns lebt und gedeiht!«

Die Preissänger erhöhten die Frequenz ihrer Trommelschläge, sie trieben die Menge zu einem frenetischen Siegestanz an.

Mr Tiamiyu wandte sich Aunty Morenike zu. »Miss Balogun«, flüsterte er, »ich glaube, es wäre jetzt ratsam, mit Morayo aufzubrechen.«

Aunty Morenike wollte widersprechen, doch Mr Tiamiyu schüttelte den Kopf. »Bitte, Miss Balogun. Um ein Haar wären wir gelyncht worden. Ich werde meine Mutter auffordern, meine Schwestern jetzt ebenfalls heimzubringen. Ich komme heute Abend bei Ihnen noch vorbei.«

Dann redete er leise auf seine Mutter ein. Unsere kleine Frauen- und Mädchenschar verließ das Schulgelände. Auf dem Heimweg konnten wir noch lange das Stampfen und den Chor der Stimmen hören, die *»Shief! Shief! Shief!«* skandierten. Je weiter wir uns entfernten, desto mehr hörte es sich nach *»Thief! Thief! Thief!«* an.

Mr Tiamiyu verlor an diesem Tag die Wahl. Ich war bei Aunty Morenike zu Besuch, als er vorbeikam, um ihr zu sagen, dass er Ibadan für immer verlassen werde. Er hatte einen Posten an einer Sekundarschule in Abuja angenommen.

Aunty Morenike war einverstanden, sich von ihm an diesem Abend ausführen zu lassen. Als sie ins Haus ging, um sich umzuziehen, meinte Mr Tiamiyu mit einem kläglichen Lächeln zu mir: »Nun, Miss Morayo, wie hat Ihnen Ihre erste politische Kostprobe geschmeckt? Vielleicht wollen Sie auch eines Tages für ein politisches Amt kandidieren.«

Das bezweifelte ich in dem Moment ernstlich. Ich hatte den ganzen Vorgang, ehrlich gesagt, sehr verwirrend gefunden. Unübersehbar hatte sich unser Leben in all den Jahren unter der Amtsleitung Chief Omoniyis nicht gebessert. Und doch schien die Mehrheit nicht willens, Neues zu wagen.

Als ich ihm das sagte, nickte Mr Tiamiyu zustimmend. »Sie haben recht. Wir haben uns angewöhnt, uns mit den Brosamen zufriedenzugeben, die man uns vorwirft. Außerdem wissen die Leute, dass Chief Omoniyi zu allem, wirklich allem, bereit ist, um an der Macht zu bleiben. Und wenn die Leute Gefahren aufziehen sehen, dann laufen sie weg; sie sagen sich: *Tan i fe ku?* Wer will schon mit dem Leben bezahlen? Aber bezahlen wir das

Leben nicht ohnehin mit dem Leben? Es müsste in Wahrheit heißen: *Tan i o ni ku?* Wer bezahlt nicht?«

Seine Augen blickten müde. »Bedenken Sie, dass es nie einfach ist, einen Wandel herbeizuführen, ganz gleich, wo. Manchmal muss man sich dazu weit über das Feuer beugen, und dann verbrennt man sich eben.« Er rieb sich mit beiden Händen den Kopf. »Achten Sie für mich auf Ihre Aunty, tun Sie das?«

Das war meine letzte Begegnung mit Mr Tiamiyu.

Wochen später, als ich neuerlich bei Aunty Morenike zu Besuch war, hörte ich sie auf der Couch seufzen. »Morayo, geht es nur mir so, oder fehlen auch dir die Aufregungen des Wahlkampfs?«

Ich bestätigte es mit einem Nicken. Aber ich merkte, dass es eher Mr Tiamiyu als die Aufregung war, der ihr fehlte. »Heute, in der Schule, habe ich mir sehr gewünscht, dass Mr Tiamiyu da wäre. Er hätte sofort verstanden, wovon ich rede.«

Bei anderen Gelegenheiten blätterte sie lustlos in dem Buch, das sie gerade las, und seufzte. »Mr Tiamiyu hätte dieses Buch auch sehr gefallen.«

Nach seiner Abreise korrespondierten die beiden einige Monate.

»Morayo, Mr Tiamiyu lässt dich herzlich grüßen«, sagte Aunty Morenike, wenn sie einen seiner Briefe überflog. »Er ist gerade zum stellvertretenden Direktor seiner neuen Schule ernannt worden, stell dir vor! In knapp vier Monaten stellvertretender Direktor! Ein so kluger Mann.« Aunty Morenike glühte vor Stolz. »Er hat jetzt eine eigene Wohnung auf dem Schulgelände. Er meinte, wir beide könnten ihn doch mal in Abuja besuchen. Was meinst du?«

Ich wartete nur darauf, dass sie mir verkündete, sie werde ihn heiraten und nach Abuja ziehen. Sie tat es nicht.

Es gab Tage, da hätte ich Aunty Morenike gern gefragt, warum sie Mr Tiamiyu nicht heiratete, ganz gleich, was andere sagten. Doch so nahe wir uns auch standen, ich vergaß nie, dass sie doch die Ältere war. Aus Respekt hielt ich also den Mund.

Zwei Jahre später stieß ich bei einem Besuch in Aunty Morenikes Wohnung, als ich in den Regalen nach Lesefutter stöberte, auf einen braunen Umschlag. Er war voller Handzettel vom Wahlkampf. Ich blickte auf Mr Tiamiyus Foto hinab und fragte mich, wie das Leben in unserer Stadt wohl ausgesehen haben würde, hätten die Leute einem jungen Mann namens »Muffy« eine Chance gegeben.

13

Der Tanz des Tausendfüßlers beeindruckt keinen,
der den Tanz der Schlange gesehen hat.

Das Leben kehrte zu einer neuen Art Normalität zurück. Mummy betrieb eine neue Schneiderei. Daddy bereiste mit seinen pharmazeutischen Produkten das ganze Land, und Eniayo verbrachte mehr Zeit im Internat als daheim. Meine Besuche bei Aunty Morenike blieben einer der Höhepunkte meiner Wochenenden.

Während mein Verhältnis zu Mummy sich seit dem Tod Mama Ejiwunmis verbessert hatte, spukte der Geist Bros Ts noch immer im Haus. Es gab Tage, an denen Mummy den Eindruck machte, als wolle sie mit mir darüber reden. Sie hielt dann plötzlich inne, warf mir einen komischen Blick zu und holte Luft – sah aber gleich wieder weg, und der Moment war verpasst.

Eines Abends fand Mummy mich, als sie heimkam, im Wohnzimmer vor einem Nollywood-Video. Die Werke der aufstrebenden nigerianischen Filmindustrie entwöhnten uns langsam der Abhängigkeit von indischen und anderen ausländischen Filmen. Ich vertrieb mir mit ihnen an einsamen Abenden die Zeit.

Nachdem Mummy sich bequemere Sachen angezogen hatte, setzte sie sich still zu mir auf die Couch. Als im Film eine Sexszene vorkam, knisterte die Luft plötzlich vor Spannung. Ich heftete den Blick starr auf den Bildschirm.

Ich spürte Mummys bohrenden Blick an der Schläfe. Endlich! Jetzt kam die Gelegenheit, nach der ich mich schon so lange sehnte. Jetzt *musste* sie doch endlich etwas sagen. Unruhig rutschte ich auf meinem Platz hin und her, als ich ihr Räuspern vernahm: »Morayo …«

Ich wandte mich langsam um. »*Ma* …«

»Es gibt da etwas, was ich mit dir bereden wollte …«

Mein Mund war plötzlich trocken. »Ja, *Ma* …«

Mummys linkes Augenlid begann zu zucken. Ihr Blick irrte von den Fernsehbildern zu meinem Gesicht. »Ach … da fällt mir etwas ein, was ich rasch noch erledigen muss. Wir sprechen uns später.« Sie erhob sich von der Couch und verließ den Raum.

Und so war auch diese Gelegenheit wieder vertan, wie alle vor ihr.

In dieser Zeit hatte sich die Freundschaft mit Tomi – mit der ich als Kind den Zügen zugewunken hatte – gefestigt. Im letzten Jahr teilten Tomi und ich ein Pult an der Oberschule. Wir verbrachten auch unsere Freizeit meist zusammen. Dann saßen wir entweder in Mrs Adiguns kleinem Supermarkt und warteten auf Kundschaft oder sprachen bei mir oder bei ihr daheim über das Leben nach der Schule.

»Kannst du dir vorstellen, dass wir in nur drei Monaten auf die Uni gehen?«, staunte Tomi. Wir lagen auf ihrem Bett und stellten unsere Einkaufslisten für den Studienbeginn zusammen. Ganz oben rangierten Bluejeans und Pennyloafers.

Ich ließ meinen Stift fallen, warf mich auf den Rücken und verschränkte die Arme hinter dem Kopf. »Ich weiß! Ich kann es kaum noch erwarten, aus Ibadan wegzukommen.« Ich hatte an der University of Lagos einen Platz bekommen und würde Wirtschaft studieren. Ich freute mich auf das Großstadtleben in der geschäftigen ehemaligen Hauptstadt am Atlantik.

Tomi seufzte. »Ich wünschte bloß, Mummy hätte mir auch erlaubt, aus Ibadan wegzugehen. Ich bin diese Stadt so leid.« Tomi war an der juristischen Fakultät der University of Ibadan angenommen worden.

»Du kannst mich in Lagos ja immer besuchen«, sagte ich.

Tomi nickte. »Das stimmt schon …«

Aber ich hörte den zweifelnden Unterton heraus. Tomis Mutter hatte ihr untersagt, in ein Wohnheim zu ziehen. Sie saß zu Hause fest.

»Also, welche Farbe Lippenstift sollen wir nehmen?«, fragte ich, um sie wieder aufzuheitern. Tomi kicherte. Unsere Mütter hatten uns das Schminken bis zum Studienbeginn verboten. Das einzige akzeptierte Schönheitsmittel war bisher loser weißer Puder, und auch der durfte nur in Maßen aufgelegt werden. Mir hatte Mummy einmal gesagt, ich sähe aus, als hätte ich mir *elubo* ins Gesicht geklatscht, Yamsmehl.

Die freche Eniayo hatte sich eingeschaltet: »Aber Mummy, genau das benutzt Morayo doch, wenn sie keinen Puder mehr hat.«

Mummys Augen traten vor. *»Sie benutzt was?«*

Erst als Mummy sah, dass Eniayo sich fast ausschüttete vor Lachen, begriff sie, dass sie scherzte.

Tomis Stimme unterbrach meine Gedanken. »Wie wär's mit Goldbronze?«, meinte sie.

Ich trug also einen goldbronzenen Lippenstift in die Liste ein, und dann, spaßeshalber, eine weitere Farbe: Knallrot. Mummys meistgehasste Farbe. Aber ich hatte ja nicht die Absicht, sie zu Hause zu tragen. Was Mummy nicht weiß, macht sie nicht heiß.

Tomis oder meine Mutter schickte uns oft zum Bodijamarkt, um etwas zu besorgen. Wir genossen es, mit den Marktfrauen zu feilschen, bevor wir uns auf einen Preis einigten. Über die Jahre hatten wir unsere speziellen Marktstände. Unsere Reisverkäuferin wählten wir, weil ihre Ware meist reiner war. Unser Stammmetzger gab oft ein paar Stücke drauf. Unseren Fisch kauften wir regelmäßig bei Morili. Morili war eine wunderschöne junge Frau von höchstens zwanzig. Und obwohl ihre Preise tatsächlich etwas unter denen der anderen lagen, kauften wir, ehrlich gesagt, mehr aus Neugier bei ihr denn aus Kundentreue.

Morilis Kolleginnen nannten sie Morili *oloko kan* – Morili, die »Augen für nur einen« hat. Dem Klang ihrer Stimmen nach wussten wir, dass es nicht als Kompliment gedacht war. Aber was war daran verkehrt, nur einen Einzigen zu wollen?, fragten Tomi und ich uns.

Einmal nahmen wir bei einem Marktgang unseren ganzen Mut zusammen und fragten sie. Ich fürchtete, unsere Neugierde müsste sie verprellen, aber Morili lachte bloß. »Da solltet ihr lieber Mama Supo fragen«, sagte sie und zeigte auf die Frau, deren Holztrog gleich neben ihrem stand.

Mama Supo ließ sich nicht zweimal bitten. Sie sprang von ihrem Schemel auf. »Wir nennen sie Morili *oloko kan*, weil wir einfach nicht fassen können, dass sie im Gegensatz zu uns, die alle schon beim zweiten oder dritten Mann sind, an dem einen festhält!« Und dann platzten sie und Morili los.

Ende der Woche besuchte ich den Markt erneut mit Aunty Morenike. Sie war uns besuchen gekommen, und beide hatten wir noch letzte Besorgungen zu machen.

Daddy hatte zum Nachtmahl *amala* verlangt, und ich hatte festgestellt, dass nicht mehr genug Yamsmehl im Haus war, um das Gericht zuzubereiten. Da die Sonne bereits sank, beschleunigten Aunty Morenike und ich unsere Schritte, als wir über den Markt hasteten.

Im Abendlicht besitzt dieser Straßenmarkt eine besondere Magie. Flackernde Petroleumlampen beleuchten die Stände, das betörende Aroma der in Öl gebackenen *akara* mischt sich mit dem verführerischen Duft gerösteter Makrelen. Auf dem Weg zu den Mahlständen kamen Aunty Morenike und ich an der Plattenbude mitten im Herzen des Marktes vorüber. Wie üblich tanzte davor Old Soja. Aus den aufgebauten Lautsprechern schallte Fela Kutis *Gentlemen*. Old Soja sang so heiser wie schrecklich schief mit und ließ im Tanz wild die Hüften kreisen. Vor uns hielt eine Frau ihrer jungen Tochter rasch die Augen zu.

Old Soja war der »Hausirre« des Marktes. So weit ich zurückdenken konnte, gehörte er mit seinen tief in den Augenhöhlen liegenden, blutunterlaufenen Augen und seinem verfilzten Haar dazu. Zwischen seinen fast schwarzen Lippen baumelte unweigerlich eine Zigarette, wenn er in seiner schmuddeligen brauen *buba* und seinem zerlöcherten *sokoto* umherging. In lichten Momenten rief er den Passanten Grüße zu. Sie antworteten entweder mit einer Münze oder spendierten ihm eine Zigarette. Meist aber ging er ganz in sich versunken auf dem Markt seiner Wege.

Wir waren auf dem Rückweg zur Bushaltestelle, als lautes Schimpfen von Mama Put unsere angeregte Unterhaltung unterbrach. Mama Put gehörte die Garküche im Zentrum des Marktes, wo der Großteil der Händler sein Essen kaufte, und sie hätte mich auf dem aufgeweichten Lehmpfad schlicht umgerannt, hätte mich Aunty Morenike nicht in letzter Sekunde beiseite gezogen. Keuchend stürmte Mama Put an uns vorbei. Ihr üppiger Busen wogte, sie hatte den Ankarastoff ihres *wrapper* nach oben gerafft, da der Wind ihn ihr zu entreißen drohte.

Ich blickte mich um. War denn jemand hinter ihr her? Dann sah ich weit voraus Old Soja mit einem flott auf dem Kopf balancierten Tablett frischer *akara*-Bällchen davonsprinten. Mit einer Hand hielt er die Traglast, mit der anderen seine zu weiten Hosen. Dem ganzen Markt bot er den Anblick seiner feisten, zernarbten, klatschenden Pobacken.

Mir blieb der Mund offen stehen. Es war schwer zu entscheiden, wer von beiden die größere Witzfigur abgab: Old Soja im Schweinsgalopp vorneweg mit seinem breiten, seligen Grinsen oder, ihm hart auf den Fersen, Mama Put in einem durchsichtigen Nylonslip.

Als wir an der Haltestelle auf den Bus warteten, gluckste ich immer noch. Aunty Morenike schüttelte den Kopf: »Morayo, du kriegst dich ja gar nicht mehr ein.«

»Aber Aunty, gib's zu, es war urkomisch. Warum hat Mama Put Old Soja die *akara* nicht einfach gelassen? Wer wird sie ihr jetzt noch abkaufen?«

Aunty Morenike zuckte lächelnd mit den Schultern. »Ich glaube kaum, dass sie Old Soja eingeholt hat. Der Mann ist schnell wie der Wind ...«

Da weiteten sich ihre Augen, und sie erstarrte. Ich fuhr herum. Ganz in unsere Unterhaltung vertieft, hatten wir nicht bemerkt, dass sich von Weitem ein Einsatzwagen der »Operation Finish Them« näherte. Die gemeinsame Einsatztruppe von Polizei und Militär hatte den Auftrag, gegen die landesweit grassierenden Raubüberfälle vorzugehen. Doch ihre einsatzfreudigen Mitglieder hatten immer auch Zeit für persönliche Anliegen.

Die Menge an der Bushaltestelle zerstreute sich flugs. Wie alle in der Stadt kannte auch ich die Geschichten der verschwundenen Mädchen und Frauen, die unter vorgehaltener Waffe vom Straßenrand aufgelesen wurden. Die Geschichten der Einsatztruppen, die unter dem Vorwand, der Straßenprostitution Einhalt zu gebieten, am helllichten Tag junge Mädchen entführten. Es wurde von Mehrfachvergewaltigungen in den Baracken gemunkelt und verstümmelten Leichen, die wie Müll im Gebüsch landeten. Verzweifelte Angehörige derer, die überlebten, durften dann Unsummen zahlen, um die »mutmaßlichen« Prostituierten gegen Sicherheitsleistung freizubekommen.

»Morayo, lauf!«, rief Aunty Morenike, packte meinen Arm und riss mich herum. Sie zeigte mit dem Finger. »Schnell! Dort ins Gebüsch!«

Mit trockener Kehle griff ich mir meinen Sack Yamsmehl und lief los. Vor mir warfen sich andere schon ins hohe Gras.

Bei der kopflosen Flucht wähnte ich Aunty Morenike an meiner Seite. Doch als ich das Gesträuch erreichte, blieb ich stehen. Sie war nicht da. Sie war gestolpert – sie lag unweit der Bushaltestelle bäuchlings im Dreck. Der Wagen der Eingreiftruppe kam schnell näher. Ich konnte Aunty Morenike nicht einfach liegen lassen. Ich stürzte wieder auf sie zu.

Sie sah mich und versuchte, sich aufzurichten. Doch kaum auf den Beinen, sank sie wieder um. Sie verzog das Gesicht, als habe sie sich den Knöchel verrenkt. Sie fuchtelte mit dem Arm und schrie: »Nicht, Morayo! Zurück! Zurück!«

Ich hielt auf sie zu. Mit schmerzverzerrtem Gesicht rappelte sie sich hoch und stolperte los. Es war zu spät. Ich sah den Wagen neben ihr halten, und mir rutschte das Herz in die Hose. Ich schrie: »Aunty Morenike!«

»Morayo! Lauf!«

Ehe ich einen weiteren Schritt machen konnte, zerrten mich starke Hände zurück. Ich fuhr herum. Die Hände gehörten zu einer der Frauen, die mit uns an der Bushaltestelle gewartet hatten.

»Nicht, Kind!«, zischte sie und packte mich um die Taille, als ich mich zu entwinden suchte. »Hör auf deine Schwester. Gegen die kommst du nicht an. Du kannst ihr nicht helfen. Bitte, komm mit!«, flehte sie.

Mich im Griff der Frau windend, schrie ich: »Aunty Morenike!«

»Nein, Morayo! Zurück!«

Durch einen Tränenschleier sah ich, dass es Aunty Morenike endlich gelungen war, sich hochzuziehen. Sie lehnte an der Betonwand des Haltestellenhäuschens. Eine an der Seitenwand angebrachte einsame Glühlampe beschien ihr Gesicht. Es schnürte mir die Kehle zu, als ich an ihrer Stirn glitzernde Sandkörnchen sah.

Keuchend rang meine Retterin mich zu Boden. Wir waren nur vier Meter von der Bushaltestelle entfernt. Es war zu spät, um ins Gebüsch zurückzulaufen. Der gepanzerte Wagen der Eingreiftruppe hatte direkt neben Aunty Morenike gehalten. Darin saßen zwei Uniformierte. Der Mann auf dem Beifahrersitz drückte den Wagenschlag auf, stieg aus und schlenderte zu Aunty Morenike hin. Ich saß seine AK 47 aufblitzen.

»Rein!«, bellte er. Die Mündung des Gewehrs zeigte aufs Wagenheck.

Aunty Morenike rührte sich nicht von der Wand.

Die Yamshändlerinnen auf der anderen Straßenseite zeterten: »*Ma wole o! Ma wole o!* Tu's nicht! Tu's nicht!« Ihre Stimmen waren schrill vor Verzweiflung.

Aunty Morenike erwiderte trotzig den Blick des über ihr ragenden Mannes. Ich versuchte das Bild einer in ihren Schädel dringenden Kugel zu verscheuchen. Ich wusste, dass Aunty Morenike lieber dort auf der Stelle stürbe, als sich von diesen Männern verschleppen zu lassen.

»Ich sagte, einsteigen!«, brüllte der Mann mit dem Gewehr noch einmal und fuchtelte wild mit seiner AK 47.

Aunty Morenike wandte den Kopf in meine Richtung. Der Ausdruck auf ihrem Gesicht erschreckte mich. Ich hatte ihn schon einmal gesehen: im Badezimmerspiegel, als sie die von mir hastig ausgespienen Tabletten in der Toilette entdeckt hatte.

»Steig sofort ein!«, brüllte der Mann wieder. Spuckebläschen bildeten sich in seinen Mundwinkeln, sein riesengroßer Adamsapfel zuckte auf und ab. Als er keine Antwort erhielt, trat er ganz dicht an Aunty Morenike heran und drückte ihr die Gewehrmündung an die Stirn. »Bist du taub, Weibsstück?«

Aunty Morenike schloss die Augen.

Heiß rann mir Urin am Innenschenkel entlang. Ich presste die Beine zusammen, unter mir bildete sich eine Pfütze. Meine Retterin murmelte halblaut arabische Worte vor sich hin: *»Hasbunallah wa ni'mal wakil …«*

Das Gezeter der Marktfrauen erstarb; alle hielten wir den Atem an. Der Fahrer, der ungerührt das Patt zwischen seinem Kameraden und Aunty Morenike mitverfolgt hatte, rief seinem Kumpel zu: »Julius, *abeg, make we dey go,* lass uns weiter!«

Der Mann ignorierte die Aufforderung. Die Gewehrmündung immer noch an Aunty Morenikes Stirn gedrückt, rief er erneut: »Ich habe gesagt, du sollst einsteigen!«

»Julius, lass uns weiter!«, wiederholte der Fahrer.

Julius verzog das Gesicht zu einer Fratze. Sein Blick flog zwischen seinem Kameraden und Aunty Morenikes hin und her. Ich sah seinen Mittelfinger nach dem Abzug tasten.

Plötzlich riss er den Kopf zurück und spuckte Aunty Morenike einen dicken Klumpen blutigen Schleim entgegen. Er landete direkt unter ihrem Auge, aber sie zeigte keinerlei Regung. Da machte der Kerl auf dem Absatz kehrt und sprang wieder in den Wagen. Der raste die Straße hinab und kollidierte fast mit einem *okada*-Fahrer, der nichts ahnend entgegenkam. Das *okada* bremste mit quietschenden Reifen, der Fahrgast flog kopfüber auf den Asphalt. Die Schreie des jungen Mannes zerrissen die Stille, und Umstehende eilten zu Hilfe.

Die Frau, die mich zu Boden gedrückt hatte, half mir auf die Beine. Wie Wanzen im Schutz der Dunkelheit schwärmten die Menschen, die auf Busse gewartet hatten, aus dem Gebüsch zur Haltestelle zurück. Ich stürzte zu Aunty Morenike hin. Sie lehnte unverändert mit vollkommen leerem Gesichtsausdruck an der Wand des Haltestellenhäuschens.

»Aunty Morenike! Aunty Morenike!«

Da hörte sie mich, drehte den Kopf und öffnete die Arme. Sie drückte mich fest an sich, und ich spürte die heftigen Schläge ihres Herzens. Die Frau, die mich zu Boden gezerrt hatte, stieß zu uns. Aunty Morenike humpelte zu ihr hin und dankte ihr: *»E se gan ni Ma.«*

Sich den Schweiß von der Stirn wischend, erwiderte

die Frau Aunty Morenikes Lächeln. »Keine Ursache. Ich habe eine Tochter in ihrem Alter.« Ich kniete mich vor die Frau und dankte. Die Frau tätschelte Aunty Morenike die Schulter. »Die Gebete deiner Mutter wurden heute erhört. Bei dir wird gewiss alles gut.« Die Umstehenden griffen die Formel auf und betrachteten Aunty Morenike mit Staunen.

Als mein Bus kam, bestand Aunty Morenike darauf, dass ich einstieg. Sie versicherte mir, sie käme gut allein nach Hause. Erst als ich im Bus saß, merkte ich, dass ich immer noch den Sack Yamsmehl umklammert hielt.

Aber was würde ich das nächste Mal tun, wenn wieder Männer in weißen Panzerwagen auf Jagd gingen? Ich schwor mir, dass ich es, sollte ich noch einmal in so eine Lage geraten, genauso halten würde wie Aunty Morenike und lieber am Straßenrand sterben. Meine Eltern hätten dann immerhin eine Leiche, die sie begraben könnten. Mummy sagte doch immer, der Schmerz über ein totes Kind sei trotz allem weniger grausam als das nie endende Leid bei einem vermissten.

Eine halbe Stunde später schleppte ich mich erschlagen zur Haustür hinein. Mummy wirkte wenig erfreut, als sie mich eintreten sah. Ich kniete mich zum Gruß vor sie hin. *»Ekule, Ma.«*

»Morayo! Wo bist du gewesen? Hast du bei deiner Freundin Tomi geklüngelt?«

»Nein, *Ma*. Ich bin vom Markt gleich heimgekommen.«

Mummy schnalzte mit der Zunge. Sie glaubte mir nicht. »Du weißt, dass dein Vater jeden Moment kommt, und er wird erwarten, dass das Essen auf dem Tisch steht. *Oya*, beeil dich. Setz schon mal Wasser auf, damit ich rasch seine *amala* zubereiten kann. Die Soße kocht schon.«

Einen Augenblick lang erwog ich, ihr von dem Vorfall zu erzählen. Doch als sie blind in die Küche zurückeilte, hielt ich den Mund. Was würde das schon ändern? Sie könnte eine Wiederholung ja doch nicht verhindern – sie würde sich nur unnötig Sorgen machen. Auf bleiernen Füßen schleppte ich mich in die Küche. Ich konnte an nichts anderes denken, als dass heute Abend doch noch eine verängstigte junge Frau, ein Mädchen, hinten in diesem Wagen sitzen würde.

Als ich an der Spüle den rußgeschwärzten Topf mit Wasser füllte, stieg mir Uringestank in die Nase, und ich spürte meine klebrigen Schenkel. Ich trug den Topf an den Herd, und in ihn fielen nun eine nach der anderen meine Tränen.

14

Aus Angst vor dem, was die Zukunft bringen mag,
trägt die Schildkröte ihr Haus überallhin mit.

Nach der Bushaltestellenepisode war Aunty Morenike nicht mehr dieselbe. Ich auch nicht. Vermutlich geht eine Begegnung mit dem Tod, und sei sie noch so flüchtig, nicht spurlos an einem vorüber.

Wenn ich Aunty Morenike traf, war ihr Gesicht seltsam leer. »Aunty, was hast du?«, fragte ich sie schließlich bei einem meiner Besuche. »Du bist so schweigsam geworden.«

Ihre Worte waren mehr ein Stöhnen. »Ich weiß es nicht.« Sie rekelte sich. »Ich bin so müde.«

Ich musterte sie eingehend. Ihr Körper wirkte tatsächlich zerbrechlicher, und mir fiel zum ersten Mal auf, wie winzig sie eigentlich war.

Auch mich hatte der Vorfall verändert, neu war die Wut, die ich seither empfand – eine schwelende Wut, mit der ich morgens aufwachte und die mich bis tief in die Nacht begleitete.

Vor unserem bösen Erlebnis hatte ich mir unzählige Male vorgebetet, dass ich als Erwachsene sicherer sein würde, stärker. Genau wie meine Aunty Morenike. Nun schien es, als nützten einem weder Jahre noch Bildung. Nun fragte ich mich, wenn ich aus dem Haus ging, oft, ob ich wohl wiederkehren würde. Eine neue Dringlichkeit hetzte mich durch den Tag.

Ich war nicht überrascht, dass Eniayo als Einzige bei uns daheim spürte, dass irgendetwas nicht stimmte. Während eines ihrer Ferienbesuche kam sie eines Morgens früh zu mir ins Zimmer und setzte sich an den Schreibtisch.

Vom Bett aus las ich ihrem nachdenklichen Gesicht ab, dass sie etwas auf dem Herzen hatte. »Morayo, was habe ich getan?«, fragte sie schließlich.

Ich schwang die Füße vom Bett und setzte mich auf. »Getan? Wieso?«

»Jedes Mal, wenn ich dich frage, ob du mit mir *ayo* spielst, bist du zu müde«, klagte Eniayo. »Und am letzten Besuchstag hat Mummy gesagt, du hättest nicht nach Oyo mitkommen wollen.« Es entstand eine lange Pause, ehe sie halblaut sagte: »Und ich hatte mich so auf dich gefreut.«

Eniayos Besuchstag im Internat war keine drei Wochen nach dem Vorfall gewesen. Ich hatte Mummy angefleht, mich den Tag stattdessen bei Aunty Morenike verbringen zu lassen. »Aber du weißt doch, dass deine Schwester auf dich zählt.«

»Wir sehen uns doch, wenn sie zu den Ferien herkommt«, hatte ich entgegnet.

Mummy hatte darauf nur mit einem tiefen Seufzer reagiert und einem stummen Nicken.

Jetzt blickte ich in Eniayos offenes, unschuldiges Gesicht und gestand mir eine unliebsame Wahrheit ein. Ich war auf meine Schwester neidisch. Ich war auf eine Art neidisch, die mich fragen ließ, warum ich es im Leben so schwerhaben musste.

Ich durfte Eniayo nichts von dem Vorfall erzählen. Ebenso wenig, wie ich ihr von Bros T erzählen durfte. Ich wollte, dass sie an das Gute im Leben glaubte. Ich wollte, dass sie glaubte, der Spott darüber, dass sie *afin* war, den sie längst abzuschütteln gelernt hatte, sei das Schlimmste, was sie ertragen müsste.

Ich klopfte neben mich auf das Bett, und Eniayo flog an meine Seite. »Ich bin dir doch nicht böse!«

Sofort hellte sich ihr rosa Gesicht auf.

»Ich könnte dir niemals böse sein.« *Neidisch auf dich, ja. Böse, nein.*

Die restlichen zwei Wochen ihrer Ferien spielten wir *ayo* und halfen Mummy in ihrer neuen Schneiderei. Eniayo war noch bei uns, als der Aufnahmebescheid für mein Wirtschaftsstudium an der University of Lagos eintraf. Ich war sehr erleichtert. Obwohl ich meinen Namen auf dem Aushang mit der Liste der zugelassenen Bewerber bereits gesehen hatte, war es doch so, dass stets einige Namen später verschwanden und an ihrer Stelle Namen derer erschienen, die sich gar nicht qualifiziert hatten.

Ich hielt den Brief in Händen und dachte nur an eines: die Anonymität, die eine Übersiedlung nach Lagos erlaubte.

»Mummy, darf ich Morayo dort besuchen?«, fragte Eniayo. »Und können wir danach an die Bar Beach fahren?«

»Wir werden sehen«, sagte Mummy.

Eniayo und ich wechselten einen Blick. Das bedeutete, wie wir wussten, nein. »Ich komme ja in den Semesterferien«, rief ich Eniayo in Erinnerung. »Und du wirst meist sowieso im Internat sein.«

»Eniayo, du musst dich vor allem auf deine Bücher konzentrieren, damit du auf die Universität gehen kannst wie deine Schwester«, mahnte Mummy und erhob sich von der Couch. »*Oya*, lass uns packen gehen. Wir müssen morgen schon früh aufbrechen.«

Diesmal stieg ich zu Mummy und dem Fahrer in den Wagen, als Eniayo ins Internat zurückgebracht wurde. Während der knapp einstündigen Fahrt vergnügten Eniayo und ich uns damit, die Aufschriften auf den vielfarbigen *mammy-wagons* zu lesen. Die Lkw-Busse waren alle voll besetzt und brausten auf der schmalen Straße schwankend im Höchsttempo an uns vorbei. Einmal landete Mr Bello fast im Graben, als er einem ausweichen musste. Ironischerweise stand ausgerechnet an diesem Wagen »Life Has No Duplicate« – das Leben ist einmalig.

Andere Pritschenwagen trugen Aufschriften wie »Auch Wohlhabende weinen«, »Wo Gott richtet, gibt's keine Berufung«, »Eile mit Weile« oder »Faulenzer fasten«. Eniayos Lieblingsslogan war: »Keine Hotline zum Himmel«. Darunter war ein Mann abgebildet, der ein rotes Telefon mit altmodischer Wählscheibe und durchgeschnittener Schnur hielt, während von oben aus einer weißen Wolke ein fragendes Gesicht mit Heiligenschein lugte. »Vielleicht hatte im Himmel jemand bei dem Mann Schulden«, bemerkte Eniayo. Wir mussten alle lachen.

Zwei Wochen darauf war ich diejenige, die von zu Hause zu einer Lehranstalt aufbrach.

Die letzte Nacht in Ibadan verbrachte ich bei Aunty Morenike. Sie hatte mir den ganzen Tag Zöpfe geflochten, und bis sie fertig wurde, war es zu spät, noch nach Hause zu gehen. Damilare, der ferngesehen hatte, schlief tief und fest auf dem Wohnzimmerteppich. Aunty Morenike weckte ihn und brachte den schlaftrunken Wankenden ins Bett.

Mit steifem Hals sah ich mich in dem Raum um. Als Einziges war in den Jahren, seit ich herkam, der Farbfernseher neu hinzugekommen. »Dieser Ort wird mir fehlen«, sagte ich halblaut.

Aunty Morenike kehrte wieder und setzte sich zu mir auf die Couch. »Und, freust du dich auf die Uni?«

»Ja, Aunty.« Ich konnte es kaum noch erwarten, dem

verlegenen Schweigen meiner Eltern zu entkommen und neue Leute kennenzulernen.

»Ich war damals auch ganz aufgeregt. Aber vergiss nicht, dass mit der vielen Freiheit auch eine neue Verantwortung einhergeht. Es gibt keine Mummy, keinen Daddy mehr, die dafür sorgen, dass du deine Vorlesungen auch wirklich besuchst oder deine Seminararbeiten schreibst. Das liegt jetzt allein bei dir.«

»Ich werde es mir merken.«

»Gut.« Aunty Morenike räusperte sich. »Ich weiß, dass ich das schon eher hätte ansprechen müssen«, begann sie in entschuldigendem Ton. »Ich weiß, dass die letzten Monate für dich sehr schwer waren. Und ich war selbst nicht ganz auf der Höhe.« Sie nahm meine Hand. »Morayo, ich spüre bei dir eine große Wut, und das macht mir Sorgen. Besonders jetzt, wo du ganz auf dich gestellt sein wirst. Unkontrollierte Wut, meine Liebe, untergräbt die Selbstkontrolle. Bitte, lass sie los.«

Mir saß ein Kloß im Hals. »Danke, Aunty.«

Sie nickte. »Komm, wir wollen schlafen gehen. Du hast morgen einen langen Tag vor dir.«

»Morayo, pass gut auf dich auf«, sagte Mummy, ehe sie die Autotür zuschlug. »Und denk bloß daran, heute Abend den Eintopf zu essen, damit er nicht schlecht wird.«

Ich grinste. »Ja, *Ma*.« Das hatte sie mir jetzt bestimmt schon fünfmal aufgetragen. Wir waren im Laufe des Tages in Lagos angelangt und hatten den Großteil des Nachmittags damit verbracht, im Wohnheim, der Moremi Hall, meine Kleider und meinen Proviant zu verstauen.

Widerstrebend hatte Mummy sich durch den Hinweis zur Abfahrt drängen lassen, dass es bald dunkel sein würde. Nachts auf der Schnellstraße zwischen Lagos und Ibadan unterwegs zu sein war nicht ratsam.

»Wiedersehen!« Ich winkte, als Mr Bello losfuhr. Flüchtig war ich versucht, dem Wagen hinterherzulaufen. Ich straffte die Schultern und blickte ihm nach, bis er verschwunden war.

Da keine meiner neuen Mitbewohnerinnen bisher eingetroffen war, setzte ich mich in den Hof, um den Einzug anderer Studentinnen zu beobachten. Es war leicht zu sehen, welche von ihnen *jambites* war, Erstsemester wie ich. Alle schleppten sie nagelneue Wascheimer an – und die meisten ihre ganze Familie.

Bald langweilte mich das Schauspiel jedoch, und ich beschloss, einen Spaziergang zu machen. Ich trat aus dem Eingangstor zum Wohnheim, blieb einen Moment stehen und zog dann los. Ich landete schließlich in der Nähe des Old Senate Building. Ich setzte mich auf eine Holzbank und beobachtete die umherziehenden Studenten. Ich sah mich um und entdeckte auf den anderen Bänken fast ausschließlich Pärchen. Ich war wohl an einen beliebten Treffpunkt geraten. Ich schrie auf, als sich jemand von hinten mit einem »Hallo« anschlich.

Der junge Mann sprang mit einem Satz zurück und hob die Hände. »*Eh*, nichts für ungut. Ich wollte bloß hören, warum eine schöne Lady wie Sie hier ganz allein sitzt.«

Mein jagender Puls beruhigte sich. Ich konnte es nicht leiden, wenn sich Leute von hinten anpirschten. Es war eine von Bros Ts Angewohnheiten gewesen. Ich rang mir ein Lächeln ab. »Schon gut. Ich habe Sie bloß nicht gehört.«

Offenbar fasste er mein Lächeln als Einladung auf, denn er nahm auf der Bank Platz. »Dich habe ich auf dem Campus, glaube ich, bisher noch nicht gesehen.«

»Erster Tag.« Ich hoffte, ihm mit meinem kühlen Ton zu bedeuten, dass mir an einer Unterhaltung nichts lag. Es funktionierte nicht.

»Tatsächlich? Dann gehört es sich unbedingt, dass ich dich zur Feier des Tages in ein hübsches kleines Lokal gleich beim Studentenwerk ausführe. Orientierungskurs sozusagen.«

Ich schnitt eine Grimasse. »Eigentlich …«

»Wenn du aber schon etwas vorhast«, sagte er rasch und schob sich auf der Bank dichter heran, »kannst du mir einfach deine Zimmernummer nennen, und dann unternehmen wir morgen was. Wie auch immer. Deine Ansage.«

Ich sah ihn unter den Wimpern hervor an. An der Unsicherheit in seinem Blick war etwas Reizvolles. Er wirkte harmlos und – meine Ansage. »Einen Happen essen wäre vielleicht nicht verkehrt.«

»Danke.« Er hakte sich bei mir unter. »Ich heiße übrigens Borode.«

Mein Blick erforschte sein kantiges Gesicht. »Sehr erfreut.« Ich stand auf. »Dann mal los.«

TEIL VIER

Morayo
1995–2005

15

Dem Schmetterling, der im Flug Dornen streift, werden die Flügel reißen.

»Nun, meine liebe Morayo, wer ist denn dein aktueller Hit der Woche?«, fragte Aunty Morenike mit erhobenen Brauen.

Ich saß ihr auf einem Wohnheimzimmer der Henry Carr Postgraduate Hall gegenüber. Innerlich stöhnte ich auf. *Nicht schon wieder.*

Seitdem nämlich meine Verwandte Mosun zu uns in die Moremi Hall gezogen war, hatte sie nichts Eiligeres zu tun gehabt, als übertriebene Berichte meiner Campus-eskapaden zu verbreiten.

Bei meinem letzten Besuch daheim hatte Mummy mich mitten in der Nacht zu einer Unterredung geweckt. »Morayo, mir ist heute auf dem Markt Mosuns Mutter begegnet«, sagte sie grimmig. »Und ich habe immer noch heiße Ohren!« Sie durchbohrte mich mit Blicken. »Sag, stimmt es, dass du es mit verschiedenen Männern treibst?«

Als ich schwieg, zischte sie. »Bist du taub? Hast du mich nicht gehört?« Als ich beharrlich schwieg, hatte Mummy mein Schlafzimmer verlassen. Am Morgen hatte ich meine Sachen gepackt und war vorzeitig nach Lagos zurückgekehrt.

Tatsache war, dass mein Leben in Lagos Welten entfernt schien von dem in Ibadan.

In Lagos schwankte mein Verhältnis zu Männern zwischen Feste feiern und fasten. In den »Festphasen« nahm ich mir, wen ich wollte. Lachte mich in der Bibliothek einer an, ging ich darauf ein und verließ mit ihm den Saal. Samstagmorgens wachte ich nach Kneipentouren oft in fremden Betten auf. In Ibadan dagegen saß ich meist zu Hause herum oder bei Mummy in der Schneiderei.

Aus meiner Sicht lag das ganze Gerede einzig und allein daran, dass ich mich weigerte, das gängige »Sittsamkeitsspiel« mitzuspielen. Und mein starkes Kontrollbedürfnis verstand sowieso keiner. *Ich* wollte entscheiden können, was geschah. Ironischerweise steigerten aber meine »Fastenzeiten«, während derer ich das Interesse an Männern verloren hatte, bei ihnen umgekehrt den Jagdinstinkt. Dass ich ihr Süßholzraspeln und ihre Aufmerksamkeit nicht brauchte, machte die Männer verrückt. Dann wurde ich sozusagen zu Neuland, und das galt es zu erobern. Nur hatte ich beschlossen, dass, wenn es etwas zu erobern gab, *ich* diejenige sein würde, die es tat.

In Aunty Morenikes kaltem Blick lag unverkennbar Missbilligung. Ihre Enttäuschung machte mir zu schaffen.

Jetzt trommelte sie mit den Fingern aufs Bett. Sie war unlängst für einen absehbaren Zeitraum nach Lagos gezogen. Schon während der Weihnachtsferien hatte sie mir eröffnet, dass sie an der University of Lagos ein Postgraduatestudium aufgenommen habe. »Damilare bleibt so lange bei Mummy Ibeji«, sagte sie. »Wir fanden, es wäre zu riskant, täglich zwischen Ibadan und Lagos zu pendeln – besonders angesichts meiner Abendvorlesungen.«

»Aunty, wie schön!« Ich hatte sie seit Studienbeginn nur noch selten gesehen; jetzt könnten wir endlich wieder mehr Zeit miteinander verbringen. In meiner Euphorie dachte ich nicht daran, dass damit meine beiden sehr verschiedenen Welten auf Kollisionskurs gerieten.

»Aunty«, sagte ich daher, »so ist es nicht.«

Aunty Morenike seufzte. Sie verschränkte die Arme vor der Brust. »Dann erklär mir doch bitte, Madam Morayo, wie es ist.«

»Du weißt doch, dass ich mit Ladi zusammen bin«, sagte ich halblaut, »und ich laufe auch keinem wegen seines Geldes hinterher.« Das stimmte.

»Ich laufe keinem wegen seines Geldes hinterher«, äffte Aunty Morenike mich nach. Ich senkte den Kopf. »Sieh mich gefälligst an«, raunzte sie. Mein Blick suchte ängstlich ihr Gesicht. »Was ändert dieser Ladi schon an der Sache! Steht dein Name etwa nicht in jedem Campusklatschblatt, seit du hier bist? Habe ich etwa im Studentenwerk nicht diesen Artikel über dich gelesen?«

Mir stieg die Röte ins Gesicht. Ich hätte nie gedacht, dass Aunty Morenike diese Blättchen las. *Sensations*, ein Studentenblatt voller Klatsch, erschien einmal im Monat. Es wurde von Studenten gemacht, und die Herausgeber, Männer, sahen sich als Stimme des Gewissens und Hüter der Moral – ungeachtet der Tatsache, dass sie größtenteils mit genau den Mädchen ins Bett gingen, die sie anprangerten. *Sensations* hatte gerade ein Sonderheft herausgebracht, in dem ich und einige Kommilitoninnen aufs Korn genommen wurden. Im Begleitwort wurden unsere sämtlichen Campusliebschaften aufgelistet und Zitate aus Interviews mit namentlich nicht genannten Expartnern angeführt.

»Man hat deinen Namen sogar mit einem ›Gewährleistungsausschluss‹ versehen. Morayo, was machst du nur aus dir?« Aunty Morenike legte mir sanft eine Hand auf den Arm. »Ich kann nicht tatenlos zusehen, wie du dich als öffentliche Bedürfnisanstalt für sämtlichen Kommilitonen hergibst. *Bitte.* Wenn du jetzt auf dein Zimmer in der

Moremi Hall zurückkehrst, stell dir doch selbst einmal folgende Frage: Hat dieses Flattern von einem verschwitzten Bett zum nächsten deinen Schmerz gelindert?«

Ich verließ Aunty Morenike wenig später und schlenderte zur Moremi Hall zurück. Es war gegen acht, und am Eingang zum Wohnheim war wie immer viel los. Aus den zweireihig parkenden Wagen plärrte laute Musik. Herrenbesuch war von fünf bis einundzwanzig Uhr gestattet. Doch der Großteil der Männer wartete, bis es dunkel war, um weniger aufzufallen. Sie würden nach ihren Kursen gebadet und sich mit Aftershave beträufelt haben, ehe sie eine Freundin, eine potenzielle Freundin oder eine *under-g*, also kleine Nebenfreundin, aufsuchten. Natürlich verirrte sich auch mal ein mit Unterlagen beladener Bücherwurm und Brillenträger darunter, der sich mit einem weiblichen Bücherwurm zur Arbeitsgruppe im Gemeinschaftsraum traf. Es war sehr lustig zu sehen, wie sich die vier Augen weiteten, wenn sie die notdürftig bekleideten Mädchen umherspazieren sahen.

»Die morastische Morayo!«

Ich wirbelte herum und stand vor einem grinsenden Dee. Er saß auf der Haube seines brandneuen roten Sportwagens und wartete vermutlich auf seine Verabredung. Dee und ich waren im zweiten Studienjahr gute Freunde geworden, als ich ihm bei einer wichtigen Hausarbeit half.

»Dee!« Ich überquerte die Straße und drückte ihn kurz. »Mal wieder die Stechuhr bedienen?«

Dee zeigte seine makellosen, blendend weißen Zähne. »Klar doch! Ohne uns wärt ihr Mädels doch aufgeschmissen«, flachste er. Dee war *aristo*. Dem steckte nicht nur der Silberlöffel im Mund, sondern gleich Messer und Gabel dazu. Er sprach Englisch mit unverkennbar gehobenem, an einer elitären Privatschule erworbenem Akzent. Im dritten Jahr hatten Dee und ich ein kurzes Techtel gehabt. Es war nett gewesen, aber Freundschaft konnten wir besser. Außerdem hatten Dees Eltern wahrscheinlich die Zukünftige längst unter den *aristo*-Mädchen, die im eigenen Sportwagen über den Campus kurvten, handverlesen. Wie meine Zimmergenossin gern sagte: Wasser fand immer von selbst seinen Pegel.

Ich hob die Brauen. »So? Ich bin der Meinung, wir würden bestens klarkommen.«

»Du schon. Aber für die Mädels, die eine starke Brust zum Anlehnen brauchen, ist Dee genau der richtige Mann.« Er warf sich in seinem mit Monogramm versehenen Turnbull&Asser-Hemd in die sportgestählte Brust.

Ich wiegte lachend den Kopf. »Schön, dich zu sehen, aber ich muss jetzt rein. Es war ein langer Tag.«

»Aber wieso denn? Die Nacht ist noch jung.« Dee zwinkerte. »Oder erwartet dich Herrenbesuch?«

Ich rechnete an diesem Abend nicht mit Ladi. »Nein, niemand.«

Dee schob mir den Arm um die Taille und zog mich an sich. »Dann bleib doch ein bisschen. Wir könnten uns *suya* besorgen und hier einfach abhängen.«

Ich hob die Brauen. »Hast du denn keine Verabredung?«

Dee lachte. »Du kennst mich zu gut. Sie hat gemeint, sie braucht noch ein halbes Stündchen, also muss ich Zeit totschlagen.«

Ich überlegte. Warum nicht? Das harmlose Geplapper würde mich zumindest von der Unterredung mit Aunty Morenike ablenken. »Na gut. Aber ich hoffe, du hast eine gute Story auf Lager.«

Ich hockte noch immer mit Dee draußen, als unweit von uns mit quietschenden Reifen ein Wagen anhielt. Die Fahrerin schoss heraus und ließ ihn mitten auf der Straße stehen. Offenbar war ihr zu Ohren gekommen, dass ihr Mann sich mit einer Studentin aus der Moremi Hall traf, denn sie marschierte schnurstracks zu einem knutschenden älteren Herrn in *buba* und *sokoto* hin. Kreischend riss die Frau das Mädchen am Arm herum und verpasste ihr eine schallende Ohrfeige. Ehe aber ihre Hand noch ganz unten war, schlug das Mädchen zurück. Der umkämpfte Mann befahl dem Mädchen, in seinen Wagen zu steigen, und dann brausten die beiden davon. Die Ehefrau blieb fassungslos zurück.

Dee schüttelte den Kopf. »Taktischer Fehler! Die Frau hat sich bös verkalkuliert. Sie bewegt sich auf feindlichem Terrain. Sie hätte bei ihren Kindern daheim warten und ihren Mann dort abpassen sollen.«

Ich sah die Frau auf dem Weg zu ihrem Wagen immer kleiner werden. Alle Augen folgten ihr. Mir tat sie leid. Sie hätte ihren untreuen Mann ohrfeigen müssen, nicht das Mädchen. Aber vermutlich wusste sie ganz genau, dass sie mit Sack und Pack vor die Tür gesetzt würde, wenn sie es wagte.

Als ich mich schließlich auf meinem Wohnheimzimmer einfand, war ich zu müde, um groß nachzudenken, und fiel in einen tiefen Schlaf.

Am Morgen drückte ich mich mit anderen zu spät Gekommenen hinten in den Vorlesungssaal. Bei über zweihundert Hörern war es schwer, einen Sitzplatz zu ergattern. Der Ökonomiedozent fuhr vorne mit seiner Vorlesung fort. »Mikrokreditsysteme basieren auf der Annahme, dass Wirtschaftswachstum an der Basis beginnt und dass auch die Ärmsten es schaffen können, sich aus ihrer Not zu befreien. Wer kann mir ein Beispiel für einen informellen Mikrokredit nennen?«

Eine Hörerin in der ersten Reihe hob den Arm.

Der Dozent wandte sich ihr mit einem ermutigenden Lächeln zu. »Ja?«

»Wäre *Ajo* nicht ein solcher Fall?«

Der Dozent nickte. »Gutes Beispiel. Für alle, denen der Begriff nicht geläufig ist: Bei *Ajo*, auch *Susu* genannt, handelt es sich um ein informelles einheimisches Sparprogramm, das Unbemittelten Zugang zu Blankokrediten bietet.«

Ich trat von einem Fuß auf den anderen. Dann bemerkte ich, dass ein ganz in der Nähe sitzender Student Blickkontakt suchte. Ich hielt das Gesicht abgewandt. Schließlich zupfte er mich am Ärmel und flüsterte recht laut: »Schönes Kind, soll ich dir Platz auf meinem Schoß machen?«

Ich funkelte ihn an und zog den Arm weg.

Grinsend leckte er sich die sinnlichen *kpomo*-Lippen. »Nur keine Angst. Komm, setz dich. Hast du von deiner Mutter nicht gelernt, dass du nicht deshalb gleich schwanger wirst, weil du bei einem Mann auf dem Schoß sitzt?«

Ich durchbohrte ihn mit den Augen. »Nein, Angst hab ich nicht. Aber es besteht ja wohl auch keine Gefahr.« Ich lachte hämisch. »Wenn ich mich nicht irre, kann nur ein ganzer Kerl eine Frau schwängern.«

Die Umstehenden prusteten. Ein strafender Blick des Dozenten setzte dem rasch ein Ende, aber in Romeos dunklen Augen schwelte Zorn. Ich wandte mich ab und widmete mich wieder der Vorlesung.

Der Dozent stierte noch immer zu uns herauf. Ich schlug die Augen zu Boden. Er fuhr fort. »Als sozial verantwortungsbewusste Ökonomen müssen Sie sich mit der

Politik des Gebens vertraut machen – sei es bei der Bewilligung von Privatkrediten oder bei Zusagen internationaler Hilfe.«

Romeo hinter mir schnaubte. »Wen interessiert schon die Politik des Gebens? In diesem Leben ist sich doch jeder selbst der Nächste.«

Ich biss die Zähne zusammen und gab nicht dem inneren Drang nach, ihm den Absatz in den Fuß zu bohren.

Nach der Vorlesung kehrte ich in ein leeres Wohnheimzimmer zurück. Ich teilte es mit Ekanem und zwei weiteren Mädchen. Jede von uns hatte ein Eisenbett und den Spind, den wir selbst mitbringen mussten. In diesem Semester hatten wir sogar die Matratzen von daheim mitgebracht. Denn nach einer Bettwanzenplage im vergangenen Semester hatten die alten alle verbrannt werden müssen.

Als ich meine Tasche auf den an die Wand geschraubten Tisch plumpsen ließ, stieß ich versehentlich ein gerahmtes Foto von mir und Eniayo um.

Die Aufnahme war vor zwei Jahren an meinem einundzwanzigsten Geburtstag entstanden. Die Geburtstagstorte stammte wie üblich von Aunty Morenike. Versonnen richtete ich das Bild wieder auf. In den letzten Jahren hatten Eniayo und ich uns nur noch selten gesehen, weil unsere Ferienzeiten sich nicht überschnitten. Sie war jetzt siebzehn und im letzten Schuljahr. Mummy und Daddy waren so stolz gewesen, als Eniayo verkündet hatte, sie wolle Ärztin werden.

Die Tür knarrte, und ich drehte mich um. Ekanem spazierte herein. Ekanem war nicht nur meine Zimmergenossin, wir besuchten dieselben Kurse und waren Freundinnen. Doch obwohl wir uns nahestanden, hielt Ekanem wenig von meinem Lebensstil, und sie ließ keine Gelegenheit aus, mir das deutlich zu sagen. »Morayo, ist dir klar, in welche Gefahr du dich begibst? Wenn du nicht aufpasst, wird einer deiner Fremden dich noch verschleppen, deine Leiche zerstückeln und für Geldmehrungsrituale verwenden!«

Was die Gefahren betraf, hatte Ekanem recht. Immer noch verschwanden Frauen und Mädchen täglich spurlos.

Sie warf sich auf ihr Bett. »Babes, dein Bobo Nice wartet draußen.«

Bobo Nice war Ekanems Spitzname für Ladi. Aus ihrer Sicht umschwärmten mich zu viele *bobos* und hatte der nette Ladi Besseres verdient.

Ich sah gähnend auf die Uhr. *Was wollte Ladi hier?* Es war noch keine Besuchszeit. Ich machte mich hübsch und eilte hinaus. Als ich den Innenhof durchquerte, der den neuen Trakt des Wohnheims mit den älteren verband, dachte ich an den Tag zurück, an dem ich Ladi kennengelernt hatte.

Es war in der sozialwissenschaftlichen Bibliothek gewesen. Der mittelgroße Saal war brechend voll. Ekanem und ich büffelten an diesem Abend für die Prüfung in Makroökonomie. Ladi saß am Nachbartisch. Ich ertappte ihn mehrmals dabei, wie er herüberschielte. Anfangs fand ich das Interesse schmeichelhaft, doch bald lenkte es zu sehr ab. Ich sprang von meinem Platz auf, ging hinüber und setzte mich ihm gegenüber. Ich strecke die Hand aus und sagte mit einem Lächeln: »Ich bin Morayo.«

Er starrte auf meine Hand, fing sich aber. »Ladi. Ich heiße Ladi Thomas. Sehr erfreut, Morayo.« Seine Handfläche war erstaunlich glatt.

»Freut mich auch.«

Ich beugte mich vor. Jetzt trennten nur Zentimeter Ladis Gesicht von meinen in der tief ausgeschnittenen Bluse sich wölbenden Brüsten. Ich senkte verschwörerisch die Stimme. »Tust du mir einen Gefallen, Ladi? Ich versuche zu lernen, und da finde ich dein Glotzen sehr störend. Könnten wir uns nicht vielleicht später außerhalb des Gebäudes treffen?«

Ladis Blick flog zwischen meinem Ausschnitt und meinem Gesicht hin und her. Er rieb sich den Kopf und meinte stotternd: »Ich … dich treffen?«

»Ja. Meine Freundin und ich machen hier um zwanzig Uhr Schluss. Wir sehen uns draußen vorm Computerraum.« Ohne eine Antwort abzuwarten, kehrte ich an meinen Platz zurück. Als ich mich setzte, verpasste mir Ekanem unter dem Tisch einen Fußtritt. Ich zwinkerte ihr zu und widmete mich wieder meinen Büchern. Ich hob den Blick kurz, als ich Ladi mit seiner Büchertasche abziehen sah. Auf der Uhr an der Wand war es 19.55 Uhr. Ich verbarg mein Feixen hinter einem Buchdeckel. Ekanem und ich würden noch eine geschlagene Stunde bleiben.

Ein paar Tage später lief Ladi mir in der Hauptbibliothek über den Weg. Ich stieg gerade die Treppen von der medizinischen Abteilung im sechsten Stock hinab ins Foyer. Wenn ich wirklich konzentriert lesen wollte, verschanzte ich mich gern in einem der Leseräume da oben. Dort war es meist ruhiger, weil die Mediziner fleißiger studierten als andere. Wegen des Bergs Bücher, den ich ins Erdgeschoss schleppen musste, wünschte ich mir, wie so oft, dass der alte Steinkoloss einen Aufzug hätte.

Fast wäre ich mit Ladi, der hochstieg, zusammengestoßen. Bei meinem Anblick blieb er stehen. »Tag, Morayo. Schön, dich zu sehen.«

Ich beäugte ihn, als wäre ich verwirrt. »Tut mir leid. Ich weiß nicht…« Was natürlich nicht stimmte, aber ich wollte die ganze Geschichte von Ladi noch mal hören. Er tat mir den Gefallen, begriff aber schnell, was los war, als ich losplatzte.

An jenem Abend hatten wir noch stundenlang vor der Bibliothek gesessen und uns unterhalten. Ich erfuhr, dass Ladi im Abschlussjahr war.

Er sah mich ernst an. »Ich würde dich gern besser kennenlernen, Morayo.«

Ein neckisches Lächeln umspielte meine Lippen. »Mich lernt man nicht so leicht kennen.«

»Ich würde es zumindest gern versuchen.«

Drei Monate lang besuchte Ladi mich fast jeden Abend. Hinter seiner etwas linkischen Fassade verbarg sich ein toller Humor. Ich erklärte ihm rundweg, dass ich gar nicht daran dächte, seiner geliebten studentischen Religionsgemeinschaft beizutreten – Kirchgang sei kaum besser als die wöchentliche Malariaprophylaxe, die wir früher geschluckt hätten –, und doch sprach mich seine Beharrlichkeit an.

Auch unsere Ansichten über Sex vor der Ehe unterschieden sich grundlegend. Nachdem ich sehr geduldig darauf gewartet hatte, dass er den ersten Schritt tat, kam mir der Verdacht, er könnte einfach schüchtern sein und Ermutigung brauchen. Eines Abends, als wir draußen vor der Moremi Hall saßen, platzte ich mit der Frage heraus: »Ladi, wann gehst du endlich mit mir ins Bett?«

Ihm fiel der Kinnladen herunter. »Bitte?« Weil er aber

sah, dass ich es ernst meinte, ergriff er meine Hand. »Morayo, ich gehe nicht mit dir ins Bett.«

Das war mir unbegreiflich. Ich hob die Brauen.

»Oder besser gesagt erst, wenn wir verheiratet sind.«

»Verheiratet?« Ich musste lachen. »Wer redet denn von heiraten?«

Da hielt Ladi mir einen langen Vortrag darüber, wie sehr er mich liebe und achte. Unsere Beziehung sei doch auch ohne Sex wertvoll. Als ich Ladi an diesem Abend ins feierlich-ernste Gesicht blickte, schwor ich mir, ihn vor Verlangen so verrückt zu machen, dass er alles, was er gerade gesagt hatte, vergaß. Und als er sich mit einem artigen Kuss auf die Wange und einem »Gute Nacht!« von mir verabschiedete, lächelte ich daher bloß – und lachte innerlich. Dieses Spiel würden wir entweder nach meinen Regeln spielen oder gar nicht.

Nach vier Monaten Beziehung trieb mich die Ungeduld zu drastischen Maßnahmen. Ich trug engere Kleidung, wechselte mein Parfüm, berührte ihn bei jeder Gelegenheit flüchtig – am Hals, an der Schulter. Ich ließ ihn vergeblich zu Besuchen erscheinen, dann wieder überraschte ich ihn mit kleinen Geschenken. Doch Ladi schien gegen meine nicht unerheblichen Reize immun.

Manchmal ließ ich ihn mich sogar bei der Musterung anderer Jungen ertappen und erlaubte mir bewundernde Kommentare über Kommilitonen. Auch davon nahm Ladi keine Notiz. Der Kerl war entweder ein Eisklotz oder stockblind!

Also begann ich, ihn zu betrügen. Das erste Mal war ich mit Freunden in einer der beliebten Bars. Im Zigarettendunst sah ich einen gut aussehenden Typen allein am Tresen sitzen. Unsere Blicke trafen sich. Die wummernde

Musik machte mich mutiger als sonst, und eine Stunde später gingen wir zu ihm in die Wohnung. In der Woche darauf machte mir ein Mitstudent während der Vorlesungen schöne Augen. Ich setzte mich zu ihm und wisperte ihm etwas ins Ohr. Ihm fielen fast die Augen aus dem Kopf. Ich kam mir wieder vor wie an dem Abend in der Bar.

Und jedes Mal sagte ich mir, schuld sei Ladi, der mich verschmähte.

Ladi saß auf einer Bank vor den Mauern des Wohnheims. Sein elfenbeinschwarzes Gesicht leuchtete auf, als er mich kommen sah. Ich setzte mich zu ihm und lächelte kess. »Ekanem meinte, mein Bobo Nice warte auf mich.«

Ladi grinste. »Nun, da ich zweifellos ein hübscher *bobo* bin und nett noch dazu, muss sie wohl mich gemeint haben.« Ich verdrehte die Augen, und er lachte. »Wo warst du gestern Abend? Hat dir Ochuku nicht gesagt, dass ich nach dir gefragt habe?«

Meine Zimmergenossin Ochuko und ich waren uns nicht sonderlich grün. »Ach! Nein, hat sie mir nicht ausgerichtet. Ich war drüben in der Henry Carr Hall bei Aunty Morenike.«

Ich hatte ihr Ladi vorgestellt, als sie nach Lagos gekommen war. Sie konnte ihn gut leiden. Seit rund einem Jahr nahm es Aunty Morenike mit dem Kirchgang ungewohnt ernst, und das verband die beiden. »Morayo, dein junger Mann gefällt mir«, sagte sie mir. »Er ist eindeutig besser als der Sangoadept, den ich auf deinem letzten Geburtstag kennengelernt habe.«

Ich lachte bei der Erinnerung an meinen Ex Tosin, der Rastazöpfe trug und im Ohr einen Stecker. Als ich ihn ihr vorgestellt hatte, hatte Aunty Morenike höflich gelächelt, mich aber nicht täuschen können. Wenn Blicke töten könnten, dachte ich, als ich sie den sich ungeniert mit Kuchen vollstopfenden Jungen mit ihren Augen durchbohren sah.

»Wie geht es Aunty Morenike?«, fragte Ladi. »Ich habe sie eine ganze Weile nicht mehr gesehen.«

»Es geht ihr gut. Sag mal, wolltest du nicht heute nach Ikorodu?«

»Eigentlich schon, aber ich muss Montag mein Exposé abgeben. Peter ist mit den anderen gefahren.« Peter war Ladis Zimmergenosse. Sie spielten beide Bass in der Band ihrer Religionsgemeinschaft.

Ich drückte Ladis Hand. Wir schrieben beide unsere Diplomarbeiten. Ladis Chemieprof machte ihm das Leben schwer. Sie hatten sich noch nicht auf ein Thema einigen können. »Kann ich dir irgendwie helfen?«

»Vielleicht könntest du mit mir morgen noch einmal das Exposé durchgehen? Das heißt, eigentlich wollte ich dich morgen Abend ausführen. Im Arts Theatre gibt es eine Aufführung von *Wedlock of the Gods*.« Er grinste. »Ich dachte … Hähnchen, Pommes und um neunzehn Uhr die Vorstellung?«

Ich grinste bis über beide Ohren. Ladi wusste, wie sehr ich die Stücke Zulu Sofolas bewunderte. Mich rührte die Geste sehr, denn Ladi hatte nicht viel Geld. Kurz nachdem wir uns kennengelernt hatten, hatte er mir gestanden, dass seine Mutter in Epe jedes Mal zu Semesterbeginn reiche Verwandte anbetteln musste. Dabei war es keineswegs so, dass Ladi die Hände in den Schoß legte und sich auf dieser Spendierfreude ausruhte. Er jobbte Teilzeit im Verwaltungsbüro des Gästehauses der Universität.

»Ach, Ladi!« Ich drückte ihn kurz. »Danke! Sehr gerne.« Ich musste über seine Verlegenheit schmunzeln. Er mochte es nicht, wenn ich ihn am helllichten Tag umarmte. Für den Fall, dass seine Glaubensbrüder unerwartet vorbeikämen.

Als ich mich wieder auf unserem Zimmer einfand, werkelte Ekanem in der Kochnische. Auch Ochuko war eingetrudelt. Sie räumte Proviant in ihren Spind. Ekanem blickte von ihrem Fischeintopf hoch. *»Bobo Nice don go?«*

»Ja, er ist wieder los. In die Bibliothek«, sagte ich und trug mein schmutziges Geschirr an die Spüle. »Aber stell dir vor, er will morgen mit mir in *Wedlock of the Gods*.«

Ekanem legte ihren Löffel weg und schnalzte mit der Zunge. »Ich sollte wirklich zur Lagune runtergehen und mir den Kopf waschen.«

»Was soll das?«

»Ich verstehe deinen Ladi einfach nicht. Der könnte locker ein Fünf-Sterne-drei-Gang-Menü haben – du verstehst schon, eine wie mich –, aber er kann einfach nicht von den Fast-Food-Resten der Hälfte der Typen auf dem Campus lassen.«

»Ekanem! Willst du Ärger?« *Die traut sich was,* dachte ich, *sich bei der vierschrötigen Figur mit einem Fünf-Sterne-Gericht zu vergleichen! Von wegen Selbstbetrug.* Aber prompt zwackte mich das Gewissen. Ekanem war mir seit Jahren eine treue Freundin. Nur passte mir nicht, dass sie vor Ochuko über meine Angelegenheiten sprach.

Ochuko blickte von ihrem Proviant hoch und wandte sich an Ekanem: »Babes, ich sag's noch mal, lass die beiden doch. Morayo kann auch nichts dafür. Den *bobo* trifft mindestens eine Mitschuld. Wenn Ladis Liebe schon blind ist, muss sie dann auch noch taub sein? Wenn ihm nicht zu Ohren kommt, was auf dem Campus keiner mehr hören kann, dann hat er sie vielleicht wirklich verdient.«

Zischend zog ich mich auf mein Bett zurück. Ich kehrte ihnen den Rücken zu. Was interessierte mich deren Meinung, sagte ich mir, schon gar die von Ochuko.

Am Abend darauf saßen Ladi und ich im Arts Theatre und hielten Händchen. Ladi war von dem Stück ganz gebannt. Ich sah seine Augen und Zähne blitzen, als Ogowma Uloko ewige Liebe schwor. Mir aber gingen Ochukos Worte noch nach. Gelegentlich hatte ich mich selbst schon gefragt, warum Ladi sich nie nach meinen Gelegenheitslovern erkundigte. Wusste er wirklich nichts? Nun, Ladi und seine Freunde lebten in einer anderen Welt. Längst war mir klar, dass die Befragung vier verschiedener Studenten auf dem Campus vier verschiedene Lebenswelten offenbaren müsste.

Ladi drehte den Kopf und lächelte innig. Mit einem Seufzer ließ ich meinen Kopf an seine Schulter sinken.

Nach der Aufführung schlenderten wir zur Moremi Hall zurück. Da begann es plötzlich wie aus Eimern zu schütten. Ladis Wohnheim war einfach näher. Wir beschlossen, dort Schutz vor dem Regen zu suchen. Bis wir den Eingang erreicht hatten, waren wir pitschnass. Ladi lieh mir Jeans und ein T-Shirt. Er griff sich ebenfalls trockene Sachen und verschwand im Waschraum, um sich umzuziehen.

Bei seiner Rückkehr saß ich mit ein paar Fotoalben auf seinem Bett. Aneinandergekuschelt, mit über- und untereinander geschobenen Füßen, sprachen wir über unseren Studienabschluss in wenigen Monaten. Wir hofften darauf, unser Pflichtjahr beim National Youth Service Corps im selben Bundesstaat ableisten zu können.

Plötzlich wurde mir bewusst, dass ich noch nie so spät auf Ladis Zimmer gewesen war. »Was wäre, wenn jetzt Peter hereinspaziert käme?«

Ladi sah mich verständnislos an. »Wie meinst du?«

»Na, ich liege in deinen Klamotten auf deinem Bett, tugendsamer Bruder Ladi.«

»Ja, du trägst meine Klamotten, aber weshalb sollte ich mich deswegen genieren? Wir tun ja nichts.«

»Könnten wir aber«, hauchte ich und schlang ihm die Arme um den Hals.

Ladi schob mich sanft weg und schüttelte den Kopf. »Schlag dir den Schmutz aus dem Kopf, Weib.«

Ich streckte ihm die Zunge heraus. Ladi kitzelte mich mit seinem Fuß.

Schön warm auf dem weichen Bett liegend, hörte ich draußen den Donner. Der Regen würde so bald nicht nachlassen. Windböen klatschten das Nass gegen die geschlossenen Läden. Noch konnte ich nicht auf mein Zimmer zurück.

Als Ladis Kopf gegen Mitternacht zu nicken begann, hörte ich den Regen noch immer aufs Wellblechdach trommeln. Ladi befreite sich aus unserer Umklammerung und wankte hinüber zu Peters Bett. War ja klar, dass er mit mir nicht das Bett teilen würde!

Irgendwann weckte mich mitten in der Nacht fernes Donnergrummeln. Wo ich war, wurde mir erst wieder bewusst, als ich Ladi zusammengerollt in Peters Bett liegen sah. Ich setzte mich auf und betrachtete ihn im Schlaf. Er wirkte so friedlich. Ich zog mich aus, schlich auf Zehenspitzen durchs Zimmer und schmiegte mich von hinten in Löffelchenstellung an ihn. Als ich meine Arme um ihn schlang, regte er sich, wachte aber nicht auf. Sein linkes

Ohr war meinem Mund verführerisch nah. Als ich daran knabberte, stöhnte Ladi leicht im Schlaf. Als meine Lippen an seinem Hals hinabwanderten, riss er die Augen auf. Sie brannten vor Verlangen.

Ladi rekelte sich und stöhnte: »Morayo ...«

Als er sich mir zuwandte, berührte er meinen nackten Körper. Seine Hand zuckte zurück, als wäre sie auf einer heißen Herdplatte gelandet. »Morayo, warum bist du ...?«

»Pscht... das ist nicht der Moment für unsinnige Fragen«, raunte ich ihm ins Ohr. Ich drängte meinen Körper an seinen und drückte ihm die Lippen auf den offenen Mund. Er wehrte sich nicht; wir küssten uns innig, dann drehte Ladi den Kopf weg und stöhnte. »Morayo, das sollten wir wirklich nicht tun.«

»Wer sagt das?«, erwiderte ich und drückte ihm kleine Küsse auf den Hals.

»Morayo, bitte«, ächzte Ladi und versuchte, seinen Kopf zu entziehen. »Das ist nicht fair.«

Aber ich wollte auf sein Flehen nicht hören. Ehe Ladi in mein Leben trat, hatte ich mich eigentlich damit abgefunden, dass es den einen Mann für mich nie geben würde. Wer sollte mich schon wollen?

Wenn Ladi mich wirklich heiraten wollte, dann musste er alles an mir kennen und mögen, und dies war die Gelegenheit, ihm das endlich zu bieten.

Ladi gab seinen Widerstand bald auf. Im Zimmer waren nur das Heulen des Windes und unser leises Stöhnen zu hören. Hinterher schlief ich mit zufriedenem Lächeln auf dem Gesicht ein. Ladi war mein.

Als ich am Morgen die Augen aufschlug, lag ich allein im Zimmer.

Ich stand auf und wickelte mich in das Bettlaken. Ich öffnete die Tür und spähte hinaus. Ladi stand auf der Veranda. Voll bekleidet lehnte er an der Wand, hielt sich mit den Armen umschlungen und schlotterte im kalten frühmorgendlichen Harmattan. Er sah elend aus. Ich hörte ihn vor sich hin murmeln.

Mir stockte das Herz. Das war keineswegs das Freudenszenario, das ich mir in der Nacht ausgemalt hatte. »Ladi …«

Er wandte sich langsam um. Als ich den gequälten Ausdruck in seinen Augen sah, wurde mir das Herz schwer. »Morayo, bitte geh und zieh dich an. Ich möchte dich in die Moremi Hall zurückbringen, ehe es hell wird.«

Als ich einen Schritt auf ihn zu machte, kehrte er mir den Rücken. Ich ging hinein und blieb im Flur wie angewurzelt stehen. Seine Augen – plötzlich blieb mir die Luft weg; ich rang nach Atem. Mir war, als hätte ich mir selbst ins Gesicht geblickt, und zwar am Morgen nach Bros Ts Eindringen in mein Zimmer.

Auf dem Weg zur Moremi Hall riskierte ich immer mal einen seitlichen Blick, doch Ladi hielt die Augen geradeaus. Er brachte mich bis vor das Tor und machte dann wortlos kehrt. Schweren Schrittes trat ich durch das Seitentor auf den Hof.

Totenstille. In den meisten Zimmern herrschte noch Dunkelheit. Ich war froh darum. So würde ich auf unser Zimmer schlüpfen können, ehe mich jemand in Männerkleidung mit meiner Tüte nasser Klamotten sah.

Doch vor der Pförtnerloge saß ein Wärter. Er musterte mich mit unverhohlener Verachtung.

Ich murmelte »Guten Morgen« und hastete an ihm vorbei.

Hinter mir hörte ich, wie er sich geräuschvoll räusperte und ein Stück von seinem Kauhölzchen ausspie.

»Miss Night Rider wünsche ich keinen guten Morgen«, sagte er. »*Yeye ashawo*, Girl. Billige Schlampe. *Na book your papa and mama send you, come university, come read.* Da schicken dich Daddy und Mummy zum Lernen, zum Studieren her, *na so so man, you go, dey follow,* und du hast nichts als Männer im Sinn.« Er spuckte noch einmal aus. »*With this your waka waka, you fit get PhD for Manological Sciences*, dein Hüftwackeln bringt dir zumindest einen Doktor der Männerologie ein.« Er lachte laut über seinen eigenen Witz, und ich zuckte zusammen, als hätte er mich geschlagen. Er hatte mich eine Nutte genannt. Schlimmer noch, zum ersten Mal fühlte ich mich wie eine.

Ekanem und Ochuko schliefen noch, als ich das Zimmer erreichte. Leise streifte ich mir ein Nachthemd über und kroch in mein kaltes Bett. Ich zog mir die Decke über den Kopf und stopfte mir den Bezug in den Mund, um mein Schluchzen zu ersticken. Im Dunkeln sah ich nur Ladis traurige Augen.

Zwei Tage lang schlich ich im Zimmer umher wie ein Zombie. Ich besuchte keine Vorlesungen. Ich mochte nicht essen, mich nicht waschen. Ich wollte mich nur im Bett verkriechen. Ekanem beobachtete mich sorgenvoll, aber ich versicherte ihr mehrmals, mir fehle nichts. Ochukos dunkle Augen folgten mir durchs Zimmer, aber sie schwieg.

Am dritten Tag kam Aunty Morenike, um nach mir zu sehen. Ochuko machte auf.

»Guten Abend, meine Liebe.«

»Guten Abend, Aunty«, antwortete Ochuko freundlich.

»Ist Morayo da?«

»Ja, *Ma*. Sie ist hier.«

Ich schlug das Bettlaken zurück. Es war später Nachmittag, und ich trug immer noch ein Nachthemd. Aunty Morenike blickte auf mich herab. Sie forderte mich seelenruhig auf, ins Bad zu gehen und mich zu waschen. Als ich angezogen war, befahl sie mir, eine Tasche mit dem Nötigsten für eine Nacht zu packen. Auf dem Weg in ihr Wohnheim sagte sie kein Wort. Aber als wir ungestört auf ihrem Zimmer waren, knöpfte sie sich mich vor. »Also, Morayo, was ist los?«

Plötzlich war ich wieder das kleine Mädchen von früher in Ibadan. Es war dieselbe Frage, die sie mir an dem Nachmittag gestellt hatte, an dem ich die Tabletten hatte schlucken wollen. Bloß war ich kein wehrloses Kind mehr. Ich war erwachsen.

Scham durchflutete mich. »Zwischen mir und Ladi ist etwas passiert«, sagte ich schließlich.

Aunty Morenike hob die Brauen.

»Wir haben miteinander geschlafen«, sagte ich im Flüsterton. Dann sah ich rasch weg. Ich konnte unmöglich zugeben, was wirklich passiert war – dass ich ihn gezwungen hatte, mit mir zu schlafen.

Nach langem Schweigen sagte sie: »Hast du mir nicht erzählt, Ladi behandle dich wie eine Prinzessin?«

Ich packte ihren Arm. Ich weinte. »Aunty, sag mir, was ich tun soll. Ich will ihn nicht verlieren. Vielleicht sollte ich zu ihm gehen?«

»Lass ihn erst einmal. Er wird dich aufsuchen, wenn er so weit ist«, erklärte Aunty Morenike bestimmt und strich mir über den Kopf. »Du kennst doch die Redewendung: *Folorunsho ti ofi okun ogede gun igi ope?*«

Ich nickte. Ich hörte sie von Mummy ständig. Folorunsho hieß der junge Mann der Sage, der sich aus Bananenblättern einen Strick geknüpft hatte, damit er eine Palme besteigen könne. Natürlich stürzte er ab und brach sich das Genick. In seinem Stolz hatte Folorunsho angenommen, dass er, weil sein Name »Gottes Obhut anvertraut« bedeutete, vor jeder Gefahr gefeit sei.

»Hör zu, Morayo«, sagte Aunty Morenike, »falscher Stolz verleitet einen dazu, das Schicksal herauszufordern, weil man denkt: Was soll schon passieren? Es kann viel passieren.«

Ich rang mit den Tränen, als sie mich in den Arm nahm. »Und sollte Ladi nicht zurückkehren, dann bedenke, dass nicht jeder, der in unser Leben tritt, ausersehen ist zu bleiben. Manchen Menschen begegnen wir, weil wir eine wichtige Lektion zu lernen haben.«

Zwei Wochen später wartete Ladi vor dem Vorlesungssaal auf mich. »Morayo, wir müssen reden.«

Wir suchten uns eine Bank vor der Hauptbibliothek. Ich wusste, was er sagen würde. Welche Ironie, dass unsere Beziehung genau dort enden sollte, wo sie begonnen hatte.

Dieser Ladi hatte wenig Ähnlichkeit mit dem Jungen, der in mein Leben getreten war. Unter schweren Lidern waren seine Augen müde und rot umrandet. Er hatte in den Tagen seit unserer letzten Begegnung offensichtlich wenig geschlafen. Hatte ich auch nicht.

Ladi bedeckte meine Hand mit seiner. »Morayo, es tut mir so leid.«

Mein Kopf flog hoch. *Ihm* tat es leid?

»In den vergangenen zwei Wochen habe ich nur an uns beide gedacht. Ich wusste ja von den ganzen anderen Typen ...«

»Du wusstest es?«

»Ja. Aber ich glaubte, wenn ich dir Zeit lasse, würdest du schon sehen, dass sie es nicht wert sind. Dass ich dir mehr zu bieten hätte.« Er verzog schmerzlich den Mund. »Du hast ja nie einen Hehl daraus gemacht, was du von mir wolltest. Ich habe einfach geglaubt, dass ich die Macht besäße, dich zu verändern, weil ich in dich verliebt war.« Seine Stimme brach. »Aber verändert habe ich nur mich.«

Ladi holte tief Luft. »Morayo, glaub mir, dieses vergangene Jahr war eines der schönsten in meinem Leben. Aber lange bevor wir uns begegnet sind, habe ich einer anderen ein Versprechen gegeben.« Ladi schluckte. »Es tut mir leid, aber wir müssen uns trennen.«

Er nahm mich in die Arme. »Morayo, bitte, wein nicht.«

Plötzlich musste ich weg. Ich stand von der Bank auf, lächelte Ladi unter Tränen an. Ich hörte mich seelenruhig sagen: »Schon gut, Ladi. Ich verstehe schon. Gib auf dich acht.« Dann drehte ich mich um und ging.

Ich hörte Ladi mir nachrufen.

16

Wer nie gefallen ist, lernt nicht,
wie man Lasten am besten trägt.

Vier Monate später bestand ich meine letzte Prüfung und zog wieder bei meinen Eltern ein, um auf meinen Einsatz beim National Youth Service Corps zu warten. Auch Aunty Morenike hatte ihr Graduiertenstudium abgeschlossen und war ebenfalls wieder in Ibadan. Neben ihrem Schulunterricht hielt sie nun Vorlesungen am Polytechnikum.

Zu Hause hatte sich nichts geändert. Eniayo war im Internat. Mummy betrieb nach wie vor ihre Schneiderei, und Daddy reiste noch immer durchs Land. Nur sprachen er und Mummy jetzt davon, dass er kündigen und ein eigenes Geschäft aufbauen wolle: einen Drugstore. Für die Arzneimittelausgabe würde er einen jungen Apotheker einstellen, und ansonsten könnte Mummy die Drogerie führen.

»Aber Daddy Morayo, was soll aus meiner Schneiderei werden?«, begehrte Mummy auf.

»Du könntest doch eine Kollegin einstellen. Dann teilst du dir die Zeit zwischen den beiden Geschäften.«

Ich saß still dabei und lauschte ihrer Unterhaltung. Mich fragte niemand nach meiner Meinung. Mein Verhältnis zu ihnen hatte sich über die Jahre wenig verändert. Bros Ts Gespenst ging noch immer um.

Einen Vorteil hatte die Lage immerhin, denn kurze Zeit standen Tomi und ich uns wieder sehr nah. Ich war ja in den letzten Jahren nur sporadisch zu Besuch in Ibadan gewesen, und wir hatten uns hauptsächlich zu Weihnachten gesehen. Als Tomi mir eröffnete, dass sie bald heiraten werde, freute ich mich für sie. Sie ging seit unserem zweiten Studienjahr mit Timi, und ich war ihm in den Jahren seither ein paarmal begegnet.

Ich saß mit Tomi auf ihrem Zimmer, wo wir die Hochzeitspräsente sortierten, die wir auf dem Aleshinloyemarkt erstanden hatten. Tomi hatte beschlossen, an die Hochzeitsgäste statt der üblichen mit einem Foto des Brautpaars bedruckten Kunststoffteller oder -becher handgemachten Modeschmuck zu verteilen.

»Welche Kette soll denn nun Sola haben?«, fragte Tomi. Sola war ihre Erste Brautjungfer. Ich hob eine rote Korallenkette mit passenden Ohrringen hoch. »Hm… die ist hübsch. Die würde gut zu dem gelben Spitzenstoff passen, den wir bei der Feier abends tragen werden.«

»Das stimmt. Danke.« Tomi ging zu ihrem Bett hinüber und setzte sich. »Morayo, ich kann es noch gar nicht fassen, dass ich heirate.«

»Ich weiß. Wo wir doch gestern erst aus genau diesem Fenster nach Dotun geschielt haben.« Die Tischtennisplatte war längst weg. Tomis Bruder Gbayi war jetzt ein hohes Tier in Abuja.

Tomi seufzte. »Ich kann mir immer noch nicht vorstellen, wie das wird, so weit von zu Hause entfernt zu leben. Manchmal wünschte ich, Timi hätte der Versetzung nach Kenia nicht zugestimmt. Mummy wird mir fürchterlich fehlen.«

Ich hockte mich neben sie. »Sie kann euch ja besuchen, und euch zwei Turteltauben wird sowieso niemand groß fehlen.«

Tomi drehte sich mir zu. »Stimmt«, gluckste sie und nestelte an ihrem Ohrring. »Morayo, wann willst du denn heiraten?«

Als ich von Tomis Vermählung gehört hatte, hatte ich mich das Gleiche gefragt. »Ehrlich gesagt weiß ich's nicht.«

Um die Beklommenheit abzuschütteln, die mich mit einem Mal befiel, erhob ich mich. »Ich habe Mummy versprochen, zeitig zurück zu sein, um das Kochen zu übernehmen, und wir haben noch so viel zu tun.«

Einen Augenblick schien Tomi zu zögern, als wollte sie noch etwas sagen, aber dann stand auch sie auf. »Gut. Wen haben wir als Nächstes auf der Liste?«

Drei Monate später kehrten Mummy und ich soeben von Tomis Hochzeit zurück. Es war eine gelungene Feier gewesen, aber ich war ganz erledigt. Ich hatte meine Festkleidung abgelegt und hockte allein im Wohnzimmer. Mummy zog sich in ihrem Schlafzimmer noch um. Wenige Minuten später fand sie mich weinend auf der Couch vor. Die Tränen liefen mir einfach hinunter, ich war machtlos dagegen.

»Morayo, was hast du?«

Dazu fiel mir nur die Gegenfrage ein: Wo soll ich da bloß anfangen? Ich blickte in Mummys besorgte Miene. »Ich bin einfach müde.«

Mummy tat etwas Unerwartetes. Sie setzte sich zu mir und zog mich an ihre Brust. »Ich weiß, dass du müde bist, Kind. Du hast die vergangenen Monate hart gearbeitet.« Sie wiegte mich wie ein kleines Kind. »Weißt du noch, wie ich dir und Eniayo Rätsel gestellt habe?«

Ich sah sie verwundert an.

»Ich weiß noch, wie du und Eniayo durchs Haus gerannt und die Lösungen aus vollem Hals herausgeschrien habt.«

Als mir wieder einfiel, wie verzweifelt Eniayo stets die Erste hatte sein wollen, musste ich doch schmunzeln.

»Also, Morayo: Was ging am Königspalast vorbei, ohne den König zu grüßen?«, fragte Mummy und wiegte mich hin und her.

»Hm ... eine Fliege?«

»Nein ... das ist die Antwort auf die Frage, wer unaufgefordert kam, um mit dem König zu speisen.«

Ich kniff die Augen zusammen und versuchte, mich zu erinnern. Ich vergaß, wie müde ich mich fühlte. »Hm ... die Flut!«

»Genau.«

Eine Stunde lang saßen wir einfach nur beieinander. Zum ersten Mal seit vielen Jahren konnte ich Mummys Gesellschaft ohne jede Anstrengung genießen.

Der Bescheid des National Youth Service Corps mit der Angabe des Einsatzorts traf drei Wochen danach ein. Nicht eben begeistert las ich, dass ich für das Pflichtjahr dem Staat Anambra zugeteilt worden war. Das hieß, dass ich sehr wahrscheinlich an einer Dorfschule würde unterrichten müssen. Daddy fand, es werde mir guttun, das Leben in einem anderen Landesteil kennenzulernen. »Morayo, ihr jungen Leute versteht einfach nicht, wie wichtig die Maßnahme nach dem Bürgerkrieg wurde. Hätte die Regierung sie nicht zur Pflicht erhoben, was meinst du, wie viele junge Menschen ihren Herkunftsort verlassen würden, um ihre nigerianischen Landsleute kennenzulernen?«

»Aber Daddy Morayo, Anambra ist so weit«, seufzte Mummy. »Diese ganzen jungen Leute, die von zu Hause fortziehen müssen an fremde Orte, wo man ganz andere Sprachen spricht ...«

Daddy lachte. »Bisoye. Es sind Hochschulabsolventen, nicht Kinder. Und die fremden Orte sind Teil unseres Landes. Ist die Jugend nicht immer die, die nach Veränderung ruft? Dann soll sie doch ruhig erst mal ausziehen und das eigene Land erkunden.«

Ich lauschte Daddys Worten mit gemischten Gefühlen. Die Maßnahme mag einst gut gemeint gewesen sein, doch ich bezweifelte, dass sie bedeutend dazu beigetragen hatte, das Misstrauen zwischen den verschiedenen Ethnien abzubauen.

Fakt war jedoch, dass ich, wenn ich das Pflichtjahr nicht leistete, bei keinem seriösen Arbeitgeber einen Job finden würde. Also hatte ich mich zu einem dreiwöchigen Orientierungskurs in Umunya zu melden. Von dort würden wir zu unseren jeweiligen Einsatzorten im Bundesstaat Anambra gebracht.

Kurz bevor ich nach Anambra aufbrach, kam Eniayo während der kurzen Ferien heim. Ich hatte sie seit meiner Rückkehr noch gar nicht gesehen. Sie hatte mitten in ihren Abschlussprüfungen gesteckt, und Mummy fand, man dürfe sie nicht ablenken. An ihrem ersten Abend daheim legte Eniayo sich zu mir aufs Bett. Nur der Vollmond, der zum offenen Fenster hereinlugte, beleuchtete das Zimmer.

»Morayo …«

»Hm …«

»Warum gehst du mit jedem ins Bett?«

Eniayos Worte schnürten mir die Luft ab, als könnte mein Brustkorb sich nicht weit genug dehnen, um den Sauerstoff einzulassen, den mein Körper brauchte. Das beklemmende Gefühl verengte mir auch den Hals. Ich fuhr hoch.

»Ich habe mitgekriegt, was du und Mummy geredet habt, als ich zuletzt daheim war. Und Hauwas Schwester hat eure Unizeitung ins Internat angeschleppt.« Eniayo senkte die Stimme. »Hauwa hat darin deinen Namen gelesen.«

Mit zusammengebissenen Zähnen zischte ich: »Das geht dich nichts an.«

Eniayo schob sich am Kopfteil des Bettes hoch. Das Beben in ihrer Stimme wurde stärker. »Doch, tut es. Soll es mir vielleicht egal sein, wenn die Leute meine Schwester als *ashawo* bezeichnen?«

Ich zuckte zusammen. »Ich bin keine *ashawo*!«

»So steht es aber in der Unizeitung«, entgegnete sie.

Meine Scham schlug in Wut um. »Dein ganzes Leben haben *dich* Menschen behütet. Dass Eniayo das ja nicht hört; dass Eniayo das ja nicht sieht. Was weißt du denn schon?« Ich zeigte mit dem Finger auf die Tür. »Raus!«

Ihre Reaktion war kaum hörbar: »Ich weiß das mit Bros T.«

Meine Hand sank kraftlos hinab. »Was?!«

»Ich habe euch beide eines Nachmittags auf seinem Zimmer gesehen. Ich habe draußen gespielt, und da hörte ich ihn stöhnen. Ich dachte, er hätte sich verletzt, also habe ich zum Fenster hineingelugt.« Ihre Schultern bebten. »Vielleicht hätte es eher aufgehört, wenn ich nur zu Mummy oder Aunty Adunni etwas gesagt hätte. Als ich dann begriff, was er da tat, habe ich mich so schuldig gefühlt, dass ich trotzdem nichts gesagt habe.« Sie schluchzte auf. »Es tut mir so leid.«

Mein Zorn war verraucht, ich nahm sie in den Arm. »Aber es ist doch nicht deine Schuld.«

»Deine auch nicht«, flüsterte Eniayo.

Nur, warum konnte ich das immer noch nicht glauben?

Ich hielt sie noch fester. »Seit wann bist du denn so schlau?«

Eniayo umklammerte mich. »Ich habe eine unheimlich schlaue große Schwester.«

Ich traf an einem sonnigen Septembernachmittag in Onitsha ein. Aunty Morenike hatte mich um vier Uhr in der Früh in Molete abgesetzt, wo ich einen Minibus nahm.

Unmittelbar vor der Abfahrt drückte mich Aunty Morenike fest. »Pass auf dich auf und sei brav, ja?«, meinte sie.

Ich schluckte den Kloß in meinem Hals hinunter und nickte. »Ich höre dich, Aunty. Ich versuche mal anzurufen, wenn ich irgendwo einen Münzfernsprecher finde.«

Als wir aus Asaba hinaus auf die Brücke fuhren, konnte ich meine Aufregung, zum ersten Mal den Niger zu sehen, kaum bändigen. Ich erinnerte mich der ersten Schilderung des Flusses in einem unseren Grundschulbücher. Ich zwängte den Kopf aus dem Fenster, und das klare blaue Wasser erstreckte sich, so weit das Auge reichte.

Als ich an der Upper Iweka Road aus dem Bus stieg, musste ich mich nahezu im Laufschritt durch die Menge schieben, um nicht den jungen Schubkarrenschieber aus den Augen zu verlieren, der mein Gepäck weiter beförderte. Sich fachmännisch durchs Gedränge fädelnd, schrie er in einem fort: *»Uzo, uzo, uzo!«*

Er lud meine Taschen am Busbahnhof ab, und dort traf ich auch schon auf einige andere Pflichtdienstler mit Ziel Umunya. Hinter den Scheiben des Minibusses, den wir mieteten, bot die nackte Erde einen ganz ungewohnten

Anblick. Ich hatte diesen Farbton noch nie gesehen. Er war rot, nicht braun wie die Sandböden daheim. Und überall waren Erosionsspuren zu sehen. Die tiefen Schluchten am Straßenrand zwangen den Fahrer, in der Mitte zu bleiben. Uns allen blieb fast das Herz stehen, als der Zusammenstoß mit einem entgegenkommenden Wagen unumgänglich schien. *»Oga, make you take am easy-o!«*, gellte es durch den Bus. Als der Busfahrer uns schließlich am Orientierungstreffpunkt ablud, atmeten wir alle auf. Mehrheitlich stammten wir von der anderen Seite des Niger und reisten das erste Mal in den Osten.

In der ersten Nacht in Umunya fand ich kaum Schlaf. Mal abgesehen davon, dass ich unter meinem Moskitonetz vor Hitze fast einging, war ich es nicht gewohnt, in Gesellschaft so vieler Menschen zu schlafen. Im Schlafsaal lagen neunzehn fremde Frauenkörper. Unsere Stockbetten standen so eng beisammen, wie Sardinen in der Dose liegen.

Am Morgen mussten wir um sechs Uhr zum Appell antreten. Mit einem Trupp weiblicher Pflichtdienstler stolperte ich im Dunkeln halb wach auf den Exerzierplatz. Dort rief uns der diensthabende Offizier vor dem Morgenlauf erst einmal namentlich auf.

»Kachi Nwosu!«, rief er.

»Hier, Sir!«, tönte eine Stimme vom anderen Ende der Kolonne.

Das trieb mir den Schlaf aus den Augen.

Kachi Nwosu! Ich spähte nach links und rechts, aber es war noch zu dunkel, um einzelne Gesichter erkennen zu können. Konnte es tatsächlich der Kachi Nwosu meiner Kindheit sein? Der erste Junge, den ich geküsst hatte – der Junge, dessen Briefe ich einst wie einen Goldschatz in meiner Matratze verwahrt hatte? Die Vorstellung war zum Lachen. Ich war jetzt im Osten. Vermutlich liefen hundert Kachi Nwosus im Orientierungscamp herum. Wie wahrscheinlich war es da schon, dass Kachi und ich in derselben Kolonne herumschwirrten?

Bis wir vom Morgenlauf zurück waren und uns auf den Tag vorbereiteten, hatte ich den Appell wieder vergessen.

Ich entdeckte ihn zuerst.

Der hochgewachsene, hellhäutige Mann weiter vorn in der Schlange fiel mir sofort auf, als ich den Speisesaal betrat. Ich sah ihn der Frau an der Essensausgabe seinen Gutschein reichen. Irgendetwas an dem Mann kam mir bekannt vor. Als er sich später an einen Nebentisch setzte, kramte ich in meinem Hirn verzweifelt nach Hinweisen darauf, wo wir uns schon mal begegnet sein konnten.

»Kachi, sei gegrüßt!« Als er sich auf diesen Zuruf eines Freundes nach meinem Tisch umwandte, trafen sich unsere Blicke. Ich sah ihn seinem Tischnachbarn etwas zuflüstern. Dann stand er auf und kam zu uns. Nachdem er den Freund am anderen Ende begrüßt hatte, wandte er sich mir zu.

»Guten Morgen, Sister. Verzeihen Sie die Störung, aber irgendwie habe ich das Gefühl, dass wir uns schon mal begegnet sind.« Er streckte mir die Hand entgegen. »Ich heiße Kachi Nwosu.«

Mein Herz schlug höher, als ich seine Hand ergriff. »Ich bin Morayo Ajayi.«

Kachis Augen traten vor. »Nicht möglich. *Morayo Ajayi?* Morayo aus Eleyele?«

»Dieselbe. Wie geht es dir?«

Entgeistert sank Kachi neben mir nieder. »Morayo, *du* bist es.« Er machte Stielaugen. »Mein Gott, du bist ja noch schöner geworden.«

Ich schüttelte lachend den Kopf. »Und dein Süßholz noch süßer, Kachi.«

»Morayo, bitte entschuldige mich kurz, damit ich meinen Freund auf später vertrösten kann. Ich glaube, ich bringe jetzt keinen Bissen herunter.«

Mir ging es genauso. Sobald Kachi zurück war, beschlossen wir, den Speisesaal zu verlassen, um irgendwo ungestört reden zu können. Wir gingen zum verwaisten Exerzierplatz hinüber und hockten uns auf die Betonplatten. Mehrere Minuten lang sahen wir uns bloß an. Zehn lange Jahre waren vergangen.

Ich bemerkte eine kleine Narbe an seinem rechten Auge. Die hatte es früher nicht gegeben. »Kachi, woher kommt die Narbe?«

»Narbe?«

Ich langte hin und berührte sie sanft.

Kachi grinste. »Ich bin bei dem Versuch, einen Ball zu halten, gegen den Torpfosten gesegelt.«

Ich wiegte schmunzelnd den Kopf. »Du und dein Fußball.«

Kachi ergriff lachend meine Hand. »Im Ernst, Morayo, ich freue mich, dich wiedergefunden zu haben.«

»Ganz meinerseits, Kachi.«

Drei Wochen lang verbrachten Kachi und ich fast jede freie Minute zusammen. Morgens hielt er mir im Speisesaal einen Platz frei, und dann gingen wir nach dem Frühstück gemeinsam zum Exerzierplatz. Die Abende verbrachten wir meist auf dem *mammy market*, dem Camp der Händlerinnen, der ums Lager entstanden war, und schlürfen scharfe Chilisuppe. Bis spät in die Nacht unterhielten wir uns, auch dann noch, wenn längst alle Stände dichtmachten. Wir sprachen über Eniayo, seine Schwestern, unsere Eltern und das Studentenleben. Ich fragte ihn nicht, weshalb er mir keine Briefe mehr geschrieben habe, und von sich aus sagte Kachi auch nichts dazu. Aber das änderte sich alles am Abend der Lagerfeuerfete.

»Nun, Morayo, wartet denn daheim jemand Besonderes auf dich?«

Ich musste sofort an Ladi denken. Ich schüttelte den Kopf. »Nein, auf mich wartet niemand.«

Kachi schien erfreut. Die gewaltigen Holzstämme knackten im Feuer, die Funken stoben auf wie Leuchtkäfer. Ich räusperte mich. »Kachi, ich werde mich nach Lagos verlegen lassen.«

Kachis Lächeln erstarb. »Bitte? Aber wieso denn, Morayo?« Er nahm meine Hand. »Was ist mit uns? Ich dachte, wir würden uns im Pflichtjahr näherkommen können.«

Seit der Wiederbegegnung mit Kachi hatte mir vor diesem Augenblick gegraut. Mir war klar, dass er gern dort weitermachen wollte, wo wir aufgehört hatten. Doch im Innersten wusste ich, dass er einem Kindertraum nachhing. Ich bezweifelte, dass Kachi wirklich eine Beziehung mit mir wollen würde, wenn er um mein Liebesleben wüsste. Besser, jetzt gleich einen Schlussstrich zu ziehen. Ich schüttelte den Kopf. »Kachi, es würde nicht funktionieren.«

Kachi rieb sich den Kopf. »Wenn ich aber anderer Meinung bin? Was glaubst du denn, warum wir uns wiederbegegnet sind? So etwas ist kein Zufall.«

Ich schwieg.

»Na gut«, meinte er. »Aber ich lasse dich nicht mehr los. Dann besuche ich dich eben in Lagos. Ich werde dir schreiben …«

»Komm schon, Kachi. Wir sind inzwischen erwachsen. Lass uns doch keine leeren Versprechungen machen.« Kachi wandte sich ab. Ich seufzte. »Lass uns nicht in der kurzen Zeit, die uns bleibt, darüber streiten.«

Am letzten Tag des Orientierungscamps standen Kachi und ich vor den Lagertoren und nahmen Abschied. Seine Augen waren hinter einer Sonnenbrille verborgen. Meine brannten, so trocken kamen sie mir vor, weil ich mich in den Schlaf geweint hatte. »Das war's dann wohl, wie?«, fragte er mit einem gequälten Lächeln.

Unfähig zu sprechen, nickte ich bloß.

Genauso wie damals abends in Eleyele riss Kachi mich kurz an sich und drückte mich. Ich hielt ihn umklammert. Ich klammerte mich nicht einmal an den erwachsenen Mann; ich kannte ihn ja kaum. Ich klammerte mich an das, wofür er stand. Er gehörte zu der *guten* Zeit. Anerkennende Pfiffe einer vorüberziehenden Gruppe von Pflichtdienstlern trennten uns. Als Kachi sich entfernte, war ich mir sicher, dass wir beide uns nie wieder sehen würden.

In Lagos gehörte ich zu den Glücklichen, die bei einer der neuen Privatgeschäftsbanken unterkamen. Zusätzlich zu dem Sold der Zivildienstbehörde, des National Youth Service Corps, zahlte mir die Bank ein großzügiges Entgelt. Mein Arbeitstag war lang und anstrengend, aber immerhin blieb keine Zeit, groß an Kachi zu denken. Ich wohnte bei der Familie einer der Cousinen meiner Mutter, Sister Bose.

Als zwei Monate meines Pflichtjahrs um waren, kamen Eniayo und Aunty Morenike auf einen Tag nach Lagos. »Morayo, da sind wir!«, rief Eniayo laut, als sie an Aunty Boses Tür klopfte.

»Ich komme!« Lachend machte ich auf. »Eniayo, halb Lagos hat dich gehört.«

Morenike beobachtete erfreut, wie innig Eniayo und ich uns umarmten. »Aunty Morenike, willkommen. Hereinspaziert. Eniayo hat dir bestimmt die Ohren vollgeredet.«

Eniayo sah sich leidgeprüft nach Aunty Morenike um. »Aunty, was hab ich dir gesagt? Immer kratzt Morayo an meinem Ruf.«

»Morayo, sei nett zu deiner Schwester«, bemerkte Aunty Morenike. Eniayo streckte mir hinter ihrem Rücken die Zunge heraus »Ehrlich gesagt«, setzte Morenike hinzu, »war es nur ein Ohr.«

»Aunty!« Eniayo spielte die Beleidigte.

Eniayo hatte es in die engere Auswahl für einen Platz am College of Medicine geschafft und war nun zu einem Bewerbungsgespräch nach Lagos gekommen. Als wir am Morgen an der Uni erfuhren, dass Eniayo eine Gebühr entrichten müsste, liefen wir rasch zur nächsten Bank und besorgten uns einen Wechsel.

Ich schlug soeben die Wagentür von Aunty Morenikes Auto zu, als direkt neben uns ein blauer Toyota Corolla hielt. Beim Klang der vertrauten Stimme wirbelte ich herum: »Morayo Ajayi … bist du das?«

Ich beugte mich in den Wagen und erkannte das runde Gesicht sofort. Es war Ekanem, meine Zimmergenossin von der Universität. Ich hatte sie seit unserer Abschlussfeier nicht mehr gesehen. »Ekanem! Zeichen und Wunder! Du lebst in Lagos?«

Ekanem sprang aus ihrem Wagen und umarmte mich stürmisch. »Morayo! *Na wa!* Na super! Du hast mich einfach vergessen.«

Ich ließ mir Ekanems Adresse geben und versprach, mich gegen Ende der Woche bei ihr zu melden. Wie es das Glück wollte, leistete Ekanem ihr Pflichtjahr bei einer Bank unweit der meinen ab. Wir beschlossen, uns zusammen eine Wohnung zu suchen. Als ich aber Mummy von unserem Vorhaben erzählte, legte sie prompt ihr Veto ein. Sie bestand darauf, dass ich weiterhin bei Sister Bose wohne.

»Aber Mummy, warum sollte ich mir nicht eine Wohnung mit Ekanem teilen? Du magst sie doch.«

Mummy spitzte missbilligend die Lippen. »Zwei unverheiratete junge Frauen allein in einer Wohnung in Lagos? Da kannst du ja gleich ein Schild raushängen und eure Stundentarife angeben.«

»Mummy! *Haba!* Meine Güte! Was für Tarife?«

»Jetzt hör mir mal gut zu, Kind. Du bist nicht zu alt, als dass ich dich übers Knie legen würde, wenn du weiter auf deinen albernen Fragen bestehst. Du wirst für die Dauer deines Pflichtjahrs bei Bose bleiben, und damit hat es sich.«

Ich wollte Mummy erklären, dass wir in anderen Zeiten lebten – doch angesichts ihrer entschlossenen Miene seufzte ich bloß. Ich hob mir meine Emanzipationsrede für ein andermal auf.

Es zeigte sich allerdings, dass meine Tage bei Sister Bose gezählt waren. Eines Samstagmorgens weckte mich ihre vom Hof in mein Zimmer gellende Stimme. Ich hörte außerdem jemanden weinen. Erschrocken schlüpfte ich in meine Dunlop-Slipper und stürzte hinaus. Aunty Bose hatte sich drohend vor ihrem Hausmädchen Abundance aufgebaut.

In der Hand hielt Sister Bose einen ihrer hochhackigen Büroschuhe. An der Art, wie das arme Kind vor ihr kniete und sich eine blutige Stelle am Kopf rieb, erkannte ich, dass Aunty Bose sie damit geschlagen hatte.

»Madam, *abeg*. Ich hab die Hosen nicht gestohlen!«, flehte Abundance.

»Halt dein verlogenes Maul!«, keifte Sister Bose. »*Ole!* Diebin! Jedes Mal, wenn du die Wäsche machst, fehlt eines meiner Höschen. Verrate mir doch mal, wer in diesem Haus wohl sonst meine Unterwäsche stehlen sollte? Wer denn?«

Mir fiel der Kinnladen herunter. Das ganze Getue wegen eines fehlenden Höschens?

Abundance wischte sich den Rotz am Ärmel ihrer Bluse ab. »Madam, ich weiß es nicht. Ich weiß es nicht. Vielleicht ist sie runtergefallen, und Madam Graces Hund Bingo hat sie gefressen. Fragen Sie doch Madam Grace. Bingo hat auch von ihr schon Hosen gefressen. *I no dey wear.* Ich trag keine. Ich trag nichts. Sie können *Oga* fragen, ob ich lüge.«

Plötzlich hing eine viel größere Frage in der Luft. Woher sollte Sister Boses Mann wissen, dass das Hausmädchen Abundance keine Höschen trug? Als Abundance begriff, was sie gesagt hatte, schlug sie die Hände vor den Mund, als könnte sie ihre lose Zunge zurückhalten. Aber es war zu spät. Das Geheimnis war herausgeflogen.

Abundance wurde noch am selben Abend fortgeschickt. Auf dem Kopf balancierte sie ihre hochgetürmten zerschlissenen Reisetaschen. Die säuerlich dreinblickende Madam, die sie aus ihrem Heimatdorf nach Lagos gebracht hatte, holte sie wieder ab und kehrte noch in derselben Woche mit einem weiteren halben Kind als Haushaltshilfe wieder – einem Jungen. Drei Wochen darauf bat Sister Bose auch mich, zu gehen. Unter Tränen beteuerte sie, sie habe mir nicht das Geringste vorzuwerfen. Es sei ganz einfach ihr Mann. »Jetzt, wo ich weiß, dass er anfällig ist«, flüsterte sie mir zu, »will ich ihn lieber gar keiner Versuchung mehr aussetzen.«

Ich versicherte ihr, dass ich Verständnis für ihre Lage hätte, und packte meine Sachen. Mummy gab widerstrebend ihr Einverständnis zu der gemeinsamen Wohnung mit Ekanem. Wir hatten Glück und fanden eine Dreizimmerwohnung, von der wir beide keinen weiten Weg zur Arbeit hatten. Die Wohnung lag in einem frisch renovierten Mietshaus, und alles war neu gestrichen. Mummy überließ mir die Wohnzimmergarnitur von daheim, weil sie ohnehin etwas Neues wollte. Beim Schreiner leisteten wir eine Anzahlung für Esszimmermobiliar. Ekanem brachte ein paar Haussa-Lederpuffs und einen Raffiateppich mit ein. Aunty Morenike schenkte mir ihren alten Standspiegel, und beide kauften wir neue Betten. Als alles stand, waren wir komplett eingerichtet.

Eniayo jubelte, als Mummy ihr erlaubte, ein Wochenende bei mir in Lagos zu verbringen. Ehe Mummy sich aber auf den Rückweg nach Ibadan machte, zog sie mich mit banger Miene beiseite: »Ich möchte nicht hören müssen, dass deiner Schwester etwas passiert ist.«

Ich rieb mir die Schläfe und war schwer in Versuchung, ihr zu sagen, sie könne Eniayo gleich wieder mit nach

Hause nehmen. Ich lächelte kühl. »Ich habe meinen Männern für das Wochenende Hausverbot erteilt.« Mummys Augen blitzten angesichts meiner Frechheit. Eniayos Eintreten ersparte mir eine sofortige Abkanzelung. Doch ihrem Blick nach zu urteilen, würde Mummy darauf zurückkommen.

Am Abend saß ich mit Eniayo draußen auf dem Balkon. Die NEPA hatte mal wieder zugeschlagen; ohne Strom war die Hitze drinnen unerträglich. »Morayo, ich muss dir etwas sagen.«

Worum es auch immer ging, es war offenbar ernst. »Nun?«

»Tunde will mit mir gehen.«

Ich verlagerte meine Stellung auf dem Stuhl etwas, damit ich Eniayo besser sehen konnte. »Ach ja? Seit wann?«

»Er ist am letzten Besuchstag extra ins Internat gekommen.«

»Aha…« Trotz Eniayos Kontaktfreudigkeit hatte sie sich mit Jungen nie eingelassen. Teils, weil Mummy sie stets umflatterte wie ein Habicht, aber auch, weil ihr Aussehen ihr immer noch Probleme machte.

Tunde war der Sohn eines Jugendfreunds unseres Daddys aus Elewure. Dank seiner Herkunft hatten unsere Eltern nie etwas dagegen einzuwenden gehabt, dass Tunde uns daheim besuchte. Weil er und ich gleich alt waren, hatte Mummy vermutlich angenommen, er komme meinetwegen. Ich grinste. »Deshalb also war Tunde so oft bei uns.«

Eniayo nickte. »Er hat gesagt, er wollte immer warten, bis ich zur Uni gehe, ehe er was sagt.«

»Und was hast du *ihm* gesagt?«

Sie wurde rot. »Ich wusste überhaupt nicht, was ich sagen soll. Also hab ich gesagt, ich müsste darüber nachdenken.«

»Kannst du dir vorstellen, mit ihm zu gehen?«

»Ich weiß nicht. Er ist nett … aber ich finde, ich sollte das erste Jahr an der Uni schaffen, bevor ich eine Beziehung eingehe.« Eniayo schob sich das Haar aus dem Gesicht. »Angeblich ist das erste Jahr richtig hart. Da will ich nicht abgelenkt sein. Er soll warten … und dann sehen wir weiter.«

Mir schwoll vor Stolz die Brust. »Eniayo, wenn er dich wirklich mag, wird er auch warten, bis du so weit bist.«

Und Tunde erklärte sich bereit zu warten. Ich fand, dass die beiden sich gut ergänzten. Nicht nur war Tunde so dunkel, wie Eniayo hell war, er war still und gut erzogen. Und beide Familien würden sehr wahrscheinlich eine bleibende Verbindung begrüßen. Die Alabis kannten Eniayo seit Kindesbeinen. Für sie war die Tatsache, dass Eniayo *afin* war, kein Thema. Ich hatte beschlossen, Eniayo weder so noch so zu beeinflussen. Ich war schließlich nicht gerade berufen, in Beziehungsfragen Rat zu erteilen.

Zwei Monate später lud eine ehemalige Kommilitonin Ekanem und mich zu ihrer Geburtsparty ein. Wir gingen in der Hoffnung hin, weitere Exkommilitonen zu treffen.

Ich unterhielt mich gerade mit der Gastgeberin, als ich ein wohlvertrautes Lachen hörte. Ich glaubte zunächst an eine Täuschung. Doch als ich mich umdrehte, sah ich Ladi, *meinen* Ladi, am anderen Ende des Raums stehen. Ich betastete mir unwillkürlich das frisch gelegte Haar und betete, dass ich keinen Spinat zwischen den Zähnen hätte.

Als Ladi in meine Richtung blickte, kam es mir vor, als wäre außer uns beiden niemand im Raum. Ich wollte zu ihm hinstürzen, aber dann bemerkte ich einen dunklen Schatten an seiner Seite und hielt inne. Er entpuppte sich als hübsche junge Frau. Meine Augen verengten sich zu Schlitzen, als ich sah, dass sie Ladis Arm umklammerte wie eine Rettungsleine. Ich drehte ihnen rasch den Rücken zu und gab mir Mühe, im Gedränge zu verschwinden. Während ich darüber nachdachte, wie ich aus dem Zimmer gelangen könnte, ohne an ihnen vorbeigehen zu müssen, hörte ich jemanden meinen Namen aussprechen.

»Morayo?«

Ich wandte mich ohne Eile und mit einem, wie ich hoffte, überraschten Gesicht um.

»Ladi?«

»Morayo!« Ladi fiel mir um den Hals. Die hübsche Frau an seiner Seite musterte mich von oben bis unten. Sie räusperte sich, als Ladi sie nicht sogleich vorstellte. Rasch legte Ladi ihr den Arm um die Schultern. »Morayo, darf ich vorstellen: Bimpe Adedeji. Bimpe, das ist Morayo Ajayi.«

Bimpes Lächeln erstarb. Er hatte ihr also von mir erzählt. Das Lächeln kehrte jedoch zurück, als Ladi stolz verkündete: »Bimpe und ich wollen im Februar heiraten.«

Irgendwie schaffte ich es, freudige Überraschung vorzuspielen, Bimpes Hand zu schütteln und beiden zu gratulieren. Bimpes wissendes Grinsen verriet mir, dass mein Auftritt Ladi vielleicht täuschen mochte, sie mich aber durchschaute.

Ekanem und ich brachen bald auf. Sie hatte mitgekriegt, dass mir die Wiederbegegnung mit Ladi zu schaffen machte. »Morayo, lass bloß den Kopf nicht hängen. Ich weiß, dass du ihn sehr gern hattest.« Was sie aber nicht wusste, war, dass ich mir heimlich vorgemacht hatte, eines Tages werde Ladi zu mir zurückkehren und mich vor mir selbst retten.

Später, während ich meinen Körper mit einem Luffaschwamm abrubbelte, ließ ich den Tränen freien Lauf. Ich schrubbte, bis meine Haut wund war, bis die Seife ätzte und ich vor Schmerz die Zähne zusammenbeißen musste. Das kalte Brunnenwasser, mit dem ich mich Krug um Krug begoss, brannte wie Feuer.

Wieder auf meinem Zimmer, stellte ich mich nackt vor den Standspiegel und musterte mich kritisch. Ich sah eine zierliche junge Frau mit vollen Brüsten, schmaler Taille und üppigem Hintern. Tröpfchen glitzerten auf ihrer glatten, ebenholzschwarzen Haut. Doch an diesem Abend waren ihre großen, mandelförmigen Augen verweint und traurig. Ihr Brustkorb hob und senkte sich heftig, weil sie gegen das Schluchzen ankämpfen musste.

Ich wandte mich angewidert von dem Spiegelbild ab.

In Embryohaltung im Bett zusammengerollt, legte ich einen Schwur ab. Keine Gelegenheitslover mehr.

17

Die dürstende Feige harrt aus,
sie wartet voll Geduld auf die Regenzeit.

In Ekanems Großraumzelle in der Bank bewunderten wir die Wäsche, die sie während der Mittagspause gekauft hatte. 1997 hatte das Pflichtjahr geendet, und seit fünf Jahren schon arbeiteten Ekanem und ich als Kundenberaterinnen bei der Atlantic Bank. Wir wohnten noch immer zusammen, aber das sollte sich bald ändern: Ekanem organisierte schon ihre Hochzeit.

Ich schüttelte den Kopf. »Ekanem! Soll Brother Ubong einen Herzinfarkt kriegen? Für diesen Body brauchst du einen Waffenschein.«

Ekanem grinste. »Herzinfarkt? Lass dich von Ubongs grauen Haaren nicht täuschen, meine Liebe. Diese Modelle hat *er* aus dem Katalog ausgesucht.«

Unsere Kollegin Kafiyah lachte, in ihrem hübschen, von einem Hidschab umrahmten Fulanigesicht blitzten die weißen Zähne auf. »*Kai*, Ekanem, willst du behaupten, dass Brother Ubong diesen gottlosen Einkauf abgesegnet hat?«

Ekanem hob die Brauen. »Ist Brother Ubong etwa kein Mann, dem das Blut warm durch die Adern fließt? Ich werde doch nicht tatenlos zusehen, wie so ein kleines Ding, das ernten will, wo es nicht gesät hat, meinen Mann mit ihrer Eigenvermarktung ködert. Spiritualität in allen Ehren, Schwestern, heiß muss unsereins dennoch bleiben.«

Wir hörten unseren Chef Mr Idris nicht kommen. »Was geht hier vor?«, verlangte er zu wissen. »Wissen die

Damen nicht, dass wir uns hier an einem seriösen Geschäftsort befinden, nicht auf dem Straßenmarkt, wo man herumsteht und schwatzt?«

Ekanem ließ ihre Tüte mit Wäsche unauffällig zu Boden sinken und schob sie mit dem Fuß unter den Schreibtisch. »Verzeihung, Sir«, sagte sie charmant lächelnd. »Wir haben gerade erörtert, wie wichtig die kluge Vermögenssteuerung gerade bei volatilen Märkten ist.«

Ich hüstelte. Kafiyah klopfte mir auf den Rücken.

»Das glaube ich gern, Miss Bassey«, bemerkte Mr Idris bissig und entfernte sich Richtung Büro. Wir sahen seinem entschwindenden Rücken hinterher, seinem komischen Watschelgang. Sobald er außer Hörweite war, schnalzte Kafiyah mit der Zunge. »*Walahi*, ich schwör's, der Mann leidet an Hämorriden, darauf würde ich fast mein ganzes Gehalt verwetten.«

Ekanem und ich wechselten einen Blick. »*Haba*, Kaffy, du wirst ja regelrecht persönlich.«

Kafiyah verdrehte die Augen. »Was ist in diesem Land denn nicht persönlich?«

Kafiyah und Mr Idris waren sich nicht grün. Mr Idris' Sekretärin hatte ihn dabei ertappt, wie er Kafiyah um seinen Büroschreibtisch jagte. Binnen Minuten wusste der ganze Großraum Bescheid. Manche Kolleginnen scherzten, dass Kafiyah jetzt wohl in ein Paar Rollschuhe investieren müsste, damit sie schneller entkommen könnte. Andere flachsten, nun könne sich Kafiyah als vollwertiges Mitglied der Abteilung betrachten.

Ich unterdrückte ein Gähnen, als Kafiyah und ich uns zum Eingang schleppten. Obwohl es schon sieben Uhr war, musste die arme Ekanem noch ihren Monatsbericht fertigstellen.

Im Vorbeigehen grüßten wir am Kontrollposten den Torwächter Mr Pius.

Mr Pius salutierte. »Guten Abend, die Damen. Äh, Madam Morayo, warten Sie doch einen Augenblick.«

Kafiyah, die es eilig hatte, nach Hause zu kommen, lief weiter, damit sie ihren Bus noch erwischte. Ich blieb vor Mr Pius stehen und sah ihn fragend an.

»Madam, äh, *abeg no vex o,* nehmen Sie es mir nicht übel.« Er rieb sich verlegen den Kopf. »Sie wissen, dass ich Sie gern hab. Deshalb will ich schon länger mit Ihnen über Ihr Problem reden.«

Ich guckte entgeistert. »Mein Problem?«

»Ja, Madam. Wenn Sie nicht eine Dame wären und wohlerzogen, dann würde ich ja nichts sagen. Sie sind nicht wie diese *yeye* Madam Clara vom Regionalbanking. Die da würde noch einem Ziegenbock hinterherlaufen, wenn er Hosen anhätte.«

Weil ich die Augen verengte, begriff Mr Pius, dass mir nicht nach Büroklatsch war. Er wechselte rasch das Thema.

»*Em*, Madam, ich kenne in der Gegend um Okikomiko einen Gebetsberg. Der Berg ist die sprichwörtlich sichere Bank. Meine beiden Schwestern haben wie Sie einen Mann gesucht, und seit sie auf dem Berg waren, haben sie geheiratet. Ich schwör's, Madam«, fügte Mr Pius hinzu, leckte seinen Zeigefinger und hielt ihn hoch. »Eine hat am nächsten Morgen auf dem Heimweg im Bus ihren Mann kennengelernt. Der ist nämlich Busfahrer. Und erst letzte Woche hat meine Schwester diesem Mann übrigens Zwillinge, Jungen, geboren.«

Nachdem ich ihn zur Geburt seiner Zwillingsneffen beglückwünscht und versprochen hatte, über das Gebetsbergangebot ein andermal mit ihm zu reden, machte ich mich auf den Weg zur Bushaltestelle.

Ich wusste nicht, ob ich lachen oder weinen sollte. Offenbar stand mir »Ehemann verzweifelt gesucht« auf die Stirn geschrieben. Wie sonst kam der Torwächter meiner Bank dazu, mir Lösungen zu »meinem Problem« anzubieten. Andererseits, hätte Mr Pius mir den durchschlagenden Erfolg garantieren können, der seiner Schwester beschieden worden war, hätte ich die Gebetsbergsache vielleicht ernstlich in Erwägung gezogen.

Mr Pius war nicht der Einzige, dem mein Ledigsein Sorgen bereitete. Einen flüchtigen Augenblick lang fragte ich mich glatt, ob Mummy ihn dafür bezahlt haben konnte, mich anzusprechen. Ich hätte es ihr ohne Weiteres zugetraut. Erst vorigen Monat war sie zu meinem einunddreißigsten Geburtstag in Lagos gewesen. Mummy reiste nämlich jeden Monat zu ihren verdeckten Ermittlungen an; ich durchschaute sie. Sie gab ihre Besuche als Einkaufstouren für die Schneiderei aus. Aber mal ehrlich, wie viele Säcke Knöpfe konnte eine Schneiderin im Monat schon verarbeiten?

Die Reisen dienten Mummys Mission, ihre Tochter vor dem bitteren Los des Altjungferlebens zu bewahren. Sie war der festen Überzeugung, dass ich mich einer Ehe nur widersetzte, um ihr Kummer zu bereiten. »Du müsstest inzwischen mindestens zwei Kinder haben«, seufzte sie. »Mrs Adigun ist gerade von einem Besuch bei Tomi in Kenia wiedergekehrt. Sie erwartet ihr drittes.« Mummy spitzte die Lippen. »Morayo, die Zeit läuft. Finde jemanden.«

»Mummy, ich höre dich.« Meiner Mutter gegenüber hätte ich es zwar nie eingestanden, aber manchmal hörte ich nachts meine biologische Uhr so laut ticken, dass sie sogar den ohrenbetäubenden Dieselgenerator meines Vermieters übertönte.

An Eniayos fünfundzwanzigstem Geburtstag machte Tunde ihr einen Heiratsantrag. Sie willigte ein. Ich war nicht überrascht. Aus Sicht der beiden Familien war Eniayo schon seit jenem Tag unter der Haube gewesen, an dem sie begann, mit Tunde auszugehen. Die Alabis setzten rasch einen Termin für die Zusammenkunft beider Familien fest. Wir wurden aus Lagos heimzitiert. »Eine Frau heiratet den Mann *und* seine Familie. Deshalb muss auch die Familie kommen und um ihre Hand anhalten«, erklärte Mummy.

Die Alabis waren im Laufe der Jahre unzählige Male bei uns gewesen, aber Mummy ließ trotzdem das Haus von oben bis unten putzen. Sie bestand außerdem darauf, dass Eniayo bei der Zusammenkunft die Mahlzeiten zubereiten müsse. »Beweise mir, dass ihr Sohn nicht verhungern wird, wenn er dich zur Frau nimmt.«

Tunde reiste mit seinen Eltern und einem älteren, verheirateten Bruder an. In einem eng anliegenden marineblauen Paillettenkleid, das Mummy ihr zu diesem Anlass genäht hatte, servierte Eniayo ihrer neuen Familie Cola und zog sich dann zurück. Sie und ich beobachteten das Geschehen durch die Durchreiche in der Küche.

Als alle ausgetrunken hatten, leitete Mrs Alabi das Gespräch ein. »Wir sind hier, weil wir in eurem Garten eine schöne Rose haben wachsen sehen und um die Erlaubnis bitten wollen, sie pflücken zu dürfen.«

Mummy war selbstverständlich gerne bereit, das traditionelle Eheratespiel der Freundin mitzuspielen. »Eine schöne Rose? Da ich mehr als eine schöne Rose in meinem Garten habe, musst du dich schon genauer ausdrücken.«

In der Küche verdrehte Eniayo die Augen. »Müssen die wirklich so tun, als gäben sie eine Yorubaburleske aus den Zwanzigerjahren?« Sie äffte Mummys Ton nach: »Verrate mir, ist es die Brillenträgerrose oder die mit dem k-förmigen Stelzengang?«

Ich versetzte Eniayo einen kleinen Stoß. »Lass gefälligst meinen Stelzengang aus dem Spiel!«

Mrs Alabi lächelte. »Wir sind selbstverständlich unserer Prinzessin Eniayo wegen hier. Unser Sohn Tunde sagt uns, er liebe eure Tochter sehr und wolle sie heiraten. Also kommen wir, um ihre Hand anzuhalten.«

Eniayo unterdrückte ein Gickeln.

Da sprach nun Daddy zum ersten Mal an diesem Nachmittag. »Ihr wisst schon, dass Eniayo noch in der Ausbildung steht?« Meine Schwester famulierte gerade in der Pädiatrie. »Uns liegt viel daran, dass sie ihr Studium abschließt.«

»Das wissen wir«, erwiderte Mr Alabi. »Und wir sind gerne bereit zu warten. Wir wollen nur nicht das Schicksal des geduldigen Hundes erleben, der am Ende keinen Knochen fand. Deshalb kommen wir jetzt.«

»Sie lohnt das Warten«, ergänzte Mummy noch schnell.

»Wenn es so ist«, verkündete Daddy, »willigen wir ein. Möge die Verbindung unserer beiden Familien freudvoll, fruchtbar und von langer Dauer sein!«

»Amin!«, riefen alle im Chor.

Als unseren Gästen die Speisen vorgesetzt wurden, beeilte Mummy sich, klarzustellen, dass Eniayo gekocht habe. Mrs Alabi versicherte ihr mit einem Lächeln: »Wir wissen, wie gut du sie angeleitet hast. Schönheit, Intelligenz und gute Stube. Die unschlagbare Dreifachwaffe der Frauen.« Die Männer lachten mit.

Ich sah Eniayo scheu zu Tunde hinsehen, als sie ihre Platten auf dem Tisch abstellte. Sein einziger Redebeitrag bisher war die Begrüßung Mummys und Daddys gewesen.

Bevor die Alabis wieder aufbrachen, erteilten beide Elternpaare Eniayo und Tunde ihren Segen und baten darum, dass ihre Liebe die kommenden Jahre überdauern möge.

»Morayo, willst du deine jüngere Schwester vor dir heiraten sehen?«, meinte Mummy am Abend zu mir.

»Dagegen ist doch nichts einzuwenden«, erwiderte ich mit einem Achselzucken. »Wir sind jede für sich auf die Welt gekommen.«

»Morayo, wie kannst du so etwas nur sagen! Sind meine Gefühle dir denn vollkommen gleichgültig?«

»Es ist schließlich mein Leben, Mummy.«

Mummy riss mir fast den Kopf ab. *»Dein Leben?«*, fauchte sie. »Da irrst du dich aber gewaltig, Kind. Es ist *unser* Leben. Es wurde an dem Tag unser Leben, an dem ich dich gebar. Was immer du tust oder dir geschieht, berührt mein Leben. Unsere Leben sind verwoben. Erzähl mir also nicht, es sei nur dein Leben.«

Es endete wie üblich damit, dass ich mich entschuldigte.

Das ganze restliche Wochenende predigte Mummy mir, dass ich die besten Jahre, einen Mann zu finden und Kinder zu kriegen, ungenutzt verstreichen ließe. Als ich nach Lagos zurückfuhr, hatte ich am ganzen Körper Hautausschlag.

Als mich im Monat darauf Aunty Morenike in Lagos

besuchte, beschwerte ich mich bei ihr. »Aunty, wenn Mummy mich doch nur in Ruhe lassen könnte.«

Aunty Morenike bedachte mich mit einem mitfühlenden Lächeln. »Ich bin ja nicht gerade dazu berufen, mich zur Ehe zu äußern. Eine Kollegin hat mir neulich sogar geraten, nach einem älteren Witwer mit Kindern Ausschau zu halten, der eine Gefährtin sucht. Als ich sie fragte, ob es in ihrer Familie vielleicht Kandidaten gebe, hat ihr das aber das Maul gestopft.« Aunty Morenikes Blick wurde ernst. »Morayo, ich weiß, dass Aunty Bisoye manchmal übertreibt, aber sie liebt dich. Glaub mir, es ist so.«

Abgesehen von Eniayo und Kafiyah, die mal vorbeischauten, wenn es ihre Terminpläne erlaubten, und gelegentlich Aunty Morenike, kriegte ich kaum noch Besuch. Einladungen zu Partys schlug ich regelmäßig aus, und schließlich gaben es die Leute auf. Morayo, die Partymaus, war nicht mehr. Ich hatte es trotz meiner selbstzerstörerischen Verzweiflungstaten geschafft. Ich brauchte nicht nur niemanden mehr, der mich erlöste, ich hielt mich auch wieder für liebenswert.

Eines Abends nach der Arbeit riss mich das abrupte Bremsen des klapprigen Molue, eines der gelben Linienbusse von Lagos, aus meinem Dämmerzustand, und mein Kopf bumste gegen den Rahmen. »Maryland! Maryland hier!«, sang der Schaffner.

Froh, dass es im Bus dunkel war, wischte ich mir schnell ein wenig Speichel vom Mund. Ich griff in meine Tasche, fischte einen Zweihunderter heraus und hielt ihn dem Schaffner hin.

Die Fahrt kostete einhundert Naira. Missgelaunt betrachtete der Schaffner meinen Geldschein. »Aunty, ich kann doch nicht wechseln. Was machen Sie mir für Scherereien?«

Ich stöhnte innerlich. Es blieben noch zwei Wochen bis zum Monatsende, ich musste mit dem Geld haushalten und wusste dennoch, dass mir nun nur zwei Möglichkeiten blieben: auf das Wechselgeld zu verzichten, sprich doppelt zu zahlen, oder mich mit einem anderen wechselgeldlosen Passagier »verheiraten« zu lassen, der ebenfalls ausstieg. Dann wäre es unsere Sache, den Zweihunderter irgendwie klein zu kriegen. In dem Moment erhob sich der Fahrgast neben dem Busfahrer und reichte dem Schaffner einen weiteren Zweihunderter.

Der Schaffner klagte von Neuem sein Leid. Dann grinste er keck, gab mir mein Geld zurück und sagte zu dem Mann: »Uncle, ich verheirate Sie jetzt mit dieser prächtigen Aunty, die auch hier aussteigen muss.«

Ich schob mich im Wissen aus dem Molue, dass ich nun zusammen mit diesem Fremden eine Möglichkeit suchen müsste, das Geld zu wechseln. Zu allem Überfluss verhakte sich auf dem Weg nach vorn mein Rock auch noch an einem abstehenden Metallstück. Als ich den Stoff reißen hörte, zischte ich ärgerlich. Das war in dem Monat schon der dritte, den ich flicken müsste.

Ich stolperte aus dem Bus und fiel dem Mitpassagier fast in die Arme. Verlegen stützte ich mich kurz am Bus ab und suchte auf meinen hohen Absätzen Halt.

»Habe ich dir nicht gesagt, dass du es eines Tages aufgeben würdest, vor mir davonzulaufen, und mich heiraten?«

Ich sah hoch. »Kachi?«

»Zu Euren Diensten, Prinzessin Morayo«, sagte er und beugte sich herab, um mich kurz zu drücken.

Der Schaffner musterte uns erstaunt. Dann grinste er zufrieden. Man hätte glauben mögen, er hätte soeben ein Friedensabkommen zwischen der Zentralregierung und den Ijaw-Milizen, den Egbesu Boys, eingefädelt. »*Oga, make we dey go*, weiter geht's!«, rief er. Und der klapprige Bus steuerte den nächsten Halt an, während Kachi und ich strahlend am Straßenrand zurückblieben.

Plötzlich schüchtern, sah ich weg.

Kachi zeigte auf den Zweihunderter in meiner Hand. »Das wird dann wohl dein erstes Suppengeld sein?«

»*Suppengeld?*«

»Aber ja. Wenn uns der Schaffner schon verheiratet hat, wirst du ja wohl jetzt für mich kochen?«

Ich verdrehte die Augen. »Wenn das der Betrag ist, den du deiner Ehefrau als Suppengeld zugedacht hast, kann sie einem leidtun.«

»Nun, meine liebe Frau«, meinte er, »dann hoffe ich, dass du einen guten Job hast und viel Geld verdienst. Warst du nicht immer der Ansicht, was Männer können, können Frauen besser?«

Ich schnitt eine Grimasse. »Kachi Nwosu, du bist hinterm Mond. Das war 1970. Jetzt haben wir 2002. Heute heißt das: Was Männer können, können Frauen bleiben lassen.«

Kachis volltönendes Lachen erschallte. »Ehrlich, Morayo, es ist so schön, dich wiederzusehen. Hast du es gerade sehr eilig?«

»Hm, es wird dunkel, und heute übernachtet Eniayo bei mir. Ich muss daheim sein, wenn sie kommt.«

»Nun, dann darf ich dich aber vielleicht nach Hause

begleiten? Ich wohne hier ganz in der Nähe, Williams Estate.«

Ich machte große Augen. »Ist nicht wahr! Ich auch!«

Kachis Wohnung lag nur zwei Straßen von meiner entfernt. Mir entging keineswegs, dass er, während wir auf die Einfahrt zur Anlage zuhielten, verstohlen nach meiner Hand schielte, vermutlich nach einem Ehering. Ich hielt die Hand bewusst in den Falten meines Rocks verborgen.

Schließlich blieb ihm nichts anderes übrig, als zu fragen. »Und? Bist du inzwischen verheiratet, Morayo? Sag es mir lieber schnell, bevor wir da sind. Ich möchte ja nicht, dass mich ein Kerl mit Buschmesser jagt, weil er gesehen hat, wie ich seiner Frau hinterhersteige.«

Ich lachte. »Ach, du fürchtest dich also neuerdings vor gewöhnlichen Buschmessern?«

Kachi hob die Brauen. »Wäre mir neu, dass scharfe Buschmesser schon Standard sind, gute Frau. Also *bitte*, ja? Ich will mir doch mein hübsches Gesicht nicht verschandeln lassen.«

»Na gut, Mr Universe; du hast nichts zu befürchten. Ich bin nicht verheiratet. Ich teile mir die Wohnung mit einer Freundin.«

Wir blieben noch ein Weilchen vor dem Eingang zu meinem Mietshaus stehen und redeten. Es war zu spät, um Kachi noch mit aufs Gelände zu nehmen. Baba Landlord nahm es mit Herrenbesuch sehr genau, und abends erst recht. Ekanem hatte unserem Vermieter ihren Verlobten Ubong offiziell vorstellen müssen, ehe er sich noch nach sieben Uhr am Abend bei uns aufhalten durfte.

Kachi und ich plauderten immer noch draußen, als Eniayo auf einem *okada* eintraf. Nachdem sie den Fahrer bezahlt hatte, hielt Eniayo eilends auf uns zu. Ich sah, wie sie Maß nahm. Ihrem Gesichtsausdruck nach zu urteilen, kam sie fast um vor Neugierde, aber ich sagte nichts.

Als sie bei uns war, hielt sie Kachi die Hand hin. »Guten Abend, ich bin Morayos jüngere Schwester Eniayo. Und Sie?«

Er schüttelte ihr, ohne die Miene zu verziehen, die Hand. »Ich heiße Kachi. Und ich muss sagen, die Ähnlichkeit ist nicht zu verkennen.«

»Gut beobachtet. Die Leute halten uns in der Tat oft für eineiige Zwillinge«, erwiderte Eniayo und funkelte ihn an. Der Spott troff nur so von ihren Worten. »Nun, Mr Kachi, dann erklären Sie doch bitte einmal ihre Absichten gegenüber meiner Schwester.«

»Eniayo!« Mein Gesicht wurde heiß.

»Wenn Sie es wirklich wissen wollen: Meine Absichten sind durch und durch unehrenhaft.« Rasch hielt er sich den Mund zu. »Nein! Habe ich das wirklich gesagt? Ich meine natürlich, dass meine Absichten durch und durch ehrenhaft sind. Es sind dieselben, die ich deiner Schwester gegenüber seit meinem zehnten Lebensjahr hege.«

Eniayo blickte verständnislos drein.

Kachi schüttelte den Kopf. »Erinnerst du dich denn gar nicht an mich? Ich bin der Kachi aus Eleyele, Adannas Bruder.«

Sie schlug sich die Hand vor den Mund. »Ist nicht wahr! Großer Gott, ich hätte dich nie im Leben wiedererkannt! Wie geht es Adanna?«

Die beiden miteinander zu erleben schwellte mir die Brust vor Stolz. Wie immer staunte ich über Eniayos selbstbewusstes Auftreten. An dieser jungen Frau war nichts mehr von dem schüchternen kleinen Mädchen – sie betrat einen Raum wie jemand, der sich in seiner Haut wohlfühlt. Sie war gegen die Blicke und Tuscheleien immun geworden.

Als Kachi sich verabschiedete, bedachte er mich mit einem vielsagenden Blick. »Ich hoffe, dich öfter mal wiederzusehen.«

Auf dem Hof wirbelte Eniayo herum, kaum dass wir die Haustür erreicht hatten.

»Liebe Schwester, was grinst du so? Du tust wie die Ameise in der Zuckerdose.«

Ich musste lachen und beschäftigte mich demonstrativ mit dem Türschloss.

»Na gut, na gut«, meinte Eniayo, »du willst mir also nichts sagen. Dann reden wir eben über die fantastischen Klamotten aus deinem Schrank, die ich an die Uni mitnehme.«

Weil sie meine Verwunderung bemerkte, fügte sie rasch hinzu: »Ach, sagte ich mitnehmen? Tut mir schrecklich leid, liebe *einkommensstarke* Schwester. Ich korrigiere mich: leihen.« Sie lachte. »Und nie mehr zurückgeben.«

In ihr Lachen einstimmend, schloss ich die Tür zu meiner Wohnung auf.

18

Wer den Krug liebt,
liebt, was darin ist.

In der Woche darauf, nachdem ich den Zettel mit seiner Nummer tausend Mal auseinander- und wieder zusammengefaltet hatte, meldete sich Kachi bei mir im Büro und meinte, er sei es leid geworden, auf meinen Anruf zu warten. Er werde mich besuchen kommen. Als Ekanem hörte, dass Kachi sich angekündigt hatte, packte sie eine kleine Reisetasche und verkündete, sie werde über Nacht zu Kafiyah gehen, damit wir ungestört wären.

Als Kachi schließlich klopfte, hatte ich mich bestimmt fünf Mal umgezogen. Bei dem Mahl aus Reis und *dodo*, das ich auftischte, kam Kachi sehr schnell auf den Punkt: »Hör zu, Morayo. Ich bin nicht auf eine unverbindliche Beziehung aus. Die Zeiten sind vorbei. Ich suche eine Frau.«

Eine *Frau*?

»Hm … Kachi, findest du nicht, dass das etwas schnell geht?«

»Nein, finde ich nicht«, antwortete Kachi bestimmt.

»Nun, ich schon. Man rennt nicht blind in die Ehe.«

»Morayo, *rennen* will ich überhaupt nicht mehr«, erklärte er und machte ein entschlossenes Gesicht.

»Nun, wir werden sehen.«

Da Kachi in seinem Ingenieursbüro und ich in der Bank lange Arbeitszeiten hatten, blieb nicht viel Freizeit. Die wenigen gemeinsamen Stunden wurden sehr kostbar, und meist verbrachten wir sie bei ihm daheim oder bei mir, nachdem ich mir die Erlaubnis meines Vermieters eingeholt hatte. Wir guckten Videos oder spielten Brettspiele. Ich bestand darauf, dass Kachi und ich nur Freunde seien. Doch Ekanem und Kafiyah, glühende Fans, meinten, ich müsse ihm die Chance geben, sich zu bewähren. Und Eniayo sagte mir geradeheraus: »Morayo, das kannst du höchstens dir selbst vormachen. Wenn Kachi ›nur ein Freund‹ ist, dann bin ich verdeckte Ermittlerin aus Europa.«

In Wahrheit hatte ich Angst. Angst vor Kachis Reaktion, wenn er von meiner Vergangenheit erfuhr. Ich hatte mir vor Jahren geschworen, vor dem Mann in meinem Leben nichts zu verbergen.

Zwei Wochen später fuhr ich zu Besuch nach Ibadan. Am Samstagnachmittag bestieg ich den Bus zu Aunty Morenike. Denn obwohl mein Verhältnis zu Mummy sich langsam besserte, wusste ich, dass sie mich nicht verstehen würde. Außer Eniayo war Aunty Morenike die Einzige in der Familie, die Kachi kennengelernt hatte.

Nun saßen wir bei ihr im Wohnzimmer. Stets stellte ich bei meinen Besuchen verwundert fest, wie wenig sich veränderte. Damilare war inzwischen natürlich ein großer Junge, und sein Spielzeug flog nicht mehr im Wohnzimmer herum, aber Aunty Morenike hatte sich wieder ein neues Bücherregal gekauft und mit noch mehr Büchern vollgestellt. »Morayo, bei manchen Frauen sammeln sich Schuhe an, bei mir eben Bücher.«

»Aunty, ich habe Angst, dass Kachi eines Tages bereuen könnte, sich in mich verliebt zu haben.«

»Warum sollte er?«

»Das wird er bestimmt, wenn er erfährt, was für eine ich bin.«

»Nein, Morayo – was für eine du *warst*. Aber wozu sich den Kummer von morgen borgen?«, meinte Aunty Morenike. »Du hast ihm ja noch gar nichts erzählt.«

»Ich weiß. Aber wenn er mich dann nicht mehr liebt?«

»Dann liebt er dich nicht mehr«, sagte Aunty Morenike mit fester Stimme. »Das ist seine Entscheidung. Deshalb musst du nicht aufhören, dich selbst zu lieben.« Sie seufzte. »Ich weiß, dass es nicht so einfach ist. Du liebst ihn.«

Ich nickte. Ja, ich liebte ihn.

»Weißt du, vor langer Zeit gab es auch für mich jemanden«, sagte Aunty Morenike mit leuchtenden Augen. »Er hieß Dehinde. Dehinde und ich lernten uns nach meinem Pflichtjahr kennen. Ich glaubte, er wäre der Richtige.«

»Und was ist passiert, Aunty?«

»Seine Mutter. Seine Mutter ist passiert. Ich hatte Dehinde bei seinem ersten Besuch bei mir zu Hause von Damilare erzählt. Erstaunlicherweise machte es ihm nichts. Ende des Jahres sprachen wir schon vom Heiraten. Wir waren beide so weit. Eines Abends holte mich Dehinde zu einer Verabredung ab. Er wohnte noch bei seinen Eltern. Er stellte mich dort seiner Mutter vor. Ich saß mit ihr im Wohnzimmer, während Dehinde mir etwas zu trinken holte. Als er wiederkam, schickte ihn seine Mutter auf einen Botengang. Wie sich herausstellte, war es ein Vorwand, um mit mir allein reden zu können. Dehinde hatte ihr an diesem Tag von Damilare erzählt.«

Aunty Morenike umschlang ihre Beine und lächelte. »Ach, Morayo, du hättest mal ihr Gesicht sehen sollen. Ich dachte, sie fällt dort auf dem Stuhl in Ohnmacht, als ich ihr sagte, Damilare hätte ich mit fünfzehn bekommen. Sie nahm sich das turmhohe *gele* vom Kopf und legte es neben sich auf den Stuhl. Ehrlich, es wäre alles zu Schreien komisch gewesen, hätte sich unser Gespräch nicht darum gedreht, dass Dehindes Familie niemals meinen Sohn akzeptieren könne.«

Aunty Morenike zog die Nase in krause Falten, als sie die vernichtenden Worte wiederholte, die Dehindes Mutter geäußert hatte: »Wir wollen eine Frau, deren Schoß noch unverbraucht ist, die uns Enkel schenkt.« Aunty Morenike machte eine Pause. »Morayo, ich traute meinen Ohren nicht. Ich war gerade vierundzwanzig, mein armer Uterus aber zu alt.«

Mir wurde beklommen ums Herz. »Ach, Aunty …«

»Der arme Dehinde begriff gar nicht, warum ich plötzlich nach Hause wollte oder wieso ich erklärte, zwischen uns sei es aus.« Sie schloss kurz die Augen. »Hätte ich Dehinde berichtet, was seine Mutter gesagt hatte, hätte er mich trotzdem geheiratet.« Sie verzog spöttisch den Mund. »Er hatte immer schon geklagt, ständig müsse er seiner Mutter beweisen, dass er sein eigener Herr sei. Und doch, hätte ich ihn gezwungen, sich zwischen mir und seiner Mutter zu entscheiden …« Sie schüttelte den Kopf. »Ich hätte auf Dauer den Kürzeren gezogen. Und mein Damilare hätte den Preis für meine Entscheidung gezahlt.«

Sie vertrieb die trüben Gedanken und ergriff meine Hand. »Bitte, meine Liebe, lass das Leben nicht an dir vorbeiziehen, nur weil du Angst hast, aus dem Schatten zu treten. Ich genieße mein Leben wirklich, aber einsam ist es schon. Also weihe Kachi ein und überlass die Entscheidung ihm.«

Plötzlich wand sich Aunty Morenike vor Schmerz.

»Aunty Morenike, was hast du?«

Sie rang nach Luft. »Ach, es ist nichts weiter.«

Ich drang in sie. Ich sah, dass sich ein Schweißfilm auf ihrer Stirn bildete, aber sie hob nur die Achseln. »Ich habe da unter dem Arm so eine Schwellung, und manchmal strahlt der Schmerz in den Brustkorb aus. Das geht vorüber.«

Ich erhob mich und wechselte an ihre Seite. »Schwellung? Wie lange schon?«

Sie lehnte sich in die Kissen zurück und winkte ab. »Morayo, ich sage doch: Es ist nichts weiter. Wahrscheinlich bildet sich ein Furunkel.«

»Aunty, solltest du nicht lieber zum Arzt gehen?«

Aunty Morenike fuhr sich mit der Zunge über die trockenen Lippen und lachte. »Ich soll wegen eines Furunkels zum Arzt gehen?«

»Aber du hast doch eindeutig starke Schmerzen.«

Sie hob die Hand. »Gut, gut, ich sehe, du wirst keine Ruhe geben. Sollte der Schmerz wieder auftreten, lasse ich mich im Krankenhaus mal untersuchen.«

Am nächsten Wochenende saßen Kachi und ich draußen auf dem Balkon meiner Wohnung. Es gab keinen Strom, und drinnen war es zu heiß. Ich musste das Hupen des städtischen Verkehrs von Lagos übertönen. »Kachi, ich muss dir etwas sagen.«

Kachi beäugte mich misstrauisch. »Was denn?«

Ich blickte ihm fest in die Augen und fing ganz von vorne an. Ich erzählte ihm von Bros T, von meinem Lebenswandel an der Universität, von den Männern – den für mich längst gesichts- und namenlosen. Ich erzählte ihm von Ladi, von meiner Betäubung und meiner Scham.

Als ich zum Ende kam, saß Kachi mit gesenktem Kopf da.

Ich wartete auf seine Reaktion, und Minuten erschienen mir wie Stunden. Schließlich sah er hoch. »Liebst du Ladi noch?«

Ich war nach und nach zu der Erkenntnis gelangt, dass das, was ich für Ladi empfunden hatte, gar keine Liebe gewesen war. Es war etwas Ungesundes gewesen, das mich verbogen und uns beide um ein Haar zerstört hätte. »Nein, Kachi, ich liebe nicht Ladi. Ich liebe dich.«

Kachi sog scharf den Atem ein. Ich sprach die Worte zum ersten Mal aus.

»Ich liebe dich, Kachi.«

Mit abgewandtem Gesicht erhob Kachi sich und schob sich rückwärts zur Balkontür. »Morayo, ich brauche ...« – er stockte – »Zeit zum Nachdenken. *Okay?*« Er sah sich verwirrt um. »Mein Schlüssel?«

»Dein Schlüssel liegt auf dem Esstisch.« Ich zwang mich, sitzen zu bleiben. Er würde wiederkommen, wenn er so weit war, oder gar nicht. »Kachi ...«

Die Wohnungstür fiel krachend ins Schloss. Er war weg.

19

Wer nur die Kleider hat,
die er am Leib trägt, spielt nicht im Regen.

In den Monaten, die folgten, gab es Tage, an denen ich mich fragte, ob es ein Fehler gewesen war, Kachi einzuweihen.

Er war zwar schon wenige Tage später wieder aufgekreuzt, doch in seinen Augen lag eine neue Wachsamkeit. Als wüsste er nicht mehr ganz, wer ich sei.

Wenn wir zusammen unterwegs waren, fühlte ich mich genötigt, bei jedem Mann, der mich grüßte, zu erklären, woher wir uns kannten. Dabei hatte Kachi gar nichts gesagt. Das wäre allerdings vielleicht besser gewesen. Denn jedes Mal verspannte er sich, und sein Blick irrte zwischen meinem und dem Gesicht des Fremden hin und her. Ich gewöhnte mir an, männlichen Bekannten rasch die Hand zu Begrüßung hinzuhalten, um freundschaftlichen Umarmungen zuvorzukommen.

Dann fing Kachi plötzlich an, zu den verschiedensten Tageszeiten unangekündigt bei mir zu erscheinen. Zunächst sagte Ekanem dazu nichts. Doch bald nahm sie die Störungen übel. »Du kennst das doch, dass die Männer immer alles über früher wissen wollen, nicht? Und schwören, dass sie es dir nicht vorhalten werden?«, meinte sie und drehte das Gas am Herd ab, um mir ihre ungeteilte Aufmerksamkeit widmen zu können. »Glaub mir, sie wollen es nicht wirklich wissen. Das Wissen zerfrisst sie bloß innerlich.«

Ich drehte an der Spüle den Wasserhahn zu und goss den Reis ab. »Was hast du Ubong denn von dir erzählt?«

Ekanem hob die Brauen. »Du weißt, dass es bei mir wenig zu erzählen gibt. Ubong weiß, dass ich Freunde hatte, so wie er Freundinnen hatte, und dabei haben wir es belassen. Was glaubst du denn, was los wäre, wenn Zahlen ins Spiel kämen und ich auf mehr Exen käme als er? Dann würde sich Ubong fragen, ob er zweite Wahl kriegt. Was vorbei ist, ist vorbei. Ich habe aus meinen Erfahrungen gelernt und bin heute klüger. Es wird für mich nie einen anderen Mann geben, und ich bete nur, dass ich ihm genug Frau bin.«

Obwohl ich es nicht bereute, mich Kachi offenbart zu haben, wurmte mich schon, dass ich über Nacht sein ganzes Vertrauen verloren zu haben schien. Und ich wusste genau, dass ich ihm nicht für den Rest meines Lebens zu jedem Zufallensbekannten eine Erklärung geben könnte.

Nach etwa vier Wochen kochte die Sache über. Kachi begleitete mich von seiner Wohnung zu meiner zurück. Ich blieb am Straßenrand stehen. »Kachi, ich kann das nicht mehr.«

Er sah mich verwirrt an. »Kannst was nicht mehr?«

»Kachi, ich liebe dich, aber ich kann dein Vertrauen nicht erzwingen, und ohne Vertrauen taugt eine Beziehung nicht viel.«

»Morayo …«

Ich schüttelte den Kopf. »Kachi, lass mich bitte ausreden. Ich habe so hart daran arbeiten müssen, mich nicht selbst zu hassen. Um keinen Preis will ich noch mal so etwas durchmachen müssen wie die Zeit nach Ladi. Wenn du also mit meiner Vergangenheit nicht leben kannst«, sagte ich ihm, »dann musst du mich gehen lassen.«

»Ach, Morayo … es tut mir so leid.« Kachi zog mich in seine Arme und verschränkte seine Finger mit meinen.

Er legte sich unsere verschränkten Hände aufs Herz und hob mein Kinn, damit ich sein Gesicht in der Abendsonne sähe.

»Kachi …«

Er unterbrach mich: *»Morayo, a hurum gi nany.«* Er sprach seine Muttersprache Igbo.

Kachi konnte zwar fließend Yoruba, ich aber verstand seine Sprache nicht. »Was bedeutet das?«

»Es bedeutet: Ich liebe dich, Morayo.« Kachi schwieg kurz und sah mir in die Augen. »Weißt du denn nicht, dass du der einzige Zuckerwürfel für meinen Tee bist?«

Ich sagte nichts. Ich brauchte jetzt mehr als nur Süßholz.

»Morayo?«

Ich holte tief Luft. »Keine Kreuzverhöre mehr?«

Kachi nickte. »Keine Kreuzverhöre.«

»Bist du dir wirklich sicher, dass du noch mit mir zusammen sein willst?«

Kachi strich mir über die Wange. »Ja, ich bin mir sicher.« Ein Lächeln umspielte seine Lippen. »Irgendjemand muss dich schließlich deinem Vater abnehmen. Selbstlos, wie ich bin, übernehme ich den Job.«

Ich vergrub das Gesicht an seiner Brust. Als er mich an sich drückte, zurrte sich der Knoten in mir nur noch fester. Ich fragte mich, wie lange er durchhalten würde.

Ein halbes Jahr später hielt Kachi immer noch durch.

Während wir unsere Beziehung im Laufe der Monate austarierten, wuchs meine Liebe zu Kachi stetig. Ich lernte bald, dass sich hinter dem sonnigen Habitus ein aufbrausendes Temperament verbarg. Zum Glück aber legte sich sein Zorn meist schnell.

Als Kachi daher eines Nachmittags mit finsterer Miene bei mir aufkreuzte, wusste ich, dass es Ärger geben würde.

Er nahm mir gegenüber auf der Couch Platz. »Morayo, wir müssen reden.« Er sprach in gedämpftem Ton und rieb sich wiederholt den Kopf. »Hör zu. Seit einem Jahr nun bitte ich dich, mich zu heiraten. Damit meine ich ja nicht gleich morgen. Du weißt, ich bin kein reicher Mann. Mein Vater ist es ebenso wenig. Ich werde Zeit brauchen, um das Geld für die Hochzeit zusammenzubringen. Aber du sagst immer bloß Nein. Morayo, liebst du mich nicht?«

»Doch, Kachi, aber ich brauche noch etwas Zeit.« Als ich den Arm nach ihm ausstreckte, riss er seinen weg.

»Zeit wozu?«

Als ich nicht antwortete, sprang er auf und tigerte durchs Zimmer. »Es muss da noch etwas anderes geben, was du mir verschweigst«, knurrte er. Plötzlich blieb er wie angewurzelt stehen. »Oder gibt es einen anderen? Dann sei dir gesagt, dass ich ein anziehender junger Mann mit besten Aussichten bin. Auf dem Weg hierher haben mir fünf junge Frauen nachgepfiffen, musst du wissen.«

Ich rang mir ein Lächeln ab. »Dann sollten sie auf der Hut sein. Was sind das für müßige Weiber, dass sie es wagen, meinem Kerl hinterherzupfeifen? Diese jungen Apartmentladys können mich aber kennenlernen!«

Doch Kachi fand es nicht zum Lachen. Ich begriff, dass ihm langsam wirklich der Geduldsfaden riss.

»Wenn du bereit bist, mir die ganze Wahrheit zu sagen, weißt du ja, wo du mich finden kannst.« Er schleuderte mir die Worte über die Schulter entgegen, während er schon zur Tür hinausstürmte.

Ich ging ihm nicht nach. Er musste sich erst einmal beruhigen. Als ich tagelang nichts von ihm hörte, kriegte ich es dann doch mit der Angst zu tun, aber ich konnte mich nicht überwinden, ihn anzurufen. Ich hatte noch immer keine Antwort für ihn parat.

»Aunty Morayo!«

Ich wandte mich nach der Stimme um und sah Bisi, eine der halbwüchsigen Töchter meines Vermieters, auf mich zu hasten. Ich hörte die Dunlop-Pantoffeln gegen ihre Sohlen klatschen. »Guten Tag, *Ma*.« Sie grüßte und zog einen zerknitterten Umschlag aus ihrem Rock. »Onkel Kachi schickt mich. Er hat mich gebeten, dir diesen Umschlag zu geben.«

Ich dankte ihr mit einem Lächeln. »Wann war er denn hier?«

»Vorhin, *Ma*.«

Den Umschlag öffnete ich erst auf meinem Zimmer. Lächelnd las ich die Anrede: *Obi m*, mein Herz – Kachis Igbo-Kosename für mich.

Obi m,

ich muss nach Awka. Ich erhielt gestern die Nachricht, dass Papa krank ist. Er möchte mich sehen. Denke während meiner Abwesenheit bitte über unser Gespräch am Samstag nach. Ich rufe Dich Ende der Woche an.

Stets Dein

Kachi

PS: Mir hat die ganze Woche niemand hinterhergepfiffen. Was hast Du mit den hübschen Apartmentladys gemacht?

Den Nachsatz las ich mit einem Schmunzeln. Am Morgen erwachte ich aus unruhigem Schlaf. Kachi hatte ja recht. Es gab da noch etwas von Bedeutung, das ich ihm nicht erzählt hatte – aber dazu musste ich erst zu meinen Eltern. Und das ließ sich nun nicht länger aufschieben. Es war Zeit, Mummy zu gestehen, dass ich mich trotz Daddys unmissverständlicher Warnung vor einer ethnischen Mischehe in einen Igbo verliebt hatte. Und da Mummy mich ja so dringend verheiratet sehen wollte, würde sie Daddy eben umstimmen müssen.

Bei einem meiner früheren Besuche, nicht lange nach meinem Eintritt in die Bank, hatte Daddy mich und Eniayo ins Wohnzimmer gebeten. Er hatte vor sich auf dem Fußschemel eine Karte von Nigeria liegen. »Hört zu, ihr beiden. Ihr seid jetzt erwachsen, und bald werdet ihr uns verkünden, dass ihr heiraten wollt.«

Eniayo und ich sahen entgeistert zu, wie Daddy einen roten Marker nahm und den Grenzen zwischen Lagos, Ogun, Oyo, Kwara und Ondo nachfuhr.

»Bevor ihr mir einen Freier ins Haus bringt, vergewissert euch, dass er aus einem dieser Bundesstaaten kommt. Ich will hier niemanden aus einem anderen Staat sehen. Die Ehe ist schon schwierig genug, wenn man einen aus dem eigenen Volk heiratet. Doch sucht man sich einen aus einem anderen Stamm …« Er ließ den Satz unvollendet. Er fügte nur an: »Habe ich mich klar ausgedrückt?«

»Ja, Sir.«

»Gut«, hatte Daddy gesagt, die Karte fein säuberlich zusammengefaltet und mir übergeben. »Morayo, wenn du die Karte nicht mehr brauchst, gib sie an deine Schwester weiter. Ihr könnt gehen.«

Kachi stammte aus dem Osten des Landes – eindeutig geografisch inakzeptabel.

Als ich am Tag nach Erhalt von Kachis Brief bei meinen Eltern eintraf, suchte ich Mummy in ihrem Schlafzimmer auf, wo sie für Daddy eine Hose säumte. »Mummy, ich muss dir etwas sagen.«

Ich sah leise Hoffnung in ihrem Blick aufflackern. Behutsam legte sie die Hose auf dem Bett ab.

»Mummy, ich habe jemanden kennengelernt.«

Sie schlug die Beine übereinander. »Jemanden?«

»Ja, *Ma*. Einen Mann.«

»Einen *Mann?*«, wiederholte Mummy staunend. Sie tat geradezu so, als behauptete ich, ein Einhorn mit Oyo-Stammesnarben gesehen zu haben, das am Busbahnhof geröstete Erdnüsse feilbot. Das Blitzen in ihren Augen verriet mir, dass sich dahinter schon das Rechenkarussell drehte: Mann gleich Hochzeit gleich Enkelkinder.

»Er heißt Kachi Nwosu.«

»Ach.« Sie strich mit der Hand an den Falten ihres *wrapper* entlang. Ich wartete. »Er ist Igbo?«

»Ja, *Ma*.«

»Verstehe. Und wo hast du diesen Kachi kennengelernt?«

»Erinnerst du dich an die Igbo-Familie mit der Verkaufsbude, wo wir früher unseren Pfeffer zum Mahlen hingebracht haben?«

Mummy kniff die Augen zusammen und überlegte angestrengt. Dann schnippte sie mit dem Finger. »Mama Chukwudi.«

Ich lachte. »Nein, Mummy. Mama Kachi.«

»Chukwudi – Kachi, ist doch ein und dasselbe.« Mummy wedelte mit der Hand. »Aber sind die nicht wieder in den Osten zurückgezogen?«

»Ja, das sind sie.«

Ihre Augen wurden schmal. »Wo habt ihr euch denn dann wiedergesehen?«

»Ich bin ihm zufällig wiederbegegnet, als ich zum Orientierungscamp nach Anambra musste. Und dann wieder vor fast zwei Jahren in Lagos, und seitdem …« Meine Stimme erstarb.

»Willst du mir etwa sagen, dass du dich mit diesem jungen Mann seit fast zwei Jahren triffst?«

Ich nickte mit dem Kopf.

Sie sah mir prüfend ins Gesicht. »Und dieser Kachi möchte dich heiraten?«

»Ja, *Ma*. Wir lieben uns.«

»Lieben?« Mummy schnalzte mit der Zunge. »Ich kann mir wohl denken, dass ihr euer Turteln für Liebe haltet. Aber es sind die Prüfungen der Ehe und des Lebens, die wahre Liebe hervorbringen, mein Kind.«

Ich war nicht überrascht. Ich hatte sie diese Ansicht unzählige Male äußern hören. »Mummy, er ist ein guter Mann, und ich möchte ihn heiraten.«

»Ein guter Mann«, wiederholte Mummy. »In Ordnung, meine Liebe, ich habe dich gehört. Sag diesem guten Mann, dass deine Mutter ihn kennenlernen will.«

In mir keimte Hoffnung.

»Und wenn ich ihn kennengelernt habe, werde ich *vielleicht* mit deinem Vater über diese Heiratsabsicht sprechen. Und dann werden wir sehen.«

Als Kachi nach Lagos zurückkehrte, sagte ich ihm, dass Mummy ihn kennenlernen wolle. Sein von den Reisestrapazen gezeichnetes Gesicht leuchtete auf. Ich lachte, als er mich hochschwang und im Kreis herumwirbelte. Als Mummy mich einige Wochen später in Lagos besuchte, präsentierte Kachi sich in gestärktem Hemd und gebügelter Hose. Ich verbiss mir das Lachen, als ich ihm aufmachte. Er war sichtlich blass um die Nase und schwitzte. Er legte sich zum Gruß bäuchlings vor Mummy hin. Meine Mundwinkel zuckten, als Kachi sie in fließendem Yoruba grüßte: *»Ekaasan, Ma.«*

Mummy blickte mit unbewegter Miene auf ihn hinunter. Sie erwiderte seinen Gruß nachdrücklich auf Englisch: »Guten Tag, junger Mann. Willkommen.«

Kachi setzte sich ihr gegenüber auf einen Stuhl, die Hände artig im Schoß gefaltet. Er wirkte wie ein Schüler, der wegen einer Übertretung zum Direktor gerufen worden ist. Ich setzte mich zu Mummy und verfolgte das Schauspiel.

Nach einer verlegenen Pause leitete Kachi tapfer die Unterhaltung ein. »Wie war die Reise von Ibadan, *Ma*?«

Mummy schenkte ihm ein flüchtiges Lächeln. »Sehr gut. Danke.«

»Wie geht es Daddy, *Ma*?«

»Daddy geht es gut. Morayo sagte mir, dass Sie Ihren kranken Vater aufgesucht haben. Geht es ihm besser?«

»Papa geht es wieder viel besser. Danke der Nachfrage, *Ma*.«

Mummy räusperte sich vernehmlich und blickte Kachi direkt in die Augen. »Sie wissen, weshalb ich Sie hier heute sehen wollte?«

Kachi nickte. »Ja, *Ma*, ich weiß es.«

»Morayo sagt mir, dass Sie sie heiraten möchten. Stimmt das?«

»Ja, *Ma*, nichts möchte ich lieber als Morayo heiraten.«

Mummy spitzte die Lippen. »Und haben Sie Ihren Eltern von Morayo erzählt?«

»Ja, *Ma*. Ich habe es ihnen vergangenes Weihnachten gesagt.«

»Und was meinen Ihre Eltern dazu?«

»Sie hoffen, Morayo bald kennenlernen zu können. Sie waren sehr erfreut.«

»Erfreut?« Mummy beäugte ihn skeptisch.

Kachi nickte. »Ja, *Ma*.«

Ich hatte Kachi zunächst auch nicht geglaubt, als er mir die Reaktion seiner Eltern geschildert hatte. Er war der einzige Sohn. Später hatte er zugegeben, dass seine Mutter bei der Nachricht zunächst Bedenken geäußert hatte – aber kennenlernen wollten sie mich.

Die Schweißflecke unter Kachis Achseln wurden größer.

Zu meiner Überraschung wechselte Mummy aber nun das Thema: »Morayo, ist das Essen wohl fertig?«

»Ja, Mummy. Soll ich den Tisch decken?«

Mummy wandte sich an Kachi. »Ich hoffe, Sie haben einen starken Magen, junger Mann. Möglicherweise überlegen Sie sich die Sache mit dem Heiraten noch mal, wenn Sie von Morayos *egusi* gegessen haben.«

Mir blieb der Mund offen stehen. »Mummy!«

Doch Kachi brach in Gelächter aus. Und zum ersten Mal kam Mummys Lächeln von Herzen. Zum Glück bestand meine Suppe die Geschmacksprüfung, und der Nachmittag verlief sehr gut. Beim Essen plauderten die beiden aufgeräumt, und ich merkte, dass Mummy gefiel, was sie bei Kachi sah. Ich war selig. Ehe Mummy aufbrach, versicherte sie mir, dass sie mit Daddy sprechen werde, aber ich müsse ihr etwas Zeit geben.

Drei Monate später forderte Mummy mich auf, Kachi nach Ibadan mitzubringen. Eniayo bestand darauf, auch zu kommen. »Diese Begegnung lasse ich mir keinesfalls entgehen!«, meinte sie.

An Kachis verspannter Kinnlade während der Hinfahrt sah ich, dass er arg nervös war. Wir konnten ihm kaum zwei Sätze entlocken. Erst kurz vor der Ankunft in Ibadan gelang es Eniayo endlich, ihn zum Lachen zu bringen. »Na, Kachi, hat dich Morayo auch daran erinnert, eine kugelsichere Weste anzulegen?«

Kachi starrte offenmündig in den Rückspiegel. »Kugelsichere Weste?«

Eniayo dreht sich mir zu. »Morayo! Hast du nicht!?« Sie schlug sich an die Stirn. »Sag bloß, den Helm hast du auch vergessen? Kachi, weil ich dich mag, muss ich dich warnen.« Ihre Augen blitzten. »Es gibt da bei uns in der Straße einen alten Jäger Schrägstrich Scharfschützen, der Morayo als fünfte Ehefrau will. Was glaubst du, warum sie so lange ledig geblieben ist? Dem einzigen Freier, den sie je mit nach Hause gebracht hat, fehlt heute ein Ohr. Zu seinem Glück hatte der Jäger nämlich schon damals zittrige Hände.«

Ich traute meinen Ohren nicht. »Eniayo!«

Als wir in unsere Straße bogen, konnte Kachi immerhin wieder grinsen.

Doch das Lachen verging ihm, als er das Haus betrat und Daddy im Wohnzimmer vorfand. Daddy schaute fern.

Kachi warf seinen langen Körper zum Gruß bäuchlings vor ihn. Sogar ich war von der Eleganz seiner Landung beeindruckt. »Guten Tag, Sir.«

Daddy schob seine Zweistärkenbrille auf der Nase ein Stück hinab und musterte Kachi dort auf dem Boden.

»Guten Tag, junger Mann.«

»*Ekaasan*, Sir«, riefen Eniayo und ich im Chor, während wir zum Gruß vor Daddy knieten.

Mummy erschien mit breitem Lächeln in der Tür zur Küche. »*Ekaabo!* Willkommen in Ibadan, Kachi! Wie war die Fahrt von Lagos?«

Wie sich herausstellte, wurde im Fernsehen ein Fußballspiel zwischen Manchester United und Liverpool übertragen. Beide Männer waren leidenschaftliche Fußballfans, und dass sie zusammen das Spiel verfolgen konnten, trug entschieden dazu bei, das Eis zu brechen. Staunend wurden Eniayo und ich Zeuge davon, wie sie ihre Debatte beim Essen munter fortsetzten. Kachi war bei uns hereinspaziert und hatte an einem einzigen Tag die unumstößliche Regel über den Haufen gerannt, nach der beim Essen nicht geredet werden durfte. Mummy warf mir verschmitzt einen Blick zu.

Hinterher bat Daddy Eniayo, Stühle auf die Veranda zu stellen. Er wollte sich außer Hörweite mit Kachi unterhalten. Bald schon drang fröhliches Lachen zu uns durch die offenen Fenster.

Mummy sonnte sich in ihrem Triumph. »Dann kann ich ja mit meinen Listen beginnen«, meinte sie.

Als Kachi und ich am späten Nachmittag zu einer Stippvisite bei Aunty Morenike aufbrachen – Eniayo war in Ibadan zurückgeblieben, um Mummy und Daddy mehr Taschengeld abzuluchsen –, war uns vor Glück ganz leicht im Kopf.

Ich hatte uns bereits am Vortag bei Aunty Morenike angekündigt. Sie empfing uns an der Tür mit banger Miene.

Doch ihr Gesicht hellte sich schlagartig auf, als sie uns breit grinsen sah. »Es ist also alles gut gelaufen!«

Ich nickte. »Mummy sitzt schon an der Gästeliste.«

Vor Freude quiekend wie ein Kind, schob uns Aunty Morenike in die Wohnung. An den Händen zog sie uns zur Couch und nahm zwischen uns Platz. »Erzählt!«

Als Kachi berichtet hatte, wie Daddy ihn nach seinen Zukunftsplänen gefragt und wie sie über Daddys Reisen in den Osten des Landes gesprochen hatten, seufzte Aunty Morenike zufrieden. »Ich freue mich sehr für euch zwei.« Sie drückte uns die Hände und erhob sich. »Das muss gefeiert werden. Ich habe eine Flasche Obstwein im Kühlschrank. Augenblick.«

Kachi und ich nahmen uns bei der Hand.

Beide waren wir erschöpft, als Kachi mich am Abend bei mir absetzte. Er drückte mich kurz an sich, ehe er heimfuhr. *»Obi m«*, raunte er mir ins Ohr.

»Hm …«

»Wir werden heiraten.«

»Ja, Kachi«, sagte ich. »Das werden wir.«

Zwei Monate später war ich diejenige, die mit einem mulmigen Gefühl die gemeinsame Fahrt zu Kachis Eltern in Awka antrat. Seine Schwester Adanna feierte ihre *Igba Nkwu Nwanyi*, die Darbringung des Weins, die eine traditionelle Igbo-Hochzeitszeremonie ausmachte. Kachi erklärte es mir so: Der Bräutigam und seine Familie bringen der Familie der künftigen Braut Palmwein, und dann werden die Familien sich offiziell vorgestellt. Die Braut mache vorgeblich auf der Suche nach dem Bräutigam mit einer

Schale Palmwein die Runde. Wenn sie ihn dann gefunden habe, biete sie ihm den Wein an und führe ihn zu ihrem Vater, der das vor ihm kniende Paar segne.

Mama Kachi tänzelte zu mir an die Beifahrertür. Kaum war ich ausgestiegen, umarmte sie mich und wollte sich in den losen roten Staub niederknien.

»Guten Abend, *Ma*«, brachte ich mit Mühe hervor.

»Willkommen, Tochter. Wir haben euch freudig erwartet!«

Kachis Schwestern Adanna, Ogadinma und Dumebi kamen ebenfalls aus dem Haus, um uns zu begrüßen. »Dein Vater und dein Onkel Ekene sind drinnen«, sagte Mama Kachi ihrem Sohn, nachdem sie ihn fest gedrückt hatte.

Wir fanden Kachis Vater, Papa, und seinen jüngeren Bruder im Wohnzimmer. Ich kniete mich zum Gruß vor die beiden Männer. »Guten Abend, Sirs.«

»Ada nno o«, sagten die beiden auf Igbo.

»Willkommen, Tochter«, wiederholte Papa noch mal auf Englisch. »Willkommen in unserem bescheidenen Heim.«

Ich nahm mit respektvoll niedergeschlagenen Augen auf einem der mit geblümtem Stoff gepolsterten Stühle Platz.

Dumebi trug unser Gepäck herein. Bald kehrte sie mit Tellern voll frisch gewaschenem Safu und geröstetem Mais zurück. *Nne* sagte mir, ich würde während meines Besuchs mit Adanna das Zimmer teilen. Wenig später teilte Ogadinma mir mit, dass sie einen Eimer Wasser ins Bad gestellt habe – falls ich mich waschen wolle.

Als ich mich zu Kachis Schwestern hinter dem Haus gesellte, waren sie damit beschäftigt, körbeweise Melonenkerne für die Hochzeit zu schälen. Ich setzte mich auf den Schemel, den Adanna an ihrer Seite für mich bereitgehalten hatte, und lauschte ihren lebhaften Ausführungen zu ihrem Bräutigam Obinna.

Dann kam Kachi heraus und zog mich beiseite. Er werde das Haus mit seinem Vater und Onkel verlassen müssen. Es gebe noch letzte Vorbereitungen zu treffen, ehe wir ins Dorf aufbrechen könnten. »Kommst du hier klar?«, flüsterte er etwas besorgt. »Papa besteht darauf, dass ich mitfahre. Wir müssten aber bald wieder da sein.«

»Kein Problem«, versicherte ich und drückte ihm mit einem Lächeln die Hand. »Deine Schwestern beginnen bald mit dem Kochen. Ich kann ihnen sicherlich helfen.«

Kachis Augen weiteten sich; er schüttelte den Kopf. »Beim Kochen helfen! Bitte nicht. Ich habe meine Mutter schon gewarnt, dich ja nicht an die Suppe zu lassen.«

Mir fiel der Kinnladen herunter; er drückte mir rasch einen Kuss auf die Stirn.

Hinter uns fingen seine Schwestern an zu kichern.

Am Morgen unternahmen wir die kurze Fahrt von Awka in Kachis Heimatdorf Ezinifite Nnewi. Seine Eltern stammten beide von dort. Bei der Fahrt durchs Dorf versorgte meine selbst ernannte Dolmetscherin Dumebi mich mit einem endlosen Strom an Informationen. Die große umzäunte Hofanlage der Familie lag direkt im Zentrum. Auf dem Gelände umstanden drei Häuser einen großen Innenhof. Das stattlichste Haus aus blauem Glas war der Dorfsitz von Onkel Ekene. Es überragte Papas zweigeschossiges. Daneben wirkte der bescheidene Bungalow ihres verstorbenen Vaters wie ein armer Verwandter.

Nne geleitete mich zu Kachis neunzigjähriger Großmutter, die noch im Haus ihres Mannes lebte. Sie sprach kein Englisch und ich kein Igbo, doch sie zog mich freudig an ihre knochige Brust, als *Nne* mich als Kachis Zukünftige vorstellte.

Während der fünf Tage unseres Verbleibs im Dorf bekam ich Kachi kaum zu Gesicht. Er widmete sich mit den übrigen Männern eigenen Vorbereitungen, während ich bei den Frauen blieb. Am Tag vor der Zeremonie traf die *Nwunye umudi* ein, die Gemeinschaft der Clanfrauen, um mit Hand anzulegen. Ich gab es auf, die Umarmungen zu zählen, mit denen ich in der Familie willkommen geheißen wurde.

Am Tag der Zeremonie waren wir sehr früh schon wach. Adanna hatte vor Aufregung kaum ein Auge zugetan. »Adanna, du brauchst deine Kraft«, ermahnte Mama Kachi sie, bis sie endlich etwas aß.

Der Bräutigam Obinna und seine Familie wurden aus dem Nachbardorf Ekwulumili erwartet. Rasch fanden sich unter den großen Festzelten im Innenhof immer mehr Familienmitglieder und Gäste aus allen Teilen des Landes ein. Mama Kachi, die wusste, dass ich zum ersten Mal einer Igbo-Hochzeit beiwohnte, stellte mir Kachi zur Seite. Auf die Weise würde mir nichts von der Zeremonie entgehen. Adanna und ihre aus Schwestern, Cousinen und Freundinnen zusammengesetzte Schar Jungfern würden erst später zu uns stoßen.

Zunächst hielt Mama Kachi selbst mit einem Gefolge aus Freunden und Verwandten Einzug. Sie tanzte in die Mitte des Kreises, und Gäste und Familienmitglieder erhoben sich, um sie mit Nairascheinen zu bewerfen. Einige davon blieben an ihrem schweißüberströmten Gesicht haften. Nach dem Auftritt der Brautmutter tanzte Adanna mit ihren Jungfern herbei. Sie alle sahen in ihren identischen goldenen Spitzengewändern wunderschön aus, doch Adanna stahl ihnen zu Recht die Schau. Bei ihrem Anblick stockte mir der Atem. Kachi freute meine Reaktion, und sein Blick flog ständig zwischen mir und seiner Schwester hin und her. Adanna sah in ihrer gold bestickten *buba* mit den Puffärmeln und dem königsblauen seidenen *wrapper* umwerfend aus. Ihr blau-goldener Damastkopfputz weitete sich vom Scheitel aus wie eine große Schale. Schwerer Goldschmuck an Ohren, Hals und Handgelenken schmeichelten ihrem hellen Teint. Doch Adannas seliges Zahnlückenlächeln überstrahlte noch alles Gold.

Nach ihrem Tanz kniete sich Adanna vor Papa nieder, um von ihm die Schale Palmwein zu empfangen. Bald grölten wir alle über die Späße einer scheinbar verzweifelt nach Obinna fahndenden Adanna. Eine Freundin reichte ihr sogar zur Unterstützung ein Fernglas. Als Adanna ihres Bräutigams im Gedränge schließlich habhaft geworden war, reichte sie ihm die Schale Palmwein, die er begierig leerte. Dann führte Obinna ihn zu Papa und dem Segen zurück.

Gespannt richtete ich mich auf meinem Stuhl auf, um die farbenprächtigen *Egedege*-Tänzer zu sehen. Die Muskeln der jungen Männer spielten und glänzten vor Schweiß. Die geschmeidig sich biegenden perlumgürteten Taillen der Frauen reizten alle Zuschauerinnen auf ihren Sitzen zur Nachahmung. Die Flötenklänge der *oja* und die Trommeln trieben die Tanzenden an und ließen mich sogleich im Takt mit dem Fuß klopfen. Die Füße der Tänzer wirbelten Wolken roten Staubs auf.

Ogadinma und Dumebi zogen mich von einem Stuhl hoch in den Tanz hinein. Mir war klar, dass ich den Versuch, mit meinen steifen Knochen derart wilde Bewegungen auszuführen, später würde büßen müssen. Kachi folgte mir nach und ließ Fäuste voll Nairascheine über mich hinabregnen. Und Kachis Jugendfreund Nnamdi stieß ebenfalls zu uns und bewarf mich mit Dollars. Als ich am nächsten Morgen aufwachte, war ich überzeugt, mir diverse Muskeln gezerrt zu haben, aber der Schmerz schien mir kein hoher Preis.

Drei Tag nach der Zeremonie in Ezinifite kehrten Kachi und ich nach Lagos zurück. Als er mich vor der Wohnung abgesetzt hatte, nahm ich ein kühles Bad und sank sogleich in mein verheißungsvolles Bett. Ich schlief sehr bald ein, und *oja*-Klänge durchwehten meine Träume.

20

Geborgte Hosen sind entweder zu eng im Bein oder in der Taille zu weit. Nur die eigene Kleidung sitzt perfekt.

Die Monate vergingen im Fluge. Kachis Eltern reisten nach Ibadan und lernten Mummy und Daddy kennen. Bei der kleinen Vorstellungsfeier einigten sich die Familien auf einen Hochzeitstermin, und mit den Vorbereitungen wurde es ernst.

Meine Arbeit und das dauernde Hin- und Herfahren zwischen Lagos und Ibadan hielten mich in den Vorhochzeitswochen ziemlich auf Trab. Kachi seinerseits hatte mit der Unterbringung seiner Familienangehörigen und Freunde, die aus dem Osten zur Hochzeit anreisen würden, alle Hände voll zu tun.

Ich stellte sehr schnell fest, dass Mummy ihre eigenen Vorstellungen hatte, wie die Hochzeit ihrer Erstgeborenen auszusehen hatte. Meist waren ihre Vorstellungen das genaue Gegenteil von meinen.

»Aber Morayo, warum willst du ein rosa Hochzeitskleid tragen? Alle deine Cousinen haben in Weiß geheiratet. Warum musst du immer so schwierig sein!«, rief sie gereizt bei einem meiner Besuche daheim.

Es stimmte, dass meine verheirateten Cousinen Weiß getragen hatten; selbst die, die bereits im siebten Monat gewesen war, und auch die, deren zwei Kinder Ringträger und Blumenmädchen gewesen waren! Ich fragte mich, wie Kachi und ich es wohl gehandhabt hätten, hätten wir zu Zeiten unserer Großeltern geheiratet. Das Blut welchen armen Tieres hätten wir auf das weiße Betttuch gießen müssen, um zu beweisen, dass ich unberührt ins Haus meines Mannes kam?

»Ehrlich, Mummy«, entschlüpfte es mir, »es wissen doch alle, dass ich nicht mehr Jungfrau bin.«

Mummy klappte der Kinnladen herunter. »Morayo! Was ist bloß in dich gefahren? Selbst wenn es dir egal ist, nimm bitte Rücksicht auf deine Schwester. Was sollen die Alabis von unserer Familie denken?«

Schließlich einigten wir uns auf Elfenbeinweiß.

An vielen Wochenenden musste ich mich zu Aunty Morenike retten, wenn die Spannung zwischen Mummy und mir unerträglich wurde. Aunty Morenike hörte sich dann meine Klagen an und lächelte milde. »Morayo, ist dir nicht klar, wie lange Aunty Bisoye schon von diesem Tag träumt? Etwas mehr Kompromissbereitschaft würde Wunder wirken, weißt du.«

Bei diesen Besuchen fiel mir auf, dass Aunty Morenike immer kränklicher wirkte. »Aunty, ich mache mir ernste Sorgen um dich. Warst du beim Arzt?«

Aunty Morenike grinste verlegen. »Nein, war ich nicht.« Ihr Gesicht wurde ernst. »Ehrlich gesagt, mache ich mir langsam selbst Sorgen. Die Beschwerden haben alle kurz nach der Sache mit den vergifteten Bohnen begonnen, aber daran habe ich zunächst nicht gedacht …«

Mein Herz begann zu rasen. »*Ha!* Aunty, du musst unbedingt noch heute ins Krankenhaus. *Bitte.* Ich begleite dich.«

Vor einigen Monaten hatte es einen bewaffneten Überfall auf einen Sattelschlepper gegeben, der mit Düngemittel behandelte Bohnen auf eine Farm im Bundesstaat Ogun transportierte. Die Diebe hatten die gestohlenen Bohnen verkauft. Bis die Verbraucher begriffen, was geschehen war, waren Dutzende Menschen an den vergifteten Bohnen gestorben und Hunderte erkrankt.

Aunty Morenike gähnte. »Mummy Ibeji klagt auch. Sie will mich nächste Woche ins Krankenhaus schleifen.« Sie rekelte sich und wechselte das Thema. »Und? Habt ihr, Aunty Bisoye und du, schon die Anzahlung für den Festsaal geleistet?«

Als ich wieder in Lagos war, bestand Kafiyah, die wusste, wie sehr mich die Hochzeit belastete, darauf, dass wir uns einen Kinoabend gönnten. Auf dem Weg zum Silverbird-Cinema meinte sie, wir müssten noch kurz bei ihr vorbeigehen. Ich ahnte nicht, dass sie etwas ganz anderes mit mir vorhatte.

»Überraschung!«

Verdutzt wich ich auf der Schwelle einen Schritt zurück. Kafiyah schob mich lachend ins Zimmer. Eniayo und eine strahlende Ekanem erwarteten mich mit einer kleinen Schar Frauen. Überall hingen Luftschlangen und Ballons mit Hochzeitsglocken darauf. Eniayo überreichte mir eine Schärpe mit der Aufschrift »Mrs Nwosu«, die ich überstreifen musste. Kafiyah hatte insgeheim eine Hochzeitsgeschenkparty organisiert.

Ekanem und ich warfen uns einander in die Arme. Ich hatte sie seit ihrer Hochzeit nicht mehr gesehen. Sie strahlte. »Ekanem, du bist extra gekommen!«

»Du als Braut!«, rief Ekanem. »Das hätte ich mir doch um keinen Preis entgehen lassen.«

Etwas später drängte mich Kafiyah: »Also, Morayo, lass mal sehen, was Ekanem dir geschenkt hat.« Als ich die Schachtel auspackte, erkannte ich den Aufdruck sofort. Das Geschenk stammte aus einem der exklusiven Wäscheläden in Lagos' Stadtviertel Victoria Island.

Ekanem grinste mich an. »Du erinnerst dich doch an unsere Erörterung der für unser Ehearsenal erforderlichen Munition, Morayo, oder nicht? Nun, ich habe den unverzichtbaren Grundstock gelegt. Ich weiß, dass Kachi schon jahrelang voll Ungeduld darauf wartet.«

Mir schoss das Blut ins Gesicht, als alle lachten. Ich hob das Seidenpapier an und legte ein Set aus pinkfarbenen Spitzen-BH und Höschen frei. Die Frauen reichten die Wäsche mit viel Oh und Ah herum.

»Das, meine Lieben, bezeichnet man in den besten Ehefrauenkreisen als ›Granate‹«, erklärte Ekanem. »Klein, aber krawumm; sofortige Reaktion garantiert.«

»Eky, Baby!«, rief Kafiyah lachend.

»Glaub mir, Kaffy, ich bin schließlich eine echte Efik. Meine Mutter hat mich während der Initiation im *nkuho* voll eingeweiht.«

»Morayo, los, das nächste Geschenk«, drängte Ekanem.

Ich zog das nächste Päckchen heran. Darin war ein Body aus rotem Seidenchiffon mit Goldfäden.

»Aha!«, rief Ekanem. »Das Tränengas. Dieses Baby bringt erwachsene Männer zum Weinen.«

Eniayos Gesicht war jetzt fast so rot wie der Body.

»Ekanem«, lachte ich. »Bitte, du bringst meine kleine Schwester noch um.«

»Eniayo, schließ die Augen«, befahl Kafiyah.

Eniayo hielt sich die Augen zu, aber ich sah, dass sie dabei lachte. Schließlich wartete ihr Tunde geduldig darauf, dass sie ihr Studium abschloss, und eines Tages würde sie selbst solche Geschenke auspacken.

Ich holte das letzte Päckchen aus dem Karton. Darin lag ein fliederfarbenes, vorn und hinten tief ausgeschnittenes Negligé mit passendem Überwurf.

Ekanem beugte ehrfürchtig das Haupt. »Der krönende Abschluss. Ihr seht vor euch den Raketenwerfer M 4, Sonderausführung. Die Zugangsgarantie zum Honigtopf im Mond.«

»Ehrlich, Ekanem, du hast deinen Beruf verfehlt«, bemerkte Titi aus der Direktion. »Du gehörst als Standup-Comedian auf die Bühne.«

»Oder als Wäschevertreterin zu den Königinnen der Nacht auf die Allen Avenue!«, meldete sich Kafiyah zu Wort.

Ekanem musterte Kafiyah abwägend. »Kaffy, darf ich daraus schließen, dass du für den Wäschevertrieb die PR übernehmen willst?« Ekanem prustete los, als Kafiyah sich schüttelte. »Schwestern, es ist tröstlich zu wissen, dass es für mich bei drohendem Karriereknick Alternativen gibt. Ich fürchte nämlich, dass mir bald die Verwandten mit Geld ausgehen, das sie zu uns auf die Bank tragen könnten!«

Der Abend verging bei Essen, Gelächter, Spielen und Tanzen wie im Fluge.

Als wir das Haus verließen, schauten wir kurz bei Kafiyahs Aunty Hajia vorbei. »Hajia, wir danken für die Gastfreundschaft.«

Hajia wedelte nonchalent mit feingliedrigen Fingern. »Keine Ursache, meine Liebe. Ich freue mich, dass ihr einen vergnüglichen Abend hattet.«

Als wir hinausgingen, rief Hajia mich noch einmal zurück: »Morayo!«

Ich machte kehrt. »Ja, Hajia?«

»Ich würde dir raten, mit dem Tränengas anzufangen«, sagte sie mit einem scheuen Lächeln.

Ekanems Johlen hallte durchs Haus.

Eine Woche vor der Hochzeit reisten Eniayo und ich nach Ibadan. Das Haus platzte aus allen Nähten vor Verwandten, die gekommen waren, um bei den Vorbereitungen zu helfen. Für mich war es ein Wiedersehen mit den vielen Cousinen und Auntys, die ich nur von Familienhochzeiten kannte.

Mummy lief strahlend durchs Haus.

Kachi war bereits in der Woche zuvor nach Awka aufgebrochen. Er würde am Vorabend der Verlobungszeremonie mit Familiengefolge eintreffen.

Die Hochzeitsfeierlichkeiten waren auf drei Tage angelegt. Freitag war der *idana* vorbehalten, der Verlobungszeremonie nach Yorubatradition, der Entsprechung zur Darbringung des Palmweins bei den Igbo. Samstag würden die kirchliche Trauung, der Empfang und abends das Fest stattfinden. Am Sonntag sollten wir in der Kirche meiner Eltern zum Gottesdienst gehen.

Anschließend würden Kachi und ich mit meiner neuen Familie eine Woche in Awka verbringen, ehe wir in die Flitterwochen fuhren. *Nne* und Papa hatten all jene Freunde und Verwandten, die nicht zur Hochzeit kommen konnten, für das darauffolgende Wochenende zu einer eigenen Feier eingeladen. Von Awka wollten Kachi und ich in den Bundesstaat Obudu fahren, um unsere Flitterwochen im Obudu Mountain Resort zu verbringen.

Am Donnerstag traf Kachi mit seinem Gefolge ein.

Seine Schwester Adanna und ihr Mann Obinna waren schon etwas früher angereist.

Bei der *idana* revanchierte sich mein Vater für den Brautpreis, den Kachis Familie als Teil der traditionellen Geschenke überreicht hatte. »Meine Schwäger, wir gehören nun zusammen. Wir geben eurer Familie in Liebe unsere Tochter.« Daddy wandte sich um und sah mich an. »Bitte seid gut zu ihr.«

Als ich mich während der Zeremonie vor ihn hinkniete, füllte Kachi, zum Beweis dafür, dass er finanziell für mich sorgen könnte, meine Handtasche mit Geld. Er beugte den Kopf dichter an mein seidenes *gele* und flüsterte: »Sieh zu, dass du mit dem Suppengeld lange auskommst.«

Gegen Ende der Verlobungszeremonie fing es zu regnen an, und die Gäste zerstreuten sich. Bald schon wurde aus dem Tröpfeln ein Sturzregen.

Die ganze Nacht hielt mich das Heulen des Windes wach, erst gegen Morgen, als er sich legte, schlief ich endlich ein.

In meinem Traum war es der Morgen unserer Hochzeit. Kachi wartete am Ende des Mittelgangs auf mich. Ich schwebte auf ihn zu und wunderte mich, dass er zu Zylinder und Frack Shorts trug, in denen seine langen behaarten Beine besonders gut zur Geltung kamen.

Dann stand ich neben ihm und hörte den Pastor Adeojo jedweden auffordern, der etwas gegen den Bund vorzubringen habe, vorzutreten oder auf immer zu schweigen. Mummy sprang auf und ließ ihren flammenden Blick durch die Kirche schweifen. Sie hatte sich eben wieder gesetzt und Pastor Adeojo den Mund aufgetan, um die Trauung zu vollziehen, als krachend das Kirchenportal aufflog.

Herein schritt eine Schwangere mit einem Baby auf dem Rücken und links und rechts an der Hand zwei kleinen Jungen; sie marschierte schnurstracks vor den Altar, mit jeder Faser ihres Körpers aufbegehrend. Doch wie sich herausstellte, suchte die Frau ganz jemand anderes. Ihre Parteigänger hatten ihr die falsche Zeit genannt: Ihr Mann hatte seine neue Frau bereits frühmorgens geheiratet.

Die Trauung ging weiter, dann flog das Kirchenportal ein weiteres Mal auf: Bros T stürmte den Mittelgang herunter und hielt direkt auf Kachi zu …

Nach Luft ringend schrak ich im Bett hoch.

Ich sah mich im stillen Zimmer um, hörte den leisen Regen draußen und sank in die Kissen zurück. Ich wartete darauf, dass mein hämmerndes Herz sich beruhigen würde, und schlief darüber ein. Spät in der Nacht weckte mich eine Berührung am Arm aus dem Tiefschlaf. Ich hörte Mummys sanfte Stimme: »Morayo.«

Sie saß neben mir auf der Bettkante.

»Guten Morgen, meine Liebe. Ich wollte noch einmal kurz mit dir reden, ehe der Haushalt erwacht.«

Ich rieb mir gähnend den Schlaf aus den Augen. Ich schob mich hoch, bis ich an die Wand gelehnt saß.

»Morayo, seit jenem Tag, an dem wir dich nach Hause holten, bist du deinem Vater und mir eine Freude gewesen. Du hast dich zu einer verantwortungsvollen jungen Frau entwickelt, und wir sind stolz auf dich. Du bist unsere kostbare *Adunni*. *Adunni*, die stolz auf dem Marktplatz steht, die sich so anmutig bewegt, dass die Menschen den samtigen Schmelz deiner Haut bewundern und sich sagen, da geht wahrlich die geliebte Tochter eines Königs. Wenn sie nur wüssten, dass der Herrgott selbst dich mit seiner Schönheit gesegnet hat.«

Ihre sanfte Stimme umhegte mich, und mir kamen die Tränen. Diese Worte hatte ich immer hören wollen.

Mummy hob mit einem Finger mein Kinn an. Mit dem Rand ihres *wrapper* trocknete sie mein Gesicht. »Keine Tränen mehr, Tochter. Jetzt ist die Zeit für frohes Lachen. Heute ist dein Tag der Freude. Nur glückliche Tränen werden unsere Gesichter schmücken.«

Als Mummy mich verließ, hörte ich ihren geliebten Fulanihahn krähen. Es dämmerte.

Draußen war es fast noch dunkel, aber ich war zu aufgeregt, um wieder einschlafen zu können. Ich stand auf und stellte die Milchglaslamellen waagerecht. So weit ich zurückdenken konnte, hatte immer ein großer Fels in der Ecke des Hofs gestanden. Jetzt sah ich erstmals, dass darauf ein kleiner Baum wuchs. Irgendwie hatte er sich im Stein hochgeschoben und ihn gespalten. Was einst so unüberwindlich erschienen war, erwies sich als bezwingbar. Ich lächelte still und hatte Anteil am Sieg des Baums.

»Morayo?«

Auf der Schwelle stand Eniayo und rieb sich die Augen. »Guten Morgen, Eniayo.«

»Guten Morgen, Miss Ajayi. Und? Bist du bereit, Mrs Nwosu zu werden?«

Ich atmete tief durch. »Ja, bin ich.«

Gerungen hatte ich mit Mummy auch über den Wortlaut des Ehegelübdes. Mit viel Geduld nur hatte ich sie davon überzeugen können, dass ich es so ablegen musste, wie ich es für Kachi selbst verfasst hatte. Mummy verstand einfach nicht, wieso die Worte, die seit Generationen gesprochen wurden, für mich auf einmal nicht gut genug sein sollten. Schließlich gingen wir einen weiteren Kompromiss ein. Ich würde mein Gelübde ablegen, und anschließend würden Kachi und ich noch die traditionellen Worte sprechen. So käme jeder auf seine Kosten – bis auf die Gäste vielleicht, die sich das Ganze zweimal anhören müssten.

»Vielleicht fürchtet Mummy, dein selbst verfasstes Trauversprechen könnte unverbindlich sein und Kachis Familie erlauben, dich zurückzugeben, wenn sie von dir genug haben«, neckte mich Eniayo.

Als Daddy mich den Mittelgang hinabführte, bebte unter dem Stoff seiner *agbada* kaum merklich sein Arm. Er bedeckte meine in Kachis gelegte Hand einen Augenblick mit seiner, ehe er neben einer strahlenden Mummy und ebenso freudigen Aunty Morenike Platz nahm. Aunty Adunni saß mit ihrer Familie in der Bank dahinter.

Entgegen Mummys Wunsch hatte Daddy auch Aunty Tope eine Einladung zur Hochzeit geschickt. Doch sie kam nicht. Das hatte ich nicht anders erwartet. Sie und Mummy hatten seit Mama Ejiwunmis Beerdigung nicht mehr miteinander gesprochen. Trotzdem schickte Aunty Tope mir ein Hochzeitsgeschenk – auserlesenen Gold- und Silberschmuck. Als ich Mummy die Garnitur zeigte, zischte sie: »Sie hält Geld also immer noch für ein Allheilmittel.«

Mit diesen Worten rauschte sie hinaus, und ich warf Daddy einen Blick zu. »Deiner Mutter fehlt ihre Schwester«, sagte er leise.

Eniayo, meine erste Brautjungfer, zwinkerte mir zu, als ich ihr vorerst meinen Brautstrauß übergab.

Ich trug mein Gelübde mit so lauter und klarer Stimme vor, wie es mir nur möglich war. »Ich, Morayo Adunni Ajayi, nehme dich, Oyedikachi Michael Nwosu, zum rechtmäßig angetrauten Ehemann. Zu sagen, ich sei der

Stimme meines Herzens gefolgt, ließe vielleicht dem Schicksal oder schierem Glück allzu viel Raum und schmälerte mein eigenes Stimmrecht. Denn noch wenn uns die Tage lang werden sollten, die Nächte sich verdunkeln, noch wenn das Leben böse Überraschungen für uns bereithält, will ich stets daran denken, dass ich *und* mein Herz für dich gestimmt haben. Ich will stets daran denken, dass Liebe weit mehr ist als starke Gefühle. Gefühle können schwanken, können im Laufe eines einzigen Tages umschlagen. Daher wisse, Liebster, wisse, dass die Stimme, die hier erklärt, dass ich mein Leben für immer mit deinem verbinden will, meine Stimme ist – und von Herzen kommt. Mit offenen Augen erkläre ich hier vor Gott, vor unseren Familien und Freunden, dass ich den Rest meines Lebens mit dir und nur dir verbringen will.«

Bald schon drehten Kachi und ich uns zum ersten Mal als Ehepaar auf der Tanzfläche. Kachi hielt mich im Arm und sang mir ›No one like you‹ von P-Square ins Ohr, und ich vergaß, dass über zweihundert Menschen uns zusahen. In diesem Augenblick waren da nur Kachi und ich; wir drehten uns auf unserer privaten Liebesinsel, und der Schmelz des Songs wob um uns ein magisches Netz.

TEIL FÜNF

Morayo und Kachi
2005–2007

21

Was ist die bittere Kolanuss wert? Wir brachen sie auf;
sie war taub. Wir aßen sie; sie schmeckte bitter;
nicht mal die Zweige kann man kochen.

Kachi und ich fuhren nach Ibadan. Es war seit der Hochzeit vor sieben Monaten unser dritter Besuch. An diesem Wochenende würde eine Gedenkzeremonie für Mama Ejiwunmi abgehalten. Wir hatten das Jahr 2005 – unfassbar, dass sie schon fünfzehn Jahre tot war. Mummy hatte uns gebeten, in Ibadan Station zu machen und ein paar Sachen nach Oyo mitzunehmen.

Im Haus herrschte offenbar dicke Luft. Mummy hielt den Kopf gesenkt, Daddy wirkte bedrückt. Er nahm mich beiseite. »Deine Aunty Tope hat mich heute Morgen angerufen. Sie ist schon da, in Oyo.«

Kein Wunder, dass Mummy so aufgelöst war. Als ich Eniayo Bescheid sagte, seufzte sie. »Vielleicht will Aunty Tope ja endlich reden.«

Ich knetete meine Finger. »Ich hoffe es sehr. Ihre Fehde dauert lange genug.«

Kachi drückte mich, als ich es ihm sagte. Dann trübte sich sein Blick. »Wirst du klarkommen?«

Ich nickte. »Ja, ich schon. Sorgen mache ich mir um Mummy.« Die Nachricht hatte sie sichtlich aus dem Gleichgewicht gebracht. Sie sprach kaum mit uns.

Kachi und ich fuhren voraus.

In Oyo hatte Kachi kaum den Wagen vor Mama Ejiwunmis Haus abgestellt, da kam schon Aunty Tope heraus. Ich war überrascht, sie in Begleitung zweier Kleinkinder zu sehen. Sie hielt auf uns zu, und mir fiel auf, dass sie jetzt noch mehr Ähnlichkeit mit ihrer Mutter hatte.

Sie lachte über beide Ohren. »Morayo! Sehe ich richtig?«

Ich kniete vor ihr. »*Ekaasan*, Aunty Tope.«

Sie umarmte mich, dann wandte sie sich Kachi zu, der sich bäuchlings vor sie hingestreckt hatte. »Guten Tag, *Ma*«, sagte Kachi. »Ich freue mich, Sie endlich kennenzulernen.«

»*Ha*, du musst mein neuer Sohn Kachi sein. Sei gegrüßt.«

Sie gaben sich die Hand, dann rief Aunty Tope die beiden Kinder zu sich, die auf der Veranda stehen geblieben waren. »Abby! Jaden! Kommt und sagt eurer Aunty und dem Onkel Guten Tag.«

Die Kinder hüpften herbei und reckten die Arme, um sich herzen zu lassen. »Guten Tag, Aunty, guten Tag, Onkel!«, riefen sie unisono. Trotz ihrer hellen Hautfarbe kam mir das Gesicht des Mädchens sehr vertraut vor.

Nach den Umarmungen drehte ich mich mit fragendem Blick zu Aunty Tope hin. Sie zog die Kinder an sich. »Dies sind Tayos Kinder.«

Ehe ich etwas sagen konnte, bogen Daddys und Tundes Autos auf den Hof. Aunty Tope ging auf die Wagen zu, Kachi ergriff meine Hand. »Was hat sie gerade gesagt?«

Ich hatte plötzlich einen Frosch im Hals. »Sie sagt, es seien Bros Ts Kinder.«

Kachis Miene verfinsterte sich. Er sah sich um. »Ist er etwa hier?«

Die Antwort erfuhren wir bald: Bros T und seine Frau hatten erst einmal nur die Kinder in Oyo abgesetzt. Aunty Tope, die angestrengt Konversation machte, meinte, sie habe den Eltern ein paar Besorgungen aufgetragen.

Den restlichen Tag bekam ich nur halb mit.

Daddy versteckte sich hinter seiner Zeitung. Eniayo, deren Augen verrieten, dass sie auf der Hut war, hielt die Kinder bei Laune. Kachi blieb in meiner Nähe. Tunde schien die latenten Spannungen nicht zu bemerken. Mummy und Aunty Tope schlossen sich stundenlang in Mama Ejiwunmis Schlafzimmer ein. Ich hockte angespannt auf der Kante meines Stuhls und rechnete jeden Moment mit einem Eklat. Als sie schließlich hervorkamen, hatten beide Schwestern rot geweinte Augen.

Daddy und ich wechselten einen Blick, als Mummy verkündete, sie würden jetzt kurz zu Baba Muti hinübergehen, um sich mit der Familie über den Ablauf der Zeremonie zu beraten.

Als Bros T und seine Frau Arianna spätabends eintrafen, unterhielten Eniayo, Mummy und ich uns im Schlafzimmer. Ich wollte auf keinen Fall hinuntergehen, solange Bros T da war. Aunty Tope brachte Arianna nach oben, um sie mit uns bekannt zu machen, und als ich ihr sympathisches Gesicht sah, beschloss ich, dass sie ja nicht wissen konnte, was für einen Mann sie geheiratet hatte.

»Hi allerseits, freut mich«, sagte sie in weichem, typisch amerikanischem Tonfall.

Mummy umarmte sie. »Willkommen in der Familie.«

Bemüht lächelnd gaben Eniayo und ich ihr die Hand.

Nach einer verlegenen Pause strebte Aunty Tope wieder zur Tür. »Arianna, lass uns lieber nachsehen, was die Kinder treiben.«

Als sie verschwunden waren, sagte Mummy zu Eniayo: »Bitte geh und frag deinen Vater, was er heute Abend essen will.«

Eniayo erhob sich. »Ja, *Ma.*«

Als auch sie fort war, entfuhr Mummy ein Seufzer. »Morayo, Tayo sitzt im Wohnzimmer.«

»Ich weiß.« Obwohl mein Kopf mir doppelt so groß vorkam wie sonst, blieb meine Stimme erstaunlich gelassen.

Mummy musterte mich ängstlich. »Soll ich Kachi holen?«

Mit einem Kopfschütteln stand ich auf. »Nein, alles in Ordnung.« Ich biss die Zähne zusammen, trat aus dem Zimmer und durchquerte Mummy voraus den Flur.

Doch sobald ich das Wohnzimmer betrat und ihn sah, fühlte ich mich auf einmal wie unter Wasser und ohne Sauerstoff zum Atmen.

Ich werde nicht umkippen.

Ich werde nicht umkippen.

Bros T trug Jeans und ein gestärktes Hemd. Ich sah Lichtreflexe von den auf Hochglanz polierten italienischen Schuhen blitzen, in denen seine Füße wippten. Er sah unverändert aus, bis auf die grau melierten Schläfen, die ihn aber bloß distinguiert wirken ließen. Als er mich bemerkte, verriet seine Miene keine Regung. Mir kam der Gedanke, dass er mich vielleicht gar nicht erkannte. Immerhin waren fast zwanzig Jahre vergangen.

»Morayo, wie geht es dir?«, sagte Bros T breit lächelnd zur Begrüßung. »Ist ja nicht zu glauben, wie erwachsen du geworden bist. Schön, dich wiederzusehen.«

Ich hätte ihm am liebsten das Lachen aus dem Gesicht geohrfeigt. »Beruht nicht auf Gegenseitigkeit.« Die Worte rutschten mir einfach so heraus.

Arianna an seiner Seite guckte entgeistert. Wenig später sammelte sie ihre Kinder ein und meinte, sie müssten ins Hotel, es sei für die Kleinen längst Schlafenszeit.

In dieser Nacht wachte Kachi mit mir, als ich im Zimmer auf und ab tigerte, den Blick starr an die Decke gerichtet.

Zum Glück war an den folgenden beiden Tagen so viel los, dass ich nicht zum Nachdenken kam. Tagsüber wich mir ein finster blickender Kachi kaum von der Seite, und Bros T hielt Abstand.

Am Sonntagnachmittag suchte und fand Arianna mich vor unserer Abreise aus Oyo in Mama Ejiwunmis Zimmer. Sie lächelte zaghaft. »Jaden und Abby haben mir den wunderschönen Stoff gezeigt, den du ihnen geschenkt hast. Vielen Dank.«

»Gern. Ich habe ihn hier im Haus entdeckt. Ich dachte, es wäre ganz schön, wenn auch sie etwas aus der Hand ihrer Urgroßmutter hätten. Es sind nette Kinder. Du musst stolz auf sie sein.«

»Das bin ich.« Sie senkte die Stimme. »Du bist … sehr großzügig.«

Überrascht sah ich ihr in die warmen Augen, konnte darin aber nicht lesen. Dann hörten wir beide Abby kreischen. Ariannas Blick flog zur Tür. »Ich muss nachsehen, was los ist.«

Als sie davongeeilt war, floh ich nach draußen. Ich brauchte Luft. Der Anblick der an der Hauswand aufgereihten großen Tonkrüge entlockte mir ein stilles Lächeln. Mama Ejiwunmi hatte in den Krügen ihre Stoffe gefärbt. Jetzt zerfielen sie langsam. Selbst der letzte intakte Krug zeigte breite Risse. Ich strich mit der Hand am Rand entlang. Etwas Indigopigment rieselte mir in die Hand.

Hinter mir hörte ich Schritte.

»Morayo …«

Es war Bros Ts Stimme.

Meine Hände wurden feucht. Ich wandte mich um und

sah auf seinem Gesicht ein banges Lächeln. Abwehrend hob er die Hand. »Ich wollte dich nicht erschrecken. Ich wollte bloß mit dir reden.« Er trat näher.

Ich schüttelte den Kopf. »Es gibt nichts zu sagen.«

Bros T hielt weiter auf mich zu. »Bitte hör doch …«

Ich wich zurück und stieß gegen Mama Ejiwunmis Tonkrug. Er kippte gegen die Wand und zerschellte.

Ich stieß einen Schreckenslaut aus. Bros T blieb stehen. »Morayo …«

»Lass mich in Frieden!«

Er ging.

Kachi erzählte ich von dem Zusammenstoß erst nach unserer Rückkehr nach Lagos. Ich war mir nicht sicher, wozu er sonst fähig gewesen wäre. Zu Recht, wie sich herausstellte. Kachi war außer sich.

»Dass er es wagt! Du hättest es mir gleich sagen müssen.«

Ich schüttelte den Kopf. »Nein, Kachi. Ich wollte nicht allen das Wochenende verderben, besonders nicht Mummy.«

»Aber er hätte dir wieder wehtun können.«

Ich unterdrückte den Impuls, zurückzuweichen, als Kachi mir mit den Fingern über die Wange strich. Ich konnte ihm doch unmöglich sagen, dass die Berührung an jeder Faser meiner Nerven zerrte.

Die Albträume kehrten wieder. Das verschwieg ich Kachi zunächst, doch der neu durchlebte Horror bedrohte zunehmend unser Liebesleben.

In den Flitterwochen hatte Kachi in der ersten Nacht hilflos zusehen müssen, wie ich mich auf meiner Seite des Betts zusammenkrümmte und heulte. In der dritten Nacht hielt er es nicht mehr aus. »Ich bin kein Roboter, Morayo!«, brüllte er. »Ich habe *auch* Gefühle. Was glaubst du, wie mir zumute ist, wenn ich meine Frau lieben will und sie die halbe Nacht schluchzt?«

Er hatte schnell gelernt, dass jede unvermittelte Annäherung nachts das Blut in meinen Adern gefrieren ließ. Einmal war ich schreiend aufgewacht, als mich im Dunkeln eine Hand liebkoste. Monatelang hatten wir im Schlafzimmer Licht brennen lassen, damit ich sein Gesicht sehen konnte.

Ich hatte mir so viel Mühe gegeben, und jetzt fingen wir wieder bei Null an.

Kachis Verzweiflung wuchs von Tag zu Tag. »Morayo, du weißt, dass ich es nicht ertrage, dich wieder so erleben zu müssen. Bitte, lass dir doch helfen«, flehte er. »Was soll ich tun, sag es mir doch.«

Aber wie hätte ich es ihm denn sagen wollen, wenn ich es selbst nicht wusste?

»Das gibt sich wieder«, beteuerte ich nur in einem fort. »Lief es nicht vorher ganz gut? Es war bloß das Wiedersehen. Jetzt wird alles gut.«

Von Kachis Augen konnte ich ablesen, dass er selbst das nicht glaubte.

Mir den schmerzenden Rücken massierend, stieg ich in der Bank aus dem Aufzug. Mein sich leicht wölbender Bauch sprengte fast den Rockbund. Ich musste mir dringend Umstandskleidung besorgen, aber Shoppen war das Letzte, wonach mir der Sinn stand.

Kachi und ich waren gerade in Ibadan gewesen. Wir hatten Aunty Morenike besucht, die auf der onkologischen Station des University College Hospital lag. Vor nur fünf Monaten hatten wir erfahren, dass sie an Brustkrebs im fortgeschrittenen Stadium litt.

Seit unserer Hochzeit war ich nur sporadisch nach Ibadan gefahren, und obwohl Aunty Morenike und ich telefonisch Kontakt hielten, hatte sie sich mir nicht anvertraut. Wann immer ich eine Bemerkung darüber gemacht hatte, wie erschöpft sie klinge, war sie mir mit einer Ausflucht gekommen.

Das eine Mal, als Aunty Morenike uns in Lagos besucht hatte, war sie mir sehr blass vorgekommen, aber sie hatte nur gemeint, das sei eine Nebenwirkung der Medikamente, die sie nehme. Das Entscheidende dabei erwähnte sie nicht, dass nämlich die Präparate Teil einer Chemotherapie waren. Kurz nach diesem Besuch war sie im Unterricht zusammengebrochen. Die Krebstherapie griff die Blutplättchen an, und ihre letzte Regel hielt schon über einen Monat an. Mit der Einweisung ins Krankenhaus hatte sich ihr Zustand endgültig nicht mehr verheimlichen lassen.

Kachi und ich fuhren gleich am nächsten Wochenende nach Ibadan. Während der einstündigen Fahrt murmelte ich das Wort gebetsmühlenartig vor mich hin: *Krebs, Krebs, Krebs.* Ich machte mir große Vorwürfe. Wie hatte ich übersehen können, dass sie schwerkrank war?

Als wir die Klinik erreichten und uns auf den Weg in die Frauenonkologie machten, hätte ich am liebsten Reißaus genommen. Der eklige Geruch der Chlorbleiche schien noch schlimmer als damals. Ich hielt Kachis Arm umklammert und musste mich beherrschen, ihm nicht die Nägel in die Haut zu bohren. Es war nicht recht, Aunty Morenike in einem Krankenhaus besuchen zu müssen! »Das hat sie nicht verdient, Kachi. Nach allem, was sie durchgemacht hat …« Ich biss mir auf die Lippen.

Kachi seufzte, erwiderte aber nichts. »Krebs verdient niemand, Morayo«, meinte er schließlich.

Als wir endlich ins Zimmer gelangten, war Aunty Morenike wach und saß halb aufgerichtet im Bett. »Morayo!«, rief sie bei meinem Anblick mit dünner Stimme. Ich hielt sie fest umschlungen und sah ihr prüfend ins Gesicht. Sie wirkte etwas müde, aber nicht schrecklich krank. Nicht *krebskrank*.

»Aunty, wie geht es Ihnen?«, sagte Kachi.

»Besser«, antwortete sie und wollte das Thema wechseln. Doch als sie nieste, musste ich an mich halten: Auf ihrem Taschentuch sah ich Blutströpfchen.

Als wir uns verabschiedeten, drückte mich Aunty Morenike und sagte: »Morayo, es nehmen jeden Tag Menschen den Kampf gegen den Krebs auf – und besiegen ihn.«

Was ist mit den Millionen, denen es nicht gelingt?, wollte ich fragen. Ich rang mir stattdessen ein Lächeln ab. »Ja, Aunty.«

Ich wurde das Gefühl nicht los, dass sie mehr wusste als wir.

Sie verbrachte rund einen Monat im Krankenhaus und durfte dann wieder nach Hause. Wenige Wochen nach der Entlassung musste sie sich der nächsten Chemotherapie unterziehen, und das Ringen ging weiter. Was wir zunächst nicht gewusst hatten, war, dass der Krebs bereits gestreut hatte. Trotz der beidseitigen Brustamputation konnten nicht alle befallenen Zellen entfernt werden. Es gab bereits Metastasen in den Lymphknoten, und die wandernden Krebszellen befielen die Lunge und schließlich die Leber.

Mummy Ibeji war der Dauerpflege ihrer Tochter bald kräftemäßig nicht mehr gewachsen. Unübersehbar brauchte Aunty Morenike mehr Hilfe, als ihre Mutter leisten konnte. Sie kam wieder ins Krankenhaus, und die stärkeren Mittel, die sie gegen die fortschreitende Metastasierung bekam, schwächten sie zusätzlich. Das Haar fiel ihr büschelweise aus, und dennoch begrüßte sie mich bei meinen Besuchen immer mit einem Lächeln.

Damilare, der im letzten Jahr an der University of Ilorin studierte, reiste jedes Wochenende an, um seine Mutter zu sehen. Mit meinen wöchentlichen Besuchen war hingegen Schluss, als ich bekanntgab, dass ich schwanger war. Aunty Morenike und auch Mummy waren sich einig, dass es für mich zu gefährlich sei, jedes Wochenende die Fahrt zu unternehmen. »Bitte, es reicht, wenn du alle vierzehn Tage kommst«, bat Aunty Morenike. »Ich möchte dich nicht auf dieser Todesstrecke wissen.« Sie hatte ja recht. Jede Woche sahen Kachi und ich die ausgebrannten Wracks der Minibusse am Rande der Schnellstraße liegen.

Gleich, als ich eintrat, spürte ich, dass in der Bank etwas in der Luft lag. Weil ich mir im Laufe der Woche gern zu Aunty Morenikes späterer Erheiterung lustige Episoden einprägte, war ich gespannt, was es heute Neues gäbe.

Kafiyah saß schon in ihrer Großraumzelle. Ihre Miene hellte sich auf. »Morayo! An dich habe ich gerade gedacht. Wann bist du zurückgekommen? Wie geht es daheim?«

Ich unterdrückte ein Gähnen. »Heute Morgen in aller Herrgottsfrühe. Sie schlägt sich tapfer. Was liegt an?«

Mit einem raschen Blick über die Schulter senkte Kafiyah die Stimme: »Clara hat gestern Abend Eagle Oil als Kunde gewonnen.«

Mir fiel der Kinnladen runter. »Ist nicht dein Ernst!«

»Babes, in echt. Mr Idris schwebt schon den ganzen Morgen mit Haifischgrinsen durchs Büro.«

Clara akquirierte bonitätsstarke Kunden im Regionalbankensektor. Der Erfolg der Abteilung maß sich an der Höhe der gesicherten Einlagen. Die monatlichen Zielvorgaben allein für ihren Bereich lagen bei mehreren Millionen Naira. Im vergangenen Jahr hatte jeder neu eingestellte Kundenwerber innerhalb von sechs Monaten dreihundert Millionen Naira akquirieren müssen. Selbst bei uns gab es monatliche Volumenvorgaben. Als ich in der Bank angefangen hatte, hatte ich, nur um den Job behalten zu können, Daddy und seine Bekannten beknien müssen, zu uns zu wechseln.

Die Hauptaufgabe der – vor allem weiblichen – Kräfte bestand darin, betuchte Kunden zu gewinnen. Mitarbeiterinnen wurden dazu angehalten, in Hotels und Nachtklubs zu verkehren. Von Clara, die zu den aggressivsten Kundenwerberinnen des Regionalbankensektors gehörte, hieß es sogar, dass sie als Hostess exklusive Dinnerpartys bespielte, um dort Wunschkandidaten abzupassen. Meist mit Erfolg.

Eagle Oil war einer der neuen Hauptimporteure von Erdölerzeugnissen, dessen Tankstellen mittlerweile landesweit aus dem Boden schossen. Das Unternehmen bestand kaum ein Jahr, und den Gerüchten zufolge war der Geschäftsführer Mr Phillips deshalb etwas lichtscheu, weil er den Strohmann für eine Riege von Expolitikern abgab, die veruntreute Regierungsgelder wuschen.

Ich pfiff anerkennend. »*Na wao!* Wie hat Clara das bloß wieder hingekriegt? Es hieß doch, der CEO wäre für die Tour nicht besonders empfänglich.«

Kafiyah schnaubte. »Girl, *wake up and smell the kunu* – sei nicht naiv. Was glaubst du denn, wie sie das hingekriegt hat? Ich sage dazu nur so viel: Die hat bei den WEF bestimmt keine ausgelassen. Es wird gemunkelt, sie bekomme einen brandneuen Firmenwagen.«

Ich grinste. WEF war Kafiyahs Kürzel für »Waffen einer Frau«.

Ich ging zu meiner Zelle weiter und seufzte erleichtert. Erst letzte Woche hatte Mr Idris gedroht, uns alle zum Kundenfang auf die Straße zu schicken. Vielleicht würde dieser dicke Fisch ihm und somit uns ein bisschen Druck nehmen. Doch kurz vor der Mittagspause kreuzte Mr Idris bei mir auf. »Mrs Nwosu, ich würde Sie gern einen Moment in meinem Büro sprechen.«

Verwundert folgte ich ihm. Mr Idris schloss die Tür hinter uns und wies auf einen Stuhl. Ich geriet ins Schwitzen. Es verhieß nie Gutes, wenn Mr Idris einen zu sich ins Büro rief. Er ließ sich hinter seinem Schreibtisch nieder und rieb die Hände. »Sie haben sicherlich von der Akquisition des Neukunden Eagle Oil gehört.«

»Ja, Sir. Das habe ich.«

»Gut.« Er trommelte mit den Fingern auf den Tisch. »Kennen Sie Mr Phillips?«

»Nein, Sir. Ich bin ihm nie begegnet.«

Mr Idris lehnte sich auf seinem Sessel zurück und musterte mich unter halb geschlossenen Lidern. »*Tatsächlich?*«, sagte er. »Nun, Mr Phillips soll hier heute Nachmittag ein paar Unterschriften leisten. Wir werden uns mit ihm zusammensetzen. Er besteht ausdrücklich auf Ihren Diensten als Kundenbetreuerin.«

»*So?*« Ich konnte meine Überraschung nicht verhehlen. Der Vorgang war ungewöhnlich. Vorzugskunden wurden in der Regel einer der drei Führungskräfte überlassen.

»Mrs Nwosu, Sie wissen hoffentlich, welches Vertrauen ich in Sie setze. Sie müssen alles in ihrer Macht Stehende zu tun, um Mr Phillips zufriedenzustellen.« Mr Idris sah mich eindringlich an. »Und es erübrigt sich wohl, Ihnen auszumalen, was geschehen wird, wenn Mr Phillips sich entschließen sollte, zur Konkurrenz zu gehen, weil Sie es am nötigen Service haben fehlen lassen.«

Ich nickte. Ein Kollege hatte mal einem wichtigen Kunden erklärt, dass das Aufgabeln von Mädchen nicht zu seinem Job gehöre. Den allerdings war er bereits am nächsten Tag losgewesen, und er sah sich gezwungen, mit seinem Privatwagen Taxi zu fahren.

Zwei Stunden später marschierten Mr Idris und ich Richtung Sitzungssaal. Auf halbem Wege fluchte Mr Idris leise: »*Shege*, ich habe Dokumente vergessen, die Mr Phillips unterzeichnen muss. Gehen Sie schon mal vor und begrüßen Sie ihn. Sagen Sie ihm, ich sei auf dem Weg.«

»Ja, Sir.«

Mit einem gewinnenden Lächeln betrat ich den Saal. Doch das Lächeln erstarb. Mr Phillips von der Eagle Oil war kein anderer als Mr Eyitayo Phillips, mein Vetter Bros T.

Der Raum drehte sich plötzlich. Akten glitten mir aus der Hand und verteilten sich über den Teppich. Diesmal, anstatt auf der Stelle weglaufen zu wollen, wurde ich wütend. Doch ehe ich den Mund aufmachen konnte, erschien Mr Idris in der Tür. Sein breites Lächeln geriet ins Wanken, als er die Unterlagen auf dem Boden sah. Er umrundete die Unglücksstelle und reichte Bros T die Hand. »Mr Phillips, tut mir leid, dass ich Sie habe warten lassen. Mrs Nwosu hat meine Verspätung hoffentlich entschuldigt.«

Als ich mich bückte, um die Papiere einzusammeln, sah Mr Idris mich auffordernd an. Ich kriegte kein Wort heraus. In meinen Ohren war ein Brausen.

Bros T schüttelte Mr Idris die Hand und log kalt lächelnd. »Keine Sorge, Mr Idris. Mrs Nwosu hat mir erklärt, dass Sie in einer wichtigen Angelegenheit aufgehalten worden seien.«

Mr Idris schenkte mir ein anerkennendes Lächeln. Ich glotzte bloß.

Während Bros T die erforderlichen Unterschriften leistete, warf Mr Idris immer wieder prüfende Blicke auf mein schweißbedecktes Gesicht. »Mr Phillips«, sagte er mit einem nervösen Lachen. »Ich versichere Ihnen, dass Sie in den besten Händen sind. Mrs Nwosu gehört zu unseren Spitzenkräften. Sie wird gut für Sie sorgen.«

Bros T lächelte. »Mr Idris, da hege ich nicht die geringsten Zweifel. Dem Vernehmen nach spricht ihr Können für sich.«

Am Abend lagen Kachi und ich auf dem Bett. Er studierte einen Bericht, den er von der Arbeit mit heimgebracht hatte.

»Kachi, ich habe heute Bros T gesehen.«

Kachis Brille fiel aufs Bett. »Wo denn das?«

Als ich ihm von der Besprechung erzählte, wurde Kachis Miene ernst. »Kannst du Mr Idris nicht bitten, ihm jemand anderen zuzuteilen?«

»Kachi, Bros T hat explizit nach *mir* verlangt. Und Mr Idris will unbedingt sein Geld. Da wird er kein Risiko eingehen.«

Kachi rieb sich den Kopf. »Dann musst du kündigen …«

Genau diese Reaktion hatte ich erwartet. »Bitte verlange nicht von mir, dass ich hinschmeiße.«

Kachi durchbohrte mich mit Blicken. »Und warum nicht?«

»Warum? Kannst du mir vielleicht verraten, wie wir unser Kind durchbringen sollen? Wie wir zu Aunty Morenikes Behandlung beitragen sollen?«

Kachi seufzte. »Morayo, Aunty Morenike würde von dir nie verlangen, dass du dich selbst opferst. Es ist nicht klug, dich diesem gefährlichen Mann auszusetzen.« Kachi tastete auf der Bettdecke nach meiner Hand. »Bitte, *Obi m*«, flehte er. »Ich werde mich umhören. Vielleicht finden wir für dich einen anderen Bankjob.«

Mit Aunty Morenike mochte er ja recht haben. Aber ich war nicht bereit, den Rest meines Lebens mit der Drohung zu leben, dass Bros T irgendwann irgendwo wieder aufkreuzte. Ich schüttelte den Kopf. »Nein, Kachi. Schluss mit dem Weglaufen. Ich bin erwachsen. Ich kann auf mich aufpassen.«

»Morayo, das kann nicht gutgehen. Das weiß ich.« Kachi stürmte hinaus. Zum ersten Mal in unserer Ehe schliefen wir in getrennten Zimmern.

Am Morgen ging Kachi ohne ein einziges Wort zur Arbeit. Als ich am Abend heimkehrte, war er noch nicht da. Früher hätte ich Aunty Morenike angerufen und um Rat gebeten, aber jetzt wollte ich sie damit auf keinen Fall belasten. Ich machte mich ans Kochen, was damit endete, dass der Eintopf anbrannte – ich war so unkonzentriert, dass ich den Qualm gar nicht bemerkte, der die Küche füllte. Ich warf den Topf in den Müll und zog mich ins Wohnzimmer zurück.

Ich rollte mich auf der Couch zusammen und schlief ein. Als ich aufwachte, war es fast Mitternacht, und Kachi war immer noch nicht da. Ich versuchte, ihn auf dem Handy zu erreichen, aber es schaltete sich sofort die Mailbox ein.

Um Mitternacht schrak ich zusammen, als ich die Bürgerwehr, die durch unsere Wohnanlage patrouillierte, Schüsse abgeben hörte.

Als Kachi sich schließlich um zwei Uhr blicken ließ, raufte ich mir längst die Zöpfe. Ich roch seine Fahne schon, als er zur Tür hereinkam. Ich stand mit offenem Mund da. Kachi hatte nie viel getrunken. Er genehmigte sich höchstens zu besonderen Anlässen daheim das eine oder andere Glas Wein.

Kachi schleuderte sein Sakko auf den nächstbesten Stuhl und wankte zur Couch herüber. Er ließ sich niederplumpsen und zog mich in seine Arme. »Morayo, es tut mir leid. Bitte, wein nicht. Ich liebe dich. Es tut mir leid. Bitte, hör auf zu weinen.«

Während Kachi mich wiegte und mir übers Haar strich, wünschte ich mir sehnlichst, klein beigeben und ihm versprechen zu können, den Job hinzuschmeißen, aber das konnte ich nicht.

Als wir am folgenden Wochenende zu Aunty Morenike fuhren, entging ihr natürlich nicht, dass Kachi und ich kaum ein Wort miteinander wechselten.

»Morayo, habt ihr zwei Streit?«

Ich räumte weiter Vorräte in ihren kleinen Schrank.

»Morayo, sieh mich an«, befahl Aunty Morenike streng. »Ich mag keine Haare mehr haben, aber Augen im Kopf. Was ist los?«

Ich betrachtete ihr ausgezehrtes Gesicht und ließ die Schultern sinken. Sie sollte ihr bisschen Kraft nicht darauf verschwenden müssen, sich um mich Sorgen zu machen. »Aunty Morenike, ich bitte dich. Wir haben uns über eine Bagatelle in die Haare gekriegt, das vergeht wieder.«

Aunty Morenike schien nicht besänftigt. »Liegt es an der vielen Fahrerei? Du weißt, dass du mich nicht so oft besuchen kommen musst. Dass ihr dauernd auf den unsicheren Straßen unterwegs seid, bekümmert mich. Ich habe Damilare das Gleiche gesagt, aber er ist genauso. Stur.«

Ich schüttelte den Kopf. »Ach was, Aunty. Du weißt doch, wie gern Kachi dich hat.« Ich setzte mich zu ihr auf die Bettkante. »Alles würden wir für dich tun. Wenn wir nur mehr tun könnten.«

Abends auf der Rückfahrt nach Lagos schielte ich immer wieder zu Kachis versteinerter Miene hin. Keine meiner Bemühungen, ein Gespräch zu beginnen, hatte bisher gefruchtet. »Kachi …«

»Ja.« Kachi blickte geradeaus auf die Straße.

Meine Worte waren kaum mehr als ein Flüstern. »Kachi, ich muss das tun. Ich kann nicht ewig davonlaufen. Es wird alles gut.«

Einen Augenblick sah Kachi mich aus geröteten Augen

an, dann richtete er den Blick wieder auf die Straße. »Morayo, glaubst du wirklich, das könnte mir die Sorge nehmen?«

»Ich schaffe das schon«, beharrte ich.

Kachi schwieg.

Von Mr Idris erfuhr ich, dass Arianna mit den Kindern wieder in die Vereinigten Staaten geflogen war. Da Bros T oft zu ihnen reiste, beschränkte sich unser Umgang in den nächsten Monaten auf die wenigen Male, die ich Geld zu ihm ins Büro brachte oder seine Konten prüfte. Wir waren dabei nie allein, und bald erstarrte ich nicht mehr jedes Mal zur Salzsäule, sobald er sich mir auch nur näherte.

Kachi sah schließlich ein, dass ich nicht kündigen würde. Doch obwohl wir uns deswegen nicht mehr stritten, wies Kachi mich jede zweite Woche auf ein neues Stellenangebot hin, von dem er erfahren hatte.

»Morayo, heute habe ich im *Guardian* eine Anzeige gesehen«, sagte er, während er interessiert verfolgte, wie ich mein Nachthemd überstreifte.

Ein Blick in sein hoffnungsvolles Gesicht verursachte mir Gewissensbisse. Ich setzte mich ans Fußende des Bettes und ergriff seine Hand. »Ich sehe mir die Anzeige morgen an.«

Er musterte mich skeptisch. »Versprochen?«

»Versprochen.«

Lächelnd zog mich Kachi auf Bett.

Am Morgen saß ich an meinem Schreibtisch.

»Mrs Nwosu.«

Ich blickte von meinem Computer hoch. »Sir?«

Mr Idris hielt mir eine Notiz hin. »Mr Phillips hat angerufen. Er benötigt dringend Barmittel. Er möchte das Geld nach Hause an seine Privatadresse gebracht haben. Da ich ohnehin Geschäftliches mit ihm zu besprechen habe, fahren wir gemeinsam hin. Gehen Sie bitte in die Schalterhalle hinunter und sorgen Sie dafür, dass wir ausreichend Sorten haben. Sein Fahrer wird uns dann abholen.«

»Ja, Sir.«

Eine halbe Stunde später saß ich im Fonds von Bros Ts kugelsicherem silberfarbenem Jaguar auf dem Weg nach Banana Island. Zwischen mir und Mr Idris lagen zwei Aktenkoffer aus braunem Leder. Mr Idris hatte den Kopf gegen die weiche Stütze zurückgelehnt und die Augen geschlossen. Ich wusste genau, dass er nicht schlief. Aber ich war froh, dass er nicht reden wollte. Der griesgrämig wirkende Fahrer hielt den Blick stur geradeaus gerichtet. Das einzige Geräusch war das Schnurren des Motors.

Es würde mein erster Besuch auf der künstlichen Halbinsel in der Lagune von Lagos sein. Die wie eine Banane gekrümmte Landzunge beherbergte die Superreichen. Kafiyah, die eine Verwandte dort hat, hatte mir erzählt, unter hundertfünfzig Millionen Naira sei dort kein Grundstück zu haben. Wir glitten durch die Slums von Obalende, und an der getönten Scheibe flogen hoffnungslose Gesichter vorbei. Ich fragte mich, wie die Reichen in ihren Villen nachts ruhig schlafen konnten, wo doch Tausende in unmittelbarer Nachbarschaft in größter Not lebten. Das kam mir vor, als tanzte man *bata* auf einem Minenfeld und hoffte, dass die stampfenden Schritte keine Explosion auslösten.

Nachdem wir die Pfützen der Schlaglöcher in der Onikoyi Road umschifft hatten, passierten wir die Tore zur

Fairview Estate und bogen in eine Seitenstraße ein. Der Jaguar hielt vor einem schweren schwarzgoldenen Tor. Der Fahrer hupte, und ein uniformierter Wachmann machte auf. Er salutierte, als wir an ihm vorbeifuhren.

Hohe Palmen säumten auf beiden Seiten die gewundene Zufahrt zum Haus. Als wir die letzte Kurve nahmen und das Haus ins Blickfeld geriet, fielen mir fast die Augen aus dem Kopf. Ich hatte schon große Villen gesehen, aber das hier war ein Ungetüm. Ein weißer Marmorpalast glitzerte in der grellen Sonne.

Der Fahrer hielt an. Er stieg aus, trat um den Wagen und öffnete an Mr Idris' Seite den Wagenschlag. »Danke, Johnson.« Geld wechselte die Hände. Ein Grinsen erschien auf Johnsons Gesicht. Hätte ich nicht zufällig gerade hingesehen, wäre mir die Transaktion völlig entgangen. So elegant hatte ich noch niemanden Trinkgeld geben sehen.

Der Fahrer umrundete den Wagen und machte auch mir auf. Ich dankte ebenfalls, schlang mir meine Handtasche über die Schulter und stieg mit den Aktenkoffern aus. Ich eilte Mr Idris hinterher, der schon die Treppe hinaufstieg.

Wie gerufen öffnete bereits ein standesgemäß gekleideter Butler mit Pokergesicht. Er beobachtete unseren Aufstieg. »Guten Tag, Sir… Madam. Mr Phillips erwartet Sie.« Mr Idris quittierte die Begrüßung mit einem knappen Nicken. Ich tat es ihm gleich.

Wir betraten eine riesige Eingangshalle mit Gewölbedecke und gewaltigem Kronleuchter. Direkt vor uns führte im Bogen eine Treppe hinauf ins Obergeschoss. Der Butler ging vor. Im polierten Marmor der Böden konnte ich deutlich mein Spiegelbild erkennen, und in der Stille hörte man nur das Ticken einer Standuhr auf dem oberen Treppenabsatz. Meine verschwitzten Finger krampften sich um die Elfenbeingriffe der Aktenkoffer. In jedem lag eine Viertelmillion Dollar.

Der stumme Butler bog in einen weiteren Korridor ab und blieb dann vor einer wunderschön gearbeiteten, mit Schnitzereien versehenen Eichentür stehen. Er klopfte leise. Ich hörte Bros Ts Stimme »Herein!« rufen.

Der Butler öffnete die Tür und trat beiseite. Mit leisem Klicken fiel sie hinter uns wieder ins Schloss.

Bros T saß am Ende des großen Raums auf einem Barhocker. Er stellte gerade eine Weinbrandflasche ins Regal zurück. Als wir auf ihn zu steuerten, vernahm ich lediglich das Klackern meiner Absätze auf dem Marmorboden und das Klirren der Eiswürfel im Brandy, den Bros T schwenkte. Nach einem kleinen Schluck stellte er das Glas auf dem Tresen ab.

Er lächelte. »Mr Idris ... Mrs Nwosu ... haben Sie gut hergefunden?«

Mr Idris schüttelte die ihm dargebotene Hand enthusiastisch. »Bestens, bestens.« Er zeigte auf die Aktenkoffer. »Das Geld, um das Sie gebeten haben. Soll ich Mrs Nwosu die Koffer öffnen lassen?«

Bros T winkte ab. »Das wird nicht nötig sein. Mrs Nwosu wird ihrer Sorgfaltspflicht sicher genügt haben.«

Ich setzte die Aktenkoffer auf einem Tisch in der Nähe ab und wandte mich den Männern zu. »Wenn ich heute sonst keine Finanzdienstleistungen erbringen kann, würde ich gerne ins Büro zurückkehren, wenn es recht ist ...« Es war bereits fünf Uhr, und Kachi wollte mich von der Arbeit abholen.

Mr Idris runzelte die Stirn. »Wir werden zusammen zurückfahren. Ich habe noch geschäftlich mit Mr Phillips zu reden.«

»Ja. Die Unterlagen, von denen ich sprach, liegen in meinem Büro am Ende des Flurs schon bereit.« Bros T zeigte auf die Tür. »Mrs Nwosu wird sicher so nett sein, hier auf uns zu warten…«

Nachdem die Männer den Raum verlassen hatten, plumpste ich auf einen Stuhl. Während ich die Beine mal so, mal so übereinanderschlug, klingelte mein Handy. Ich blickte auf die Nummer. Es war Kachi. »Na, was treibst du? Es wird wohl eine halbe Stunde später werden. Mir kommt hier etwas dazwischen. Soll ich dich trotzdem abholen?«

Ich kriegte einen trockenen Mund. »Ehrlich gesagt, bin ich augenblicklich nicht im Büro, von daher müsste es zeitlich hinkommen.«

»Aha, gut. Wo bist du denn?«

»Auf Banana Island… im Haus von Bros T.«

Kachi am anderen Ende der Leitung schwieg.

»Kachi?«

Sein Ton war scharf. »Bist du allein dort?«

»Nein. Mr Idris und ich sind gemeinsam hergefahren.«

»Ach so…«

Ich hörte Schritte. »Kachi, sie kommen. Wir müssten dann gleich aufbrechen. Ich rufe dich vom Büro aus an.«

»Melde dich sofort, wenn du da bist. *Hörst du?*«

»Ja, mach ich.« Ich schaltete gerade aus, als Bros T eintrat. »*Ha*, Morayo. Entschuldige, dass du warten musstest.«

Mein Blick flog in Erwartung Mr Idris' zur Tür. Er kam nicht.

Bros T rieb sich die Stirn. »Em… Mr Idris wurde bei der Besprechung in einer dringenden Angelegenheit weggerufen.« Er fuhr sich mit der Zungenspitze über die Unterlippe. »Sobald mein Fahrer zurück ist, bringt er dich wieder in die Bank.«

Das Herz schlug mir bis zum Hals. *Mr Idris war weg?*

Meine Handtasche umklammernd, sprang ich auf. »Ich finde sicher vorm Haus ein Taxi. Ich muss augenblicklich gehen.« Bros T streckte die Hand aus und ließ sie wieder sinken. Ein Flehen lag in seinen Augen. »Ich hatte gehofft … wo du schon da bist … wir könnten reden.«

Sobald ich das hörte, schob ich mich rückwärts Richtung Tür. »Nein. Es gibt nichts zu reden.«

Seine Stimme war sanft, aber bestimmt. »Doch, gibt es. Wie ich höre, hat Aunty Morenike Krebs.«

Einen überraschten Laut ausstoßend, hielt ich inne.

Bros T kam einen Schritt näher, er heftete seinen Blick abwechselnd auf mein Gesicht und dann wieder auf einen Punkt über meinem Kopf. »Ich habe mit einem Freund gesprochen. Er ist Onkologe am M.D. Andersen Cancer Center in Houston, Texas. Er ist bereit, sie zu untersuchen, wenn man sie in die Staaten verlegen kann.« Er befeuchtete sich nervös die Lippen. »Ich werde die Visa zur medizinischen Behandlung für sie und ihre Mutter besorgen. Ich würde auch die Behandlung und ihre Versorgung drüben übernehmen.«

Ich starrte ihn offenmündig an.

Bros T trat noch näher. Der Saum seines langen dunkelblauen senegalischen Gewands wischte über den Boden. Obwohl es im Raum kühl war, trat ihm der Schweiß auf die Stirn. Er streckte die Hand aus. »Morayo, bitte hör mir zu.«

Mir stellten sich die Nackenhaare auf, aber meine Füße waren wie festgewurzelt. Es war, als hätten sie plötzlich einen eigenen Willen.

Bros T rieb sich die Schläfe. Ich sah ihn schwer schlucken. »Ich war jung… selbstsüchtig…« Er verstummte. Jetzt stand er direkt vor mir. Er war mir so nah, dass mir der vertraute Moschusgeruch in die Nase stieg.

Ich riss den Kopf zurück. Eine betäubende Kälte bemächtigte sich meiner, ich fröstelte. Wieder ein Flashback. Das Bild, wie ich das Becken hob, wie Bros Ts Hand an meinem Schenkel entlangfuhr. Ich hatte nicht gekratzt, nicht gebissen, nein, hingenommen. Heiße Tränen schossen mir aus den Augen.

»Morayo, du hast nichts verbrochen…« Bros T streckte die Hand nach mir aus. »Du warst ein Kind. Es war meine Schuld. Allein meine Schuld.«

Seine Finger auf meiner Haut brannten wie siedendes Öl. »Fass mich nicht an!«

Ich wich rückwärts aus dem Raum und floh an die Haustür.

Es regnete. Dicke Tropfen klatschten mir ins Gesicht, als ich aus dem Haus auf die Stufen trat. Weil ich hinter mir Schritte hörte, machte ich vor Schreck einen Satz und rutschte auf der Treppe aus. Kurz bevor mein Kopf auf die unterste Stufe knallte, sah ich Bros T schemenhaft auf mich hinabstarren. Dann hörte ich einen entsetzten Ausruf, er hastete die Stufen herab und hielt meinen Kopf.

Dann wurde alles schwarz, und ich wusste nichts mehr.

Grelles weißes Licht stach mir in die Augen. Über dem Bett hing eine Neonleuchte. Ich wandte den Kopf und sah Kachi auf einem Stuhl sitzen. Er hielt den Kopf in den Händen. Ich befeuchtete meine trockenen Lippen. »Kachi…«

Kachi schoss von seinem Stuhl hoch. »Gott sei Dank, du bist wach!«, rief er und stürzte zu mir hin. Der Schmerz in meinem Kopf ließ mich ächzen, als ich versuchte, mich aufzusetzen. »Morayo, bleib liegen. Warte, ich rufe die Schwester.«

Als Kachi hinauslief, rieb ich mir den Bauch. Ich spürte keine Bewegung. War etwas mit dem Kind?

Kachi kehrte sehr bald mit einer Krankenschwester zurück.

»Bitte … das Baby?«

Die junge Schwester trat an mein Bett. »Madam, machen Sie sich keine Sorgen. Dem Kind geht es gut. Ich sage dem Arzt Bescheid, dass Sie zu sich gekommen sind.« Sie maß meine Temperatur und sah nach dem Tropf.

Ich drehte den Kopf in Kachis Richtung. »Wie lange liege ich hier schon?«

»Zwei Tage«, sagte Kachi. Er setzte sich auf die Bettkante.

»Wer hat mich hergebracht?«

»Er«, sagte Kachi bitter. Ohne mich anzusehen, rieb er sich den Kopf und stand auf. »Ich muss mein Handyguthaben aufstocken, damit ich in Ibadan und in Awka anrufen und Bescheid geben kann, dass es dir gut geht. Eniayo war heute schon da.«

»Aunty Morenike?«

»Es geht ihr so weit gut. Wir haben es ihr nicht gesagt.«

Kachi ging, und ich schlief wieder ein.

Als ich erneut zu mir kam, war die freundliche junge Schwester wieder da. Sie lächelte mich an. »Madam, Ihr Mann hat mir aufgetragen, Ihnen zu sagen, dass er nach Hause gegangen ist, um Ihnen etwas zu kochen.« Ihr Lächeln wurde breiter, als sie mir half, aufzustehen. »Sie haben großes Glück, Madam. Ihr Mann hat Sie seit Ihrer Einlieferung nicht mehr verlassen.«

Bis ich von der Toilette zurückkam, war sie schon dabei, das Bett neu zu beziehen. »Madam, ich bin gleich fertig.« Sie stopfte die gebrauchten Laken in einen Wäschekorb. »Nur Gott hat verhindert, dass Ihr Mann diesen reichen Kerl windelweich geprügelt hat, der Sie bewusstlos herbrachte. Vier Wachleute mussten sie trennen.« Sie warf mir einen neugierigen Blick zu. »Hat er Sie angefahren?«

Ich simulierte einen Hustenanfall und tat, als hätte ich die Frage nicht gehört.

Als Kachi ins Krankenhaus zurückkehrte, sagte er kein Wort über seinen Zusammenstoß mit Bros T. Er reichte mir Orangenstückchen; seine Knöchel waren zerschürft. Ich stellte ihm keine Fragen.

Als es morgens an der Tür klopfte, hätte ich jeden, nur nicht Mr Idris erwartet. »Guten Morgen, Mrs Nwosu«, sagte er leutselig und spazierte herein.

Er trat an mein Bett. »Der Arzt hat mich angerufen und wissen lassen, dass Sie wach sind. Mr Phillips sagte mir, er habe Sie nach Ihrem Sturz auf Banana Island hergebracht. Ein bedauerliches Missgeschick.«

»Mr Idris …«

Er hieß mich mit erhobener Hand schweigen. »Bitte, hören Sie erst einmal, was ich zu sagen habe. Sie werden sich gewiss ein, zwei Wochen daheim erholen müssen, aber ich wüsste nicht, warum Sie danach Ihre Arbeit bei uns nicht wiederaufnehmen sollten.« Er lachte verlegen. »Em … es gab noch mal ein kurzes Treffen mit Mr Phillips, ehe er das Land gestern verlassen hat. Er hat, mit der Bank als Kosponsor, eine wohltätige Stiftung eingerichtet.

Er wünscht ausdrücklich, dass Sie in verantwortlicher Position die Vergabe der Mittel an die zu fördernden Individuen übernehmen. Tatsächlich haben wir bereits eine Liste der Waisenhäuser des Bezirks erstellt.« Mr Idris zögerte. »Em … wie Sie wissen, wird das dem öffentlichen Image der Bank sehr förderlich sein. Vor allem aber wird es natürlich den armen Würmern helfen.«

Deshalb also war er hier. Ich fand endlich meine Stimme wieder. »Mr Idris, ich werde nicht in die Bank zurückkehren.«

Seit ich wieder bei Bewusstsein war, ließ mir ein Gedanke keine Ruhe: dass ich mir, aus Starrsinn, von Bros T beinahe noch einmal etwas Kostbares hatte nehmen lassen. Hätte ich mein Kind verloren, hätte ich mir niemals verzeihen können. Ich schüttelte den Kopf; ich war fertig mit ihm.

In rasantem Wechsel spielten Ungläubigkeit, dann Zorn und schließlich Verzweiflung über Mr Idris' Gesicht. »Mrs Nwosu, treffen Sie keine übereilten Entscheidungen.« Er lächelte gezwungen. »Als einer, dem sehr an Ihrem Wohlergehen gelegen ist, muss ich Ihnen sagen, dass das, was Sie erwägen, beruflicher Selbstmord wäre.« Er senkte die Stimme. »Erst heute Morgen habe ich mit dem Geschäftsführer gesprochen. Er hat grünes Licht für eine Verdoppelung Ihres Gehalts und einen eigenen Firmenwagen gegeben. Sie müssen mir nur sagen, welchen Wagentyp Sie wünschen.« Mr Idris befeuchtete sich mit der Zunge die Lippen.

»Mr Idris, Sie haben mich in seinem Haus allein gelassen.«

Ich hätte genauso gut gegen die Wand reden können. Er blinzelte heftig. »Ihnen ist hoffentlich klar, dass wir Ihnen kein gutes Zeugnis ausstellen können, wenn Sie uns in dieser Weise im Stich lassen …«

»Mr Idris, verlassen Sie bitte das Zimmer.«

»Mrs Nwosu …«

»Raus!«

Eine Krankenschwester streckte den Kopf zur Tür herein. »Alles in Ordnung, Madam?«

Mr Idris trat rasch einen Schritt zurück, wandte sich abrupt um und ging.

Am Tag darauf reichte Kachi persönlich meine Kündigung bei der Bank ein.

Eine ernste Kafiyah brachte mir nach meiner Entlassung aus der Klinik meine persönlichen Sachen aus dem Büro. Sie wusste lediglich, dass ich im Hause Mr Phillips' gestürzt war. Trotz wiederholten Nachfragens wollte sie mir nicht verraten, was auf der Arbeit los war. Ich hoffte inbrünstig, dass Mr Idris seine Wut nicht an ihr ausließ.

Ich schüttelte den Kopf, als sie ihr Mitbringsel, eine eisgekühlte Flasche *kunu*, überreichte. »Damit du weder den Geschmack von *kunu* noch mich vergisst«, sagte sie.

»Also ehrlich, Kafiyah, dich vergessen! Selbst wenn ich wollte …«

Ehe sie ging, drückte mich Kafiyah fest an sich. »Du wirst mir auf der Arbeit fehlen, aber dein Platz ist jetzt hier. Ich komme nächste Woche wieder vorbei.«

Kachi erfuhr, dass er zu einer Besprechung nach Lokoja müsste, mochte mich aber ungern allein lassen. Er fragte daher, ob ich die Woche nicht vielleicht in Ibadan verbringen wolle. Ich wollte. Eniayo steckte mitten im Staatsexamen und konnte sich nicht um mich kümmern, aber Mummy und Aunty Morenike waren entzückt, als ich mich telefonisch ankündigte.

Am Tag nach meiner Ankunft in Ibadan nahm mich Eniayos Verlobter Tunde morgens gleich in die Klinik mit, denn er arbeitete dort als Radiologe. Aunty Morenike schlief noch, als wir das Krankenzimmer betraten. Mummy Ibeji übernachtete seit einiger Zeit bei ihr, und wir sahen ihr an, dass sie eine Entlastungspause brauchte. Ihr fielen beim Reden fast die Augen zu. Schließlich konnten wir sie überreden, nach Hause zu gehen. Ich versprach zu bleiben, bis sie zurückkäme.

Auf einem Stuhl neben dem Bett sitzend, beobachtete ich, wie Aunty Morenikes Brustkorb sich hob und senkte. Wenige Minuten nach meinem Eintreffen erschien eine Krankenschwester, die mir bekannt vorkam. Ich hatte sie bei einem früheren Besuch schon gesehen. »Schläft sie noch?«, fragte sie in gedämpftem Ton.

»Es hieß, sie habe letzte Nacht nicht geschlafen«, erwiderte ich ebenso gedämpft.

Ein Anflug von Bedauern huschte über ihr Gesicht. »Ja, das sagte mir die Nachtschwester. Aber jetzt ist es Zeit für die Chemo.«

Sie schob den Tropf beiseite. Ich sah zu, wie sie mit einer Kanüle das Mittel geschickt in die Öffnung des Portkatheters gab. Der saß dicht unter Aunty Morenikes rechter Schulter. Während die Schwester hantierte, regte Aunty Morenike sich kurz, schlug aber die Augen nicht auf.

Fünf Minuten später war die Schwester fertig. »Madam, ich sehe später wieder nach ihr.« Ich nickte und murmelte ein Dankeschön. Sie zog die Tür leise hinter sich zu.

Ich lauschte dem rhythmischen Zischen der Infusionspumpe und spornte im Geiste das Adriamycin auf dem Weg zu Aunty Morenikes Zellen an.

Die Pumpe surrte, ich betrachtete Auntys Gesicht. Mein Blick ruhte immer noch auf ihr, als sie eine Stunde später zu sich kam. Als sie die Augen aufschlug, schien sie zunächst nicht recht zu wissen, wo sie war. Den leicht geöffneten Lippen entstieg ein leises Wimmern. Erschrocken irrte ihr Blick im Zimmer umher, dann fiel er auf mich. Als sie mich klarer sah, streckte sie lächelnd eine schmale Hand aus. »Morayo, seit wann bist du hier? Wo ist Mummy Ibeji?«

»Sie ist erst vor Kurzem gegangen. Sie hatte wohl die ganze Nacht kein Auge zugetan; Tunde und ich konnten sie überreden, nach Hause zu gehen und sich ein bisschen auszuruhen.«

»Danke, meine Liebe. Die Pause wird ihr guttun.«

Ich richtete Aunty Morenike ein wenig auf und schob ihr Kissen unter, als sie plötzlich würgen musste. Während ich ihr das Erbrochene vom Gesicht wischte, musterte sie mich eindringlich. »Morayo, du wirkst heute so zufrieden. Das freut mich.« Ich erwiderte ihr Lächeln. Seit ich aus der Klinik entlassen worden war, empfand ich tatsächlich mehr inneren Frieden. Ich fühlte mich … weniger leer.

Als Aunty Morenike mit rasselndem Atem gegen einen Hustenkrampf ankämpfte, hätte ich sie gern gehalten und geweint. Stattdessen saß ich an ihrem Bett, plapperte von Kachis neuem Geschäftsprojekt, von den Filmen, die ich demnächst sehen wollte, und einem endlosen Strom belangloser, sinnloser Dinge – alles, um nur nicht aussprechen zu müssen, wie groß meine Angst war, sie zu verlieren.

Stunden später traf Damilare mit Mummy Ibeji ein. Aunty Morenikes Augen leuchteten beim Anblick ihres Sohnes auf. »Guten Tag, Sister Morayo«, sagte er und umarmte mich. Ich war ein weiteres Mal fassungslos, wie erwachsen er geworden war.

»Guten Tag, Damilare.« Ich griff nach meiner Handtasche. »Aunty, ich komme morgen wieder.«

Im selben Moment klopfte es kurz, und gleich darauf stand Aunty Morenikes Arzt im Raum. »*Ha.* Ich sehe, Sie haben Besuch.«

Er strich sich sichtlich erregt über den Schnurrbart. »Nun, ich habe gute Nachrichten.«

Mama Ibeji und ich schauten uns groß an. Damilare drückte seiner Mutter die Hand.

»Heute Morgen hat unser leitender Arzt einen Anruf aus dem Anderson Cancer Center in Houston, Texas, erhalten. Die Einzelheiten erspare ich Ihnen jetzt mal; nur so viel: Man bietet Ihnen als erster Patientin aus unserem Land eine neuartige Krebstherapie an.« Er grinste über beide Ohren. »Und, was nicht unerwähnt bleiben sollte, kostenlos! Eine Stiftung übernimmt die Kosten.« Er wandte seinen Blick Mummy Ibeji zu. »Man will sogar für eine Begleitperson aus der Verwandtschaft aufkommen. Angesichts Ihres Zustands soll alles umgehend in die Wege geleitet werden.«

Aunty Morenike starrte den Arzt mit offenem Mund an. Sie traute offenbar ihren Ohren nicht. »Das wollen Menschen, die mich gar nicht kennen, für mich tun?«

»Denken Sie darüber nach, wir sprechen uns morgen wieder.«

Aunty Morenike wischte sich die Tränen weg. »Danke, Doktor.«

Als er weg war, sank Mummy Ibeji auf die Knie und wälzte sich auf dem Boden. Mit erhobenen Händen murmelte sie: »*Olodumare!* Du hast mich also doch nicht vergessen…«

Aunty Morenike und ich, neben ihr auf der Bettkante, starrten uns einfach nur an. Schon kehrte das Feuer in ihre Augen zurück. In den ganzen zurückliegenden Monaten hatte ich ihr gegenüber mit keinem Wort erwähnt, dass mir Bros T wieder begegnet war – der zweifellos hinter diesem wundertätigen Angebot steckte. Und auch jetzt durfte ich es ihr keinesfalls sagen; sie würde sein Geld vielleicht nicht annehmen wollen.

Am Abend darauf hörte ich auf dem Weg zur Frauenonkologie jemand singen. Aus größerer Nähe erkannte ich Aunty Morenikes Stimme. Sie sang eine bekannte Hymne:

Abide with me; fast falls the eventide;
The darkness deepens; Lord, with me abide…

Ich lugte zum offenen Fenster ins Zimmer hinein. Aunty Morenike war allein. Sie saß aufrecht im Bett, und über ihr ausgemergeltes Gesicht liefen ungehindert die Tränen. An die Wand gelehnt, ihrer Stimme lauschend, begann ich leise zu schluchzen. Weil aber Aunty Morenike bekümmert wäre, wenn sie meine Tränen sähe, wischte ich mir rasch die Augen am Ärmel meines *boubou.* Demonstrativ hüstelnd, klopfte ich an und trat mit bemüht heiterem Lächeln ein.

Aunty Morenike empfing mich mit schelmisch blitzenden Augen. Die Tränen, die ich von draußen beobachtet hatte, waren versiegt. An diesem Abend war ihr kahler, blanker Schädel unbedeckt. Ich musste in Gedanken an das herrlich dichte lange Haar, um das ich sie als Kind so beneidet hatte, schwer schlucken.

Als Aunty Morenike mich fest an sich drückte, stachen mir ihre Rippen in die Seite. Sie schien selbst seit gestern weiter an Gewicht verloren zu haben. Ihr zierlicher Körper glich mehr dem eines Kindes als dem einer Frau. Doch ihr Ausdruck war freudig, als sie sanft über meinen dicken Bauch strich. »Das ist meine Art, dein Kleines kennenzulernen«, sagte sie, und beide mussten wir lachen, als das Kind kräftig trat und ihre Hand hüpfte. »Meine kleine Morayo – eine Mutter!« Sie sprach langsam, denn die Geschwüre in ihrem Mund machten das Reden sehr schmerzhaft.

»Ja, Aunty. Und du wirst das Kind herumtragen und mit mir bei der Namensgebung tanzen.«

»So Gott will, Morayo.«

Ihr Ton erschreckte mich. »Aber du fliegst doch schon nächsten Monat nach Houston.« Dann brach meine Stimme. »Aunty, du darfst mich noch nicht verlassen.«

Der Griff ihrer Hand war erstaunlich fest. »Meine liebe Morayo, ich behaupte ja nicht, dass ich sterben will. Ich bin schließlich erst neununddreißig.« Ein neuer Hustenkrampf schüttelte sie.

Ich nahm den Becher Wasser vom Nachttisch und führte ihn an ihre Lippen. Sie nahm einen winzigen Schluck. »Danke, meine Liebe.« Ihr Griff verstärkte sich. »Wenn deine Zeit abläuft, kommt Bedauern auf. Etwa Mufu nicht geheiratet zu haben.« Ich sah sie überrascht an. Seit Jahren hatte sie Mr Tiamiyu nicht mehr erwähnt. »Ich wollte immer gerne noch weitere Kinder.« Sie seufzte. »Ich würde dein Kind sehr gern herumtragen. Ich würde Damilares Kinder gern erleben. *Ich* müsste meine *Mutter* bestatten. Aber steht dem Korb an, dem Korbflechter zu sagen, welche Länge oder Farbe oder Raffiasorte er nehmen soll?«

Aunty Morenike strich mir über die Wange. »Ach, liebe Morayo.« Sie öffnete die Arme. »Komm. Heute brauchst du nicht für mich stark zu sein. Wein du nur.«

Mein Kopf sank auf ihre Brust, und ich hörte mich weinen, bis es keine Tränen mehr gab.

Meine Besuchswoche verging im Fluge, und vor der Rückfahrt nach Lagos mit Kachi schaute ich noch einmal im Krankenhaus vorbei. Ich schloss Aunty Morenike zum Abschied sachte in die Arme, und zusammen erfühlten wir noch einmal das Strampeln des Babys. Wir lachten. Es war, als wollte auch mein Kind sich verabschieden. Ich küsste sie auf die Stirn und versprach, in zwei Wochen wiederzukommen. Dann würden wir gemeinsam ihren vierzigsten Geburtstag feiern.

Drei Tage später starb Aunty Morenike im Schlaf.

22

Derselbe Mond, der heute abnimmt,
wird morgen voll sein.

Damilare rief Kachi mit der Nachricht im Büro an, doch Kachi brachte es nicht über sich, es mir zu sagen. Wie ich erst später erfuhr, rief er Mummy an und bat sie, nach Lagos zu kommen. Sobald ich am Abend Mummys Augen sah, ahnte ich Schlimmes. Als sie mich zur Couch führte und es mir sagte, fiel ich laut klagend auf die Knie.

Als mich am Morgen Vogelgesang vor dem offenen Fenster weckte, hätte ich den Vogel am liebsten aus dem Nest gerissen und zu Boden geschleudert. Wie konnte es der muntere Vogel wagen, mich in meiner Trauer zu stören? Wusste er nicht, dass meine Aunty Morenike fort war?

Kachi stellte sich taub gegen meine flehentlichen Bitten, zu Aunty Morenikes Beerdigung fahren zu dürfen. »Du bist nicht reisefähig«, sagte er, und ich murrte fürchterlich, als Mummy ihm zustimmte.

Am Morgen der Bestattung brach Kachi mit Eniayo nach Ibadan auf. Mummy blieb bei mir. Die Tradition verwehrte ihr die Teilnahme an der Trauerfeier für jüngere Verwandte. Das Bild vor Augen, wie Aunty Morenikes Leichnam ins Grab gesenkt wurde, weinte ich den ganzen Tag. Nicht einmal für Damilare konnte ich da sein.

Am Abend begann ich etwas zu bluten. Ich war erschrocken, sagte mir aber, es werde schon wieder aufhören, und sagte Mummy daher nichts davon. Warum sollte ich sie unnötig beunruhigen? Doch in der Nacht wurde aus Tröpfeln ein steter Strom. Ich musste Mummy Bescheid sagen. Sie schlief bereits im Gästezimmer.

»Mummy. Mummy.«

Als ich an ihren Arm tippte, flogen ihre Augen auf.

»Ich blute.«

Sie fuhr hoch. *»Blut?«*

»Ja, *Ma*. Ziemlich viel.«

Sie knotete sich ihren *wrapper* um die Brust und schwang die Beine vom Bett. »Wann hat es angefangen?«

»Vor einer Weile schon.«

Zischend richtete sie sich auf. »Und da weckst du mich jetzt erst!«

»Ich wollte dich nicht stören.«

Sie wechselte die Kleider. *»Stören?* Bin ich denn nach Lagos gekommen, um zu schlafen?« Sie hetzte im Zimmer umher. »Was soll ich denn jetzt um diese nachtschlafende Zeit unternehmen? Wen rufe ich zu Hilfe?«

»Eine Nachbarin oben ist Krankenschwester. Vielleicht sollte ich bei ihr anklopfen?«

Mummys Blick nagelte mich fest, wo ich stand. »Du willst bei ihr anklopfen? *Du* legst dich sofort hin«, befahl sie. Sie stürmte aus der Wohnung und rief über die Schulter zurück: »Ich kümmere mich darum!«

Bald kehrte Mummy mit Schwester Tawa wieder. Die Unruhe im Blick der Schwester verriet ihre Sorge. Sie befahl mir, still liegen zu bleiben und die Beine höher zu lagern. Es wäre besser, einen Arzt hinzuziehen zu können, meinte sie, aber es war jetzt zu spät, um sich auf den Weg zu machen – eine Schwangere und eine alte Frau.

Mummy wachte die ganze Nacht mit mir, tigerte im Zimmer auf und ab und schielte ständig zur Uhr. Ich dämmerte vor mich hin – einmal wurde ich wach und sah Mummy schweigend auf mich herabsehen. So hatte sie mich noch nie angesehen. Als ich mich aufzusetzen versuchte, sprang sie zu mir hin. »Bleib liegen«, flüsterte sie, »ich bin ja da.«

Als Kachi endlich am späten Vormittag zurückkehrte, brausten wir in die Klinik. Der Arzt verordnete mir für die verbleibenden Schwangerschaftswochen Bettruhe, und ich raufte mir vor Wut und Kummer die Haare.

»Morayo, *bitte*. Es ist ja nur für kurze Zeit«, flehte Kachi.

Aber nichts, was Kachi oder Mummy mir sagte, half. Im Innersten wusste ich natürlich, dass ich auf sie hören müsste. Ich wollte meinem Kind doch nicht schaden. Aber ich litt noch sehr unter dem Verlust Aunty Morenikes, und die Zwangsquarantäne drohte mich zu ersticken.

Ratlos bat Kachi seine Mutter, nach Lagos zu kommen. Mama Kachi, eben erst aus Abuja zurück, wo sie Adannas neuen Sohn betreut hatte, packte gleich wieder ihre Taschen. Sie und meine jüngste Schwägerin Dumebi trafen in der folgenden Woche ein.

Widerstrebend kehrte Mummy nach Ibadan heim. »Morayo, ich weiß, dass deine andere Mutter gut für dich sorgen wird. Ich komme rechtzeitig zur Geburt des Kindes wieder.«

Im Laufe der nächsten drei Monate kamen Mama Kachi und ich uns sehr nah.

An Tagen, an denen ich nicht essen mochte, kochte sie, nur um mir Appetit zu machen, drei verschiedene Gerichte. »Sieh nur, was ich dir heute zubereitet habe, mein Kind«, sagte sie dann mit einem aufmunternden Lächeln. »Diese Yamssuppe sucht ihresgleichen. Frag deinen Mann. Als Kind aß und aß er davon, bis er sich nicht mehr vom

Fleck rühren konnte. Wenn du erst wieder auf den Beinen bist, zeige ich dir, wie es geht. Glaub mir, wenn Kachi die zwischen die Zähne kriegt, verzichtet er klaglos auf ein Monatsgehalt.«

Hinter seiner Mutter gluckste Kachi. Ich musterte ihn aus schmalen Augen. Kochen gehörte immer noch nicht zu meinen Lieblingsbeschäftigungen.

»Ich werde ganz bestimmt von dir dieses Gericht lernen, ehe du heimfährst. Es gibt da nämlich auf Banana Island ein Grundstück, auf das ich ein Auge geworfen habe.«

»*Nne*, sieh nur, was du angerichtet hast«, protestierte Kachi, während er ihr den Arm um die Schulter legte, »ihr Frauen rottet euch ständig gegen mich zusammen.«

Kachi linste mich aus zusammengekniffenen Augen an und schnaubte. »Vergiss nicht, dass du keinen wohlhabenden Mann geheiratet hast. Banana Island *ko*; Pineappel Peninsula *ni*.«

Da mussten wir alle lachen. Plötzlich erstarrte ich. Ich sah an mir hinab: Die Fruchtblase war geplatzt. Zum berechneten Termin fehlten noch drei Wochen. Das Kind hatte offenbar nicht die Absicht, auf Mummys Rückkehr zu warten.

Mama Kachi wich mir während der ganzen Leidensprüfung nicht von der Seite, während Kachi bei den anderen Vätern im Wartezimmer ausharrte. Ich hatte mich seelisch auf eine lange Dauer eingestellt. Ich hatte gehört, dass erste Babys sich meist Zeit ließen – nicht so meines. Dieses Kind hatte es eilig. Alles ging rasend schnell. Ehe die Schwestern mich überhaupt in den Kreißsaal schieben konnten, fühlte ich einen enormen Druck. Ich wollte pressen! »Ich glaube, es kommt!«

Mama Kachi geriet in helle Aufregung. »Warte, Tochter, wir sind gleich da. Madam Nurse, *abeg,* schieben Sie schneller *o*!«

Nach einer rasanten Fahrt in den Kreißsaal wurde ich auf die Liege gehoben, und nach einer letzten gewaltigen Presswehe hörte ich eine der Hebammen rufen: »*E ku ewu omo!* Gratuliere! Ein Mädchen!«

Als die Schwester mir meine Tochter in den Arm legte, studierte ich aufmerksam ihr Gesicht. Sie glich aufs Haar ihrem Vater. Sie war lang und hell und hatte Kachis mandelförmige Augen, die Augen, die er von Mama Kachi hatte, deren eigene sich nun mit Freudentränen füllten.

Ich sah meine Tochter groß an. Was war das für eine neue Liebe? Sie war anders als die, die ich für ihren Vater empfand. Diese Liebe war … rabiat. Als wäre mir ein Stück aus dem Herzen gebrochen und in das Kind gewandert, das ich in den Armen hielt.

Ich wandte mich Mama Kachi zu. »*Nne,* sieh deine Enkelin«, sagte ich.

Als sie mir das Baby abnahm, verstärkte sie den Druck ihrer Finger auf meinen einen Augenblick. Ich hatte sie zum ersten Mal *Nne* genannt, Mutter. »*Nwa m, je si ike.* Gut gemacht, mein Kind.« Sie sagte es mir mit belegter Stimme.

Wenige Augenblicke später sah ich meinen Mann – der schwer mit den Tränen rang – seine *Ada* in der Armbeuge wiegen. Sie sah winzig aus. Ich schloss die Augen: Hatten meine Eltern – meine Mutter – mich auch so voller Staunen gehalten?

Doch bei aller Freude war meine geliebte Aunty Morenike nicht vergessen. *Sie* würde dieses Kind nun nie in den Armen halten oder mit mir tanzen. Mir war eine Freude genommen, eine andere gegeben worden, aber, wie Aunty Morenike gesagt hätte, es steht der Raffiafaser nicht an, den Korbflechter infrage zu stellen.

EPILOG

Wer den Tag mit ungewaschenem Gesicht beginnt,
sieht die Dinge mit den Augen von gestern.

Vor drei Monaten durften Kachi und ich unsere wunderschöne Tochter mit heimnehmen. Wir haben sie Anuli Morenike genannt. Ihre Großeltern, Auntys und Onkel verliehen ihr weitere Namen – nimmt man beide Familien zusammen, sind es, glaube ich, fünfzehn! –, aber Anuli wählten wir, weil es auf Igbo »Freude« bedeutet. Wenn ich jetzt die kleinen Vögel vor unserem Schlafzimmerfenster singen höre, lächele ich, und ihr süßer Gesang ist mir willkommen.

Dumebi reiste zum Ende der Schulferien ab, *Nne* aber blieb noch zwei Wochen. Während dieser Zeit brauchte ich nichts anderes zu tun, als mich zu erholen und Anuli zu stillen. *Nne* ließ mich im Haus keinen Handschlag tun. Dann nahm sie Kachi beiseite und sagte, es sei an der Zeit, nach Awka zurückzukehren. Sie ging, damit Mummy sie in Lagos ablösen könnte. Obwohl ich mich freute, das zu hören, weinte ich, als *Nne* uns verließ. In den vier Monaten ihres Aufenthalts war sie wahrhaftig zu meiner *nne* geworden.

Mummy ist jetzt seit sechs Wochen bei uns, doch morgen kehrt auch sie heim, denn Daddy drängt. Mummy schnalzt nach seinen Anrufen mit der Zunge, aber ich weiß, sie freut sich, dass sie ihrem Mann fehlt.

Heute feiern wir Anulis Ankunft in unserem Leben. Unsere Verwandten und Freunde strömen den ganzen Tag schon herbei. Tunde und Daddy sind heute Morgen mit dem Auto nach Lagos gekommen. Papa, *Nne*, Ogadinma und Dumebi sind auch schon da. Sie alle sind gestern aus Awka eingetroffen.

Die Mietköchinnen sind seit ihrem Eintreffen im Morgengrauen emsig. Doch auch *Nne* hat darauf bestanden, besondere Suppen für den heutigen Tag zuzubereiten. Draußen im großen Festzelt stehen auf den Wärmeplatten Unmengen Igbo- und Yorubaspezialitäten bereit. Eniayo hat livriertes Personal zur Unterstützung bei der Bewirtung der Gäste engagiert. Sie haben gut zu tun.

Neben mir sitzt Kafiyah. Ihre kohlumrandeten Augen blitzen, während sie uns von ihrem Urlaubserlebnis mit einem verliebten Kamel in Dubai erzählt. »Das Viech hat sein Maul einfach auf meinen Mund gedrückt. Ich wäre fast gestorben vor Speichelfluss. Ehrlich, ich weiß nicht, wie die Kühe das aushalten.«

Ich schüttele den Kopf. »Kaffy! Du hast bei deinem Besuch in Calabar offenbar von Ekanem einiges gelernt.« Kafiyah lacht. Ekanem erwartet das zweite Kind und wollte die Reise nach Lagos nicht wagen. Mir fehlt ihre übersprudelnde Art.

Kafiyah hat kurz nach mir die Bank verlassen und arbeitet jetzt in einem auf Flitterwochenangebote spezialisierten Reisebüro. Das passt perfekt zu ihr, die immer noch auf der Suche nach ihrem Traumscheich ist – einem monogamen.

Eniayo und Tunde haben bei ihr gerade ihre Hochzeitsreise nach Frankreich gebucht. Ich habe Eniayo ordentlich aufgezogen, als sie mir das Ziel nannte. »Also reist du doch schließlich zu Weißen ins Ausland!«

Eniayo prustet los. »Ja, genau. Und das nächste Mal besuche ich dann den Buckingham Palace. Ich denke, ich sollte mich langsam mal vorstellen. Man nennt mich schließlich nicht umsonst Lady Eniayo.«

Eniayo und Tunde werden Ende des Jahres heiraten. Mummy schwebt natürlich glückselig durch die Gegend.

Jetzt strampelt Anuli auf meinem Arm. Sie erwacht aus ihrem Mittagsschlaf. Sie hebt die runden Ärmchen und reckt sich. Wenn Anuli die herrlichen braunen Augen aufschlägt, macht mein Herz einen Satz. Das ist das Kind, das mich eines Tages bestatten wird, denke ich. Das Kind, das ich mein Leben lang lieben werde.

Anuli lacht mich so vollbackig an, dass sich die Grübchen zeigen, die nur sie hat. Sie hält meine Hand, ihre kleinen Finger umklammern meinen Daumen.

Wir betrachten einander, und ich gebe meiner Tochter Versprechen, an die ich mich halten will. Ich verspreche dir, dass es für dich weniger Geheimnisse geben wird. Ich verspreche, mit dir über alles zu reden, was dich bedrückt. Über Scham zu sprechen. Ich verspreche, zuzuhören, auch wenn ich nicht verstehe. Ich verspreche es dir, weil du es verdienst. Anulis Blick nimmt einen besonderen Schmelz an, und ihr Mund weitet sich zu einem Lächeln.

»Sister Morayo.« Ich blicke hoch und sehe Damilare auf mich zukommen. »Sister Morayo, ich muss los. Ich habe Mummy Ibeji versprochen, vor Einbruch der Dunkelheit wieder zu Hause zu sein.«

Als Damilare vorhin ins Haus spaziert kam, habe ich bei seiner Versicherung, er habe Anuli unbedingt sehen wollen, vor Rührung geweint. Ich habe Damilare seit Aunty Morenikes Tod nicht gesehen.

»Warte doch, ich bringe dich noch zum Wagen.« Ich gehe zu Aunty Adunni und überlasse ihr Anuli, und Aunty streckt hocherfreut die Hände nach ihr aus und ruft: »Den ganzen Nachmittag warte ich schon darauf, meine kleine Prinzessin mal tragen zu dürfen!«

Kurz bevor Damilare in den Wagen steigt, zieht er einen Umschlag aus der Tasche. »Für Anuli«, sagt er. Wir umarmen uns, und ich bitte ihn, Mummy Ibeji von mir zu grüßen. Als ich den Umschlag etwas später in meine Schrankkommode legen will, fällt mir die Handschrift darauf auf. Mein Herz schlägt höher. Es ist Aunty Morenikes Schrift. Ich reiße den Umschlag auf und finde darin einen Bündel neuer Tausendnairanoten und einen zusammengefalteten Brief.

Ich lese und höre in meinem Kopf deutlich Aunty Morenikes Stimme:

Geliebte Morayo,

ich habe beschlossen, diesen Brief zu schreiben, weil ich das leise Gefühl habe, dass ich nicht da sein werde, um Dein Muttersein zu feiern.

Es gibt keine Worte, mit denen ich ausdrücken könnte, wie sehr es mein Leben bereichert hat, Deine Schwester sein zu dürfen, und wie sehr ich Dich liebe. Wenn Du diese Zeilen liest, wirst Du wissen, wie tief ich bedauere, nicht Dein Baby halten und mit Dir tanzen zu können, aber ich bin dennoch fest entschlossen, diesem unserem Kind meinerseits einen Namen zu geben.

Mein Name für das Baby ist Opemipo – »ich kann für vieles dankbar sein«. Ich wähle Opemipo in der Hoffnung, dass der Name Dich daran erinnern wird, dass wir beide trotz allem, was wir durchgemacht haben, immer noch Dank sagen können. Ich habe nicht umsonst gelebt. Und Du wirst es auch nicht.

Meine Liebe, denk daran, liebevoll mit Dir umzugehen.

Ich weiß, dass wir beide dazu neigen, hart gegen uns selbst zu sein. Aber ich weiß auch, und das mit großer Gewissheit, dass Du Liebe in den vielen Tagen und Jahren, die für Dich noch kommen, brauchen wirst.

Kauf von dem Geld etwas Besonderes für das Baby. Du wirst schon wissen, was.

»Morayo!« Es ist Eniayos Stimme.

Ich zittere. Aunty Morenike hat einen Weg gefunden, an diesem besonderen Tag dabei zu sein. »Im Schlafzimmer!«, rufe ich.

Ich stopfe den Brief und das Geld rasch in den Umschlag zurück. Eben schließe ich die Schranktür, als Eniayo mit Anuli im Arm hereinspaziert. »Ich habe mich schon gefragt, wo du steckst«, sagt sie.

»Geht es Anuli gut?«

»Bestens. Sie braucht nur eine neue Windel. Ich habe ihr erklärt, das falle nicht in mein Ressort.«

Anuli gluckst auf Eniayos Arm, als hätte sie verstanden, was ihre Tante gerade gesagt hat.

»Selbst Anuli findet dich komisch.« Ich zeige auf den Wickeltisch. »Du kannst schon mal üben. Ich bin sicher, dass Tunde auf Nachwuchs brennt.«

Eniayo geht mit einem Grinsen zu dem Tisch hinüber. Anuli kräht und fuchtelt beim Wickeln mit den Händen. Eniayo dreht sich nach mir um.

»Morayo, ich fasse es nicht, wie viel größer sie selbst in der kurzen Zeit geworden ist.«

»Ja, sie wachsen schnell.«

»Ich entsinne mich noch, wie ich sie in der Klinik gehalten habe und mir immer wieder vorsagen musste, dass ich Aunty bin.«

Ich nicke. »Ja, das bist du. Und Auntys sind die besten.«

Wir verständigen uns mit einem Blick. Anulis lautes Rülpsen bringt uns zum Lachen. Eniayo rümpft die Nase über den Geruch saurer Milch. »Du kommst wirklich nach deiner Mutter!«

Ich funkele sie an. »Eniayo!«

Lachend läuft Eniayo mit Anuli im Arm aus dem Zimmer. Ich folge ihr.

Als wir wieder in den Sonnenschein hinaustreten, sehe ich Kachis lange Gestalt zwischen den Zelten auf der Tanzfläche. Der rote *obi*, der zu seinen Breakdance-Bewegungen auf und ab hüpft, ist kaum zu verfehlen. Als Kachi mich auf sich zukommen sieht, trabt er zum DJ hinüber und raunt ihm etwas zu. Der DJ legt »Let Me Love You« von Bunny Mack auf, und Kachi strebt mit feierlicher Miene auf mich zu. Dann steht er vor mir und hält mir auffordernd die Hand hin. »*Obi m*, komm, tanz mit mir«, sagt er.

Ich nehme seine Hand.

Wir sehen uns unverwandt in die Augen, und mir fällt der scheue Junge wieder ein, der mich so zart mit seinen nach Minze schmeckenden Lippen küsste. Und der Knoten in mir lockert sich wieder ein bisschen mehr.

Während Kachi und ich inmitten unserer Verwandten und Freunde tanzen, liebkosen die warmen Strahlen der sinkenden Sonne meine Schläfe. Eine böige Abendbrise streicht zwischen den Zelten hindurch. Der Wind reißt rosa Ballons von den Zeltstangen, denen prompt freudekreischend die Kinder nachsetzen. Ich sehe Aunty Adunnis Jüngsten, Tamilore, an der Spitze laufen. Seine O-Beine verheddern sich, als er sich umblickt, um zu sehen, ob ihn jemand einholt.

Ich lache, während die Brise die steifen Falten meines *gele* aus rotem Damast riffelt. Sie kühlt meine Haut und schickt mir köstliche Schauer den Rücken hinab.

Ich tanze.

DANKSAGUNG

Ein ganzes Dorf an Menschen hat mir bei meinem Buch sehr geholfen. Dank gebührt meinen vielen Erstlesern für ihr unschätzbares Feedback: Jolade Pratt, Oyindamola Orekoya, Tiwalade Nwogu, Stelle Toyin Jonah, Ulo Adefarasin, Dupe Bewaji, Tinunola Adelakin, Karen Warren, Susan DeKoter, Donna Chartier, Kimberly Garant und nicht zuletzt Genevieve Gagne Hawes.

Ich schulde auch meinem Agenten Dan Lazar von Writers House Dank, der von Anbeginn an an mich und mein Buchprojekt geglaubt hat. Dein Engagement und dein Zuspruch waren entscheidend. Weiter so!

Tief verpflichtet fühle ich mich meiner Lektorin Adrienne Kerr, die sich für mein Buch begeistert hat und ihm Schliff verlieh. Dank geht auch an Karen Alliston, Mary Ann Blair, Barbara Bower und alle bei Penguin Canada, die mein Buch nach Kräften gefördert haben.

Zu danken habe ich außerdem meiner Familie und unzähligen Freunden für ihre Unterstützung. Ich weiß, was ich an euch habe.

Besonderer Dank gilt meinen Eltern, Professor und Mrs David Omobamidele Alonge, die mich früh mit Büchern versorgten, mir neue Welten erschlossen und mich ihr hohes Arbeitsethos lehrten. Wie auch meinen anderen Eltern, Mr und Mrs Amos Fehintola Kilanko, die mich so herzlich aufgenommen haben.

Und vor allem natürlich meinem A-Team: meinem

Mann Oladele und unseren Kindern Fikunmi, Kishi und Demilade, ohne deren unerschütterliche Liebe, Verständnis und Unterstützung dieses Buch nicht entstanden wäre. Wir haben es geschafft.